ULLSTEIN

Das Buch

Als Larry Lucas, der Vorsitzende eines mächtigen New Yorker Bankhauses und Schwiegersohn des Besitzers, plötzlich spurlos verschwindet, wird sein Schwager, Carl Emil Strassberger, beauftragt, den Verschwundenen zu suchen. Schon bald wird Carl klar, daß Larry sein Verschwinden sorgfältig vorbereitet haben muß. Überall scheint er seine Spuren verwischt zu haben. Doch die Suche nach einem Motiv endet an einem Punkt, den niemand für möglich gehalten hat – mit einem atemberaubenden Vorschlag, der alle Probleme mit einem Mal lösen könnte.

Der Autor

Der Australier Morris L. West (1916–1999) hat über dreißig internationale Bestseller geschrieben, die größtenteils auch verfilmt wurden. Er gilt als einer der erfolgreichsten Thrillerautoren der Welt. Von Morris L. West sind in unserem Hause außerdem erschienen:

Der Turm von Babel
Die Liebenden
Nacktes Land
In einer Welt von Glas

Morris L. West

Der Verschwundene

Roman

Aus dem Englischen von
Dietlind Kaiser

Ullstein

Ullstein Taschenbuchverlag 2000
Der Ullstein Taschenbuchverlag ist ein Unternehmen der
Econ Ullstein List GmbH & Co. KG, München

First published by Hakibbutz Hamenchad/Yediot Acharonot, Tel Aviv
Titel der englischen Originalausgabe: Vanishing Point
(HarperPaperbacks, HarperCollinsPublishers, New York)
Übersetzung: Dietlind Kaiser
Umschlagkonzept: Lohmüller Werbeagentur GmbH & Co. KG, Berlin
Umschlaggestaltung: Init GmbH, Bielefeld
Titelabbildung: Photonica, Hamburg
Druck und Bindearbeiten: Ebner Ulm
Printed in Germany
ISBN 3-548-24897-7

Für meine Familie,
die wie alle Reisenden
das Heulen des Sturms gehört
und die Gefahren fremder
Küsten erlebt hat.
Ihr widme ich dieses Buch – in Liebe.

Vorbemerkung des Autors

Nie hätte ich geglaubt, daß ich diesen Roman je schreiben würde. Er entstand aus einem vagen Artikel, den ich vor Jahren in einem Hotelzimmer aus einer Zeitschrift ausschnitt.

Ich stellte halbherzig ein paar Recherchen über eine Branche an, die tatsächlich weltweites, hochentwickeltes Dienstleistungsgewerbe ist: Menschen verschwinden zu lassen. Doch konnte ich weder Energie noch Begeisterung für ein Thema aufbringen, das meinem Schreibgenre in keiner Weise entsprach.

Der Impuls, mich trotzdem damit zu beschäftigen, kam aus einer ganz anderen Ecke. Über viele Jahre hinweg erlebte ich das Phänomen einer depressiven Erkrankung aus nächster Nähe und damit auch den verzweifelten Wunsch, einer unerträglichen Realität zu entfliehen, die Last des Lebens abzuschütteln. Dann verknüpften sich die beiden Themen zu einem Muster, das ich unbedingt zum Ausdruck bringen mußte.

Der Drang, dieses Buch zu schreiben, wurde so unwiderstehlich wie jener, der meine Personen an den »gefährlichen Rand der Dinge« trieb.

Ich danke allen, die mir beim Schreiben dieses Buches geholfen haben, indem sie ihre ganz persönlichen Leidensgeschichten mit mir teilten.

1. Kapitel

Mein Vater, ein förmlicher, aber sehr gütiger Mann, nennt mich einen ausgewachsenen Exzentriker. Er kann mich nennen, wie er will, denn ihm verdanke ich die Freiheit und die Mittel für all das, was ich jetzt so gerne tue: in einer großen, weitgetünchten Scheune oberhalb von Cagnes zu leben, im Winter an einer Kunstgeschichte der Architektur zu arbeiten und im Frühling mit einer Kamera mit Skizzenblöcken und Leinwänden auf Reisen zu gehen, um aktuelle Illustrationen beizusteuern.

Mein Vater ist Emil Strassberger. Sein Name gehört zu den am meisten respektierten im New Yorker Bankgeschäft. Ich heiße Carl Emil und bin sein einziger Sohn. Unsere Vorfahren kamen aus dem Elsaß, wo sie Mitte des neunzehnten Jahrhunderts das Geschäft gründeten, um Geld für die industrielle Revolution in Europa aufzutreiben. Vielleicht ist es bezeichnend sowohl für unsere Beziehung als auch für unsere Geschichte, daß ich ihn immer noch ganz altmodisch »Vater« nenne.

Ich weiß, daß er traurig und enttäuscht war über meinen Entschluß, mit der Tradition zu brechen und ein Leben als Bohemien zu führen. Doch weil er nun mal ein Gentleman ist, überreichte er mir meine Freiheit auf einem goldenen Teller.

Ich durfte meine Firmenaktien behalten, deren Dividenden dazu ausreichten, mir ein angenehmes Junggesellenleben zu sichern. Die mir vorbehaltene Stellung in der Firma und im Vorstand übernahm der Mann meiner Schwester Madeleine, Laurence Lucas. Nach seinem Harvard-Abschluß in Betriebswirtschaft trat er sofort als hoffnungsvoller Anfänger eine Stellung bei Strassberger & Company in New York an. Mein Vater mochte ihn, und, was noch wichtiger war, bewunderte ihn. Während seines zweiten Studienjahres in Harvard waren seine Eltern bei einem Autounfall ums Leben gekommen. Ihm blieben eine bescheidene Erbschaft und ein paar entfernte Verwandte, die an der Westküste lebten. Es war ihm gelungen, den Schicksalsschlag zu überleben und sein Studium mit den allerbesten Referenzen und der Aussicht auf eine verheißungsvolle Zukunft abzuschließen. Als er Madeleine heiratete, schenkte ihm mein Vater als Mitgift die Position eines Abteilungsleiters und ein Aktienpaket. Madeleine war wie meine Mutter eine auf sanfte Weise fürsorgliche und verantwortungsbewußte Ehefrau. Beide, meine Schwester und mein Schwager, lagen mir am Herzen. Schließlich verdankte ich ihnen den Schlüssel zu dem Leben, für das ich mich entschieden hatte.

Es war ein gutes Leben, so selbstsüchtig es auch sein mochte. Ich war siebenunddreißig Jahre alt. Mein Einkommen reichte für alle üblichen Bedürfnisse aus. Meine Arbeit machte mir Freude, brachte mir Geld ein und nach und nach auch Anerkennung bei einer kleinen Gruppe von einflußreichen Kennern. Mir gefiel das Landleben, das mich gesund erhielt und mit einem stets reichhaltigen Eßtisch versorgte. Ich besaß eine Zehnmeterschlup, die an einem sicheren Ankerplatz in Antibes lag. Meine Freundin, Arlette Tassigny, eine angenehme und intelligente Frau, leitete eine der besten Galerien in Nizza, mit einer eindrucksvollen Kundenliste und einem ganzen Stall von Nachwuchstalenten. Sie sah gut aus, war ausgeglichen und in der Lage, eine Party zu organisieren, bevor man »Matisse« murmeln konnte.

Außerdem war sie eine Frau mit viel gesundem Menschenverstand. Nach unserer ersten gemeinsamen Nacht erklärte sie mir: »*Chéri*, ich war einmal verheiratet und habe jede Menge Verehrer gehabt. Der Gedanke an eine dauerhafte Bindung reizt mich überhaupt nicht. Nach dem Morgen frage ich nicht. Deshalb bin ich sehr glücklich über die Freundschaft mit dir. Du bist ein angenehmer und selbstbewußter Mann. Wir passen im Bett gut zusammen. Du hast deine Arbeit, ich habe meine. Ich kann dich auf dem Land besuchen. Dort malst du für mich. Ich verkaufe hier für dich. Falls einer von uns einen Partnerwechsel braucht, sagen wir uns das, *sans blague*. Was könnte besser sein, *eh*?«

Das war der Stand der Dinge, als sich über den Meeralpen die ersten Frühlingswinde regten. Mein Vater hielt sich in New York auf. Meine Mutter, etwas gebrechlich, war aber immer noch in der Lage, Abendessen für Gäste zu geben, die er mit viel Geschick auswählte. Meine Schwester Madeleine war mit zwei kleinen Kindern und dem Personal in ihrem Haus in der East Eightieth Street beschäftigt. Larry Lucas pendelte jede Woche nach Paris als Kopf einer Übernahme von Grundbesitz im Wert von fünf Milliarden von der alten Suezgesellschaft. Ich, Carl Emil Strassberger, gravierte eben die letzten Striche der Radierung eines Vanvitello ein, den ich im Palatinemuseum in Florenz kopiert hatte: ein Blick auf den Tiber mit der Apsis von San Giovanni dei Fiorentini rechts im Vordergrund und der Engelsburg im Hintergrund.

Da klingelte das Telefon. Mein Vater rief aus New York an, eindeutig in der Stimmung, die wir seinen »Tonfall unter geschäftlichem Hochdruck« nannten. Er vergeudete keine Worte.

»Carl, wir haben einen Notfall. Ich brauche dich in New York, so schnell wie nur möglich.«

»Selbstverständlich, ich komme sofort. Aber um was für einen Notfall handelt es sich?«

»Darüber können wir über eine nicht abhörsichere Leitung nicht sprechen. Geh einfach davon aus, daß es sehr dringend ist. Buch den Flug, und ruf mich zurück. Du wirst am Kennedy-Flughafen abgeholt. Bitte, komm zuerst in mein Büro.«

Ich war so klug, das Gespräch nicht zu verlängern, legte auf und fing mit den Reisevorbereitungen an. Sie waren nicht schwierig. Ein Abendflug mit der Air France von Nizza nach London, eine Übernachtung in einem Hotel am Flughafen Heathrow, die erste Concorde am Morgen zum Kennedy-Flughafen, mit der ich um halb zehn New Yorker Ortszeit landen würde. Ich rief meinen Vater an, um ihm die Termine mitzuteilen. Er war erleichtert und dankbar, was mich nun doch dazu ermutigte, ihn noch einmal zu fragen: »Bitte, kannst du mir nicht wenigstens einen Anhaltspunkt über das geben, was los ist?«

»Laß es mich mal so ausdrücken. Deiner Mutter geht es gut. Mir geht es gut. Deiner Schwester und ihren Kindern geht es gut. Ich will dir nur sagen, daß ich mich plötzlich nicht mehr so gut auskenne, wie ich geglaubt habe, und Hilfe von meinem Sohn brauche.«

»Die bekommst du, Vater. Liebe Grüße an alle. Bis morgen früh.«

Ich legte auf, vollendete die letzten Striche auf der Radierungsplatte und ging dann ins Schlafzimmer, um zu packen. Damals wußte ich nicht – wie hätte ich es auch wissen sollen? –, daß ich die ersten Schritte in Richtung des gefährlichen Randes der Dinge tat, an dem alle Grenzen und alle Wege zu einem Punkt verschmelzen, der am Horizont verschwindet.

Mein Vater erwartete mich in seinem Büro. Er hielt sich immer noch stocksteif wie ein Grenadier, aber seine Augen strahlten, als ich hereinkam, und er trat auf mich zu, breitete die Arme aus und umarmte mich heftig. Als er mich schließlich losließ und auf Armeslänge von sich weghielt, sah ich, daß er dünner geworden war und grauer und daß das Feuer in seinen Augen erloschen war. Seine Stimme klang müde, und es schien ihm schwerzufallen, seine Geschichte in Worte zu kleiden.

»Heute ist Freitag, ja?«

»Heute ist Freitag.«

»Folglich ist dein Schwager Larry jetzt seit sieben Tagen verschwunden.«

Er verkündete das wie einen Punkt aus dem Bericht eines Buchhalters. Ich starrte ihn töricht mit offenem Mund an.

»Was soll das heißen – verschwunden?«

»Noch weiß niemand, was das heißt, Carl; aber, chronologisch gesehen, hat sich folgendes ereignet.« Er wandte sich wieder seinem Schreibtisch zu und griff nach einem schweren Ordner mit alphabetisch abgelegten Transkriptionen. »Das ist das Geschäft, bei dem wir für die Suezgesellschaft als Makler agiert haben. Am Mittwoch letzter Woche ist es in Paris unterschrieben, besiegelt und abgeschlossen worden. Das Geschäft ist fünf Milliarden Dollar wert, und unsere Einnahmen an Provisionen, Gebühren und Dienstleistungshonoraren belaufen sich auf über fünfzig Millionen Dollar. Im letzten halben Jahr ist Larry jede Woche nach Paris und zurück gereist. Schließlich hat er für einen wunderbaren Abschluß gesorgt. Am letzten Donnerstag ist er mit den unterschriebenen und versiegelten Papieren zurückgeflogen und hat sie auf meinen Schreibtisch gelegt. Am Freitag sollte er wieder ins Büro kommen. Die Vorstandsmitglieder haben auf ihn gewartet, um ihm ihre Glückwünsche auszusprechen und einen stattlichen Bonus für seine Mühe auszuhändigen.«

»Und?«

»Er hat sein Zuhause um halb neun Uhr morgens verlassen. Madeleine gab ihm an der Tür einen Kuß und hat dann gesehen, wie er, auf der Suche nach einem Taxi, in Richtung Fifth Avenue ging. Seit diesem Augenblick hat niemand je wieder etwas von ihm gesehen oder gehört.«

»Habt ihr die Polizei verständigt?«

»Offiziell haben wir keine Meldung erstattet.«

Plötzlich war er in seiner Händlerstimmung, kryptisch und mißtrauisch. Ich ärgerte mich über ihn und machte keinen Hehl daraus.

»Geh nicht so mit mir um, Vater! Du hast mich um Hilfe gebeten. Deshalb bin ich hier. Bitte, komm mir nicht mit Geheimnissen.«

Er zuckte die Achseln und breitete kapitulierend die Hände aus.

»Verzeih mir. Im Augenblick kann ich selbst keinen Sinn darin entdecken. Wir versuchen nicht, ein Geheimnis daraus zu machen, sondern wir wollen einen Skandal vermeiden und alles daransetzen, Larry nicht in eine gefährliche Lage zu bringen. Im Moment haben Madeleine und ich uns darauf geeinigt, die Polizei nicht einzuschalten und die ersten Ermittlungen Consec anzuvertrauen, einer Sicherheitsfirma, die wir für Strassberger einsetzen.«

»Warum, um Himmels willen?«

»Wenn du die Polizei einschaltest, bekommt die Presse ebenfalls Wind davon. Denk kurz darüber nach: der Direktor eines berühmten Bankhauses verschwindet: und was geht aller Welt als erstes durch den Kopf? Er ist mit einer Frau abgehauen und hat vermutlich die Kasse mitgehen lassen. Schon am letzten Montag habe ich eine heimliche, interne Buchprüfung angeordnet. Sie ist so gut wie abgeschlossen. Larry hat sich auf allen Gebieten als sauber erwiesen. Es gibt nicht den geringsten Hinweis auf etwas Kriminelles oder Unmoralisches. Die nächste Möglichkeit wäre eine Entführung – aber weshalb? Keinerlei Lösegeldforderungen sind gestellt worden. Unsere Ermittler schließen die Möglichkeit aus. Ein Unfall? Ein Raubüberfall? Vielleicht ein Unfall mit Gedächtnisverlust? Wir haben ausführliche Erkundigungen in Krankenhäusern eingezogen. Die Ergebnisse sind negativ.«

»Bleibt also nur noch die simpelste Erklärung. Larry Lucas hat seine Frau und seine Kinder verlassen.«

»Das glaube ich nicht. Larry hat soeben ein Geschäft abgeschlossen, das ihm in Finanzkreisen in aller Welt einen Ruf eintragen wird. Von jetzt an ist er unabhängig. Ich halte ihn für zu klug und zu ehrgeizig, als daß er wegen einer Frau seine Karriere aufs Spiel setzen würde.«

»Was meint Madeleine?«

Es fiel ihm schwer, die nächsten Worte herauszubringen.

»Madeleine gibt mir und nur mir die Schuld an Larrys Verschwinden. So traurig es ist, deine Mutter pflichtet ihr bei. Vordergründig betrachtet haben sie gute Gründe.«

»Was für Gründe?«

»Das hier!« Wieder griff er nach dem dicken Aktenordner auf seinem Schreibtisch. Er hielt ihn sich vors Gesicht wie ein Pfarrer sein Meßbuch oder sein Brevier. »Das hier, behaupten die beiden, sei eine zu schwere Bürde gewesen. Sie behaupten, ich hätte ihn durch unerfüllbare Forderungen zerstört.«

»Und wie lautet deine Antwort darauf, Vater?«

»Was soll ich schon sagen? Es war eine große Aufgabe. Ich habe ihm alle Hilfe angeboten, die er brauchte, und er verfügte über unbegrenzte Mittel, die besten Köpfe hinzuzuziehen. Aber ich habe ihn nicht angetrieben. Madeleine gibt jetzt zu, daß er Teufel im Leib hatte, die ihn schlimmer und intensiver angetrieben haben, als ich es je gekonnt hätte.« Ein Anflug von Zorn schlich sich in seine Stimme ein. »Aber was kann ich schon sagen? Ich bin nicht bereit, mich vor meiner Frau und meiner Tochter zu rechtfertigen!«

»Ich bin mir sicher, daß sie das gar nicht wollen. Sie sind verletzt, haben Angst. Sie drücken sich falsch aus. Manchmal tun wir das alle – sogar du. Ich liebe dich, Vater. Wir alle lieben dich. Aber manchmal kannst du sehr einschüchternd sein. Sag mir, wie ich helfen kann.«

»Hör mir nur zu! Hör uns allen zu! Versuch, nicht wütend zu werden, wenn sie Dinge sagen, auf die du nicht gefaßt bist.«

»Was zum Beispiel?«

»Daß ich unsensibel bin, daß du selbstsüchtig bist und daß Larry ein Opfer der selbstgerechten Strassbergers ist.«

»Sagt Mama das?«

»Nicht in diesen Worten. Sie meint, ich urteile über Menschen, statt zu versuchen, sie zu verstehen. Ich erkläre ihr, daß alles, was ich tue, von meiner Beurteilung von Menschen abhängt. Sie schüttelt nur traurig den Kopf und sagt: ›Emil, mein Liebster, du bist ein guter Vater, ein guter Ehemann; aber wenn du nicht bereit bist, Larry anders einzuschätzen, könntest du durchaus deine Tochter und ihre Kinder verlieren. Sie werden es nicht dulden, daß du ihn wie einen Feind behandelst.‹«

Ehe ich das alles auch nur annähernd verarbeitet hatte, klopfte es an der Tür, und meine Schwester Madeleine kam herein. Wir liefen aufeinander zu und umarmten uns. Zitternd kämpfte sie mit den Tränen.

»O Carl! Ich bin so froh, daß du hier bist.«

»Warum sollte ich nicht hier sein? Ich gehöre immer noch zur Familie.«

»Wieviel hat Vater dir erzählt?«

»Nur das Nötigste. Larry kommt nach Hause, liefert die Geschäftspapiere ab und verschwindet am Freitag morgen auf dem Weg ins Büro. Ihr beschließt gemeinsam, keine Meldung bei der Polizei zu erstatten, sondern Privatermittler einzuschalten. Vater ordnet sofort eine interne Buchprüfung bei Strassberger an. Larry erweist sich als sauber, die Ermittler finden nichts. Vater ist durcheinander, weil er meint, daß du und Mutter ihm die Schuld an Larrys Verschwinden gebt. Er möchte, daß du mir den Rest der Geschichte erzählst. Ich will dir sagen, daß ich euch alle liebe. Ich kann frei über meine Zeit verfügen und tue alles, womit ich euch helfen kann.«

»Wie lange kannst du bleiben?«

»Solange ich gebraucht werde.«

»Dann mußt du als erstes verstehen ...«

»Meine liebe Madeleine.« Das war jetzt mein Vater, der

Diplomat. »Geh doch mit deinem Bruder in Larrys Büro. Dort seid ihr ungestört. Eure Mutter hat darum gebeten, daß wir alle ihr beim Mittagessen zu Hause Gesellschaft leisten.«

»Schön. Aber bitte versteh, daß ich nicht lange bleiben kann. Ich muß zurück sein, wenn die Kinder aus der Schule kommen.«

»Selbstverständlich. Ich rufe deine Mutter an und sage es ihr.«

»Danke, Vater.«

Sie nahm mich am Arm und führte mich über den Flur in Larrys Büro. Einen Moment lang blieb sie wie angewurzelt auf der Schwelle stehen, sah die Bücherschränke an und die holzgetäfelte Wand mit einem Quartett von Boudins und einer Zeichnung von Matisse, das alles eingerahmt von den obligatorischen akademischen Auszeichnungen und Berufszulassungen. Sie zitterte und klammerte sich verzweifelt an mich; dann deutete sie auf Larrys leeren Stuhl.

»Bitte setz dich dorthin, Carl! Ich kann die Leere nicht ertragen!«

Ich nahm Platz, sie hockte sich auf den Schreibtischrand und sah auf mich hinunter. Ich wartete, während sie stockend die ersten Worte herausbrachte.

»Ich habe große Angst, Carl. Ich muß wegen der Kinder ruhig bleiben, aber das wird jeden Tag schwerer. Ich weiß – jedenfalls meine ich, es zu wissen –, was Larry zugestoßen ist. Mama glaubt, daß ich recht habe. Vater scheint es nicht akzeptieren zu können. Und trotzdem ist es ganz einfach.«

»Wie einfach?«

»Larry leidet an einer Krankheit, die weiter verbreitet ist, als die Leute es sich vorstellen können. Er ist manisch-depressiv. Das Leiden stammt aus der tragischen Zeit in seiner Jugend, als seine Eltern starben und er – noch so jung – so gut wie allein sein Leben und das Studium durchstehen mußte. Er ist ein hochintelligenter, liebevoller Mann, dessen Leben sich in einer ständigen Achterbahnfahrt zwischen Gipfeln übersteigerter Euphorie und den schwarzen Löchern angstvoller Depressionen bewegt. In einem gewissen Maß läßt sich das Leiden mit Medikamenten in den Griff bekommen, und Larry hat sich gewissenhaft um Beratung und medikamentöse Hilfe gekümmert. Andererseits löst Streß die größten Hochs und die schlimmsten Tiefs aus, und Larry hat in den letzten Monaten reichlich Streß verkraften müssen.«

»Wie war er, als er letzte Woche aus Frankreich zurückgekommen ist?«

»Er hatte eben ein gewaltiges Hoch hinter sich und war im Begriff, in ein tiefes, tiefes Loch zu fallen ...«

»Du bist dir sicher, daß du das richtig deutest?«

»Völlig. Das ist so deutlich wie die Wetterkarte.«

»Und du weißt, wie du damit umgehen mußt.«

»Das habe ich geglaubt ... nein, ich glaube es immer noch. Als erstes muß ich mich vergewissern, daß er seine Medikamente nicht abgesetzt hat, oder falls doch, muß ich ihn dazu bringen, sie wieder zu nehmen. Das ist nicht immer so einfach, wie es klingt, denn auf dem Höhepunkt der Hochs und auf dem Tiefpunkt der Tiefs scheint die Vernunft aus dem Fenster zu fliegen. Du kannst dem Leidenden nicht einfach gut zureden, damit die Stimmung verschwindet. Am schlimmsten ist der Versuch, es ihm auszureden. Du kannst nur Liebe schenken – und es gibt Augenblicke, Carl, in denen mich auch die Kraft dazu verläßt. Dann kann ich nur noch Luft holen und mich für die nächste Runde des Gebens wappnen. Mama versteht das. Vater nicht. Er kann das Irrationale daran nicht fassen. Er begreift es nicht, ihm fehlt jedes Mitgefühl.«

»Aber er will es verstehen, Madi. Das will er wirklich. Ich weiß, wie ihm zumute ist. Mir ist das alles ja auch neu.«

»Du warst zu lange weg, du hast zu gut gelebt.«

»Dann erklär es mir, damit ich dir helfen kann. Sag mir als erstes, ob Gewalt hineinspielt, körperliche Gewalt gegen dich oder die Kinder?«

»Nein!« Das sagte sie mit großem Nachdruck, schränkte dann aber die Verneinung schnell ein. »Aber wenn er zur äußersten Frustration getrieben wird, dann ist Gewalttätigkeit möglich, ja. Ich habe gesehen, wie er mit der Faust eine Gipswand eingeschlagen hat. Aber mir oder den Kindern gegenüber ist er nie gewalttätig geworden. Das mußt du mir glauben. Larry ist ein guter Ehemann und ein liebevoller Vater. Außerdem hat er das Glück, daß ich so vernünftig bin, nie an ihm herumzunörgeln, wenn er exaltiert oder völlig am Boden ist. Eine gemeinsame Achterbahnfahrt können wir uns nicht leisten.«

»Reden wir also über die Höhen und die Tiefen. Wie spielt sich das ab?«

»Während eines Hochs ist alles möglich. Larry erklärt es so: ›Du weißt, daß du die Sterne vom Himmel pflücken kannst. Du kannst um eine Million wetten und das Spiel gewinnen, indem du eine Karte aufdeckst. Du kannst im Kopf Imperien aufbauen.‹ Es war ein riesiges Hoch für Larry, als ihm Vater das Suezgeschäft anvertraute. Er gab sich so selbstsicher, daß es Vater ziemlich verärgerte und er Mama erklärte, es wäre ihm lieb, wenn Larry ein bißchen zurückstecken würde. Aber das ist die Kehrseite der Medaille. Larry ist hochintelligent. Er wußte, worauf er sich eingelassen hatte. Er war entschlossen, den Abschluß zu machen, und hat es geschafft – unter einem enormen Risiko und mit hohen Kosten.«

»Dann laß uns über die Kehrseite reden, das Abrutschen ins Loch. Wie spielt sich das ab?«

»Larry hat einmal zu mir gesagt: ›Im Grunde kann ich das gar nicht beschreiben. Es ist ein Moment, ein Zustand, in dem die Lichter ausgehen, aber du kannst trotzdem noch sehen, und was du siehst, ist das Grauen. Nichts ist mehr von Wert, am wenigsten du selbst. Die einfachste Lösung ist, dich umzubringen. Am schwersten ist es, am Leben zu bleiben, denn es gibt kein Morgen, auf das du hoffen kannst.‹«

»Ist der Todeswunsch echt?«

»O ja. Er ist echt für ihn, für mich, für uns alle. Das mußt du verstehen und glauben. Sonst kannst du uns nicht helfen.«

»Hab Geduld mit mir, Madi. Ich versuche, das alles in mich aufzunehmen. Willst du mir sagen, du glaubst, daß Larry Selbstmord begangen hat?«

»Ich weiß, daß er das möglicherweise eines Tages tun könnte. Tief in mir mußte ich mich darauf vorbereiten. Aber in diesem Fall, nein. Ich glaube, daß er noch lebt. Ich habe mich ausführlich mit Frau Doktor Levy unterhalten, der Psychiaterin, die ihn behandelt hat – ich bewundere sie und vertraue ihr. Sie betreut auch mich, weil ich Larry und die Familie stützen muß. Frau Doktor Levy glaubt, daß Larry dieses Mal versucht hat, sich durch eine Flucht zu retten, um der echten Verzweiflung zu entkommen, an der er leidet. Sie meint, noch sei er nicht völlig verzweifelt. Er halte immer noch an der Hoffnung fest, der Aufschwung werde sich wieder einstellen wie früher auch; aber die Scham über seinen gegenwärtigen Zustand sei unerträglich für ihn. Er muß Bindungen auflösen und so weit und so schnell wie möglich weglaufen. Es gibt Beweise dafür, daß er genau das getan hat – und die Beweise sprechen außerdem dafür, daß er sich seit einiger Zeit darauf vorbereitet hat.«

»Der Selbstmord oder die Flucht wäre also keine impulsive Eingebung?«

»O nein! So handelt ein rationaler Mann, der dem Tollhaus entkommen will, in das die Natur ihn eingesperrt hat. Es ist eine Grundsatzentscheidung – lauf weg oder stirb. Mit Glück kannst du die Dämonen noch einmal überholen!«

Das war der Augenblick, in dem ich eine Frage stellen mußte, eine schwierige Frage.

»Madi, Liebes, du hast mir das alles so beredt erklärt, warum hast du es Vater nicht auch so erklären können? Warum hat Mama es nicht für dich getan? Er ist doch nicht dumm. Er ist auf Formen bedacht, aber er ist gütig und liebevoll und will es verstehen. Er hat das Gefühl, daß ihm eine Tür vor der Nase zugeschlagen worden ist.«

Sie saß einen langen Augenblick schweigend da, biß sich auf die Unterlippe und drehte an ihrem Ehering. Dann rückte sie mit der Erklärung heraus.

»Larry war völlig ehrlich zu mir. Ehe wir uns verlobten, erzählte er mir von seinem Problem. Wir hatten einen langen, erbitterten Streit über etwas ganz Belangloses, und ich war mir sicher, zwischen uns sei alles aus. Am nächsten Morgen rief er an, und ich war bereit, mich auf einen Kaffee mit ihm zu treffen. Er war zutiefst beschämt und ganz erpicht darauf, mir sein Problem zu erklären und wie er versuche, es in den Griff zu bekommen. Später, bevor wir unsere Verlobung bekanntgaben, brachte er mich zu Doktor Alma Levy, die schon damals seine Psychiaterin war. Er nahm mir aber das Versprechen ab, unser Geheimnis unter gar keinen Umständen preiszugeben. Wenn auch nur ein einziges Wort über seine Krankheit nach außen dringen würde, stünde seine Karriere auf dem Spiel, meinte er. Ich weiß noch, wie er sich ausgedrückt hat: ›Im günstigsten Augenblick ist Geld ein zahmes Tier, aber falls sich herumsprechen sollte, daß ein Geisteskranker in dem Spiel mitmischt ...‹

Damals haben wir darüber gelacht. Doktor Levy war auch der Meinung, Diskretion sogar innerhalb der Familie sei äußerst wünschenswert ... Es hat auch geklappt. Larry hat hervorragende Arbeit geleistet; deshalb mußte ich bis jetzt nie die Worte finden, um Vater die Lage zu erklären – und als ich es mußte, waren sie unangemessen. Vater fühlte sich durch unseren Mangel an Vertrauen betrogen. Ich war frustriert und wütend. Mama versuchte, zwischen uns zu vermitteln, aber nicht einmal sie verstand Vaters Ängste. Jede öffentliche Enthüllung wäre eine Katastrophe für das Bankhaus Strassberger und seine Kunden. Deshalb hat er dich gerufen – und, o Carl, ich bin so froh, daß er das getan hat!«

»Dann sag es ihm! Laß ihn nicht im Regen stehen. In der

Zwischenzeit müssen wir arbeiten, du und ich. Du hast vorhin gesagt, es gebe Beweise dafür, daß Larry sein Verschwinden seit einiger Zeit vorbereitet hat. Was sind das für Beweise?«

»Als er am Sonntag nicht nach Hause gekommen ist, habe ich seine Sachen durchsucht und dabei festgestellt, daß er seine Medikamente und auch die Erneuerungsrezepte mitgenommen hatte. Andererseits hatte er seine Brieftasche mit seinen Kreditkarten, seinem Führerschein und seinem Paß hinterlassen. Am Montag morgen habe ich bei der Bank angerufen. Wir sind Kunden bei einer Filiale der Chase Manhattan in der Madison Avenue. Der Geschäftsführer ist ein Freund. Ich habe herausgefunden, daß Larry am frühen Freitag morgen bei der Bank war. Er hat seine Unterschrift für unser Gemeinschaftskonto zurückgezogen, so daß nur ich die Vollmacht darüber habe. Abgehoben hat er nichts, aber sein privates Girokonto abgeräumt und aufgelöst, auf dem etwa fünfzigtausend Dollar waren. Sein Festgeldkonto hatte er schon vor Monaten aufgelöst.«

»Das heißt, daß dieses Finanzgenie ins Blaue verschwunden ist, mit einem Bündel Bargeld in der Tasche, einem Arztrezept, einem Fläschchen Pillen und ohne Ausweispapiere. Auf den ersten Blick ist er ein Irrer, der hinter Gitter gehört.«

»Das hat Vater auch gesagt. Ich habe Doktor Levy angerufen, die das ganz anders interpretiert hat – viel düsterer. Sie hat mich zunächst daran erinnert, daß Manisch-Depressive flüchtigen Impulsen unterliegen – riesigen Einsätzen am Spieltisch, impulsiven Käufen von Autos, Schmuck und Reisen. Bei Larry ist es zu solchen Vorfällen gekommen – und erst, wenn die Kreditkartenabrechnungen kamen, ist ihm aufgegangen, was er getan hatte. Eins will ich dir jedoch sagen: er hat immer nur eigenes Geld ausgegeben, niemals meines oder das für die Kinder angelegte oder unser gemeinsames Haushaltsgeld. Doktor Levy sieht in dem, was er da jetzt offensichtlich angekurbelt hat, einen Versuch, uns von den Folgen möglicher Handlungen in der Zukunft abzukapseln.«

»Aber um Gottes willen, Madi!«

»Sag nichts mehr, Carl. Du weißt noch nicht genug!«

»Entschuldigung. Bitte, sprich weiter.«

»Daß er ohne Ausweispapiere abgereist ist, hat – wiederum laut Doktor Levy – mehreres zu bedeuten. Larry ist nicht mehr Larry. Er hat seine alte Identität abgestreift und eine neue angenommen. Deshalb sollten wir nicht nach dem alten Larry suchen, sondern dem neuen erlauben, seinen eigenen Weg zu gehen. Trotz allem hegt er noch Hoffnung, die Hoffnung, daß ihm sein altes Selbst eines Tages vielleicht wieder zur Verfügung steht. Deshalb hat er die Beweise dafür bei mir zurückgelassen.«

»In diesem Fall muß er sich Ausweispapiere für seine neue Identität beschafft haben.«

»Das hätte er überall tun können. Wenn du weißt, wo du suchen mußt, gibt es für solche Dinge einen internationalen Markt.«

»Falls man sie bezahlen kann.«

»Oh, Larry hat Geld – jede Menge: seine Erbschaft, seine persönlichen Ersparnisse, die Gewinne aus seinen Börsengeschäften. Vaters Ermittler haben sich als erstes darum gekümmert, nämlich die Geldspur verfolgt. Sie haben herausgefunden, daß Larry in den letzten vier Monaten seine gesamten Finanzen neu geordnet hat. Zwei Drittel hat er als Geschenk mir und den Kindern überschrieben. Das letzte Drittel, immer noch eine beträchtliche Summe, hat er für sich behalten und ins Ausland transferiert.«

»Was ist mit seinen Anteilen an Strassberger?«

»Soweit wir bis jetzt wissen, gibt es keine Hinweise auf Verkäufe oder Transaktionen. Sie werden in dem Brief nicht erwähnt, in dem uns der New Yorker Anwalt über Larrys Vorkehrungen für uns informiert hat. Den zeige ich dir später. Darin steht nur: ›Auf Anweisung unseres Mandanten teilen wir Ihnen mit …‹ und so weiter.«

»Was ist mit Larrys Transaktionen zu seinen Gunsten?«

»Die meisten haben Vaters Ermittler aufgespürt. Alle haben schließlich dasselbe Ziel erreicht: eine kleine Privatbank in Genf, die sich natürlich weigert, irgendwelche Auskünfte zu geben.«

»Wie klein ist die Bank? Wie privat?«

»Sehr klein, sehr privat. Der Direktor ist ein Doktor Hubert Rubens. Vaters Schweizer Kollegen kennen den Mann und die Bank. Sie äußern sich typisch schweizerisch darüber: ›Über die Bandbreite der Geschäfte ist wenig bekannt. Nichts Unrühmliches ist uns zu Ohren gekommen. Unsere Geschäfte waren allesamt zufriedenstellend und strikt im Rahmen der Bankpraktiken ...‹«

»Hat Vater etwas dazu zu sagen?«

»Er runzelt nur die Stirn und meint, Larry müsse ziemlich unkonventionelle Recherchen angestellt haben.«

»Hast du Vater alles gesagt, was du mir erzählt hast?«

»Alles. Wenn ich mir nur sicher sein könnte, daß er den entscheidenden Punkt von Larrys Problem begriffen hat. Er spricht immer noch von einem ›Nervenzusammenbruch‹ wie ein alter Quacksalber!«

»Hab Geduld mit ihm! Für dich wäre es genauso schwierig, ein Gespräch über das moderne Bankgeschäft zu führen.«

»Ich weiß! Bitte, schimpf nicht mit mir.«

»Meine nächste Frage ist heikel. Dieser neu geborene Larry hat alle Bindungen gekappt. Er kann sein, wer er will, und tun, was er will. Für welche Identität, für welchen Lebensstil wird er sich entscheiden? Mit anderen Worten, wie sehen die anderen Gesichter des Mannes aus, den du geheiratet hast?«

»Darüber habe ich Alpträume.«

»Wen siehst du in den Alpträumen?«

»Einen Schauspieler, Carl.« Die Antwort sprudelte leidenschaftlich aus ihr heraus. »Einen großartigen Schauspieler, der über ein ganzes Rollenrepertoire verfügt: reicher

Mann, armer Mann, Bettler, Dieb, wundervoller Liebhaber, trauriger Clown ... Mit jeder Rolle macht er sich lustig über sich – und über mich! Ich weiß, das ist ungerecht, denn Larry war nie absichtlich grausam. Frau Doktor Levy hat mir erklärt, daß er sein halbes Leben hinter einer Maske aus Weltläufigkeit und Nüchternheit verbringen mußte. Den wilden Triumph der Höhen konnte er mit niemandem teilen. Er hat es aber auch nicht gewagt, das entwürdigende Entsetzen der Tiefen jemandem anzuvertrauen. Selbst uns gegenüber, seiner Familie, hat er immer etwas verheimlicht. Eines Tages habe ich ihn darauf angesprochen. Er hat zu mir gesagt: ›Ich versuche, meine Teufel selbst auszutreiben, Madi. Ich will nicht, daß du und die Kinder meine Aufenthalte in der Hölle teilen ...‹ Wir mußten sie trotzdem mit ihm teilen. Jetzt hat er mir eine eigene Hölle beschert.« Unvermittelt brach sie das Verhör ab. »Für jetzt reicht es, Carl! Ich will nicht, daß Vater mich weinen sieht.«

»Warum denn nicht, verdammt noch mal? Es wäre gut für uns alle, gemeinsam ein paar Tränen zu vergießen ...«

Am Eßtisch meiner Mutter flossen keine Tränen. Ihre gebrechliche, aber gebieterische Präsenz nötigte uns alle zur Ruhe. Laut Berthe Alexandra Strassberger sollte eine Mahlzeit ein kultiviertes Ritual sein, sollte dem Essen und dem Appetit aller Beteiligten Respekt erwiesen werden. Sie duldete keine geschäftlichen Gespräche, bis der Kaffee serviert wurde. Dann musterte sie uns gelassen und sagte: »Ich gehe davon aus, daß wir uns alle darüber einig sind, was jetzt zu tun ist?«

Mir kam das reichlich überzogen vor, aber es stand mir nicht zu, das zu sagen. Mein Vater hatte das Recht, als erster zu antworten. Er drückte sich sehr respektvoll aus.

»Meine liebe Berthe, wir haben uns noch auf nichts geeinigt. Wir haben nur zwei Stunden mit Carl verbracht. So lange hat es gedauert, ihn über alles zu unterrichten, was wir wissen.«

Sie wandte sich mir zu.

»Aber du bist bereit, uns zu helfen, Carl?«

»Selbstverständlich, Mama.«

»Dann sag's ihm, Emil! Sag ihm, was wir vorhaben. Dann laß Carl erklären, was er davon hält.«

»Gut. Unsere augenblickliche Position ist folgende: Das Suezgeschäft ist der Finanzpresse bekanntgegeben worden. Der Name Strassberger hat einen hohen Marktwert. Über Larrys Verschwinden haben wir noch nichts verlauten lassen. Ich schlage vor – und Mama und Madeleine stimmen mir zu –, daß wir eine Erklärung abgeben, Larry habe auf ärztlichen Rat einen längeren Urlaub genommen, um sich von den Anstrengungen der letzten Monate zu erholen. Das kommt der Wahrheit ziemlich nahe und ermöglicht uns, uns der Presse gegenüber auf die ärztliche Schweigepflicht zu berufen.«

»Das gefällt mir nicht. Jede Lüge rächt sich später.«

»Laß mich bitte aussprechen. Gleichzeitig, nicht unbedingt in derselben Erklärung, geben wir bekannt, daß du, Carl, als Assistent des Direktors mit Sonderaufgaben wieder in die Bank eingetreten bist. Dein Auftrag lautet, unsere internationalen Geschäfte zu überprüfen, zu festigen und auszuweiten. Tatsächlich suchst du nach Larry, und dabei kannst du auf den Namen und die Mittel der Bank zurückgreifen. Dein Gehalt wird dich reichlich für Verzögerungen oder Verluste bei deinen persönlichen Projekten entschädigen. Ich weiß, das kommt überraschend, aber ich hoffe, wir alle hoffen es, daß du mit dieser Abmachung einverstanden bist. Falls du damit einverstanden bist, bist du der einzige, der darüber entscheidet, wem was gesagt wird.«

Ich hätte wissen müssen, daß es auf dieser Welt kein kostenloses Mittagessen gibt. Ich hätte außerdem wissen müssen, daß man, wenn Berthe Strassberger einem die seidige Hand reicht und in die Augen lächelt und wenn Emil Strassberger einem einen Sandsack über den Kopf schlägt, bis zum Auszählen auf dem Ringboden liegenbleibt.

Als ich meine Sinne wieder beisammen hatte, war Madi nach Hause zu ihren Kindern gefahren, meine Mutter hatte sich zum Mittagsschlaf zurückgezogen, und ich saß mit meinem Vater in seinem Arbeitszimmer und plante die Suche nach Larry Lucas. Erst als wir allein waren, brachte mein Vater zum Ausdruck, was er tatsächlich dachte.

»Falls Madeleine recht hat, wirst du früher oder später auf Larry stoßen, oder er kommt zu sich, sobald die Krise vorbei ist.«

»Und falls sie sich irrt?«

»Dann wette ich zweierlei. Entweder ist er schon tot oder ist irgendwo vom rechten Weg abgekommen ...«

Der Satz war zu bedeutungsschwer, als daß ich ihn hätte durchgehen lassen können. Ich fragte Vater: »Was genau meinst du damit?«

»Genau? Das kann ich nicht sagen. Ganz allgemein will ich ausdrücken, daß Larry vom rechten Weg des normalen gesellschaftlichen Verhaltens abgekommen sein könnte – das hat er durch seine Flucht schon getan – und daß du vielleicht Jagd auf einen Kriminellen machst.«

»Aber du hast gesagt, deine Buchprüfer haben festgestellt, daß er sauber ist.«

»Völlig sauber, ja. Mir macht Sorgen, wie gründlich er seinen Abgang vorbereitet hat. Falls du Madeleines Erklärungen und die Meinungen von Frau Doktor Levy teilst, bedeutet das einen rationalen Verzweiflungsakt. Es fällt mir schwer, das zu glauben, angesichts des Teufelskreises aus Manie und Depression, den die beiden schildern. Vergiß nicht, daß ich mit Larry zusammengearbeitet habe. Ich habe ihn in Höhen und Tiefen erlebt – und die Erfahrung gemacht, daß es in beiden Zuständen schwierig ist, mit ihm zurechtzukommen. Das ist meine Schuld, nicht seine. Aber von einem bin ich überzeugt: was auch immer Larry über sich gesagt haben mag, über die Aufschwünge und Abstürze, war nie die ganze Wahrheit. Versteh mich recht! Ich will nicht behaupten, daß er gelogen hat. Mir ist klar, daß in beide Extremsituationen Illusionen hineinspielen. Zumindest verstehe ich die Einsamkeit seines Leidens. Aber ich muß ihn als Direktor ablösen. Er ist jetzt eine Zeitbombe und hat ein ganzes Bündel unserer Aktien bei sich.«

»Hast du das Madeleine gesagt?«

»Noch nicht.«

»Hast du es Mama gesagt?«

»Deiner Mutter brauche ich gar nichts zu sagen. Sie kann meine Gedanken lesen.«

»Und was sagt sie?«

»Ich zitiere sie wörtlich: ›Deine Tochter und ihre Kinder müssen mit dem leben, was Larry ist und was er tut. Behalte deine unerfreulichen Gedanken für dich.‹ Natürlich hat sie recht. Sie hat meistens recht. Aber bei dir ist es etwas anderes.«

»In welcher Hinsicht etwas anderes?«

»Du bist jetzt ein Jäger, einem Fuchs auf der Spur. Ich will dich nur davor warnen, daß du statt dessen einen Wolf aufspüren könntest.«

2. Kapitel

Doctor Alma Levy war das, was man früher eine »eindrucksvolle Frau« genannt hat. Sie erinnerte mich sofort an Raffaels Entwurf für die Muse Erato, den ich vor Jahren in Wien gesehen hatte. Sie besaß die gleiche Adlernase, den gleichen üppigen Mund, das kräftige, vorkragende Kinn. Ihre schwarzen Haare waren grau gestreift, ihre Augen dunkel. Ihre dunkle Haut war so glatt wie edles Leder. Ich schätzte sie auf Anfang Fünfzig, und es verblüffte mich, daß sie auf unbewußte Weise arrogant und zugleich gelassen wirkte. Man hätte sie für eine Wüstenprinzessin halten können, die sich bereit erklärt hat, für ein Porträt Modell zu sitzen, und dabei den Maler kritisch abschätzt. Madeleine, die den Termin für mich gemacht hatte, warnte mich noch vor etwas anderem: »Sie kann einschüchternd sein. Sie weigert sich, Zeit damit zu vergeuden, um den heißen Brei herumzureden. Wenn du ihr gegenüber nicht offen bist, bricht sie das Gespräch ab.«

Deshalb kam ich mit einer ganzen Liste vorbereiteter Fragen zu Alma Levy. Sehr zu meiner Überraschung nahm sie mich ins Verhör.

»Angenommen, Sie finden Larry Lucas; was werden Sie dann tun?«

»Ehrlich gesagt, Frau Doktor Levy, der Teufel soll mich holen, wenn ich das weiß!«

Zum ersten Mal hellte ihr Blick sich auf, und ein schwaches Lächeln zuckte um ihre Mundwinkel.

»Halten Sie sich für qualifiziert, auf welcher Ebene auch immer mit ihm umzugehen?«

»Nein.«

»Trotzdem haben Sie diese Verantwortung auf sich genommen?«

»Das stimmt nicht ganz. Ich habe die Aufgabe übernommen, ihn zu suchen, und werde nicht zögern, jede Hilfe in Anspruch zu nehmen, die ich brauche. Ich habe die Mittel, dafür zu bezahlen.«

»Wie gut kennen Sie Larry?«

»Wenn ich es recht bedenke, nicht besonders gut. Als er in die Bank eintrat, war ich schon im Begriff, sie zu verlassen. Er fing an, sich um meine Schwester zu bemühen, als ich schon nach Europa abgereist war.«

»Wie empfanden Sie seine Anwesenheit in der Firma und in der Familie?«

»In beiden Punkten war ich hochzufrieden. Damit schien ein Problem meines Vaters gelöst zu sein. Larry bedeutete eine Bereicherung für die Bank. Madeleine war glücklich. Und ich hatte alles, was ich wollte – ein ordentliches Einkommen und die Freiheit, meine Karriere weiterzuverfolgen. Bis ich nach New York gerufen wurde, hatte ich keine Ahnung von Larrys Krankheit. Jetzt weiß ich nur, was Madeleine mir gestern erklärt hat.«

»Sie können sich auf ihre Erklärungen verlassen. Sie ist intelligent und weiß über den Fall Bescheid; aber Sie, ich drücke mich ganz unverblümt aus, Ihnen fehlt die Kompetenz, Larry Lucas in irgendeiner Weise zu helfen.«

»Da bin ich Ihrer Meinung. Ich kann nur seine Spur aufnehmen, mit Hilfe der Verbindungen von Strassberger und meinen persönlichen Kontakten in einer völlig anderen Welt. Selbst wenn ich ihn finde, kann ich ihm nicht vorschreiben, was er mit seinem Leben anfängt.«

»Was werden Sie tun, wenn unser Gespräch beendet ist?«

»Ich spreche mit den Ermittlern meines Vaters und versuche, dem zu folgen, was die Zeitungen die Geldspur nennen; aber Sie müssen viel besser wissen als ich, daß ich ein Phantom jage. Ich habe meine Schwester nach einem Psychogramm ihres Mannes gefragt, und sie hat mir geantwortet, ich sei auf der Suche nach einem hervorragenden Schauspieler, der ein Dutzend beliebiger Rollen spielen könne. Sie hat mir übrigens auch erzählt, sie habe sich schon seit langem mit der Möglichkeit abgefunden, daß Larry Selbstmord begehen könne. Ich wüßte gern, ob Sie dazu einen Kommentar abgeben wollen, Doktor Levy.«

Wieder entstand ein langes Schweigen. Sie nahm die Hände vom Tisch, legte die Fingerspitzen aneinander und führte sie an die Lippen. Sie schien nicht mich anzuschauen, sondern einen fernen Punkt am Horizont. Als sie schließlich etwas sagte, schwang eine Spur Sanftheit in ihrer Stimme mit.

»Ich habe im Laufe der Jahre viel über das nachgedacht, Mr. Strassberger, was man Berufsethos nennt, vor allem in bezug auf die Privatsphäre des Patienten. Manchmal kommt es zu einem deutlichen Konflikt zwischen dem relativen Recht des Patienten auf Privatsphäre und seinem absoluten Bedürfnis nach Hilfe. Ich meine das nicht juristisch, sondern moralisch. Ich habe einen Heilberuf. Ich bin immer noch der Meinung, daß der beste Leitfaden für mich ein Satz aus dem Hippokratischen Eid ist: ›Ich werde die Kranken bewahren vor Schaden und willkürlichem Unrecht.‹ Ich pflichte der Familie bei, die Polizei nicht einzuschalten – jedenfalls nicht im Augenblick. Ehe Sie heute morgen kamen, mußte ich mir schlüssig werden über die Gefahren, die darin liegen, Ihnen etwas anzuvertrauen. Ich mußte abwägen, ob Sie diese Informationen früher oder später dazu verwenden könnten, meinem Patienten zu schaden.«

»Und wozu haben Sie sich entschlossen, Doktor Levy?«

»Meinem Patienten zuliebe muß ich Ihnen trauen.«

»Danke für Ihr Vertrauen.«

»Ich habe wenig Vertrauen in die menschliche Natur, Mr. Strassberger. Ich habe zu viele Schwächen gesehen. Ich setze auf Sie, weil Sie bereit waren, sowohl Unwissenheit als auch Inkompetenz einzugestehen. Was brauchen Sie Ihrer Meinung nach von mir?«

»Als erstes eine Vermutung. Glauben Sie, daß Ihr Patient noch am Leben ist oder bereits tot?«

»Ich glaube, daß er am Leben ist, kann aber nicht dafür garantieren.«

»Falls er am Leben ist, welche Rolle spielt er dann Ihrer Vermutung nach?«

Ihre Antwort war so scharf wie ein Peitschenknall.

»Diejenige, die der Ihren am nächsten kommt, Mr. Strassberger.«

»Was meinen Sie damit?«

»Ein ständig wiederkehrendes Thema bei meinen Sitzungen mit Larry war das, was er ›Dienstverpflichtung‹ nannte. In Phasen des Selbstekels fühlte er sich versklavt. In Ketten gelegt durch die Umstände seiner Ausbildung, durch seine Krankheit, durch seine Begabung für seine Arbeit und durch die Familie, die er sich ausgesucht hatte. Am schlimmsten war, daß seine Ketten ihn gleichzeitig retteten. Er brauchte die Ordnung und die Disziplin, die sie ihm auferlegten. In gewisser Weise war das der Ersatz für die Eltern, die er verloren hatte. Sie dagegen sind entkommen, Sie hatten die Fesseln abgestreift und waren dafür auch noch belohnt worden. Manchmal hegte er einen Groll gegen Sie, aber meistens bewunderte er Sie, wenn auch widerwillig, wie einen Sträfling, der durch ein Wunder den Teufelsinseln entkommen ist. Er hat sich verachtet, weil er sich als ein Tier sah, das nur in der Gefangenschaft überleben kann. Je größer die Selbstverachtung, desto stärker der Drang, dem Selbst zu entfliehen.«

»Indem er sich hinter einer fiktiven Identität versteckt?«

»Mit allen Mitteln, die ihm zur Verfügung stehen.«

»Um Gottes willen, wie viele Leben kann er führen?«

»Vermutlich eine ganze Menge. Ihre Schwester schätzt das Geld, über das er verfügen kann, auf fünf bis sechs Millionen Dollar.«

»Mit so viel Geld könnte er sich königlich amüsieren.«

»Falls er nicht beschließt, es in einer trotzigen Geste in alle Winde zu zerstreuen.«

»Er weiß zu viel über das Finanzwesen, als daß er sich von allem trennen würde – wie ein indischer Fakir oder der heilige Franziskus.«

»Ich versuche, Ihnen zu erklären« – Alma Levy sagte es ernst, aber überraschend geduldig –, »daß auch ich es nicht wage, die Extreme bei manisch-depressivem Verhalten vorherzusagen. Wenn man erst einmal davon ausgeht, daß Selbstmord eine mögliche Folge ist, bleibt noch eine Riesenauswahl an anderen Entscheidungen übrig – und jede von ihnen hat im Rahmen der verzerrten Logik gute Gründe. Die Gipfel der Manie sind schwindelerregende, ekstatische Orte, über die der Patient in seiner Illusion hinwegschwebt wie ein Adler. Die Täler, in die er danach abstürzt, sind tief, dunkel und erfüllt vom Gestank nach Aas. Er kann sich nicht daraus befreien, weil die Felswände zu steil und zu glatt sind. In dieser Situation ist das Grauen so stark, daß der Schmerz die Vernunft erschüttert. Es ist, als wäre man mit Handschellen an eine Leiche gefesselt ... Die einzige Rettung liegt darin, das Bewußtsein auszulöschen.«

»Das klingt wie ein Vorgeschmack der Hölle.«

»Es ist die Hölle, Mr. Strassberger – und die Qual wird noch dadurch verstärkt, daß die meisten Patienten keine Worte finden, sie auszudrücken. Sie verstehen natürlich, daß ich extreme Symptome beschreibe. Sie müssen außerdem verstehen, daß die Krankheit – und es ist eine Krankheit – von Natur aus zyklisch und progressiv verläuft. Sie ist außerdem in gewisser Hinsicht ansteckend, weil jeder, der eine Beziehung zu dem Patienten hat, davon berührt wird.«

»Madeleine hat das anders ausgedrückt. Sie sprach von Augenblicken, in denen sie die Kraft zur Liebe verlasse.«

»Ihre Schwester ist eine kluge Frau. Außerdem ist sie sehr mutig.«

»Ich stelle die nächste Frage nur zögernd; aber ich muß mir vorstellen können, was für eine Gesellschaft sich Larry im Exil suchen könnte, und was wird aus seinem Sexualleben?«

»Im allgemeinen geht die Libido in den depressiven Phasen stark zurück. Während der manischen Aufschwünge steigert sie sich und kann aggressive Formen annehmen.«

»Aggressiv in welchem Sinn?«

»Am einen Ende der Skala: ausdrückliche Demonstrationen von Verlangen und Potenz; am anderen Ende zornige Gewalttätigkeit.«

»Madeleine hat mir gesagt, daß Larry ihr oder den Kindern gegenüber nie gewalttätig geworden ist. Sie hat jedoch zugegeben, daß sie gewalttätige Ausbrüche miterlebt hat.«

»Dann sollten Sie sich damit begnügen und ihr weitere Fragen ersparen.« Es war eine deutliche Warnung, und ich nahm sie hin. Alma Levy fuhr milder fort: »Was die Art von Gesellschaft betrifft, die sich Larry suchen könnte, sollten Sie jedoch bedenken, daß er einen Bannkreis schaffen muß, in dem seine neue Identität nicht angezweifelt wird. Deshalb wird er langfristige intime Beziehungen vermeiden und sich ein Umfeld suchen, in dem er wie ein Chamäleon eine Tarnfarbe annehmen kann. Er wird Orten oder Ereignissen aus dem Weg gehen, wo ihn eine zufällige Begegnung oder ein Foto verraten könnten.«

»Meinen Sie, daß er über all diese Risiken nachgedacht hat?«

»Ja. Das macht mir ja solche Sorgen: das Element der Vorüberlegung.«

»Warum macht Ihnen das Sorgen?«

Dieses Mal wurde ich sehr energisch gewarnt.

»Ich bin im Augenblick nicht bereit, mit Ihnen darüber zu sprechen. Das könnte zu Spekulationen führen, die meinem Patienten schaden.«

»Dann sollten Sie wissen, Doktor Levy, daß andere Menschen mit dem Spekulieren schon angefangen haben.«

Sie war sofort alarmiert und feindselig.

»Was für andere Menschen? Was sagen die?«

»Mein Vater, der sehr eng mit Larry zusammengearbeitet hat, äußerte die Befürchtung, er könne vom rechten Weg korrekten gesellschaftlichen Verhaltens abgekommen sein, und daß ich vielleicht Jagd auf einen Kriminellen mache. Das sind seine Worte, nicht meine.«

Doktor Alma Levy saß schweigend da und dachte über diese Möglichkeit nach. Ihr Blick war verschleiert, ihr Mund zugeschnappt wie eine Falle. Die nächsten Worte wählte sie mit äußerster Sorgfalt. »Wir reden hier über das Überleben, Mr. Strassberger, das Überleben unter extremstem Leiden. Der Zustand des Patienten ist wie der eines Opfers in einer Folterkammer. Es gibt keine Hoffnung auf Entkommen. Die einzige Hoffnung besteht darin, daß die Folterer müde werden oder daß sie schnell sterben. In einer solchen Situation gibt es keine Moral. Nichts, was das Opfer sagt oder tut, um sich die Folter einen Augenblick lang zu erleichtern, darf verurteilt werden. In diesem Sinn hat Ihr Vater recht. Andererseits hat er unrecht, denn er verurteilt einen Menschen, dessen Leiden er nicht nachempfinden und nie, niemals verstehen kann. Folglich werden Sie vielleicht feststellen, daß Sie einen Kriminellen verfolgen. Aber Sie dürfen sich nicht anmaßen, über ihn zu Gericht zu sitzen! Das Menschenfreundlichste, was Sie tun können, ist, ihn so schnell wie möglich zu mir zurückzubringen. Ich bin immer noch seine Ärztin. Er braucht meine Betreuung.«

»Ich glaube Ihnen, Doktor Levy; aber verzeihen Sie, wenn ich nachhake. Mein Vater ist schlau, aber nicht bösartig. Hier geht es auch um seine Tochter und seine Enkel. Mir gegenüber hat er das viel ernster ausgedrückt. Damit hat er, ob zu Recht oder Unrecht, eine aktivere, feindseligere Situation unterstellt.«

Dieses Mal dauerte das Schweigen länger, und dann

kamen die Worte weniger beredt und zögerlicher heraus. »Mr. Strassberger, versuchen Sie, eins zu verstehen. Ich verfüge in meinem Beruf über gewisse Fähigkeiten, aber ich bin nicht Gott. Ich kann Ihnen kein Diagramm jeder menschlichen Psyche zeichnen. Ich gehe mit jedem meiner Patienten durch dunkle, qualvolle Orte. Jedes neue Gespräch bringt neue Gefahren für mich und für meinen Patienten mit sich. Sie sprechen von Feindseligkeit. Dieses Wort steht für eine Unzahl von Verhaltensweisen. Im Fall eines Depressiven richtet sich die Feindseligkeit in erster Linie gegen das Selbst, wird aber auch anderen gegenüber sichtbar ... Manchmal bedauerlicherweise mit tragischen Folgen. Aber diese Übertragung ist für uns alle eine Tatsache des täglichen Lebens. Die Normalsten unter uns verstehen die Reaktion ›Warum ich?‹, wenn es im Leben zu einer Tragödie oder einer Krankheit kommt. Wird Larry Lucas, wenn Sie ihm wieder begegnen, Ihnen gegenüber feindselig sein? Vermutlich. Denn dann haben Sie ihm die Karnevalsmaske abgerissen, welche er auch immer tragen mag. Andererseits ist er vielleicht dankbar, daß die ganze Scharade vorbei ist und daß seiner Familie so viel daran lag, nach ihm zu suchen und ihn in ein normaleres Leben zurückzulocken. Depressive Erkrankungen lassen sich lindern, wenn auch nicht heilen. Was kann ich Ihnen sagen? Manchmal wird der Überbringer einer Nachricht erschossen. Manchmal wird sogar versucht, den Heilenden umzubringen. Schauen Sie mich nicht so überrascht an! Das müssen Sie doch schon als Kind gelernt haben – wenn Sie versuchen, einem verletzten Welpen zu helfen, schnappt er als erstes nach Ihnen, weil Sie ihm wieder weh tun ... Ich hoffe, Sie verstehen mich, Mr. Strassberger, denn viel mehr kann ich Ihnen nicht sagen – wenn Sie sich nicht eine Stunde lang Fachchinesisch anhören wollen.«

Plötzlich sah ich keine arrogante Fachfrau mehr vor mir, sondern eine müde Frau in mittleren Jahren, die eine Last aus zu vielen verpfuschten Leben mit sich herumschleppte.

Das Gespräch war zu Ende, zwanzig nach zwölf. Ich hatte das Gefühl, ich sollte mich mit etwas Besserem verabschieden als mit »auf Wiedersehen« und »danke«. Deshalb fragte ich zögernd, ob sie mir gestatte, sie zum Essen einzuladen. Zum ersten Mal lächelte sie.

»Das ist sehr nett von Ihnen, Mr. Strassberger; aber bei gutem Wetter verbringe ich meine Mittagspause im Central Park. Ich beobachte die Kinder, freue mich über die Liebespaare und füttere die Enten mit den Sandwichresten. Das würde Sie zu Tode langweilen.«

»Im Gegenteil, es wäre mir eine Ehre. Ich kaufe mir auch ein Sandwich und verspreche, nicht über Ihren Beruf oder die Strassbergers zu reden.«

»Andererseits würde es mich interessieren, etwas über Ihr Leben zu erfahren.«

Und so verbrachte ich eine unentgeltliche Privatsitzung bei Alma Levy. Wir saßen auf dem Rasen, aßen Sandwiches, tranken Limonade aus Pappbechern und redeten kein einziges Mal über die Dämonen, die Doktor Levys Leben heimsuchten. Ich machte eine Skizze von ihr auf einem Pappdeckel, den ich aus einem Abfallkorb geholt hatte. Sie schlug mir vor, mit ihr in Verbindung zu bleiben, und versprach mir, mich nach meiner Rückkehr zum Abendessen bei sich zu Hause einzuladen. Als wir uns an der Tür zu ihrer Praxis verabschiedeten, legte sie mir kurz die Hand auf die Wange und sprach eine Art Segen.

»Danke für mein Porträt. Das war einer der wenigen Augenblicke, in denen ich bereut habe, nicht zwanzig Jahre jünger zu sein. Gott hat es gut mit Ihnen gemeint, Carl Emil. Gehen Sie bitte sanft mit meinem Patienten um.«

Um halb drei Uhr nachmittags wurde mir ein völlig anderes Bild von Larry Lucas präsentiert. Es wurde mir auf einem großen Computerbildschirm im Konferenzraum einer Firma namens Corsec Inc. in der Madison Avenue vorgeführt. Der Mann, der es mir erklärte, hieß Giorgiu Andrescu –

kurz George. Er war etwa Anfang Zwanzig, trug verwaschene Jeans, abgewetzte Turnschuhe und ein abgetragenes kariertes Hemd. Er sah aus wie ein schmuddeliger Student, gebärdete sich aber wie ein leicht überheblicher Lehrer, der einen begriffsstutzigen Schüler vor sich hat.

»Corsec ist natürlich eine Abkürzung für Corporate Security, und wir gehören zu den führenden Unternehmen auf dem Gebiet der Firmensicherheit. Wir verfügen über eigene interkontinentale Überwachungs- und Informationsnetze. Wir schützen sie mit den ausgeklügeltsten Alarmanlagen, die es gibt. Strassberger gehört zu unseren am meisten geschätzten Kunden, und ich bin der für die Bank zuständige Angestellte. Sie können online über jedes unserer Büros auf der Welt mit mir Kontakt aufnehmen. Die Akte Lucas wird mit jeder Information, die Sie uns liefern, auf den neuesten Stand gebracht, und gleichzeitig weiten wir unsere Nachforschungen auf jedem Gebiet aus, das Sie uns nennen. Die ersten Aufnahmen auf dem Schirm zeigen Fotos von Larry, Unterschriftsproben und eine Kurzbiographie bis zum Tag seines Verschwindens ... Durch Computeranimation können wir Ihnen zeigen, wie Larry mit einem Bart, mit Brille, mit rasiertem Schädel und so weiter aussehen würde. Lucas' Frau und Mr. Strassberger senior haben die biographischen Einzelheiten überprüft und als korrekt befunden. Fallen Ihnen irgendwelche Bemerkungen dazu ein, Mr. Strassberger?«

Ich unterdrückte, was ich eigentlich gern gesagt hätte, nämlich, daß Larry Lucas ein attraktiver Teufelskerl war, nach dem sich in einem Restaurant die meisten Frauen umgedreht hätten. Falls ihm mental elend zumute war, sah man das jedenfalls seinem Blick nicht an, und um die nach oben gezogenen Mundwinkel zuckte ein schelmisches Grinsen. Ein guter Kumpel, hätte man sagen können – bei der Arbeit und beim Spiel –, und ich konnte den puritanischen Impuls meines Vaters, ihm einen Dämpfer aufzusetzen, verstehen.

Dann rief Giorgiu Andrescu Larrys Karriere bei Strassberger ab. Auch dazu erübrigte sich jeder Kommentar. Die Ergebnisse der internen Buchprüfung seiner Aktivitäten in Europa wurden zusammengefaßt und ergaben, daß die Buchprüfer sie ohne jede Einschränkung gelten ließen. Giorgiu Andrescu schränkte den Befund jedoch von sich aus ein.

»Verstehen Sie, Mr. Strassberger, es hat unsere Ermittlungen stark behindert, daß Lucas de facto noch Direktor ist und sein Verschwinden in keiner Weise erwähnt wurde. Das bindet uns bei unserer weiteren Arbeit die Hände. Es hindert uns daran, Informationen beim Büropersonal oder bei Kunden von Strassberger einzuholen.«

»Natürlich verstehe ich, wo die Schwierigkeit liegt. Vielleicht müssen wir doch noch an die Öffentlichkeit gehen. Aber das ist eine Entscheidung, die wir nicht überstürzen sollten.«

»Selbstverständlich!« Andrescu, der gute Sachbearbeiter, war sofort einverstanden. »Und unsere Alarmsysteme sind eigens dazu installiert, zu verhindern, daß so etwas durchsickert.«

Er rief der Reihe nach Informationen ab; Bankbelege, Zusammenfassungen juristischer Konferenzen, Kreditkartenabrechnungen. Jede Einblendung, die auf dem Schirm auftauchte, erklärte er, und müde faßte er zusammen: »Der Typ ist ein offenes Buch. Sogar sein Terminkalender ist in Ordnung. Alles hat mit dem Auftrag zu tun, den er zu erledigen hatte. Das Finanzamt würde ihm für mustergültiges Verhalten einen Orden verleihen. In finanzieller Hinsicht ist er so unschuldig wie eine Jungfrau.«

»Hat er sich denn überhaupt nie amüsiert?«

»Falls ja, dann weit weg vom Büro. Aber bedenken Sie! Er hat nur viereinhalb Tage pro Woche in Paris verbracht. Angesichts der Riesenarbeit, die er zu bewältigen hatte, blieb ihm nicht viel Zeit, sich zu amüsieren.«

»Irgendwelche Liebeleien im Büro?«

»Keine, von denen wir etwas gehört hätten.«

»Außerhalb der Bürozeiten?«

»Er hat jeden Morgen von sechs bis sieben gejoggt und meistens mit einem seiner Verhandlungspartner gefrühstückt. Abends hat er im Sportstudio »Apollo« in der Nähe des Strassbergerschen Büros trainiert. Ich sage Ihnen, Mr. Strassberger, dieser Typ war wie ein guter Soldat. Er hat sich fit gehalten – und soweit wir informiert sind, hatte er seine Hormone im Griff.«

»Und er hat die ganze Zeit in Paris verbracht?«

»Die meiste. Sehen wir unter der Rubrik Reisen nach. Hier. Er ist regelmäßig in London gewesen, um sich mit britischen Anwälten zu treffen. Die meisten Reisen waren Tagesausflüge – Abflug früh am Morgen, Rückkehr zum Abendessen. Da gab es, Moment mal, vier Reisen nach Genf, alle bis auf eine auch nur Tagesausflüge. Hier taucht Doktor Hubert Rubens in den Akten auf. Die Termine hat in allen Fällen Claudine Parmentier gemacht, die Larrys Sekretärin in Paris war und es theoretisch wohl auch noch ist. Die Reisen sind in ihrem Terminkalender und in dem Larrys vermerkt; aber sie gingen auf sein Konto und nicht auf das von Strassberger. Das hat die Buchprüfung ergeben.«

»Weitere Abweichungen?«

»Zwei. Besuche mit Übernachtung in Mailand, im Terminkalender unter der Abkürzung SVEEO vermerkt. Auch diese Reisen hat Claudine gebucht und über das Konto von Larry Lucas abgerechnet. Er hat nicht erklärt, wofür die Abkürzung steht. Sie hat ihn nicht danach gefragt. So war er eben. Er konnte sehr schroff werden, wenn man ihn auf dem falschen Bein erwischte.«

»Wie schätzt sie ihn ein?«

»Wir haben sie nicht danach gefragt. Wir haben noch nicht damit angefangen, solche Informationen zu sammeln. Wie hätten wir das auch tun sollen? Unser Auftrag lautete, das Büro im allgemeinen zu überprüfen, keine Einzelpersonen. Aber mal abgesehen davon, daß Claudine Parmentier durchblicken ließ, Lucas sei anspruchsvoll gewesen, hat sie den Eindruck vermittelt, daß sie den Mann respektierte, sogar mochte.«

»Das überrascht mich nicht, Larry war sehr liebenswert.«

Plötzlich stach mir etwas auf dem Bildschirm ins Auge: zehn Tage Abwesenheit vom Büro, nicht belegt durch Reiseunterlagen. Ich fragte, was das zu bedeuten habe. Giorgiu Andrescu hatte die Antwort sofort parat.

»Mr. Lucas hat die wichtigsten Verhandlungspartner und ihre Berater zu einer einwöchigen Kreuzfahrt um die Balearen eingeladen – Mallorca, Menorca, Ibiza. Offenbar waren die Verhandlungen ins Stocken geraten, und er hat das für eine gute Methode gehalten, sie wieder in Fluß zu bringen.«

»Wer hat die Kreuzfahrt gebucht?«

»Lucas, nehme ich an.«

»Aber die Kreuzfahrt taucht in der Buchprüfung nicht auf. Das muß ein ziemlich hoher Posten gewesen sein.«

»Ich bin Ihrer Meinung, aber es ist eine Tatsache, daß weder der Vertrag noch die Zahlung in den Akten aufgetaucht sind. Es gibt jedoch einen Eintrag im Terminkalender: ›Konferenz außerhalb von Paris, genehmigt von Mr. Emil Strassberger.‹ Wir müssen davon ausgehen, daß die Zahlung aus irgendeinem Grund vom New Yorker Büro aus erfolgt ist.«

Ich schrieb mir die Daten auf und erklärte Andrescu, daß ich meinem Vater die Sache vortragen würde.

Abschließend fragte ich, ob er mir noch mehr zu zeigen habe.

»Nein. Was Sie gesehen haben, ist alles, was wir haben. Ich gebe Ihnen einen Ausdruck, bevor Sie gehen.«

»Danke. Halten Sie die Akte offen. Ich versorge Sie mit jeder neuen Information, an die ich herankomme.«

»Darf ich einen Vorschlag machen?«

»Ich bitte darum.«

»Im Augenblick sind wir durch unsere Instruktionen eingeschränkt und absolut unterbeschäftigt. Glauben Sie mir,

Mr. Strassberger, was Sie heute gesehen haben, ist Schnee von gestern, Anfängerarbeit. Aber sobald Sie uns freie Hand und eine Vollmacht geben, werden Sie sich wundern, was für Informationen wir liefern können. Sie brauchen uns nicht danach zu fragen, und wir werden es Ihnen auch nicht sagen, woher diese Informationen stammen; aber wir garantieren für ihre Echtheit. Denken Sie darüber nach, Mr. Strassberger. Sprechen Sie mit Ihrem Vater darüber.«

Ich versprach ihm, darüber nachzudenken. Außerdem dachte ich in vollem Ernst, ehe Giorgiu Andrescu dreißig sei, würden er und seinesgleichen die Welt beherrschen, weil sie Zugang zu allen Geheimnissen der Welt hätten. Ich hatte das unbehagliche Gefühl, es werde keine Rolle spielen, wieviel wir ihnen dafür bezahlten, unseren Interessen zu dienen; sie würden immer ein Trumpfas im Ärmel behalten.

Als ich am späten Montag nachmittag in das Büro meines Vaters kam, war er in finsterer Stimmung. Die Aktienkurse fielen gefährlich schnell, und er hatte den ganzen Tag lang versucht, seine Positionen rund um die Welt zu wahren. Tokio, Hongkong, Sydney und Singapur hatten allesamt mit Verlusten abgeschlossen. New York hatte sich vor Börsenschluß etwas beruhigt. An der Westküste stand es immer noch kritisch. Als ich ihn nach seinem Ergehen fragte, zuckte er unfroh die Achseln: »Wir halten durch, Carl; aber das da draußen ist ein gottverfluchter Jahrmarkt: Zuhälter, Huren, Trickbetrüger, Verkäufer von Schlangenöl. Kaum bekommst du einen Fuß auf den Boden, schon kommen die Bankräuber und versuchen, ihn dir wegzuziehen ... Ich werde müde, mein Sohn, und allmählich denke ich, es wäre schön, wenn mir jemand mein Geschäft wegnähme. Im Augenblick würde ich, falls der Preis stimmt, das Geld nehmen und davonlaufen.«

»Wirklich?«

»Stell mich auf die Probe!« Es gelang ihm ein widerstrebendes Lächeln. »Ein Drink zum Herunterspülen eines miesen Tages. Hältst du mit?«

»Danke. Ich kann auch einen vertragen.«

Während er einschenkte, sprach er über die Schulter weg mit mir.

»Erzähl mir von deinem Tag.«

Ich berichtete ihm von Giorgiu Andrescu und den fehlenden Reiseunterlagen für Larrys zehntägige Kreuzfahrt. Mein Vater brach in Gelächter aus. Er lachte so haltlos, daß die Karaffe in seiner Hand zitterte und sich Whiskey auf die Glasabdeckung des Barschranks ergoß.

»Da hast du es! Genau das meine ich. Es ist kriminell, was wir den Leuten von Corsec für das zahlen, was sie so gern Sicherheit nennen. Die sind wie alte Hexenmeister, verhökern Schwarze Magie! Es gibt einen ganz einfachen Grund dafür, warum Larrys Kreuzfahrt nicht in den Akten auftaucht. Sie hat überhaupt nicht stattgefunden. Er hat mit mir darüber gesprochen, und ich habe ihm erklärt, daß er alles tun kann, was seiner Meinung nach am besten für das Geschäft ist. Ich habe ihm allerdings auch gesagt, daß er sich diese Strategie gut überlegen soll. Ich bin schon oft in einer solchen Lage gewesen. Alles scheint ins Stocken zu geraten. Niemandem fällt etwas Neues ein. Das Getriebe funktioniert nicht mehr. Ich habe Larry vorgeschlagen, statt seine Probleme mitzuschleppen solle er ihnen entgehen und eine Weile allein sein – sich entspannen, das Getriebe wieder anwerfen. Ich konnte es damals nicht so benennen, wie ich es heute kann, aber offenbar steckte er in einer tiefen Depression. Er sprach davon, eine Woche lang nach Hause zu kommen. Das habe ich ihm ausgeredet und ihm vorgeschlagen, er solle sich eine absolute Pause vom Geschäft und der Familie gönnen. Das Geschäft war angelaufen, es schadete nichts, es eine Zeitlang ruhen zu lassen ... Der Grund dafür, daß es keine Belege gibt, liegt darin, daß Larry zwar schließlich meinen Rat annahm, aber darauf bestand, seinen Urlaub selbst zu bezahlen.«

»Aber wohin auch immer er gereist sein mag, die Buchungen sind nicht von seinem Büro aus erfolgt.«

»Das verstehe ich. Wenn du völlig abschalten willst, sagst du niemandem Bescheid über dein Ziel. Was hat dir Andrescu sonst noch gesagt?«

»Nichts, was du nicht schon weißt. Er hat mir den Ausdruck gegeben, den du auch schon hast. Aber er hat vorgeschlagen, wenn wir ihm eine Vollmacht geben und keine Fragen nach den Quellen stellen, könnten sie jede Menge mehr Informationen liefern.«

»Und wieviel mehr kostet uns das? Die haben von uns schon einen dicken Vorschuß kassiert.«

»Wir könnten doch über eine Belohnung verhandeln. ›Soundso viel für Informationen, die zum Aufspüren von Larry Lucas führen.‹«

Er dachte kurz darüber nach und nickte dann zustimmend.

»Falls sie das gut hinkriegen – aber es muß per Handschlag besiegelt werden, ohne Verträge. Wir können nicht riskieren, daß sie in unsere Privatsphäre eindringen. Wir hängen davon ab, daß sie uns saubere Informationen liefern, und die hängen davon ab, daß wir prompt bezahlen.«

»Wieviel willst du dafür bieten?«

»Im Höchstfall eine Viertelmillion.«

»Ich werd's versuchen, aber es gibt noch etwas, was wir beide jetzt gleich entscheiden müssen. Was willst du deinen leitenden Mitarbeitern hier erzählen? Was soll ich den Leuten in Paris erzählen?«

»Die Wahrheit – jedenfalls zum Teil. Larry hat für das Bankhaus Strassberger einen großen Abschluß getätigt. Alle profitieren davon. Seine finanzielle Bilanz ist makellos. Larry hat jedoch eine depressive Erkrankung erlitten und auf Rat seiner Ärztin einen langen Erholungsurlaub beantragt. Das ist kein geschäftlicher Skandal, sondern eine Familientragödie. Die Presse wird nur minimal darauf reagieren, weil weder ein Verbrechen unterstellt werden kann noch begangen worden ist. Im Befinden eines erfolgreichen Mannes spielt immer ein tragisches Element mit, wenn ihn im Augenblick des Triumphs ein Leiden anfällt. Unser Personal wird sich diskret verhalten, denn alle haben gute Geschäfte am Wickel, und der Name Strassberger ist ihr Schutzschild. Sobald die Nachricht verbreitet und in Umlauf gebracht wird, kannst du, Carl, behutsam die möglichen Folgen andeuten – wohin solche Episoden führen können: Selbstmord, Flucht ... Ich weiß, daß das deine Nachforschungen behindert, aber jeder andere Kurs könnte uns schaden und wäre zweifellos der Ruin für Larrys weitere Karriere – falls es noch eine für ihn gibt.«

Wie immer mußte ich bewundern, wie schnell und pragmatisch er die Geschichte anging. Gleichzeitig fiel mir auf, wie er durch die Erfahrung – und vielleicht durch seine Schuldgefühle – gealtert war. Dennoch konnte ich ihm die unverblümte Diagnose von Doktor Alma Levy nicht ersparen. Ich versuchte, mich so taktvoll wie irgend möglich auszudrücken, aber er tat das mit einer ungeduldigen Handbewegung ab.

»Spuck's schon aus, Carl! Sonst bleibt es dir wie eine Fischgräte in der Kehle stecken.«

Während ich redete, ging er wieder hinüber zum Barschrank, goß sich noch mehr Scotch ins Glas und stürzte die Hälfte auf einen Schluck hinunter. Zum ersten Mal in meinem Leben bekam ich mit, daß er hinter einem Whiskeysodaglas Zuflucht suchte, und seltsamerweise schockierte mich das. Schweigend hörte er mich an, setzte sich dann auf den Schreibtischrand und trank langsam in kleinen Schlucken den restlichen Alkohol. Schließlich, Satz für Satz, brachte er bedächtig seine Beichte vor.

»Frau Doktor Levy sieht das ganz richtig ... In einer Hinsicht habe ich nicht das Recht, Larry zu verurteilen. Ich kann sein Leiden nicht nachempfinden, weil ich nicht einmal fassen kann, worin es besteht. Ich gebe außerdem zu, daß ich ihn zu sehr angetrieben und ihm zu wenig Lob oder

Ehre zugestanden habe. Du wirst nie ermessen können, Carl, wie schlimm es für mich war, dich als Mitglied im Geschäft und in der Familie zu verlieren. In einem gewissen Licht, in gewissen Stimmungen habe ich dazu geneigt, in Larry Lucas einen Eindringling zu sehen, der meine Tochter und dein Geburtsrecht an sich gerissen hat. Sicher, er hat mit Schufterei und Blut für seinen Anteil bezahlt, aber ich konnte es mir selbst nicht eingestehen, von Larry Lucas ganz zu schweigen. Hier und jetzt flüstert mir eine leise, bösartige Stimme ein, daß ich möglicherweise sogar froh darüber bin, was Larry widerfahren ist, weil du dadurch in das Geschäft und die Familie zurückgekehrt bist.«

Ich wußte, was er in diesem Moment von mir brauchte: ein paar besänftigende Worte, Verständnis, wenn nicht sogar Hoffnung für das dynastische Überleben der Familie Strassberger. Er verlangte weder Eide noch Versprechungen, nur etwas Trost, der ihm im Augenblick die Last erleichterte. Doch ich konnte ihm dergleichen nicht geben. Mir saß derselbe Alp wie ihm im Nacken, flüsterte mir ins Ohr, beschwor mich, ja keine Zugeständnisse zu machen, die mir später als Dienstverpflichtung ausgelegt werden könnten. Gott steh mir bei – ich ließ deshalb den Augenblick verstreichen, und die guten Worte blieben unausgesprochen.

Das restliche Gespräch verlief banal: es ging darum, welche von den Führungskräften als erste informiert werden sollten; wer die Standhaften waren, denen man Geheimnisse anvertrauen konnte, wer die Klatschmäuler, die es an der Börse herumerzählten; wie ich Fragen nach meiner Funktion im Unternehmen beantworten sollte; was für Vollmachten und Dokumente ich in Paris brauchte – und ob Paris der richtige Ort sei, mit meinen Nachforschungen anzufangen. Wir diskutierten über diesen Punkt, bis es an der Zeit war, nach Hause zu fahren und mit meiner Mutter einen Cocktail zu nehmen.

Danach war ich zum Abendessen mit Madeleine verabredet und kämpfte mich zum letzten Mal mit ihr durch das Dickicht einer schwierigen Ehe.

Der Abend zog sich lange hin. Erst mußte ich den Kindern eine Gutenachtgeschichte erzählen, Marianne, einer blonden Schönheit, fünf Jahre alt, aber ausgestattet mit der Weisheit von Jahrhunderten, und Laurence Emil, zwei Jahre älter als sie, der sich schon jetzt darüber beschwerte, daß Frauen sein Leben tyrannisierten.

Ich erzählte ihnen Äsops Fabeln. Sie sind kurz und lassen sich außerdem leicht mit schnell hingeworfenen Skizzen illustrieren: der Fuchs und die Trauben, der gefräßige Hund, der seinen Knochen ins Wasser fallen läßt. Beide Kinder wurden mit einem Gutenachtkuß ins Bett gepackt, mit einem Andenken an Onkel Carl auf dem Nachttisch. Onkel Carl schlich sich aus dem Zimmer, bereichert um eine kurze Vision der Unschuld und verfolgt vom Bild eines anderen Mannes, der ziellos über eine von der Pest heimgesuchte Landschaft floh.

Das Abendessen verlief problemlos. Unsere Mutter hatte uns beide gelehrt, dem Koch die Ehre zu erweisen und das Essen zu genießen; deshalb ließen wir die Leichen im Keller und plauderten leichthin über erfreuliche Dinge. Kindheitserinnerungen, alte Freunde und ihre neuen Abenteuer, verliebt oder entliebt, über das, was ich machte, warum ich nicht vorhatte zu heiraten, und wie leicht aus mir ein Graubart werden konnte, der sich in einer frostigen Scheune endlos mit einem Manuskript beschäftigte.

Als wir mit dem Essen fertig waren, hatten die Erinnerungen für uns beide etwas Manisches angenommen. Der Klang der Uhr auf dem Kaminsims, die zehn schlug, brachte uns auf prickelnde Weise zum Schweigen. Madeleine stand auf, führte mich in den Salon und rollte sich dann auf dem Sessel gegenüber dem meinen zusammen. Ihre ganze Haltung hatte etwas Abwehrendes. »Du siehst genau aus wie Vater«, sagte sie, »wenn er den Großinquisitor spielt.«

»Ich komme mir wie ein Eindringling vor. Bitte versuch, nicht wütend auf mich zu sein.«

»Das habe ich nicht vor; aber es ist mir nun mal peinlich und dagegen kann ich nichts tun.«

»Du hast gesagt, daß Larry seine gesamten Unterlagen hier im Haus zurückgelassen hat?«

»Ja.«

»Seinen Taschenterminkalender? Sein Adreßbuch?«

»Beide sind hier.«

»Was ist mit seiner Kleidung?«

»Ein Teil seiner Garderobe ist in Paris.«

»Wo?«

»Im Crillon. Für Stammgäste bewahren sie persönliche Sachen auf.«

»Ich dachte, sein Geschäft in Paris sei abgeschlossen gewesen.«

»Er hat gewußt, daß er wegen Geschäften, die sich aus dem jetzigen Abschluß ergeben, wieder hin muß, außerdem regelmäßig in Firmenangelegenheiten. Das war für uns alle eine Selbstverständlichkeit.«

»Hat jemand im Crillon nachgefragt, ob die Sachen noch dort sind?«

»Ja, sie sind immer noch eingelagert, wie er sie hinterlassen hat.«

»Hast du seine hiesige Garderobe durchsucht?«

»Jedes Kleidungsstück mit einer Tasche – nichts, nichts, nichts!«

»Sein Arbeitszimmer, seinen Schreibtisch, seine Akten ...«

»Ebenfalls. Die Leute von Corsec haben alles durchsucht. Dieser Mr. Andrescu hat sich benommen wie ein Frettchen in einem Kaninchenbau!«

»Gibt es andere Frauen in Larrys Leben, soweit du weißt? Irgendwelche Affären?«

»Soweit ich weiß, nein. Aber falls es sie gäbe ...«

Sie brach ab. Ich wartete einen Augenblick, dann wiederholte ich das Stichwort.

»Falls es sie gäbe ...?«

»Ich hoffe, daß ich das ertragen könnte. Von Doktor Levy habe ich gelernt, daß Larry in bestimmten kritischen Momenten keinerlei moralisches Verantwortungsgefühl hat, weder mir, den Kindern noch sonst irgend jemandem gegenüber. Ihn bindet nichts Soziales an uns. Er ist nur ein Zuschauer. Wir sind lediglich wie Schauspieler auf einer Kinoleinwand.«

»Aber bei unserem ersten Gespräch hast du ihn als hochintelligenten Mann geschildert, hast gesagt, er sei ein guter Ehemann und ein liebevoller Vater.«

»Ich habe auch gesagt, daß in bestimmten Momenten die Vernunft aus dem Fenster fliegt, daß er ein Schauspieler ist, der eine Rolle nach der anderen spielt – und sich dabei zuschaut. Und wenn wir schon über Frauen reden, dann will ich dir sagen, daß Larry ein wunderbarer Liebhaber sein kann. Das Problem ist, daß er es weiß – so wie ein guter Schauspieler weiß, wie er mit seinem Publikum spielen muß, während er auf Distanz bleibt.«

»Geht er so auch mit dir um?«

»Gelegentlich – aber nicht, wenn er er selbst ist. Vielleicht glaubst du mir das nicht, aber ich kann die Zustände voneinander unterscheiden.«

»Aber du gibst zu, daß Larry einer ist, der manipuliert?«

»Ja.«

»Wie hältst du das aus?«

»Manchmal nicht.«

»Was für Frauen ziehen ihn an – zum Beispiel auf einer Party?«

»Wenn es mit ihm aufwärts geht, sind es die aggressiven Schönheiten, die provozierenden. Wenn er abrutscht« – sie stieß ein kurzes wehmütiges Lachen aus –, »sind es die zärtlichen Frauen, die Trösterinnen, die altmodischen Muttertypen wie ich! Noch in seinen wildesten Augenblicken muß er sicher sein können, daß ein Fallnetz aufgespannt ist, weil er weiß, daß er früher oder später vom Gipfel abstürzt.«

»Wo soll ich jetzt nach ihm suchen?«

»Auf den steilen Abhängen und in der Wildnis.«

»Das sagt mir nicht viel.«

»Ich glaube, du solltest in Paris anfangen.«

»Warum?«

»Er hat monatelang dort gearbeitet. Von dort aus hat er seinen Abgang, seine Flucht geplant. Ich vermute, daß er sich dort neue Ausweispapiere beschafft hat.«

»Aber warum sollte er dorthin zurückgekehrt sein?«

»Carl, das alles ist ein Ratespiel; aber manches, was Larry über die Stadt und die Menschen berichtet hat, könnte einen Anhaltspunkt enthalten. Eine seiner Formulierungen habe ich mir gemerkt. Er hat gesagt: ›Paris ist ein faszinierender Ort. Es ist so, wie Rom in meiner Vorstellung gewesen sein muß – untergegangen in den Fluten eines verschwundenen Imperiums. Algerien, Afrika, Indochina, Amerika, die Pazifikinseln … Die ganze Welt verändert sich, wenn du sie vom Eiffelturm aus betrachtest.‹«

»Deshalb meinst du, daß er sein Abenteuer von dort aus anfängt?«

»Ich kann mir nicht sicher sein. Ich habe das mit Doktor Levy besprochen. Sie glaubt, daß diese Flucht vor der Realität, dieser verzweifelte Rückzug, in ein makabres Abenteuer umschlagen wird. Das Adrenalin wird wieder fließen; die Chemie im Gehirn wird sich ändern, und er wird wieder in eine manische Phase geschleudert werden.«

»Und wie lange könnte das dauern?«

»Ich weiß es nicht.« Sie stockte, aber es gelang ihr, die Fassung zu bewahren. »Ich scheine gar nichts mehr zu wissen. Hör zu! Du hast nie eine manische Phase miterlebt. Vielleicht hast du eine mit angesehen, aber nicht begriffen, was das heißt.« Sie war plötzlich munter, eine Schauspielerin, die unbedingt eine Szene vorspielen wollte. »So ist Larry in einem Hoch. Der Tag ist zu Ende, er ist gut verlaufen. Er kommt eilig nach Hause, reißt mich in die Arme, verlangt, daß ich die Drinks mixe. Während ich das tue, tollen die

Kinder um ihn herum, sind begeistert, daß er bei ihnen ist. Es ist wie eine Zirkusvorstellung, in die ich mit einbezogen werde. Er jagt uns alle herum wie ein Zirkusdirektor. Ich versuche, das Tempo zu drosseln, kann es aber nicht. Larry hat die Beherrschung über sich verloren. Die Kinder werden hysterisch. Gleich muß etwas passieren – es passiert immer etwas: ein Glas zerbricht. Marianne fällt hin und tut sich weh. Das Spiel endet mit Tränen. Larry geht baden und sich umziehen. Mir bleibt überlassen, die Unordnung wegzuräumen, die Kleinen zu beruhigen und mich zu fragen, welcher Larry zum Abendessen nach unten kommen wird: der glückliche Larry, der das angerichtete Chaos längst vergessen hat, oder der andere, am Rand des Umschwungs, launisch, in sich zurückgezogen, verärgert, voller Angst vor der Finsternis, von der er weiß, daß sie ihn bald wieder umgeben wird. Ich muß mich darauf vorbereiten, jeden der beiden auf normaler Ebene zu behandeln. Die Kinder gehen zu Bett. Ich erinnere ihn daran, ihnen einen Gutenachtkuß zu geben. Ich bitte ihn, den Wein zum Abendessen zu entkorken, einen Löffel Sauce zu probieren, mir zu sagen, ob sie auch richtig gewürzt ist ... Es ist Schwerarbeit, Carl. Wenn er in der Abwärtsphase ist, nützt sie gar nichts. Wenn der Aufschwung noch anhält, ärgert er sich über jede Ablenkung. Meine ganze Aufmerksamkeit muß sich auf ihn konzentrieren – ›Zum Teufel mit der Sauce und den Gewürzen, ich habe so wunderbare Pläne ...‹ Und sie klingen wunderbar, Carl! Es ist also leichter, mich dem Aufschwung anzupassen, als dagegen anzukämpfen, und wenn wir uns danach lieben, ist das so wundervoll, daß ich fast die Angst vergessen kann, die ich vorher hatte, und das Leid, das früher oder später folgen wird ... Könntest du mir bitte einen Cognac einschenken?«

Ich vermied es beim Eingießen, ihr in die Augen zu sehen, als ich die nächste Frage stellte.

»Bist du sicher, daß er zurückkommt?«

»Nein. Ich bin nicht sicher. Schließlich hat er für eine

Abfindung für mich und die Kinder gesorgt, etwa in der Höhe dessen, was wir bei einer Scheidung bekommen würden. Vielleicht will er also das – einen klaren Schlußstrich und einen neuen Anfang. Andererseits sind jähe Stimmungsumschwünge ein Symptom der Krankheit. Was er heute will, widerruft er morgen.«

Ich reichte ihr den Cognac und hob ihr Kinn an, damit sie gezwungen war, mich anzuschauen. »Auf diese Frage brauche ich eine klare Antwort, Madi. Willst du Larry zurückhaben, in deinem Leben, in diesem Haus, als deinen Ehemann?«

Als sie nicht sofort antwortete, kehrte ich zu meinem Sessel zurück. Sie saß da, die Augen niedergeschlagen, und drehte an ihrem Finger den Ehering, wie sie es schon im Büro getan hatte. Ihre Antwort klang so frostig wie der erste Eishauch des Winters.

»Ich weiß, wonach du mich fragst, und warum du mich danach fragen mußt, Carl. Doktor Levy hat mich schon vor langer Zeit davor gewarnt, daß Larry mich mit seiner Krankheit anstecken wird. Genau das ist eingetreten, in dem Sinn, daß ich gezwungen bin, in seinem Rhythmus zu leben. Aber tief im Innern weiß ich, daß der Preis, den ich für die gelegentlichen Freuden bezahle, zu hoch ist. Es gibt zu viele qualvolle Momente und Ungewißheiten. Aber begreifst du denn nicht? Die Kinder brauchen ihn, haben Ansprüche auf das, was er ihnen als Vater noch geben kann. Ich kann ihnen ihr Recht auf ihn nicht nehmen. Er liebt sie, sie lieben ihn. Außerdem ist er krank. Ich kann ihn nicht abschieben wie ein kränkelndes Tier. Ich kann den Gedanken nicht ertragen, daß er irgendwo da draußen in seiner Privathölle in der Falle sitzt und niemand da ist, der ihm die Tür aufmacht.«

Danach brach sie zusammen. Sie legte die Hände vor das Gesicht und schmiegte sich leise weinend in den Sessel. Ich kniete mich neben sie, streichelte ihr das Haar, murmelte leise Worte, erinnerte mich daran, wie sehr sie schon als

Kind den Trost körperlicher Zuwendung gebraucht hatte. Schließlich, als sie sich ausgeweint hatte, trocknete sie sich mit meinem Taschentuch die Augen und führte mich nach oben, damit ich die Reliquien und die persönlichen Sachen von Laurence Lucas inspizieren konnte, einem vermißten Soldaten an der fernen Grenze menschlicher Erfahrung.

3. Kapitel

Marc Antoine Vianney, unser geschäftsführender Direktor für Frankreich und die Niederlande, holte mich am Flughafen ab. Er gehörte zu der neuen Generation von Eurokraten, jung, schlank und fit, makellos gepflegt, sprach mehrere Sprachen und den modernen Finanzjargon fließend. Außerdem ließ er eine leise Verachtung durchblicken für amerikanische Methoden und Sitten und war im höchsten Maß davon überzeugt, daß es Frankreich vorbehalten sei, Europa wiederzubeleben und die Barbaren jenseits des Urals zu zivilisieren.

Er vermittelte mir das alles vom ersten kühlen Händedruck an, während einer haarsträubenden Fahrt in seinem Porsche vom Flughafen nach Paris und während einer äußerst förmlichen Ankunft im Crillon, wo, wie er mir erklärte, die Suite für mich gebucht worden war, die kurz zuvor mein hochintelligenter Kollege Larry Lucas bewohnt hatte. Er meinte, vielleicht wolle ich mich vor dem Mittagessen noch etwas ausruhen. Doch ich wehrte ab. »Wir fangen sofort an und setzen unser Gespräch bei Kaffee und Sandwiches fort! Einverstanden?« »Bestens!« Marc Antoine Vianney war so erpicht wie ich auf *faire le branle-bas*, vor der Abfahrt klar Schiff zu machen. »Zunächst«, begann er, »muß ich eine Erklärung abgeben, zu der ich mich verpflichtet fühle.« Er möge völlig offen sprechen, bat ich ihn, und wurde darauf von einem wütenden Sperrfeuer, einem Gewitter aus bitteren Beschwerden, bedacht.

»Ihr Vater hat mir geschrieben und mit mir gesprochen, aber ich weiß immer noch nicht genau, warum Sie hier sind. Ich habe gehört, daß Sie mir alles erklären werden; aber zunächst muß ich Ihnen etliches erklären. Die Firma steht kurz vor dem Ruin – weil ihr Selbstvertrauen zusammengebrochen ist und uns vermutlich jede Menge unserer Mitarbeiter verlassen werden. Genau in dem Augenblick, in dem sie einen geschäftlichen Triumph feiern sollten, haben sie das Gefühl, beleidigt, niedergemacht und unter einen erniedrigenden und völlig unbegründeten Verdacht gestellt zu werden.«

Ich machte den Mund auf, aber er brachte mich mit einer kurzen Geste zum Schweigen.

»Nein! Erst hören Sie mich an, Mr. Strassberger. Bedenken Sie folgendes, überlegen Sie bitte mal gründlich: In Zusammenarbeit mit Ihrem Mr. Larry Lucas ist diesem Büro soeben ein finanzieller Triumph allererster Güte gelungen. Jeder, bis hinunter zum einfachsten Ablageangestellten, hat zu diesem Triumph beigetragen. Vor seiner Abreise nach New York hat Mr. Lucas im Büro eine Party gegeben. Er hat Komplimente verteilt und allen ein persönliches Geschenk überreicht. Er hat in den überschwenglichsten Worten den Dank Ihres Vaters und der anderen New Yorker Chefs ausgedrückt. Als er mit den Abschlußverträgen im Aktenkoffer abreiste, hinterließ er eitel Sonnenschein. Das war – erlauben Sie mir, mich genau daran zu erinnern – am Mittwoch. Am nächsten Tag schickt mir Ihr Vater einen persönlichen Brief voller Lob und mit Empfehlungen für Bonuszahlungen. Das war am Donnerstag. Am Sonntag abend ruft er mich zu Hause an und teilt mir mit, am Montag morgen beginne eine unangemeldete Buchprüfung und eine allgemeine Sicherheitsüberprüfung durch Corsec. Er verspricht, zu gegebener Zeit alles zu erklären. Ich mache mir Sorgen, ja, aber ich bin noch nicht wütend. Ich respektiere Ihren Vater, habe ihm bei meiner Strassberger-Karriere sehr viel zu verdanken; aber als die Leute von Corsec anrücken, ist es wie eine Polizeirazzia. Sie sind schroff und unhöflich, stellen direkt schon drohende Forderungen! Sie geben keinerlei Erklärung ab, reagieren mit eisiger Zurückhaltung auf alles, was man ihnen sagt. Ich weiß, in Amerika ist das so üblich. Geldgeschäfte werden mit harter Miene und einem dicken Knüppel getätigt. Aber bei uns, hier in diesem Büro, ist das nicht üblich. Wir fühlen uns, wie gesagt, beleidigt und erniedrigt ... Ich rufe Ihren Vater an, er entschuldigt sich, falls ein falscher Eindruck entstanden sei, aber er wünscht nicht, die Lage am Telefon zu erklären. Er schickt Sie als Sonderbotschafter, der uns alles verdeutlichen soll. Offen gesagt, wir wissen nicht, ob wir darin eine Entschuldigung oder eine weitere Beleidigung sehen sollen. Wir sind immer davon ausgegangen, daß Sie Kunsthistoriker und Künstler sind und hier in Frankreich leben und arbeiten. Beruflich hören wir nur Gutes über Sie. Unser gesunder Menschenverstand sagt uns, daß Sie kein erfahrener Bankier sind ... Was kann ich sonst noch vorbringen? Ich hoffe, daß Sie unsere Lage verstehen. Ich hoffe es inständig und hoffe ebenfalls, daß Sie den Sinn dieser unglaublichen Vorfälle erklären können, nicht nur mir, sondern auch meinen Kollegen. Die Arbeit für Strassberger hat uns immer mit Stolz erfüllt. Wir hoffen – entgegen allen Zweifeln – daß dieser Stolz wiederhergestellt werden kann.«

Er schwieg, während ich über den Mann nachdachte und über die Situation, die er mir geschildert hatte. Kein Zweifel, sein Groll war echt. Und auch ich konnte keineswegs sicher sein, ob mein Vater richtig mit der Situation umgegangen war. Er galt als ein Muster an geschäftlicher Zurückhaltung, aber in diesem Fall hatte seine Strategie offenbar das Ziel völlig verfehlt. Er wollte um jeden Preis den integren Ruf von Strassberger schützen. Außerdem versuchte er, Larry Lucas zu schützen. In beiden Punkten hatte er versagt, weil er seinen Managern nicht trauen wollte und sie den Ermittlern einer knallharten Sicherheitsfirma zum Fraß vorgeworfen hatte. Was aber noch schlimmer war: er hatte die Empfindlichkeit der Franzosen ignoriert und ihre langen Erinnerungen an feindliche Besatzung und finanzielle Abhängigkeit von den USA. Jetzt mußte ich ihnen die Wahrheit sagen und versuchen, Vianney restlos davon zu überzeugen.

»Mr. Vianney, ich war nicht in New York, als diese Sache anfing, sondern in meinem Atelier in Cagnes, und arbeitete hochzufrieden an einer neuen Radierung. Mein Vater rief mich an, teilte mir mit, er stecke mitten in einer Familienkrise, und bat mich, nach New York zu kommen. Das muß er im großen und ganzen wohl auch zu Ihnen gesagt haben. Er wolle nicht am Telefon reden. Er werde es später erklären, ja?«

Vianney nickte, sagte aber nichts. Ich fuhr fort, etwas zuversichtlicher.

»Was mich betrifft, haben Sie völlig recht. Mir fehlt die Begabung für das Bankgeschäft. Ich bin freiwillig Künstler geworden. Ich kann Ihnen den Unterschied zwischen einem mittelbar und einem unmittelbar entstandenen Kapitalbedarf erklären, aber das ist auch schon alles. Ich kann die Ereignisse, die Sie mir geschildert haben, in deutlichen Farben vor mir sehen. Mein Vater ist ein Mann mit Prinzipien, vielleicht nicht immer taktvoll, und außerdem arbeitet er manchmal mit den Methoden einer anderen Generation. Ich verstehe also Ihre Bestürzung und die Ihrer Kollegen. Ich sorge dafür, daß mein Vater sofort nach Beendigung unseres Gesprächs davon erfährt. Sie können gern dabeisein, wenn ich mit ihm rede. Bis dahin haben Sie hoffentlich den wahren Grund für diese unseligen Vorfälle verstanden. Es handelt sich um einen Interessenkonflikt zwischen Familie und Geschäft. Eine lange Geschichte. Haben Sie bitte Geduld, und stellen Sie jede Frage, die Ihnen dazu einfällt. Wenn Sie dann wollen, daß ich mit Ihren Kollegen spreche, werde ich es mit Freuden tun.«

Vianney war verwirrt, aber immer noch mißtrauisch. Er hatte mit einem Streit gerechnet, einem hitzigen Plädoyer zur Verteidigung. Genauso verhalten erzählte ich ihm nun die Geschichte von Larry Lucas' Krankheit, seinem Verschwinden und unserer Angst um seine Sicherheit. Ich erklärte ihm, daß meine Anwesenheit in Paris auf reiner Vermutung beruhe, und zitierte, was Larry zu Madeleine gesagt hatte: ›Paris ist ein faszinierender Ort. Es ist so, wie Rom in meiner Vorstellung gewesen sein muß – untergegangen in den Fluten eines verschwundenen Imperiums …‹ Als ich zu Ende gesprochen hatte, entstand wieder ein Schweigen, dieses Mal ein langes. Vianney hievte sich aus dem Sessel, ging hinüber zum Fenster und starrte hinaus in die leere Luft. Als er sich mir zuwandte, war sein Gesicht totenbleich, glichen seine hageren Züge einer Steinmaske. Seine Stimme klang um Neutralität bemüht.

»Ich bin froh, daß Sie offen zu mir waren, Mr. Strassberger. Ich glaube, was Sie mir gesagt haben, und bedaure nur, daß Ihr Vater mir nicht von Anfang an das gleiche Vertrauen geschenkt hat.«

»Ich habe Ihnen sein Dilemma doch schon erklärt.«

»Allmählich verstehe ich es, genau wie ich allmählich Larry verstehe: seinen wilden Enthusiasmus, seine Leidenschaft für Streit, seine jähen Wutanfälle. Ich habe sein Talent respektiert, es aber nicht über mich gebracht, ihn zu mögen oder ein enges Verhältnis zu ihm aufzubauen. Natürlich haben wir uns in jedem Verhandlungsstadium abgesprochen, fast jeden Tag, aber ich konnte ihm meine Freundschaft nicht anbieten. Das habe ich anderen überlassen.«

»Und wie haben andere auf ihn reagiert?«

»Die Männer waren geteilter Meinung. Etliche hielten ihn für arrogant und scharfzüngig, andere wurden genau von den Eigenschaften angezogen, die mich abstießen.«

»Und die Frauen?«

»Auf Frauen wirkte er anziehend. Fast ohne Ausnahme nannten sie ihn charmant und aufmerksam.«

»Was war mit seinen Wutanfällen?«

»Kurz, aber erträglich. Das schien die allgemeine Meinung zu sein.«

»Hat er eng mit bestimmten Frauen zusammengearbeitet?«

»Als er zu uns kam, habe ich ihm Mlle. Claudine Parmentier als Sekretärin zugeteilt. Sie ist beruflich sehr tüchtig, ist ausgebildete Anwaltsgehilfin und spricht hervorragend englisch.«

»Und wie sind sie miteinander ausgekommen?«

»In den ersten Wochen war es nicht einfach. Später hat sich eine gute Arbeitsbeziehung daraus entwickelt.«

»Hat sich die Beziehung auf das Büro beschränkt?«

Vianney bedachte mich mit einem schnellen, mißtrauischen Blick. »Warum fragen Sie das, Mr. Strassberger?«

»Ich muß, wenn möglich, jemanden finden, der ihm nahestand, jemanden, den er vielleicht kurz ins Vertrauen gezogen, dem er einen Hinweis auf seine Zukunftspläne gegeben hat. Meine Frage ist nicht anzüglich gemeint.«

»Dann sollten Sie sie Mlle. Parmentier direkt stellen. Ich gebe aber noch einmal zu bedenken, daß unsere Leute empfindlich sind gegenüber Inquisitoren, die von der anderen Seite des Atlantiks kommen.«

»Das bringt mich auf die nächste Entscheidung, die wir treffen müssen. Sie wollen, daß ich zum Personal spreche; wieviel soll ich sagen? Von diesem Augenblick an können wir uns keine Fehler mehr leisten.«

»Da stimme ich Ihnen zu. Nach dem, was ich jetzt weiß, empfehle ich einen direkten, persönlichen Hilfsappell. Sie sprechen fließend Französisch – wenn man Ihnen auch anhört, daß Sie im Midi leben.« Er bedachte mich mit dem Schatten eines Lächelns: »Nicht beleidigend gemeint, Mr. Strassberger, aber ich bin in Paris geboren und aufgewachsen, und auch wir haben unsere regionalen Vorurteile.«

Ich grinste und ließ die Bemerkung durchgehen.

»Wieviel soll ich offenlegen?«

»Die ganze Wahrheit. Nur das wird sie zufriedenstellen. Nichts sonst wird sie motivieren, Sie mit Informationen zu versorgen.«

»Wann können Sie alle versammeln?«

»Sagen wir, heute nachmittag um vier? Falls jemand mit Ihnen reden will, können Sie danach im Büro Kaffee oder anderswo einen Aperitif trinken. Wie schon gesagt, die Buchprüfer herzuschicken hat bei allen einen zitronensauren Nachgeschmack hinterlassen.«

»Auch bei Ihnen?«

»Natürlich auch bei mir.«

»Haben Sie etwas gegen meine Anwesenheit im Büro?«

»Nicht im geringsten. Es ist nur vernünftig, von dort aus zu arbeiten. Wir haben Sie übrigens in Larrys altem Büro untergebracht.«

»Vermutlich brauche ich eine Sekretärin.«

»Auch dafür können wir sorgen.« Er warf einen Blick auf seine Uhr. »Es ist schon nach Mittag. Ich glaube nicht, daß ich Kaffee mit Sandwiches gewachsen bin. Darf ich Sie zum Essen in meinen Club einladen?«

»Das ist nett von Ihnen, aber macht es Ihnen etwas aus, wenn ich das auf später verschiebe? Ich würde gern duschen, mich umziehen und ein paar Notizen in Ordnung bringen, ehe ich mich um vier den Löwen stelle.«

»Haben Sie Angst vor ihnen, mein Freund? Nicht nötig! Das sind ganz normale, tüchtige Leute, die etwas dagegen haben, daß Entscheidungen ihre Stellen bedrohen können, die auf der anderen Seite des Atlantiks getroffen werden.«

Dieses Mal verstand ich keinen Spaß. Ich hatte es satt, mich in einer fremden Sprache auf Gedankenspielereien einzulassen. Ich erklärte ihm knapp: »Nein, ich habe keine Angst vor den Leuten, Mr. Vianney. Wenn sie alle heute um fünf das Büro verlassen, wird Strassberger immer noch im Geschäft sein – und ich weiß immerhin so viel, daß ich die Stellung halten kann, bis Verstärkung eintrifft. Angst habe ich im Grunde nur vor einem armen Teufel, der nicht ganz richtig tickt und irgendwo zwischen hier und dem jüngsten Gericht herumschwirrt. Er ist der Mann meiner Schwester, hat zwei kleine Kinder und eine besorgte Psychiaterin, die ebenfalls Angst davor hat, was ihm zustoßen könnte. Ich erweise Ihnen und Ihren Leuten ein Kompliment, indem ich Sie ins Vertrauen ziehe, damit Sie sich Gedanken über die Bedrohung – die vielen Bedrohungen – machen können, die über Larry Lucas schweben. Er ist eine wandelnde Zeitbombe, und ich muß ihn finden, bevor er explodiert. Das hier ist kein Stierkampf, deshalb ist es nicht nötig, daß mir jemand Lanzen in die Haut sticht, damit ich für den Matador nicht mehr ganz so gefährlich bin!«

Mein Ausbruch schockierte ihn, aber es gelang ihm, einigermaßen ruhig zu antworten.

»Ich habe Sie gekränkt. Ich entschuldige mich. Ehe Sie heute nachmittag ins Büro kommen, bereite ich das Personal kurz vor, damit Sie keine langen und schmerzlichen Erklärungen abgeben müssen.«

»Das weiß ich zu schätzen. Danke.«

»Ich war wütend, ja, aber nie so sehr, daß ich Spielchen mit einem Menschenleben treiben würde. Wissen Sie, ich habe Erfahrungen mit der Krankheit von Larry Lucas. Mein ältester Bruder war ein hochbegabter Geiger, vor dem eine glänzende Konzertkarriere lag. Er hat sich am Abend vor seinem ersten großen Konzert umgebracht.«

»Mein Gott, das tut mir leid.«

»Sie schulden mir kein Mitgefühl, Mr. Strassberger. Aber bitte glauben Sie mir, daß ich kein Matador bin, der Sie erst provozieren und dann bei einem öffentlichen Spektakel umbringen will. Menschen haben viele Methoden, ihre Trauer zu bewältigen; die meine besteht in Zorn und Ironie. Bis vier!«

Ehe er ging, gaben wir uns die Hand. Es war nicht gerade eine Entente cordiale, aber wenigstens eine Geste, die ein solches Bündnis möglich erscheinen ließ.

Als ich geduscht, mich umgezogen und mit Kaffee und einem warmen Käsebaguette gestärkt hatte, blieben mir vor meinem Treffen mit dem Strassbergerschen Personal immer noch zwei Stunden Zeit. Ich beschloß, mein Glück hier im Crillon bei einem gewissen Gerard Marcel Delaunay zu versuchen, dem Doyen der Pariser Concierges, der wie alle leitenden Mitglieder dieser Bruderschaft ein sehr wichtiger Mann ist. Er ist auf diskrete Weise reich, und sein Wohlstand wächst täglich durch Zuwendungen zufriedener Gäste, durch Anteile an den Trinkgeldern seines Personals, durch Provisionen von allen, deren Dienste er vermittelt: Fluglinien, Reisebüros, Floristen, Begleitungsvermittlern, Mietwagenverleihern und Organisatoren von Busausflügen. Er verfügt über große und weitreichende Macht. Auch sein Umgang mit den Finanzbehörden ist eine Frage der Diskretion, denn es ist dem Finanzamt völlig unmöglich zu überprüfen, was an Währungen durch seine Hände geht; deshalb muß es sich mit einer groben Schätzung seines Einkommens begnügen.

Folglich mußte ich mich Gerard Marcel Delaunay mit aufrichtigem Respekt nähern. Ich rief in seinem Büro an, stellte mich als neuester Bewohner der Strassberger-Suite vor und fragte, ob er mir so schnell wie möglich ein viertelstündiges, vertrauliches Gespräch gewähren könne. Seine Herablassung hatte geradezu etwas Königliches an sich. Er habe ungeheuer viel zu tun, werde mich aber mit Freuden in zwanzig Minuten empfangen. Ich bedankte mich und legte auf.

In meinem New Yorker Reisegepäck steckte ein Umschlag mit Broschüren, die Doktor Alma Levy mir gegeben hatte. Die Broschüre hieß: »Stimmungsumschwünge – der Umgang mit einer manisch-depressiven Krankheit.« Auf dem Zettel, den sie an den Umschlag geheftet hatte, stand nur: »Wenn Sie die Leute dazu bewegen können, das hier zu lesen, erspart Ihnen das eine Menge schmerzlicher und lästiger Redereien. A. L.«

Ich nahm ein Exemplar heraus und strich die Stellen an, von denen ich meinte, sie könnten mir bei meinem Gespräch mit Delaunay am besten helfen. Ein Abschnitt handelte von erhöhter sexueller Aktivität, ein weiterer vom verschwenderischen Umgang mit Geld, ein dritter galt dem verringerten Gefühl für Gefahren, der Anfälligkeit für das Spielen, für gefährliche Sportarten und wahllose sexuelle Kontakte.

Ich versuchte, mich mit der schlimmsten und der günstigsten Prognose auf das Gespräch vorzubereiten. Im schlimmsten Fall würde der Concierge sich überhaupt nicht äußern; er befriedige die Bedürfnisse seiner Gäste, könne aber nicht gegen ihr Vertrauen verstoßen. Und bestimmt hatte er keine besonders große Lust, über die Quellen zu sprechen, aus denen die Einnahmen für seine Dienstleistungen stammten.

Im besten Fall ließ er sich möglicherweise dazu herab, mir das Leben von Larry Lucas außerhalb der Bürozeiten sorgfältig zensiert zu schildern. Wie auch immer, er konnte mir den Zugang zu der Garderobe und den anderen Sachen, die für Larry noch im Crillon eingelagert waren, nicht verweigern. Schließlich steckte ich, weil sich meine Sorge am besten finanziell ausdrücken ließ, fünfhundert Dollar in einen Umschlag, schob den Umschlag in die Broschüre, beides in die Innentasche meines Jacketts und fuhr zum Gespräch mit dem großen Mann nach unten.

Auf den ersten Blick wirkte er nicht imponierend. Er war in mittleren Alters, wurde langsam dick, hatte ein rötliches Mondgesicht, einen weißen Haarschopf und ein gütiges Lächeln. Seine Augen, kornblumenblau, funkelten, wenn er lächelte, und waren wachsam, wenn er zuhörte. Ich hatte den Eindruck, ein Blick auf mich reiche ihm aus, jede Einzelheit meiner Kleidung und meines Benehmens zuverlässig zu speichern.

Er begrüßte mich förmlich. Er und sein Personal stünden mir während meines Aufenthalts jederzeit zur Verfügung. Er höre mit großem Interesse, daß ich Mr. Lucas' Schwager und vorübergehend nach Paris beordert worden sei, um ihn zu ersetzen. Er habe äußerst angenehme Erinnerungen an Mr. Lucas, der, soweit er wisse, auch in Zukunft ein regelmäßiger Hotelgast sein werde. Er stehe in Mr. Lucas' Schuld, weil der ihm wertvolle finanzielle Ratschläge gegeben habe, mit denen er Gewinne an der Börse habe erzielen können. Falls ich besondere Dienstleistungen benötigte, werde er sie deshalb mit Freuden für mich ermöglichen.

Das war das beste Stichwort, auf das ich hoffen konnte; dennoch ging ich vorsichtig vor.

»Es ist eine Dienstleistung, um die ich Sie nur zögernd bitte.«

»Ich bitte Sie, Mr. Strassberger, wir haben eine breite Vielfalt von Gästen mit einer breiten Vielfalt von Wünschen und Bedürfnissen!«

»Dann möchte ich, daß Sie zunächst einen Blick in diese medizinische Broschüre werfen. Sie schildert die Krankheit, an der mein Schwager Larry Lucas leidet. Er ist verschwunden. Wir alle machen uns große Sorgen um seine Gesundheit und seine Sicherheit. Mein Vater und meine Schwester haben mich darum gebeten, ihn aufzuspüren, falls ich das kann. Meine Frage nun: Können Sie, der Sie ihm viele Monate lang zu Diensten gewesen sind, mir etwas über seine Gewohnheiten sagen, seinen Umgang, die Orte, an denen er hier in Paris verkehrt hat?«

Delaunays rötliches Puttengesicht drückte Sorge und Bedauern aus. Seine durchsichtigen Augen blickten mißtrauisch. Aalglatt fragte er: »Sie haben das selbstverständlich der Polizei gemeldet?«

»Nein. Es geht hier nicht um ein Verbrechen. Mr. Lucas hat die Freiheit, zu kommen und zu gehen wie Sie; aber wie Sie verstehen werden, spielt hier eine persönliche und eine familiäre Tragödie hinein. Seine Ärztin nennt seinen Zustand eine Bewußtseinsstörung – ein hochintelligenter Mann ist auf einer manischen Flucht vor der Realität. Es ist unausweichlich, daß dieser Zustand in eine tiefe Depression umschlägt – in der ständig mit Selbstmord gerechnet werden muß.«

Er griff nach einem Brieföffner auf seinem Schreibtisch, spielte damit herum wie mit einem Dolch, richtete die Spitze gegen seinen Daumenballen. »Das ist ein echtes Problem für mich«, sagte er freundlich. »Ich bin pro Jahr Tausenden von Menschen zu Diensten. Alle verlassen sich auf meine berufliche Diskretion. Mr. Lucas hat ebensoviel Recht auf seine Privatsphäre wie jeder andere.«

»Ich verstehe.«

»Ich brauche Zeit, darüber nachzudenken, und meine Aufzeichnungen zu überprüfen. Möglicherweise enthalten sie nichts, was ich Ihnen sagen könnte.«

»Natürlich. Aber ich bin mir sicher, daß Sie verstehen, wie dringend der Fall ist. Vielleicht steht hier ein Menschenleben auf dem Spiel.«

»Ein Grund mehr, erst sorgfältige Nachforschungen anzustellen. Ja? Ich melde mich morgen früh vor neun bei Ihnen.«

»Danke – und Sie lesen die Broschüre?«

»Das verspreche ich Ihnen, Mr. Strassberger.«

»Der Umschlag enthält ein kleines Dankeschön.«

»Sie sind sehr gütig, ebenso wie Mr. Lucas. Er hat alles verdient, was ich für ihn tun kann. Also bis morgen!«

Er führte mich mit äußerster Förmlichkeit hinaus, der perfekte Diener eines Ehrengastes. Ich war so beeindruckt, daß ich vergaß, ihn darum zu bitten, Larry Lucas' Garderobe und seine anderen Sachen aus dem Lager holen und in meine Suite bringen zu lassen. Aber das spielte keine Rolle, konnte bis morgen warten. Ich hatte noch einen arbeitsreichen Nachmittag vor mir.

Ehe ich das Hotel verließ, rief ich meinen Vater in New York an. Ich berichtete ihm von meinen Treffen mit Vianney und dem Concierge und von meiner Absicht, zum Personal zu sprechen. Er hatte heftige Einwände: das Personal stehe im Dienst der Firma, es nehme Anweisungen entgegen, habe keine Vorschriften zu machen. Ich widersprach ihm. Ein unzufriedenes Personal sei eine Bedrohung. Er müsse die Sache mir überlassen. Einen Augenblick lang sträubte er sich; dann pflichtete er mir grollend bei.

»Tu, was du willst, aber mach deutlich, daß du dich nicht manipulieren läßt. Vianney ist ein guter Mann, aber er ist halsstarrig und ziemlich eitel. Was den Concierge betrifft, wünsche ich nicht, daß du dich durch solche Nachforschungen erniedrigst. Jetzt, nachdem die Katze aus dem Sack ist, könntest du daran denken, einen Privatdetektiv einzuschalten. Ich bin mir sicher, daß die Leute von Corsec dir einen geeigneten Mann vorschlagen können.«

Ich sagte ihm nicht, daß ich gewisse Zweifel an den Leuten von Corsec hegte. Ich versprach, über seinen Vorschlag nachzudenken und ihn zum richtigen Zeitpunkt zu beherzigen. Dann – typisch für ihn, ganz mein liebevoller Vater – meinte er, ich könne die Gelegenheit ergreifen, mich mit dem Pariser Büro vertraut zu machen. Natürlich wolle er keiner Entscheidung vorgreifen, die ich später treffen würde, aber es sei doch eine gute Gelegenheit, meinen Erfahrungsschatz zu bereichern. Der Protest lag mir schon auf der Zunge, aber ich schluckte ihn hinunter und sagte stattdessen: »Das Wichtigste zuerst, Vater. Ich versuche, in kurzer Zeit ein weites Feld zu beackern. Außerdem hätte es ihnen gerade noch gefehlt, daß ein Strassberger junior auf ihrem Melonenfeld herumtrampelt.«

Wieder pflichtete er mir grollend bei, wieder empfand ich Gewissensbisse. Sein Hilfsbedürfnis war groß, mein Bedürfnis nach persönlicher Freiheit ebenfalls. Ich fragte mich jetzt, ob Larry Lucas' Flucht möglicherweise auch durch dasselbe Freiheitsbedürfnis ausgelöst worden sei und nicht durch eine depressive Bewußtseinsstörung. Der Gedanke nagte während der holprigen Taxifahrt vom Crillon zum Büro von Strassberger et Cie. an mir. Er schob sich zwischen die Litanei aus Namen und Titeln, die Vianney vortrug, während er mir das Personal vorstellte, und die mein unzuverlässiges Gedächtnis sofort wieder vergaß. Der Gedanke bildete einen unbehaglichen Kontrapunkt zu den Worten, die ich an die kleine Versammlung richtete.

»Ich bitte Sie darum, wegen der plötzlichen und unerklärten Invasion des Buchprüferteams von Corsec nicht gekränkt zu sein. Mein Vater läßt ausrichten, daß er sich dafür entschuldigt, und ich entschuldige mich ebenfalls. Ich vertraue auf Ihr Verständnis dafür, daß seine Hauptsorge war, den guten Ruf der Firma und aller ihrer Mitarbeiter zu schützen. Ihnen hat nicht gefallen, wie Corsec vorgegangen ist. Mir gefällt das auch nicht besonders. Das Corsec-Team hat Ihnen jedoch ein sauberes Gesundheitszeugnis ausgestellt, das Sie alle zu einem stattlichen Bonus für das eben getätigte Suezgeschäft berechtigt.

Das ist die gute Nachricht. Die schlechte Nachricht lautet, daß Larry Lucas verschwunden ist. Seine Ärztin glaubt, er leide unter einer Bewußtseinsstörung, die auf dem Gipfel eines manischen Hochs begonnen hat, das alle geschilderten Symptome in der Broschüre umfaßt, die ich Ihnen gegeben habe: das Eingehen gefährlicher Risiken, Abweichung von den Normen des alltäglichen Verhaltens und so weiter. Und es ist unausweichlich, daß darauf der Absturz in eine tiefe Depression folgt, in der ständig Selbstmordgefahr herrscht.

Ich muß ihn finden und ihn zu überreden versuchen, daß er sich wieder der Betreuung seiner Ärztin und den Therapien anvertraut, die ihm helfen können, so wie sie ihm auch früher schon geholfen haben. Ich weiß nicht, wo er ist. Er könnte in Patagonien oder in Tokio sein. Ich habe nur einen Ausgangspunkt: er war so lange hier in Paris, daß er seine Flucht vorbereiten, sich Ausweispapiere beschaffen und Freunde und Kontaktpersonen auf verschiedenen Ebenen innerhalb einer sehr gemischten Gesellschaft finden konnte. Das ist alles, was ich habe. Daneben noch ein paar Vermutungen und die Hilfe Gottes. Sie alle haben in irgendeiner Weise mit ihm zu tun gehabt. Selbstverständlich standen ihm manche von Ihnen näher als andere. Vielleicht hat er

Ihnen irgendwann etwas über seine Gewohnheiten, seine Pläne oder Vorlieben anvertraut. Bitte, verschweigen Sie das nicht, und bitte zögern Sie nicht, es auszusprechen. Begreifen Sie, daß die Zeit gegen Larry und gegen mich arbeitet: lesen Sie aufmerksam die Broschüre, die ich Ihnen gegeben habe. Vielleicht dient sie Ihnen als Gedächtnisstütze, schärft Worte oder Bilder, die Sie bis jetzt nur verschwommen im Kopf haben.

Lassen Sie mich zum Schluß betonen, daß es hier nicht um ein Verbrechen geht. Wir machen uns Sorgen um einen Mann, der eine Bedrohung für sich selbst ist durch eine Krankheit, die, ob Sie es mir glauben oder nicht, in europäischen Gesellschaften einen von acht Menschen befällt.

Im Augenblick komme ich mir überfordert vor und habe große Angst. Larry Lucas hat zwei kleine Kinder. Er gehört zu meiner Familie. Bitte, helfen Sie uns, wenn Sie es können ... Ich bin hier oder im Crillon erreichbar.«

Als ich mit Vianney den Raum verließ, war ich erschüttert. Zum ersten Mal im Leben begriff ich, was es hieß, völlig abhängig vom guten Willen Fremder zu sein. Und in diesem Augenblick waren sie tatsächlich Fremde mit ausdruckslosen Gesichtern, verlegen abgewandten Blicken und versteckten Gefühlen. Als ich mich an Larrys Schreibtisch setzte, war mein Gesicht feucht, und meine Hände zitterten. Vianney öffnete einen Schrank, holte eine Flasche Whiskey heraus und schenkte mir großzügig ein. »Das war nicht einfach«, sagte er, »aber Sie haben es gut gemacht, reine Luft für mich geschaffen. Sie haben sie mit Ihrem Hilfsappell gerührt. Jetzt können Sie nur noch warten.«

»Danke, daß Sie die Vorbereitung übernommen haben. Danke für den Drink.«

»Das Mindeste, was ich tun konnte. Ich habe noch eine Neuigkeit für Sie.«

»Gut oder schlecht?«

»Gut, glaube ich. Delaunay, der Concierge, hat mich aus dem Crillon angerufen.«

»Zum Teufel, das hat er getan!«

»Ich habe nicht gewußt, daß Sie mit ihm reden wollen, sonst hätte ich Sie vorwarnen können. Er ist Kunde bei uns, ein recht solventer Kunde. Er hat sich nach Ihnen erkundigt und nebenbei auch nach der geistigen Stabilität seiner Bankiers! Er hat mir erzählt, Sie hätten ihn nach Larrys Freizeitgewohnheiten ausgefragt.«

»Und was haben Sie ihm gesagt?«

»Daß er Ihnen vertrauen und glauben kann.«

»Nochmals danke.«

Ich hob das Glas zu einem stummen Toast und nahm einen langen, dankbaren Schluck. Delaunays Anruf war ein kleiner, aber bedeutsamer Vorfall. Er erinnerte mich daran, daß ich jetzt wie Larry Lucas der Fremde war, auf Gebieten herumirrte, deren Sitten und Beziehungen ich nicht kannte. Ich mußte mich auf spontanes Verständnis und spontane Güte verlassen, außerdem auf meinen Takt und meinen Instinkt, beides Eigenschaften, bei denen mir wie meinem Vater eine gewisse Feinheit der Wahrnehmung häufig fehlte.

»Ich schaue vorbei«, sagte Vianney ruhig, »bevor ich nach Hause fahre. Am besten lasse ich den Zugang zu Ihnen unbehindert.«

Seine Hand lag schon am Türknauf, als ich ihn zurückhielt.

»Das war Larrys Büro?«

»Ja.«

»Ist etwas verändert oder entfernt worden, seit er Paris verlassen hat?«

»Nichts. Die Leute von Corsec haben es abgesucht, als wäre es ein Minenfeld. Sie haben nichts Brauchbares gefunden, aber Sie sind herzlich eingeladen nachzuschauen.« Er bedachte mich wieder mit dem dünnen, schiefen Grinsen: »Das hier ist sowieso Strassberger-Territorium.«

»Sie sind ein Mistkerl, Vianney – aber vielleicht könnte ich Sie mögen!«

»Lassen Sie sich Zeit«, antwortete Marc Antoine Vianney. »Es gibt ein Sprichwort über das Liebesspiel mit einem Stachelschwein. Man muß langsam und vorsichtig vorgehen!«

Er ging hinaus und machte die Tür hinter sich zu. Die plötzliche Stille in einem fremden Raum beunruhigte mich. Mir war bewußt, was ich in diesem Augenblick schmerzlicher Melancholie für ein Bild abgab, zusammengesackt, hinter einem Schreibtisch, ein Glas Alkohol in den Händen. Wieder hatte ich das seltsame Gefühl, in einer fremden Haut zu stecken und mich durch eine Glasscheibe zu beobachten. Die warnenden Worte meines Vaters schwebten in meinem Gedächtnis wie ein quälender Refrain: »Du bist jetzt ein Jäger, einem Fuchs auf der Spur. Ich will dich nur davor warnen, daß du statt dessen einen Wolf aufspüren könntest.«

Ich kippte den restlichen Drink und ging durch den Raum, öffnete Schubladen und Schränke, blätterte im Terminkalender auf dem Schreibtisch, als könnte die Berührung einen psychischen Kontakt zu Larry herstellen. Wieder ertappte ich mich dabei, daß ich darüber nachdachte, was ich da eigentlich tat, und mir gleichzeitig sagte, das sei ein sinnloses und törichtes Unterfangen.

Ein Klopfen an der Tür riß mich in die Wirklichkeit zurück. Als ich aufmachte, stand ich einer jungen Frau gegenüber, die ich in der vordersten Reihe meiner Zuhörer gesehen hatte. Auf den ersten Blick wirkte sie wie Ende Zwanzig, das perfekte Muster einer Gallierin von heute: schlank, in einem maßgeschneiderten schwarzen Kostüm mit weißem Spitzenjabot, das Haar zum Pagenkopf geschnitten, ein klares Gesicht mit olivfarbener Haut. Sie gab sich locker.

»Vermutlich haben Sie alle unsere Namen vergessen. Ich bin Claudine Parmentier. Mr. Vianney hat mich beauftragt, Ihnen während Ihres Aufenthalts zu helfen. Sagen Sie es ruhig, wenn Ihnen jemand anders lieber wäre.«

»Im Gegenteil. Vermutlich sind Sie der Mensch, den ich im Augenblick am meisten brauche. Bitte, kommen Sie herein. Setzen Sie sich, lassen Sie uns miteinander reden.«

Sie setzte sich, wartete. Ich fragte: »Sprechen Sie lieber französisch oder englisch mit mir?«

Lächelnd zuckte sie die Achseln.

»Sie haben die Wahl, Mr. Strassberger. Ich bin in beiden Sprachen zu Hause.«

»Dann englisch. Sie verstehen unsere Sorgen um Larry Lucas?«

»Sie haben sie sehr eindrücklich geschildert.«

»Was also können Sie mir sagen, nachdem Sie monatelang mit ihm gearbeitet haben?«

»Er hat hervorragende Arbeit geleistet. Das habe ich bewundert. Wie ein Rennauto hat er sich angetrieben, und uns mit. Es war immer eine gewisse ...«, sie zögerte vor dem Wort, »... eine gewisse Zerbrechlichkeit zu spüren, was zu Ihrer Schilderung seiner Krankheit paßt.«

»Hat er je mit Ihnen über seine Krankheit gesprochen?«

»Nicht sofort. Am Anfang – wie soll ich mich ausdrücken? – hat er versucht, Reibereien zu vermeiden. Es war, als wollte er sich im voraus für scharfe Bemerkungen und Wutanfälle entschuldigen. Er hat mich mehrmals gebeten, anderen Mitarbeitern des Personals zu erklären, wie er ist und was er für Anforderungen stellt. ›Fahren wir die Fender aus, damit wir den Schiffslack nicht verkratzen.‹ Ich habe es versucht. Sie müssen wissen, daß er für normale Sekretariatsarbeiten eine andere Kraft hatte.«

»Welche Art von Arbeit hat er von Ihnen verlangt?«

»Ich habe bei Konferenzen für ihn übersetzt. Sein Französisch war ausreichend, aber im Gespräch wurde er schnell müde. Er bestand darauf, daß ich seine gesamte Korrespondenz und alle Unterlagen unserer Rechtsabteilung überprüfte. Er wollte jede Nuance verstehen. Das war anstrengend, aber noch einmal, ich habe seine Hartnäckigkeit bewundert.«

»Hatten Sie außerhalb des Büros irgendeine Beziehung zu ihm?«

»Bei geschäftlichen Abendessen hat er mich gebeten, als Gastgeberin zu fungieren. Bei Cocktailpartys war ich seine Begleiterin und, wie gesagt, seine Dolmetscherin.«

»Das war Ihnen recht?«

»Meistens ja.«

»Meistens ...?«

»Gelegentlich wollte sich Larry danach noch amüsieren, mit Kollegen in Nachtclubs gehen, solche Sachen. Einmal bin ich mitgegangen. Danach habe ich mich geweigert.«

»War es unerfreulich?«

»Nein, langweilig. Die meisten Geschäftsleute sind sowieso langweilig, wenn sie sich amüsieren wollen. Ich habe Larry erklärt, daß ich mit meiner Geliebten zusammenlebe. Sie ist eine hohe Beamtin im Außenministerium. Wir sind beide beruflich stark beansprucht, versuchen aber, so viel Zeit wie möglich für unser Privatleben zu reservieren.«

»Wie hat Larry reagiert?«

»Genau wie Sie, Mr. Strassberger. Er war eindeutig überrascht. Er hat mir versichert, daß er das völlig versteht – und keine Anforderungen mehr gestellt.«

»Und wie hat sich das auf Ihre Arbeitsbeziehung ausgewirkt?«

»Es hat eine Schranke entfernt, gab uns die Gelegenheit, Freunde zu werden. Irgendwann bat er mich, Anne-Louise zu einem gemeinsamen Abendessen mitzubringen. Die Begegnung war ein Erfolg. Wir haben ihn in unsere Wohnung eingeladen und dabei festgestellt, daß wir uns miteinander wohl fühlen können. Wir fingen damit an, Vertraulichkeiten auszutauschen. Larry sprach über seine Krankheit und über die Entfremdung, die dadurch entstehe. Er fragte uns, wie wir mit unserem ›Anderssein‹ zurechtkämen. Anne-Louise hat das Wort nicht gefallen. Ihre ziemlich kryptische Antwort lautete: ›On s'arrange ...‹ Er nahm das lächelnd hin, war aber so witzig, den Satz umzuformulieren: ›Sich zu arrangieren ist einfach, über das Derangieren hat man wenig Macht.‹ Anne-Louise meinte, das bedeute eine Warnung für uns alle: wir sollten uns nicht zu verletzlich machen, das Leben anderer nicht derangieren. Sie hat diesen Punkt unterstrichen; aber danach lag immer eine gewisse Vorsicht in seiner Freundschaft mit ihr.«

»Aber nicht Ihnen gegenüber?«

»Nein. Anne-Louise neigt zur Eifersucht. Ich bin von ihr nicht so abhängig wie sie von mir. Ich habe andere Liebespartner gehabt, nicht nur weibliche.«

»Und das haben Sie Larry gesagt?«

»Natürlich; aber das hatte er ohnehin schon erraten. Ihm gegenüber brauchte man nicht deutlich zu werden. Am schwersten fiel ihm, sich selbst zu akzeptieren; aber er war sehr stolz und gab sich an seinen schlimmen Tagen große Mühe, seine Depression zu verbergen.«

»Und Sie? Wieviel haben Sie von seinem Leiden begriffen?«

»Nicht annähernd soviel wie jetzt. Das bedaure ich. Vielleicht wäre ich in der Lage gewesen, etwas Druck von ihm zu nehmen.«

»Hat er Sie je um Hilfe bei seinen persönlichen Problemen gebeten?«

»Ich glaube, er hat versucht, mich darum zu bitten ...« Zum ersten Mal stockte sie bei einer Antwort. »Eines Tages, in einem ruhigen Augenblick, hat er mich gefragt, wie Anne-Louise und ich mit unserem Leben zurechtgekommen seien, bevor wir uns für das Zusammenleben entschieden hatten. Ich mußte ihm die sapphische Schwesternschaft erklären, Lesbenclubs, bestimmte Orte, an denen wir sein konnten, was wir waren. Anne-Louise äußerte sich über diesen Teil unserer Erfahrung immer zurückhaltend. Sie nennt das die ›Viehauktion‹ und hat schmerzliche Erinnerungen daran. Mich quält das nicht so, obwohl ich mich freue, daß ich nicht mehr darauf angewiesen bin. Larrys Kommentar hat mich tief bewegt: ›Wie Sie bin ich bei der Liebe angekommen. Ich gebe sie und bekomme sie in meiner Ehe, aber ich muß einen Ort finden, an dem ich die Tür vor meinem Doppelgänger verschließen kann.«

Die Worte spritzten mir ins Gesicht wie kaltes Wasser. Plötzlich fand ich keine Worte mehr. »Als ich das zum ersten Mal gehört habe«, erklärte Claudine, hat es mich auch schockiert. Ich habe ihn gebeten, mir das zu erklären, worauf er einen makabren Witz daraus machte. An jenem Abend habe ich das Wort zu Hause nachgeschlagen. Der ›Doppelgänger‹ ist ursprünglich das Bild eines Menschen, der sich kurz vor oder kurz nach dem Tod einstellt ... Als Sie heute also von der Möglichkeit gesprochen haben, daß Larry Selbstmord begehen könnte, hatte ich das Gefühl, ich müsse es Ihnen sagen.«

Wieder mußte ich ihr nachhelfen.

»Mir was sagen?«

»Larry ist aus New York nach Paris zurückgekommen.«

»Da sind Sie sich sicher?«

»Ja.«

»Wann?«

»Vor drei Tagen. Er hat mich vom Flughafen aus angerufen und darum gebeten, seine Kleidung, die er im Hotel hinterlassen hatte, abzuholen und in meine Wohnung zu bringen.«

»Warum hat er die Sachen nicht selbst abgeholt?«

»Er hat gesagt, niemand sonst soll wissen, daß er in Paris ist. Am Abend ist er in die Wohnung gekommen. Er hat sich nur verabschiedet und uns für unsere Freundschaft gedankt. Dann ist er gegangen.«

»Mit was für einem Verkehrsmittel war er unterwegs?«

»Er kam in einem schwarzen Peugeot. Gefahren von einer Frau.«

»Hat er Ihnen gesagt, aus welchem Grund er zurückgekommen ist, und wohin er wollte?«

»Ich habe ihn danach gefragt. Er erklärte nur, er trete einen langen Urlaub an – und dieses Mal werde ihn nicht einmal der Doppelgänger finden. Er gab mir einen Abschiedskuß und ging hinaus, beladen mit Hotelkleidersäcken und einer Schachtel mit sauberer Wäsche. Die Frau ist ausgestiegen und hat ihm dabei geholfen, die Sachen im Kofferraum zu verstauen. Dann sind sie weggefahren.«

»Haben Sie die Autonummer notiert?«

»Nein. Auf den Gedanken bin ich gar nicht gekommen.«

»Die Frau?«

»Ich habe mich gefragt, wer sie ist. Ich gebe zu, es hat mich geärgert, daß Larry mich nicht ins Vertrauen gezogen hat. Andererseits, warum sollte er das tun? Wir hatten eine freundschaftliche Arbeitsbeziehung, waren kein Liebespaar. Vermutlich habe ich mich mehr darüber aufgeregt, daß Anne-Louise auf dem Vorfall so herumgeritten ist. Es gab Streit darüber ... jetzt habe ich doch noch einen kleinen Sieg errungen. Das braucht man von Zeit zu Zeit in einer Partnerschaft, nicht wahr?«

»Ich nehme es an.«

»Sie sind offenbar nicht verheiratet.«

»Merkt man mir das an?«

»Hier ist die Familiengeschichte der Strassbergers ein offenes Buch, über das viel gesprochen und das vom leitenden Personal unterschiedlich interpretiert wird.«

In diesem Augenblick klingelte das Telefon. Ich bat Claudine, sich zu melden. Nach einem kurzen Dialog reichte sie mir den Apparat. »Ihr Vater; er ruft aus New York an. Ich warte in meinem Büro.«

Dann verschwand sie, und mein Vater wollte wissen, was sich in den letzten beiden Stunden getan habe. Ich war gereizt und sagte ihm das auch.

»Du hast mein erstes wichtiges Gespräch unterbrochen.«

»Entschuldigung. Ich meinte, du solltest etwas wissen. Die Leute von Corsec haben angerufen und auf deinen Vorschlag reagiert, ihre Nachforschungen zu einem Festpreis bar auf die Hand fortzusetzen.«

»Und?«

»Sie wollen, daß wir unser Angebot auf eine halbe Million erhöhen, Spesen zuzüglich – und eine Garantie auf Straffreiheit, falls sie hier in den Staaten oder in Europa die Privatsphäre verletzen oder Hausfriedensbruch begehen.«

»Sag denen, sie sollen zur Hölle fahren! Und sag ihnen, wegen ihrer derben Vorgehensweise hier in Paris stehe ihr gegenwärtiger Vertrag auf dem Spiel.«

Ich berichtete ihm kurz von meinem Treffen mit dem Personal und von meinem unbeendeten Gespräch mit Claudine Parmentier. Er reagierte wie immer skeptisch.

»Du wirst ihre Geschichte natürlich nachprüfen. Vielleicht steckt sie mit Larry unter einer Decke.«

»Das bezweifle ich – aber ich werde es nachprüfen, sobald ich wieder im Hotel bin.«

»Was soll ich Madi sagen?«

»Genau das, was ich dir gesagt habe. Unsere erste Vermutung war richtig. Aber bitte, Vater, ruf mich nicht im Büro an. Ich telefoniere vom Hotel aus mit dir. Ihr seid sechs Stunden hinter uns zurück. Ich erreiche dich also entweder im Büro oder zu Hause. Einverstanden?«

»Einverstanden. Fällt dir etwas zu der Frau ein, die den Peugeot gefahren hat?«

»Zum Spekulieren ist es noch zu früh.«

»Ich habe einen Vorschlag.«

»Sag ihn mir.«

»Frag Vianney, wer sich um den Carnet de Bal kümmert.«

»Den was?«

»Den Carnet de Bal, die Tanzkarte. Ich weiß, daß es eine gibt und sich jemand im Büro darum kümmert.«

»Das sagt mir noch nicht, worum es sich handelt.«

»Krieg's selber raus – meine Komplimente und viel Glück. Madi wird erleichtert sein, die Kinder glücklich.«

»Setz noch keine zu großen Hoffnungen auf mich.«

»Groß oder klein, Carl, wir alle brauchen Hoffnung. Wenn sie erst einmal verschwunden ist, gibt es nur noch

Leid, das wir ertragen müssen. Ich entschuldige mich noch einmal dafür, daß ich dich gestört habe. Viel Glück!«

Die Leitung war tot. Ich saß da, preßte den Hörer ans Ohr, verfluchte meinen Vater, diesen provozierenden Störenfried, und dankte meinem Glücksstern dafür, daß ich nicht auf immer und ewig an ihn gebunden war. Dann wurde mir die Ironie der Situation bewußt, und ich mußte lachen. Ich legte den Hörer auf, hob ihn wieder ab und rief in Vianneys Büro an. »Eben habe ich mit meinem Vater in New York gesprochen. Er meinte, ich solle Sie nach dem Carnet de Bal fragen. Wer kümmert sich jetzt darum?«

In der Leitung entstand ein jähes Schweigen, dann kam eine sehr förmliche Antwort.

»Ich bin mitten im Diktat. Das ist etwas, worüber wir am Abend sprechen sollten. Unter vier Augen. Ich fahre Sie um sechs zu Ihrem Hotel zurück.«

»Gut.«

»Haben Sie mit Mlle. Parmentier gesprochen?«

»Wir wollen das Gespräch jetzt gleich fortsetzen.«

»Also bis später.«

Ich sah auf die Uhr. Es war schon zehn Minuten nach fünf. Ich rief Claudine in mein Büro zurück, um mir Klarheit über die Notizen von Corsec zu verschaffen. Sie war nicht begeistert.

»Es ist spät. Ich muß Post unterschreiben und habe um sechs einen Termin. Könnten wir morgen früh weitermachen?«

»Es wird nicht lange dauern. Larry war viermal in Genf und hat dort einen gewissen Doktor Hubert Rubens besucht. Was können Sie mir über ihn sagen?«

»Er ist ein Treuhänder. Ich nehme an, er betreut einen kleinen Stamm wichtiger Kunden.«

»Zu denen Larry gehört hat?«

»Ich weiß es nicht.«

»Gibt es in den Akten irgendwelche Korrespondenzen mit Doktor Rubens?«

»Eine Reihe von Faxen, in denen er Termine bestätigt, die Larry telefonisch vereinbart hat. Sonst nichts.«

»Dann zwei Übernachtungsbesuche in Mailand. Im Terminkalender ist das Kürzel SVEEO vermerkt. Sie haben den Leuten von Corsec gesagt, Sie wüßten nicht, wofür es steht.«

»Ich habe gelogen.«

»Warum?«

»Weil ich den Gorilla nicht mochte, der die Fragen gestellt hat, und weil es außerdem Larrys Privatsache war.«

»Können Sie mir sagen, was die Abkürzung bedeutet?«

»Es ist ein Reisebüro, Simonetta Viaggi, Europa ed Oltremare – Simonetta-Reisen in Europa und Übersee.«

»In Paris wimmelt es von Reisebüros. Der Concierge im Crillon könnte einen auf den verdammten Mond schicken, wenn man ihn darum bäte. Was wollte Larry denn in Mailand?«

»Er hat es mir nicht gesagt. Ich habe ihn nicht danach gefragt.«

»Hatten Sie Angst vor ihm?«

»Nein, aber ich habe schnell gelernt, daß er stachlig wie ein Rosenbusch sein konnte, wenn er sich müde und mitgenommen fühlte. Ich habe nie unnötige Fragen gestellt. Dieser Vorfall aber hat mich so sehr interessiert, daß ich ihm selbst nachgegangen bin. Ich habe eine Freundin, die bei der Banco Ambrosio in Mailand arbeitet. Die habe ich angerufen. Sie hat mir erzählt, daß Simonetta ein Reisebüro der Spitzenklasse ist, spezialisiert auf exotische Trips für reiche Kunden, männlich wie weiblich. Eine Simonetta gibt es nicht. Der Direktor ist ein Mann; ein Team aus attraktiven jungen Leuten rührt für ihn die Werbetrommel«

»Kurz nach seinen Besuchen in Mailand ist Larry zehn Tage lang verreist. Wohin?«

»Auch das hat er mir nicht gesagt. Auch danach habe ich ihn nicht gefragt.«

»Wer hat die Reise gebucht?«

»Ich weiß es nicht.«

»Ich verstehe, daß Sie die Leute von Corsec angelogen haben. Woher soll ich wissen, daß Sie mich nicht anlügen?«

Falls die Frage sie erschreckte, ließ sie es sich jedenfalls nicht anmerken. Ihre Antwort klang leicht verächtlich.

»Das können Sie nicht wissen. Aber auch hier gilt die alte Testfrage. Cui bono? Wem nützt eine Lüge, falls eine im Spiel sein sollte? Larry und ich waren kein Liebespaar. Er war ein respektabler Kollege, ein angenehmer Freund. Was nützt mir sein Leiden? Andererseits ...« Sie schlug so geschmeidig zurück wie eine Florettkämpferin. »Andererseits könnten Sie uns belügen, Mr. Strassberger, ein kompliziertes Märchen erfinden, um Ihre Familieninteressen zu schützen. Die Invasion von Corsec hätte der erste Zug gewesen sein können, uns kirre zu machen. Dann kommen Sie mit einer herzzerreißenden Geschichte vom verirrten Schaf und der betroffenen Familie.«

»Dann stelle ich Ihnen die gleiche Frage: Wem nützt das?«

»Die Antwort ist einfach. Verschwundene Bankiers sorgen für Schlagzeilen in aller Welt und für schwere Einbußen am Aktienmarkt.« Sie lachte kurz auf. »Keine Bange! Ich glaube Ihnen. Sie können mir glauben. Sie werden meine Unterschrift auf der Quittung für Larrys Sachen finden.«

»Sie verstehen, daß ich die Frage stellen mußte.«

»Das haben Sie sehr linkisch getan.«

»Entschuldigung.«

»Ich verzeihe Ihnen; aber Sie sollten nicht versuchen, mir angst zu machen, Mr. Strassberger. Ich habe mich im Geschlechterkampf an Blutvergießen gewöhnt!«

Sie war zur Tür hinaus und fort, ehe ich noch ein Wort herausbrachte.

4. Kapitel

Das ist ein Witz«, sagte Marc Antoine Vianney, »ein abgeschmackter Bürowitz!«

Wir saßen bei Drinks in meiner Suite im Crillon und warteten auf den Concierge, der zu uns kommen wollte, wenn der abendliche Andrang an seinem Tresen vorbei war. Vianney sprach über den kryptischen Ausspruch meines Vaters, die »Tanzkarte«.

»Ihr Vater hat den Scherz erfunden. Ich erinnere mich gut an den Anlaß. Ich hatte eben diese Arbeit angetreten. Ihr Vater war aus New York gekommen, um bei meiner Amtseinführung zu präsidieren. Ich hatte damit gerechnet, daß er mir die Firmenpraxis auf verschiedenen Gebieten erklären würde. Aber er hat mich dastehen lassen wie einen begossenen Pudel. ›Wir handeln mit Geld‹, hat Ihr Vater zu mir gesagt. ›Mit Geld und mit betuchten Leuten. Wir laden sie auf ein Glas Wein ein, wir führen sie zum Abendessen aus, wir bieten ihnen Unterhaltung auf der Rennbahn, im Casino, im Theater. Niemand merkt, daß wir es mit dem Geld unserer Kunden tun.‹« Vianney grinste spöttisch.

»Dann habe ich ihn gefragt, wie wir uns verhalten sollen, wenn unsere Kunden sexuelle Kontakte wünschen. Er hat mich mit schiefgelegtem Kopf angesehen, wie eine alte Eule eine dicke Maus mustert, und gesagt: ›Wir sind Bankiers, Vianney! Wir sind weder Zuhälter noch Kuppler noch

Bordellschlepper, und keiner unserer Kunden, männlich oder weiblich, wird es uns danken, wenn er sich mit HIV oder Pocken infiziert. Jeder Concierge in jedem großen Hotel führt eine Tanzkarte mit Callgirls und Etablissements. Sie verweisen also die Kunden an den Concierge in ihren Hotels. Aber vorher schreiben Sie dem Concierge einen diskreten Brief, in dem Sie Ihren geschätzten Kunden vorstellen, und bitten ihn darum, sein Bestes zu tun, um ihm den Aufenthalt in Paris angenehm zu machen. Legen Sie ein großzügiges Trinkgeld bei – in bar. Danach haben Sie mit der Angelegenheit nichts mehr zu tun. Und falls Sie zufällig ebenfalls in Bordellkreisen verkehren sollten, lassen Sie niemals, niemals zu, daß Ihr Vergnügen sich mit den ›Geschäften‹ Ihrer Kunden überschneidet.‹«

Ich lachte laut. Ich konnte nicht anders. Er hatte meinen Vater haargenau imitiert: den Ton, die Gesten, das gebieterische ›niemals, niemals‹. Ich hob das Glas zum Toast.

»Bravo! Jetzt verteilen also Fünfsternehotels ihre Tanzkarten an die Kunden von Strassberger!«

»Ganz stimmt das nicht.« Vianney hatte noch etwas hinzuzufügen. »Später war ich der Meinung, die Risiken seien viel zu groß. Im Sexgeschäft gibt es keine Garantien. Zwischen dem ersten Kontakt und dem Vollzug kann zuviel passieren; deshalb arbeiten wir jetzt nur noch mit Delaunay hier im Hotel. Er hat eigene Regeln. Keine Grobheiten, keine gewalttätigen Spielchen. Seine Begleitpersonen arbeiten schon im Gesundheitswesen.«

»Und was soll das heißen?«

»Es sind Ersatzpartner, angestellt bei einem großen Ärztekonsortium im Dienst der Sexualtherapie. Sie helfen den Patienten, männlich wie weiblich, beim Wiederfinden normaler Funktionen. Nach Delaunays Meinung haben die Ärzte ein persönliches Interesse an der Gesundheit der Ersatzpartner. Er hält das für die beste Versicherung, die er bieten kann. Bis jetzt – ich klopfe auf Holz – sind uns auch noch keine Beschwerden zu Ohren gekommen.«

»Damit schließt sich der Kreis, nicht wahr?«

»Wieso?«

»Hatte Larry Lucas eine Tanzkarte?«

»Ich habe ihn nie danach gefragt, aber ich nehme es an. Delaunay könnte es uns sagen. Er trifft die Verabredungen für die Gäste.«

»Und sackt vermutlich eine Provision ein?«

»O nein! Dazu ist er viel zu schlau. Wir zahlen ihm eine Pauschale für allgemeine Dienstleistungen gegenüber unseren Kunden. Die Kunden bezahlen ihn für den Hinweis auf eine sichere Adresse. Bei den Mädchen abzukassieren wäre für ihn genauso ekelhaft wie für uns, die wir allesamt ehrenwerte Männer sind.«

Zwanzig Minuten später saß Delaunay, dieser ehrenwerte Mann, bei uns und entspannte sich bei einem Schuß Glenfiddich von einem sehr anstrengenden Tag. Er war jetzt herzlich, locker, fast liebenswürdig; aber eine gewisse Vorsicht verließ ihn nie. Er bestätigte, daß Mlle. Claudine Parmentier den Empfang von Larrys Sachen quittiert habe. Er bestätigte außerdem, was mir Giorgiu Andrescu im New Yorker Büro von Corsec gesagt hatte: Larry sei kein großer Schürzenjäger gewesen, habe jeden Morgen gejoggt und an den meisten Abenden nach der Arbeit im Club Apollo trainiert. Gelegentlich habe er Delaunay gebeten, Frauen auf der Tanzkarte als Begleiterinnen für ihn und seine Kunden zu engagieren. Auf keinen Fall habe es eine feste Beziehung zu einer der Frauen gegeben oder Übernachtungsbesucherinnen im Crillon.

Als ich ihn bat, eine Vermutung über die Frau anzustellen, die Larry Lucas zur Wohnung von Claudine Parmentier gefahren hatte, um seine Sachen abzuholen, schüttelte er den Kopf.

»Leider kann ich Ihnen da nicht helfen. Ich meine aber, daß es sich bei dieser Frau vielleicht gar nicht um eine Sexualpartnerin gehandelt hat. Es könnte durchaus eine Person gewesen sein, die er dafür bezahlt hat, ihm bei der Flucht zu helfen.«

»Wie kommen Sie darauf?«

»Weil die Mädchen auf der Tanzkarte von ihren Wohnungen aus arbeiten und die Transportkosten von den Kunden übernommen werden. Falls sie ein eigenes Auto haben, benutzen sie es nicht. Ein kleiner Verkehrsunfall nach einer Party könnte große Scherereien mit sich bringen.«

Das klang vernünftig. Ich konnte das Thema nicht vertiefen und schlug einen neuen Kurs ein.

»Monsieur, Sie haben natürlich viel mit Reisebüros zu tun?«

»Selbstverständlich.«

Ich reichte ihm einen Zettel, auf den ich geschrieben hatte: »Simonetta Viaggi, Europa ed Oltremare Milan.«

»Was können Sie mir über dieses Reisebüro sagen?«

Er zögerte einen Augenblick und wich dann einer direkten Antwort aus.

»Nicht viel. Sie haben ein Büro hier in Paris. Manchmal ruft mich einer der dortigen Angestellten an und erinnert mich daran, daß dieses Reisebüro existiert und besondere Dienstleistungen zu bieten hat.«

»Und was sind das für besondere Dienstleistungen?«

»Luxusreisen an exotische Orte, mit oder ohne Begleitung, je nach Wunsch des Kunden. Die Kunden sind in den mittleren Jahren oder älter, aber immer reich. Dagegen sind die Leute vom Reisebüro junge Männer und Frauen, mit äußerst geschliffenen Manieren und sehr beredt.«

»Haben Sie dort je eine Reise für Mr. Lucas gebucht?«

»Ich habe ihn auf das Reisebüro aufmerksam gemacht, ihm die Telefonnummer gegeben und vorgeschlagen, dort etwas zu buchen.«

»Was genau sollten Sie für ihn finden?«

»Mit seinen Worten – ›ein erstklassiges Reisebüro, das auf exotische Orte spezialisiert ist, aber nicht auf Ziele, die zu anstrengend und vom Klima her zu extrem sind!‹«

»Wissen Sie, ob er Kontakt zu Simonetta-Reisen aufgenommen hat?«

»Ich muß davon ausgehen. Ich habe ihn einmal in der Halle gesehen, ins Gespräch mit einer der jungen Damen von dort vertieft.«

»Wissen Sie ihren Namen?«

»Im Augenblick ist er mir entfallen.«

»Bitte, versuchen Sie, sich daran zu erinnern. Sie verstehen, wie wichtig das ist.«

»Das verstehe ich, ja; aber darf ich Ihnen eine persönliche Frage stellen, Mr. Strassberger?«

»Bitte!«

»Was für Gefühle hegen Sie für Ihren Schwager?«

Mir lag schon auf der Zunge, ihm zu sagen, meine Gefühle gingen ihn nichts an, verdammt noch mal. Gerade noch rechtzeitig fiel mir dann ein, daß ich ja meine Gefühle zu seiner Angelegenheit gemacht hatte. Ich brauchte seine Hilfe; ich mußte ihm Ehrerbietung erweisen. Deshalb formulierte ich die Antwort so ruhig wie möglich.

»Es liegt in der Natur der Sache, daß ich sehr gemischte Gefühle empfinde. Larry Lucas gehört zur Familie. Er ist mit meiner Schwester verheiratet, und hat zwei schöne Kinder. Er ist ein exzellenter Bankier und ungeheuer wichtig für unsere Firma. Er leidet an einer Krankheit, von der wenig begriffen wird und die ihn extremen Gefahren aussetzen kann. Folglich ist mein erstes Gefühl tiefe Sorge. Wir sind seine Angehörigen. Mein zweites Gefühl ist Wut, die ich weder rechtfertigen noch unterdrücken kann. Larry Lucas ist vor seiner Familie und seiner Arbeit weggelaufen und hat mir einen arbeitsreichen Sommer beschert.«

Delaunay warf den Kopf zurück und lachte.

»Was für ein offenherziges Geständnis, Mr. Strassberger!«

Ich hatte plötzlich das Gefühl, daß Delaunay eine alte Komödie spielte, in der er der schlaue Pariser und ich der hereingelegte Amerikaner war, der einen Clochard nicht von einem Schlapphut unterscheiden konnte. Mir gefiel das Stück nicht, und das sagte ich ihm auch.

»Monsieur, ich bin hier ein Fremder. Ich bin müde und

habe Sorgen. Das hier sind nicht die Ferien des Monsieur Hulot. Es ist eine altmodische Menschenjagd, auf Leben und Tod. Können Sie mir helfen? Falls nicht, sagen Sie das, und der Fall ist erledigt. Falls ja, dann lassen Sie mich nicht betteln wie einen Pudel um Essensreste.«

Es entstand ein langes Schweigen – dann ging Vianney auf mich los.

»Beruhigen Sie sich, Carl! Versuchen Sie zu verstehen, was Sie hören. M. Delaunay schuldet uns nichts. Wie würden wir reagieren, wenn er plötzlich mit aufdringlichen Fragen über unsere Finanzgeschäfte vor unserer Tür stünde – unter welchem Vorwand auch immer? Tatsächlich versucht er wie ich, Ihnen zu helfen, wenn auch aus anderen Gründen. Ich habe Ihnen gesagt, daß ich mich nicht zu Larry Lucas hingezogen fühlte. Ich wurde mit ihm nicht warm. M. Delaunay sieht in Larry einen Freund. Er hat das starke Gefühl, seine Interessen schützen zu müssen. Aber er ist uns oder Ihnen gegenüber nicht feindselig. Er ist nur schlicht und einfach vorsichtig einem Menschen gegenüber, den er noch nicht sehr gut kennt – und das sind Sie.«

»Danke.« Delaunay belohnte seinen Anwalt mit einem Nicken, dann saß er mit friedlich im Schoß gefalteten Händen da und wartete auf meine Reaktion. Langsam, sorgfältig überlegt, wählte ich meine Worte.

»M. Delaunay, ich bin verzweifelt. Deshalb bin ich alles andere als liebenswürdig. Entschuldigung! Ich verstehe Ihre berufliche Zurückhaltung und respektiere sie. Für jede Hilfe, die ich von Ihnen bekommen kann, werde ich dankbar sein.«

»*Eh bien!*« Delaunay lächelte und hob als Absolution eine pummelige Hand. »Sprechen wir über Simonetta-Reisen. Ich habe Ihnen gesagt, daß ich diese Leute kenne. Mir ist ihnen gegenüber nicht ganz wohl, deshalb empfehle ich sie meinen Gästen nicht. Auch Mr. Lucas habe ich sie nicht empfohlen. Andererseits ignoriere ich ihre Existenz nicht, mache kein Geheimnis aus den Dienstleistungen, die sie anbieten. Ein Concierge muß wie ein Bankier allen alles sein – oder jedenfalls so wirken.«

Er griff in die Westentasche und zog eine Visitenkarte heraus, an die ein zusammengefalteter Zeitschriftenausschnitt geklammert war. Beides reichte er mir.

»Das ist die Karte der jungen Frau von Simonetta-Reisen, die am häufigsten bei mir vorspricht. Sie ist es auch, die ich im Gespräch mit Mr. Lucas gesehen habe. Der Ausschnitt stammt aus einem Magazin, das auch hier in Ihrer Hotelsuite ausliegt. Es wirbt für Luxusreisen, Luxusquartiere wie dieses Hotel. Was drinsteht, richtet sich an müßige Leser in der Badewanne. Bitte, lesen Sie!«

Der Artikel war offensichtlich zusammengestoppelt aus einem Interview, das ein sehr weitschweifiger Journalist geführt hatte.

»›Simonetta-Reisen‹ (Paris, Mailand, New York, Los Angeles) ist in jeder Hinsicht ein auf diskrete Weise erfolgreiches Unternehmen in der Touristikbranche. Das Unternehmen muß erfolgreich sein, weil es sich die Dienste hervorragend ausgebildeter junger Männer und Frauen leisten kann, die auf Kundensuche die besten Hotels abgrasen. Vermutlich sind die Kunden zufrieden, weil sie genau das bekommen, wofür sie bezahlt haben: sie sind aus dem Verkehr gezogen, völlig verschwunden, von den Wegen ihrer Heimatorte in ein ganz besonderes Nirgendwo entkommen, das Simonetta entdeckt, empfohlen und ganz auf ihre persönlichen Bedürfnisse zugeschnitten hat. Der Chef heißt keineswegs Simonetta, sondern ist ein gewisser Francisco Falco, der auf der Suche nach geheimen Domizilen, in denen seine wohlhabenden Kunden buchstäblich untertauchen können, auf der ganzen Welt herumreist. Er besitzt eine lange Liste himmlischer Zufluchtsorte auf den Philippinen, Costa Rica, in Brasilien, Madagaskar, Marokko und auf den Antillen. Nennen Sie ihm einen Ort, der Ihnen zusagt: er kann ihn Ihnen auf der Karte zeigen und die Dienstleistungen aufzählen, über die sein Reisebüro dort verfügt: Luxushäuser, jede Menge Hauspersonal, männliche wie weibliche Gesellschaft in allen Hautfarben, ärztliche Betreuung, diskrete Finanzvereinbarungen, mit denen die Geldspur zwischen der alten und der neuen Welt des Kunden abgeschnitten wird.

Wer sind die Kunden? An diesem Punkt droht Mr. Falco tadelnd mit dem Finger. ›Das ist doch das A und O dabei, nicht wahr – absolute Diskretion!‹ Er räumt jedoch ein, daß es typische Profile gibt: Männer zwischen fünfundvierzig und sechzig, die sich langweilen, einsam oder einfach auf der Flucht vor einer schlechten Ehe sind. Frauen, manche geschädigt durch eine Ehe oder eine Liebesbeziehung, manche auf der Jagd nach der schwindenden Romantik der Jugend. Vielleicht auch Kriminelle? Mr. Falco zuckt vielsagend die Achseln. Woher solle man das wissen? Zahlenden Kunden glaube man unbesehen. Er weist darauf hin, daß kriminelle Organisationen überall über eigene Reisemöglichkeiten, über Tricks beim Untertauchen verfügen. Simonetta verlangt von den Kunden nur solide Kreditwürdigkeit und den aufrichtigen Wunsch, auf Dauer in ein neues Leben überzuwechseln. Papiere? Mr. Falco zuckt wieder die Achseln. ›Viele Länder bieten Leuten mit Geld besondere Einreisemöglichkeiten an. Jede Nation auf der Welt heißt betuchte Zuwanderer willkommen.‹ Angenehme Arbeit, wenn man sie bekommen kann, meinten wir, und ›Simonetta-Reisen‹ hat offenbar so viele Aufträge, daß das Büro in vier sehr teuren Großstädten im Geschäft bleiben kann.«

Ich reichte Vianney den Ausschnitt. Er überflog ihn kurz und gab ihn mir dann wieder zurück. »Kann ich das behalten?« fragte ich Delaunay.

»Selbstverständlich.«

»Wie lange ist ›Simonetta-Reisen‹ schon im Geschäft?«

»Nach meinem Wissen sieben, acht Jahre. Aber in dieser Branche unter Falcos Leitung noch keine drei Jahre.«

»Nächste Frage – sind die Papiere, die er zur Verfügung stellt, echt oder gefälscht?«

»Ich vermute, daß sie echt sind, aber zu Spitzenpreisen von den Konsulaten der Länder, die solche Gastfreundschaften erweisen, gekauft worden sind.«

Das ergab für mich einen Sinn, denn ich konnte mir nicht vorstellen, daß Larry Lucas seine neue Identität auf Fälschungen aufbaute. Die Antwort auf meine nächste Frage kannte ich oder glaubte, sie zu kennen; trotzdem wollte ich Delaunays Version hören. Ich deutete auf den Satz in dem Ausschnitt, in dem von »diskreten Finanzvereinbarungen, mit denen die Geldspur zwischen der alten und der neuen Welt des Kunden abgeschnitten wird« die Rede war.

»Was würden sich nach Ihren Erfahrungen in der Hotelbranche für Vereinbarungen anbieten?«

Delaunay, glatt wie er war, entschied sich, ausweichend statt präzise zu antworten.

»Eine interessante Frage, Mr. Strassberger. Nehmen wir einmal an, ich bin der Dienstleister in einem Zufluchtsort von Mr. Falco. Ich bin Bankier, Geschäftsmann, Hotelier. Vermutlich arbeite ich in einer Gegend mit schwacher Währung, in Brasilien, auf den Philippinen, in der Türkei. Jeder, der mir harte oder einigermaßen stabile Währung bieten kann, ist sofort mein Freund. Es ist völlig ausgeschlossen, daß ich danach frage, woher die Mittel stammen, wie sie erworben worden sind. Sobald prompte Zahlungen gesichert sind, überschlage ich mich, tanze auf dem Hochseil, um meine Kunden zufriedenzustellen. Ich werde außerdem ihr bester Anwalt gegenüber der Polizei und den vielgestaltigen Jagdhunden der einheimischen Regierung. Auch mache ich mir Sorgen um die Gesundheit meiner Kunden. Je länger sie leben, desto mehr geben sie aus, desto reicher werde ich.«

»Und wie paßt der eigentliche Reiseveranstalter Mr. Falco in dieses Bild? Ich kann mir nicht vorstellen, daß er mit einer einmaligen Provision zufrieden ist, während Sie und alle Einheimischen sich jahrelang an der goldenen Gans mästen, die er ihnen geschickt hat.«

»Ich vermute – und bitte bedenken Sie, daß es nur eine Vermutung ist –, daß Mr. Falco, ehe er unsere Möglichkeiten nützt, schon für eine Reihe von Vergütungen gesorgt und einen einheimischen Geldeintreiber installiert hat.«

»Also noch eine Frage, wiederum reine Theorie. Der glückliche Bewohner dieses Paradieses wird krank. Wer sorgt für die Pflege, die Betreuung durch einen Spezialisten, die vielleicht erforderlich ist?«

»Sie meinen«, Vianney verstärkte die Frage, »obwohl der Patient möglicherweise in der Lage ist, sich die notwendige Behandlung leisten zu können, steht sie vielleicht nicht zur Verfügung oder wird ihm – im schlimmsten Fall – mit Absicht vorenthalten.«

»Das ist möglich.« Delaunays Antwort nahm einen sinnierenden, nachdenklichen Ton an. »In der Tat, je mehr man sich damit beschäftigt, desto wahrscheinlicher kommt es einem vor, daß die eigentlichen Einnahmen dieses merkwürdigen Unternehmens aus den Quellenmitteln stammen – dem Geld des Kunden, sicher untergebracht bei einem Treuhänder in Luxemburg, Liechtenstein, der Schweiz, Hongkong oder auf den niederländischen Antillen. Dieser Treuhänder muß voll und ganz der Schweigepflicht unterliegen, weil sein Kunde seine Identität aufgegeben hat und vom Angesicht der Erde verschwunden ist.«

»Und ich würde mit meinen Vermutungen sogar noch weiter gehen«, sagte Marc Antoine Vianney. »Der Reisebüroleiter und der Treuhänder arbeiten Hand in Hand und schöpfen das Vermögen ab.«

Bingo! Da war es, ganz deutlich alles, ich hatte das gesamte Betrugsmanöver vor mir. Nur noch eine Frage blieb, und Delaunay stellte sie.

»Warum sollte jemand so wahnsinnig sein, ein solches Risiko einzugehen?«

Wir antworteten ihm beide nicht, aber ich hörte in meinem Gedächtnis die Stimme von Alma Levy widerhallen, klar wie eine Glocke in Hochgebirgsluft.

»Die Gipfel der Manie sind schwindelerregende, ekstatische Orte, über die der Patient in seiner Illusion hinwegschwebt wie ein Adler. Die Täler, in die er danach abstürzt, sind tief, dunkel und erfüllt vom Gestank nach Aas.«

Der Gedanke muß mir vom Gesicht abzulesen gewesen sein; denn Marc Antoine Vianney sagte ganz ruhig: »Denken Sie daran, Carl, das ist alles Spekulation, reine Vermutung, ein großes Fragezeichen.«

Delaunay widersprach ihm als erster.

»Es läßt sich jedoch auf die eine oder andere Weise ganz einfach beweisen.«

»Wie?« Die Frage kam von mir.

»Sie werden selbst Kunde bei Simonetta-Reisen. Sie werden der Flüchtling, der nach dem Paradies eines Geistesgestörten sucht.«

Als sie fort waren, rief ich meinen Vater in New York an. Er hatte einen weiteren schweren Tag an der Börse hinter sich; deshalb brauchte er eine Weile, um sich auf meinen Bericht zu konzentrieren. Seine Reaktion war vorhersehbar: »Das ist zu glatt, zu einfach! Dieser Delaunay bläht sich auf wie ein Ochsenfrosch, und Vianney ist glücklich darüber. Damit ist er aus dem Schneider!«

Ich widersprach ihm so geduldig wie möglich. Er war es gewesen, der auf die Tanzkarten als mögliche Spur hingewiesen hatte. Die Tanzkarten brachten unausweichlich Delaunay ins Spiel. Ich erinnerte ihn außerdem daran, daß wir den ersten Hinweis auf Simonetta-Reisen von Corsec bekommen hatten, dazu noch den Hinweis auf die Schweizer Verbindung mit Doktor Hubert Rubens. Auf den ersten Blick wurde immerhin eine Art Muster sichtbar. Wir konnten es uns nicht leisten, es zu ignorieren.

Inzwischen galt die Aufmerksamkeit meines Vaters nicht mehr der Börse, sondern er konzentrierte sich voll auf die Frage, wie ich vorgehen sollte.

»Falls die Vermutungen stimmen, handelt es sich um

schwerwiegende kriminelle Machenschaften. Ohne sorgfältige Vorbereitung kannst du dich nicht darauf einlassen. Du brauchst eine neue Identität, nachprüfbare Geldmittel, die nichts mit Strassberger zu tun haben. Du mußt alle offenen Kontakte mit unserer Firma abbrechen und dir einen ganz neuen Hintergrund aufbauen – genau gesagt, eine neue Laufbahn. Noch einmal, falls du richtig vermutest, spielen diese Leute mit sehr hohen Einsätzen. Sie können nicht riskieren, daß eine ungedeckte Karte ins Spiel kommt. Deshalb mußt du davon ausgehen, daß sie zwar normale Reisende für bare Münze nehmen, potentielle Betrugsopfer aber sehr gründlich überprüfen. Vergessen wir nicht, daß Larry in einem ganz realistischen Sinn zur Geisel und zum Opfer jeden Fehlers werden könnte, den du machst.«

»Ich bin deiner Meinung, Vater. Ich hatte noch keine Zeit, etwas zu planen.«

»Das weiß ich. Und du solltest nichts überstürzt planen und schon gar nicht am Ende eines langen Tags. Es gibt jedoch ein paar Dinge, die du dir überlegen könntest ...«

Ich ertappte mich dabei, wie ich in den Hörer grinste. Als Bankier und Mann lief Emil Strassberger immer zur vollen Form auf: Rechne mit dem Schlimmsten, reduziere die Risiken auf ein Minimum und plane dann die Schlacht wie Clausewitz – alles wie aus dem Lehrbuch! Jetzt formulierte er es mir in knappen Sätzen: »Wir stellen die Mittel zur Verfügung, die Viertelmillion, die wir Corsec zahlen wollten, und bringen hier und dort zusätzliches Geld auf; vielleicht auch aus dem Bonus, den Larry nicht annehmen wollte! Wenn du dich für einen neuen Namen und eine neue Identität entschieden hast, sorgen wir dafür, daß du über Morgan Guaranty Zugang zu den Geldern bekommst. Die sind mir ein paar Gefälligkeiten schuldig ... Apropos Identität: eine ist dir auf den Leib geschnitten. Du bist Künstler. Du bist ein geborener Aussteiger wie Gauguin. Du änderst deinen Stil und dein Äußeres. Du brauchst nur ein paar Leinwände in einer anderen Kunstrichtung und eine neue Signatur. Vielleicht gibt es das eine oder andere Problem mit deinem Lebenslauf, aber ich bin mir sicher, von hier aus und mit Hilfe deiner Freundin in Nizza können wir ...«

Er war so schwer zum Stillstand zu bringen wie ein reißender Fluß, aber schließlich brachte ich ihn doch soweit zum Schweigen, daß er sich anhörte, was ich zu sagen hatte – im Augenblick nicht allzuviel.

»Ich habe gehört, was du mir gesagt hast, Vater, und ich nehme jede Hilfe an, die du mir bieten kannst. Im Moment brauche ich nur Platz zum Atemholen und die Gelegenheit, über das alles selbst nachzudenken. Wie dir ist mir in bezug auf Delaunay nicht wohl, und ich werde auch aus Vianney nicht schlau. In beiden Fällen liegt es vielleicht an der Sprache. Sie sind die Einheimischen, ich bin der Außenseiter. Ich habe das Gefühl, sie lassen mich durch Reifen springen, um herauszufinden, wie ich den Parisern gegenüber abschneide.«

»Bei Gott, das tun sie jedesmal!« Mein Vater machte mit Vergnügen seiner Enttäuschung darüber Luft, daß er so weit entfernt vom Ort des Geschehens war. »Aber sie werden daraus lernen, Carl! Das werden sie! Entspann dich doch und gönn dir einen Abend in der Stadt – wenn du möchtest, mit Hilfe der Tanzkarte. Gerade ist mir jemand eingefallen, der uns eine große Hilfe sein könnte. Laß mich darüber nachdenken, dann melde ich mich wieder bei dir, morgen um die gleiche Zeit. Wieviel davon kann ich Madi und deiner Mutter sagen?«

»Du erklärst es Mutter. Madi rufe ich selbst an.«

»Gut! Aber unternimm bitte nichts mehr, bis ich mich wieder bei dir gemeldet habe.«

»Es wäre hilfreich, wenn ich wüßte, was du im Sinn hast.«

»Wir verlieren nur kostbare Zeit, wenn wir jetzt groß darüber sprechen, und hinterher ist es vielleicht nicht machbar. Sei geduldig und hab Vertrauen zu mir. Gute Nacht, mein Sohn.«

»Gute Nacht, Vater.«

Mein Gespräch mit Madi erwies sich als länger und belastender. Sie lebte in einem Alptraum aus Angst, Zorn und Eifersucht, während sie versuchte, für die Kinder ein tapferes Gesicht aufzusetzen. Offenbar beunruhigte sie die Abwesenheit ihres Vaters gar nicht so sehr, weil das für sie zum Alltag gehörte.

Erst mußte ich durch einen Gefühlsausbruch hindurch mit Madi sprechen, dann jede Möglichkeit, gut oder schlecht, über Larrys Lage mit ihr durchgehen. Schließlich konnte ich ihre Aufmerksamkeit auf das lenken, was mir im Augenblick auf der Seele brannte.

»Ich habe gesehen, wie du und Larry auf dem Wohnzimmerboden gesessen und euren Urlaub geplant habt; umgeben von Reiseprospekten und Zeitschriften. Dreh die Zeit zurück und versuch, dich genau daran zu erinnern, wohin Larry gern gefahren wäre, was ihn gereizt hat. Bring das nicht durcheinander mit den Orten, in denen ihr schließlich Urlaub gemacht habt. Laß es mich anders ausdrücken. Wenn sich Larry nach den eigenen Impulsen gerichtet hätte, wohin wäre er dann gefahren? Versuch, dich genau an seine Worte zu erinnern. Denk darüber nach. Mach dir Notizen.«

»Wozu soll das gut sein? Das ist doch nur reine Vermutung.«

»Bis jetzt haben sich die Vermutungen als richtig erwiesen, weil sie gut begründet waren. Ich verlasse mich einfach auf eine Glückssträhne. Was soll ich sonst tun?«

»Du könntest mir einen großen Gefallen tun.«

»Jeden.«

»Ruf Doktor Levy an. Sie will unbedingt wissen, was sich tut, und sie ist stark wie ein Felsen, hält mich aufrecht. Außerdem kann sie vielleicht einen Beitrag zu deinem Ratespiel lcisten.«

»Das mach ich sofort. Du holst die Reiseprospckte und gehst an die Arbeit. Liebe Grüße an die Kinder.«

»Sie lieben dich, Carl. Genau wie ich.«

Ich liebte Madi auch. Auf ganz besondere, familiäre Weise konnte ich ihr den Zorn, die Angst und die Enttäuschung nachfühlen. In diesem Augenblick hätte ich Larry Lucas mit Freuden ermordet. Es tat mir unendlich gut, mit Doktor Alma Levy zu sprechen, die einen ruhigen, klinisch präzisen Bericht über alle Ereignisse seit meiner Ankunft in Paris verlangte. Sie wollte die Schilderungen aller Beteiligten hören und Bescheid wissen über meine Beziehungen zu ihnen. Ihr Urteil gab mir ein besseres Gefühl.

»Ich glaube, bis jetzt haben Sie es gut gemacht; Sie sollten diese Nachforschungen über das Reisebüro anstellen. Ich warne Sie jedoch noch einmal: Larry Lucas ist hochintelligent. Es fällt ihm viel leichter, Menschen zu benutzen, als sich von ihnen benutzen zu lassen. Rechnen Sie also nicht mit einer logischen Fortsetzung dieser Ermittlung. Seien Sie stets auf Bruchstellen vorbereitet, denen Verhaltenssprünge folgen.«

»Ich bin mir nicht sicher, ob ich Sie richtig verstehe, Doktor Levy.«

»Lassen Sie es mich anders ausdrücken: Larry hat im Bankwesen eine glänzende Karriere gemacht. Plötzlich steigt er aus. Er hat eine gute Frau und eine gefestigte Ehe. Auch davor läuft er weg.«

»Ist er Ihnen je weggelaufen, Doktor?«

»Kluger Carl!« sagte Doktor Levy mit trockenem Humor. »Natürlich ist er mir weggelaufen, viele Male, genau wie jetzt. Immer ist er zurückgekommen wie ein reumütiger Schuljunge. Dieses Mal – falls es stimmt, was Sie mir sagen – ist ihm die Rückkehr vielleicht nicht möglich. Vielleicht entdeckt er, daß er ein Gefangener der Leute ist, die ihm beim Verschwinden geholfen haben. Das wird nicht sofort passieren. Vielleicht kommt es überhaupt nicht dazu, aber es ist möglich, o ja, es ist möglich!«

Das brachte mich auf die Frage zurück, die ich meiner Schwester gestellt hatte: Welchen Ort auf der Welt könnte Larry Lucas als sein Exil wählen?

Alma Levy schwieg ein paar Augenblicke, dann erwiderte sie: »Darauf habe ich keine Antwort parat. Ich muß mir bestimmte Bänder meiner Gespräche mit Larry anhören. Aber lassen Sie sich wieder warnen: Diese Anhaltspunkte sind vielleicht nicht mehr zuverlässig, oder falls doch, dann vielleicht nicht auf Dauer ... Ich rufe Ihnen ins Gedächtnis, daß Sie mit jähen Umschwüngen und zerstörerischen Brüchen rechnen müssen. Sie haben berichtet, daß Larry nur ein paar Tage Vorsprung vor Ihnen hat. Sie müssen versuchen, seiner Witterung ständig auf der Spur zu bleiben, sonst könnten Sie ihn ganz verlieren ... Rufen Sie mich morgen wieder an, dann sage ich Ihnen, was ich den Bändern entnehmen konnte. Und jetzt mal ehrlich, Carl, wie halten Sie durch?«

»Fragen Sie mich nicht danach, Doktor Levy. Ich könnte in Versuchung geraten, es Ihnen zu sagen.«

Sie lachte. »Sie haben noch einen langen Weg vor sich, ehe Sie mich brauchen! Ich trinke ein Glas auf Sie.«

Hungrig, durstig und unruhig blieb ich nach diesem Gespräch zurück, allein in meiner Pariser Hotelsuite, mit einer leeren Tanzkarte für den Abend.

Ich hätte gern Gesellschaft gehabt, war aber zu nervös, danach zu suchen. Es gab Freunde, die ich hätte anrufen können, aber ich schreckte vor der einfachen Aufgabe zurück, Kontakt aufzunehmen und Erklärungen abzugeben. Ich hätte Gebrauch von Delaunays Netz aus blitzsauberen Callgirls machen können, aber das hätte zunächst ein Minimum an Interesse erfordert und die alte Frage am Schluß aufgeworfen: »Was soll man hinterher zu dem Mädchen sagen?« Schließlich meinte ich, die am wenigsten anstrengende Gesellschaft sei meine eigene.

Ich zog Jeans, Turnschuhe und einen abgewetzten Anorak an, steckte einen Skizzenblock und Buntstifte in eine Tasche, ein Bündel Francs in die zweite, schloß meine Brieftasche und Papiere in dem kleinen Tresor meiner Suite ein und marschierte hinaus in die Nacht.

Mein Ziel war ein Ort, den ich während meines Aufenthalts an der Kunstakademie entdeckt hatte. Er liegt versteckt in einer schäbigen Gasse zwischen dem Quai des Augustins und dem Boulevard St. Germain, hinter einem hohen Holzzaun. Über einem kleinen Tor aus Korbgeflecht steht auf dem holzgeschnitzten Schild: Boîte de Couleurs – Farbenkiste. Hinter dem Tor erstreckt sich ein weitläufiger Hof, gepflastert mit alten Kopfsteinen, denen noch die Spuren eiserner Wagenräder anzusehen sind. An den Wänden zu beiden Seiten gibt es schmale Fenster, verriegelt und mit schweren Rolläden gesichert. Zwei größere Sprossenfenster an der Rückwand schimmern in den Farben alter Buntglasfenster.

Der Innenraum ist groß und gleicht einer Scheune, teils Bistro, teils Bar, teils Atelier. Es ist dunstig vom Zigarettenrauch, und es riecht nach kräftiger Landsuppe, die mit Brot, Käse und Wein das ganze Menü in der Farbenkiste bildet. Die Gäste sind Künstler jeder Art, die hier billiges Essen, kongeniale Gesellschaft und einen Ort zum gemeinschaftlichen Arbeiten suchen. Die Modelle, männlich wie weiblich, sind Komparsen. Die Gäste zahlen ihnen etwas, ganz gleich, ob sie ihre Dienste in Anspruch nehmen oder nicht.

Das Lokal gehört zu den erfreulicheren Überbleibseln des Bohemelebens, die in entlegenen Winkeln von Paris immer noch zu finden sind. Es herrscht eine angenehm entspannte Atmosphäre. Als Gast und Künstlerkollege hat man das Recht herumzuschlendern, anderen über die Schulter zu schauen, Kommentare oder Kritik zu äußern oder Einladungen zu anderen Zerstreuungen in einem anderen Lokal auszusprechen. Hier regiert immer noch die Boheme, und es kann wüst und derb zugehen. Aber Madame Lutèce, die einen schweren Eisenschöpflöffel schwingt, gibt einen einschüchternden Wachhund ab; Louis, ihr Mann, ist ein alter Legionär, mit einem Schädel aus Stein und riesigen Fäusten.

Ich bin dort bekannt und werde akzeptiert, was heißt,

daß ich das Recht habe auf einen Grunzlaut von Louis, auf ein Winken von Madame Lutèce, während ich mir in dem Chaos aus Tischen, Staffeleien und der buntscheckigen Gästeschar, die malt, ißt, trinkt oder sich den Vorspielen der Lüsternheit hingibt – deren Vollzug, darauf besteht Madame, an einem anderen Ort stattzufinden hat –, einen Platz suche.

Erst suchte ich mir einen Platz am Tresen. Louis schenkte mir Wein ein und brachte mir Essen. Ich war begierig auf beides und schenkte den Modellen, den Gästen an den Tischen und den Annäherungsversuchen, die sich zwischen ihnen abspielten, wenig Aufmerksamkeit. Ich genoß es in vollen Zügen, wieder in meinem Element zu sein, unbemerkt, anonym und frei vom Dornengestrüpp anderer Leute Leben – wenigstens eine Zeitlang. Als ich zu Ende gegessen hatte, drehte ich mich auf dem Hocker um, mit einem Glas Wein in der Hand, und beobachtete das erste Modell auf dem Podest.

Sie gehörte zu den für das Quartier typischen Frauen, üppig, dunkelhäutig, mit einem Rubenskörper und den fließenden Bewegungen einer ehemaligen Bauchtänzerin. Sie trug einen seidenen Hausmantel, den sie langsam abnahm, begleitet von einem Chor aus Pfiffen und klatschenden Händen, und dann als Drapierung für eine Reihe bestens dargestellter Posen benutzte. Sie war ein wunderbares Motiv – bestand nur aus Kurven, tiefen, schattigen Falten und war bis auf ihren Körper allem gegenüber von arroganter Gleichgültigkeit.

Ich stellte mein Glas ab, zog den Skizzenblock und einen Kohlestift heraus und zeichnete sie. Jedesmal, wenn sie eine andere Pose annahm, veränderte ich meinen Standort; im Knien versuchte ich schließlich, die Perspektive einzufangen, die von ihren Fußsohlen bis zu der zwischen ihren Brüsten hängenden dunklen Haarmähne reichte.

Die Zeichnung war noch nicht fertig, da beendete die Frau ihre kurze Sitzung, zog den Hausmantel über und glitt in den Schatten zurück. Ich blieb knien und brachte die letzten Striche an, als mir ein vertrautes Parfum in die Nase stieg, ich eine Hand auf der Schulter spürte und Arlette Tassignys spöttische Stimme hörte.

»Nicht übel, überhaupt nicht übel! Ich würde es kaufen, wenn du kein solcher *salaud* wärst!«

Sie lächelte, aber sie fand es nicht komisch. Ich schwankte beim Aufstehen, sie rührte sich nicht, um mich zu stützen. Sie verlangte sofort Rechenschaft.

»Aha! Du reist theatralisch aus Nizza ab. Familienangelegenheiten, erzählst du mir! Plötzlich bist du wieder in Paris, und ich höre kein Wort von dir! Wie lange bist du schon hier – oder warst du gar nicht fort?«

»Ich bin gestern angekommen – und entschuldige bitte, daß ich dich nicht angerufen habe. Im Moment steckt die Sache in einer Krise.«

»Eindeutig! Eine Blinde würde das merken! Und welcher Ort wäre besser dafür geeignet, eine Krise zu genießen, als dieser hier! Sag mir alles!«

»Mach ich ja, wenn du mit dem Schimpfen fertig bist. Und was, bitte schön, hast du hier verloren?«

»Was ich in Paris immer mache: ich kaufe Bestände für das Sommergeschäft, suche nach neuen Talenten.«

»Bist du heute abend mit einem Talent zusammen?«

»Ehrlich gesagt, ja – es ist jedoch kein Anfänger. Es ist der alte Jules Beaudouin, ein wunderbarer Maler, aber seit zehn Jahren aus der Mode, lebt von der Hoffnung und Kohlstrünken. Ich habe mich bereit erklärt, ein halbes Dutzend Ölgemälde zu kaufen, ein weiteres Dutzend in Kommission zu nehmen und herauszufinden, ob wir in dieser Saison einen Markt für ihn schaffen können. Komm mit und lerne ihn kennen – falls du keine anderen Pläne hast.«

»Mach mich unbedingt mit Beaudouin bekannt. Falls du noch interessiert bist, könnten wir danach bei mir ein spätes Abendessen zu uns nehmen, und ich erzähle dir meine Geschichte.«

»Und wo wohnst du, mein nachlässiger Freund?«

»Im Crillon.«

»*O là là!* Wie nobel! Von dem, was ich für dich herausschlage, kannst du dort nicht absteigen.«

»Es ist die Firmensuite. Ich bin geschäftlich hier, in Vaters Auftrag. Du bist eingeladen, dort mit mir zu wohnen.«

»Wie lange?«

»Das weiß ich nicht. Ich hab dir doch gesagt, es handelt sich um eine Krise. Vielleicht muß ich bald abreisen. Aber zumindest heute kann ich dir Gutenachtgeschichten erzählen.«

»Wie könnte ich da widerstehen? Aber erst mußt du mir mit Jules Beaudouin helfen. Er ist ein guter Maler, braucht nur jemanden, der ihm wieder Mut einflößt.«

Das hätte einfach sein können, war es aber nicht. Jules war geschwätzig und wollte unbedingt Eindruck schinden. Nach einer Stunde ließ meine Beherrschung nach, und Arlettes Geduld franste ebenfalls aus. Es war nach Mitternacht, als wir ihn nach Hause schickten und durch einen Flußnebel, der um uns herum aufstieg, zu Fuß zum Crillon zurückgingen. Während ich erklärte, was Larry Lucas zugestoßen war und wie ich nun versuchte, das wieder in Ordnung zu bringen, wurde Arlette immer unbehaglicher zumute.

»Du schwimmst hier in finsteren Gewässern, Carl. Frankreich ist nicht Amerika. Die Côte d'Azur ist nicht Coney Island. O ja, ich weiß, bei euch gibt es mehr Gangster und Kriminelle als bei uns, aber bei uns ist der Stil anders – wie soll ich es ausdrücken? –, es ist eine andere Vorgehensweise. Ich lebe in Nizza. Ich leite eine bescheidene Kunstgalerie, doch auch ich führe Gelder an die Korsen ab, die alles entlang der Küste zwischen Ventimiglia bis nach Marseille kontrollieren. Es wird umschrieben als freiwillige Spende für den Werbeverband der Händlervereinigung, aber es ist trotzdem Schutzgeld. Und wenn jemand glaubt, er brauche keinen Beschützer, wird er sehr schnell eines Besseren belehrt. Dieser Trick mit dem Verschwinden, von dem du mir erzählst, überrascht mich nicht im geringsten; aber hier geht es nicht um Amateure. Die handeln ständig mit Menschen, überall auf der Welt: mit Mädchen, Jungen, Drogenschleppern, illegalen Einwanderern, Kriminellen auf der Flucht. Sobald du in ihr Revier eindringst, wirst du so auffällig wie ein Käfer unter einem Mikroskop. Und die zerquetschen dich, ohne auch nur einen Augenblick darüber nachzudenken.«

»Aber muß ich auffällig werden? Wir sprechen hier doch bloß über ein Reisebüro. Ich bin ein Kunde auf der Suche nach einem exotischen Urlaubsort.«

»Du bist ein Kunde ohne Vorgeschichte. Ein Mann ohne Schatten.«

»Also erfinden wir die Vorgeschichte. Das ist der älteste Trick in Spionageromanen. Er funktioniert sogar in der Realität. Ich bin Künstler – ich kann in jedem Stil, den ich mir aussuche, ordentliche Nachschöpfungen abliefern. Du kannst meine neuen Arbeiten unter meinem neuen Namen anbieten.«

»Aber begreif doch, dadurch bist du in derselben Lage wie dein Schwager. Du bist ein neuer Mensch, ja; aber du bist ein Mensch, den niemand kennt. Du kannst ertrinken, ohne daß sich das Wasser auch nur kräuselt. Und ich kann nicht einmal eine Träne um dich weinen, weil ich nichts davon weiß, stimmt's?«

Der Gedanke war zu grausig, als daß er sich leichthin hätte abtun lassen. Unser Gespräch kreiste ständig um die möglichen Gefahren, während wir durch den Flußnebel zum Hotel gingen. Arlette war zu dickköpfig, einfache Theorien hinzunehmen.

»Kannst du dafür garantieren, daß sich deine Angehörigen, deine Geschäftspartner nicht verplappern? Kannst du dir sicher sein, daß internationale Computeraufzeichnungen an den Grenzen, bei Banken oder beispielsweise bei Reisebüros allesamt zusammenpassen? Falls nicht, mein Liebster, wirst du mit der Wäsche zum Trocknen aufgehängt!«

»Alles, was ich mache, beruht auf einem wohl kalkulierten Risiko.«

»Und worauf beruht die Kalkulation?«

»Auf Larry. Falls diese Leute ihn nicht als Jagdtrophäe sehen, sondern nur einfach als einen Touristen mit ausgefallenem Geschmack, haben sie keinen Grund, etwas gegen ihn zu unternehmen oder damit zu rechnen, daß jemand wie ich sich einmischt.«

»Irrtum! Irrtum! Irrtum!« Sie hatte sich schon auf das Bett gelegt. »Die haben ihn als Beute aufgespürt, ihn in ihr Dienstleistungsnetz gelockt. Sein Geld liegt schon in Genf. Vielleicht ist er so schlau, in ihrem Spielchen mitzumischen und damit aufzuhören, wenn es ihm keinen Spaß mehr macht; aber sie haben ihn schon im Visier, mach dir nichts vor. Jetzt komm ins Bett, mein Schatz. Laß uns den Rest der Nacht nicht mit Dingen vergeuden, die wir vor morgen früh nicht ändern können!«

Arlette ist eine fröhliche und leidenschaftliche Geliebte; deshalb war es leicht, die finsteren Kobolde der bösen Vorahnung zu verdrängen. Aber als ich um vier Uhr morgens aufwachte, hockten sie am Fußende des Bettes und verspotteten mich. Arlette schlief wie immer tief und ruhig. Ich schlüpfte aus dem Bett, zog mir einen Morgenmantel über, ging ins Wohnzimmer und machte die Tür hinter mir zu.

In New York war es zehn Uhr abends. Ich wußte, daß mein Vater noch auf war und in seinem Arbeitszimmer las. Ich rief ihn an. Er nahm sofort ab.

»Du bist ja lange auf, mein Junge!«

»Ich bin eben erst aufgewacht. Ich muß mit dir reden.«

»Fang an.«

»Ich habe dir vorgeschlagen, bei Corsec anzurufen und denen zu sagen, daß ihr Vertrag in Gefahr ist. Hast du das schon getan?«

»Noch nicht. Ich treffe ungern überstürzte Entscheidungen, wenn Feindseligkeit im Spiel ist. Weshalb fragst du?«

»Ich glaube, ich kann Corsec brauchen.«

»Hoffentlich zu einem stark reduzierten Preis.«

»Zu meinem Preis, den ich aushandle, wenn ich ihnen erst einmal gesteckt habe, was für Pfuscharbeit sie in Paris geleistet haben. Außerdem will ich, daß sie ihre Provision auf meine Rechnung bekommen, damit Strassberger nichts damit zu tun hat. Die Firma kann es mir später zurückbezahlen – ex gratia.«

»Willst du mir sagen, was du vorhast?«

»Lieber nicht.«

»Ganz wie du willst, natürlich. So, jetzt habe ich eine Nachricht für dich. Bleib bis Mittag in der Hotelsuite. Du bekommst Besuch von einem gewissen Oskar Kallman. Empfange ihn unter vier Augen und höre dir aufmerksam an, was er dir zu sagen hat.«

»Wer ist das?«

»Ein alter Freund mit bestem Ruf an höchsten Stellen, obwohl er sich jetzt zur Ruhe gesetzt hat. Sobald er dir alle Informationen gegeben hat, stehen dir bei Morgan Guaranty in Paris Gelder zur Verfügung ... Ruf mich nach dem Gespräch mit Oskar an. Oh, noch etwas. Dein Anruf hat Madi sehr aufgemuntert. Sie arbeitet heute abend an der Sache, über die ihr gesprochen habt.«

»Doktor Levy auch.«

»Eines Tages möchte ich diese Frau gern kennenlernen.«

»Das ist ganz einfach. Bitte Madi darum, ein Treffen zu vereinbaren. Jetzt muß ich auflegen. Ich muß noch ein Telefongespräch führen.«

»Gute Nacht, Carl – ruf mich an, wenn du mit Kallman gesprochen hast!«

Ich öffnete meinen Aktenkoffer und holte die Corsec-Karte heraus, auf die Giorgio Andrescu seine Kontaktnummer geschrieben hatte. Ich wählte sie und wartete, während anscheinend endlose Schaltmanöver durchgeführt wurden. Schließlich meldete sich Andrescu, im Hintergrund Stimmengewirr. Er klang gereizt.

»Wer ist dran?«

Als er meinen Namen hörte, wurde er sofort aufmerksam.

»Was kann ich für Sie tun, Mr. Strassberger?«

»Ich brauche eine ganz besondere Dienstleistung, George. Sie muß mir persönlich, nicht Strassberger berechnet werden.«

»Das läßt sich leicht machen.« Er lachte. »Sie sind kreditwürdig!«

»Ich muß Ihnen etwas sagen, George. Die Kreditwürdigkeit von Corsec ist etwas angeschlagen. Ich sage Ihnen das als Freund, weil ich bei meiner Arbeit nicht auf das gleiche Problem stoßen will.«

»Was zum Teufel ist das für ein Problem?«

Ich berichtete ihm ausführlich und in allen Einzelheiten von den empörten Reaktionen im Pariser Büro von Strassberger. Er hörte schweigend zu, bis ich zum letzten Schlag ausholte.

»Ich war also kaum in Paris, da wurde ich schon mit der realen Möglichkeit konfrontiert, daß unser Führungspersonal kündigen könnte, und mit der Aussage einer Person, die zugab, gelogen zu haben, weil – ich zitiere – ›mir der Gorilla nicht gefiel, der die Fragen stellte‹.«

Giorgio Andrescu fluchte explosiv und obszön. Er war zu intelligent, als daß er Streit darüber angefangen hätte.

»Es tut mir leid. Von uns wurde verlangt, schnell zu arbeiten. Wir mußten in aller Eile ein Ermittlungsteam zusammenstellen. Der Leiter ist knallhart beim Verhören, aber weder eine Führungskraft noch ein Diplomat. Für die Pfuscharbeit bin eindeutig ich verantwortlich. Ich schreibe Ihrem Vater, erkläre es ihm und entschuldige mich, und wir setzen die Kosten niedriger an. Jetzt sprechen Sie bitte weiter, ich gehe zu meinem Schreibtisch. Sagen Sie mir, was ich für Sie tun kann.«

»Bei unserem Treffen in New York haben Sie mir gesagt, wenn Sie eingeweiht wären, könnten Sie viel bessere Informationen liefern.«

»Ja, ich erinnere mich an das Gespräch.«

»In Ihren Akten werden Sie die Abkürzung SVEEO finden.«

»Auch daran erinnere ich mich.«

»Das ist die Abkürzung der italienischen Niederlassung eines Reisebüros: Simonetta-Reisen, Europa und Übersee. Es wird von einem Mann namens Francisco Falco geleitet und hat Filialen in Paris, New York und Los Angeles. Das Büro ist spezialisiert auf exotische Reiseziele und wirbt eigens mit Dienstleistungen für reiche Aussteiger. Ich glaube, daß Lucas in Paris und Mailand davon Gebrauch gemacht hat. Meine Frage lautet ...«

»Sie brauchen sie nicht zu stellen«, unterbrach Andrescu mich scharf. »Die Antwort lautet ja. Wir können Ihnen alles sagen, wer, wann, wo, wieviel. Sie faxen mir alles, was Sie haben. Ich unternehme sofort etwas. Wo wohnen Sie?«

»Im Crillon, aber vielleicht muß ich bald abreisen. Vielleicht buche ich bei Simonetta eine Reise – und in diesem Fall wäre es ein erfreulicher Gedanke, wenn Sie meine Bewegungen auf Ihren Diagrammen so verfolgten wie die von Larry Lucas!«

»Nennen Sie uns die Abreisezeiten und die Etappen, den Rest erledigen wir.«

»Nächste Frage. Wer bearbeitet den Fall, und wieviel kostet es?«

»Ich bearbeite ihn selbst. Strassberger ist wichtig für uns. Sie sind wichtig. Ich möchte die Scharte auswetzen.«

»Und die Kosten? Ich trage sie allein, denken Sie daran.«

»Moment mal.«

Nach einer halben Minute war er wieder in der Leitung.

»Fünfzigtausend bei Abschluß, jeweils fünfzigtausend nach Beendigung des Falles, dem Ihren und dem von Lucas, dazu fünfundzwanzigtausend als Prämie für jeden von Ihnen, den wir lebendig zurückbringen können. Maximal zweihunderttausend.«

»Keine Zusatzgebühren? Keine Spesen?«

»Nichts dergleichen.«

»Wir sind im Geschäft. Ich überweise morgen die erste Rate, von Bank zu Bank. Wollen Sie, daß ich einen Vertrag unterschreibe?«

»In diesem Fall lassen wir das besser bleiben. Sie können mir keine genaue Liste der Dinge geben, die erforderlich sind. Ich kann nicht genau ausführen, wie wir diesen Anforderungen gerecht werden. Folglich sind wir beide auf Vermutungen und auf Gott angewiesen.«

»Was ist der erste Schritt?«

»Sie schicken mir alles, was Sie über Simonetta-Reisen wissen. Wir fangen sofort damit an, eine Akte anzulegen. Bei Gott, wenn wir das nur vor zehn Tagen gewußt hätten!«

»Sie hätten es wissen können – wenn kein Gorilla die Fragen gestellt hätte!«

»Reiben Sie mir das bitte nicht wieder unter die Nase. Wir haben ein Team junger Elektronikgenies, aber unser Ermittlungspersonal besteht immer noch aus Buchprüfern und Leuten von der Staatsanwaltschaft. Altes rumänisches Sprichwort: ›Der beste Wein wird aus Goldkelchen getrunken, aber zum Ziehen der Fässer braucht man trotzdem Maulesel!‹ Außerdem machen wir einen neuen Anfang, wissen Sie noch? Ich nehme an, damit hat sich die Abmachung erledigt, die Ihr Vater vorgeschlagen hat?«

»Ja.«

»Dann warte ich auf Ihr Fax und mache mich an die Arbeit.«

»Es tut mir leid, wenn ich Ihnen Ihre Party verdorben habe.«

»Party? Das ist keine Party. Hier wird gearbeitet. Wir fischen in den Netzen nach Informationen. Bald tun wir das auch für Sie. Es wird Sie überraschen, was wir herausbekommen können, wenn wir uns darauf konzentrieren.«

Als ich den Hörer auflegte, wurde mir die Ironie der Lage lebhaft bewußt. Hier waren wir, der Strassberger-Clan und die um Freunde und Bedienstete erweiterte Familie, setzten unser Leben und unser Geld aufs Spiel, um nach einem Mann zu suchen, der sich freiwillig, weise oder unklug, dafür entschieden hatte, seine Frau und seine Kinder zu verlassen, um ein eigenes neues Leben anzufangen.

Jede Großstadt verfügt über einen Müllhaufen aus Menschen, die entbehrlich scheinen – Männer, Frauen und Kinder aller Altersgruppen. Alles Geld der Welt könnte sie nicht freikaufen von ihrer Knechtschaft in Sklaverei, Unwissenheit und Verzweiflung, die in der Sackgasse endet; aber wir könnten wenigstens einen Teil des Leidens lindern, einigen Menschen Hoffnung geben, zumindest manche davor retten, so daß das Grauen sich nicht weiter ausbreitete.

Und doch war da Larry Lucas, der seine wahnsinnige Melodie spielte, seinen verdrehten Freudentanz aufführte und uns alle mit seinem Ballvergnügen ins Niemandsland führte. Das ergab überhaupt keinen Sinn. Wenn man sich lange genug mit dem Fall beschäftigte, war er ein blasphemischer Mißbrauch der Privilegien, deren sich unsere Familie erfreute, und die wir genau in diesem Augenblick zu besseren Zwecken hätten einsetzen können.

»Komm wieder ins Bett«, bat Arlette, die auf der Schwelle stand. »Mir ist kalt, und du siehst so zornig aus, daß du ein Feuer entfachen könntest. Tauschen wir ein bißchen Hitze aus, hm? Danach kannst du mir, wenn es sein muß, diese Telefongespräche um vier Uhr morgens erklären!«

In den kurzen, finsteren, für Verletzlichkeit besonders anfälligen Stunden am frühen Morgen überkam mich eine besondere Dankbarkeit und eine neue Welle der Zuneigung zu Arlette Tassigny. Allmählich, um ehrlich zu sein, kroch Angst in mir hoch. Ich war wütend auf Larry Lucas, weil er mich der Furcht ausgesetzt und außerdem dazu gebracht hatte, daß ich mich für mein verwöhntes, beschütztes Dasein schämte. Arlette verstand das. Ihre Leidenschaft stellte meine angeschlagene Selbstachtung wieder her, gab meinem sinkenden Mut Auftrieb. Lange nach dem Morgengrauen, als wir vor Kaffee und Croissants saßen, sagte sie auf ihre knappe, pragmatische Art: »Du bist leicht zu durchschauen, Carl. Du bist hineingewachsen in die schöne, überschaubare Welt, die dein Vater für dich geschaffen hat. Du hast sie verlassen, aber du warst in der Lage, dir eine ebenso geordnete Welt aufzubauen – Akademiker, Künstler, bestens organisierter Zigeuner, der die eigenen Waren verhökert. Jetzt ist diese Welt aus den Fugen geraten, du versuchst dich in einem fremden Land zu orientieren – und plötzlich geht dir durch den Kopf, daß Larry Lucas möglicherweise die ganzen Anstrengungen, die du seinetwegen unternimmst, gar nicht verdient hat.«

»Glaubst du, er hat sie verdient?«

»Hör mir zu, Carl! Du hast diesen Auftrag übernommen. Richtig oder falsch, darauf vorbereitet oder nicht, du wirst den Auftrag nicht los.«

»Du meinst also, ich sei nicht darauf vorbereitet?«

»Ich habe dir gestern nacht gesagt, daß du noch eine Menge lernen mußt. Werd nicht gleich wütend. Es ist wahr. Bis jetzt ist es dir bestens gelungen, die Bedürftigen der Welt zu ignorieren. Ich glaube nicht, daß du das Recht hast, sie unterschiedlich zu bewerten. Larry Lucas gehört zu deiner Familie. Du wirst darum gebeten, ihn zu finden, nicht darum, ein Urteil über ihn abzugeben. Du hast Versprechungen gemacht, die du vielleicht nie hättest machen sollen, aber du mußt sie halten. Weil wir Freunde sind und ich dich mehr als nur ein bißchen gern habe, muß ich dafür sorgen, daß du aufrichtig bleibst. Das verstehst du, nicht wahr?«

Ich verstand es, aber der Geschmack der Wahrheit lag mir zitronensauer im Mund. Ich konnte nicht widersprechen, wollte mich nicht mit Arlette streiten. Ich küßte sie, bedankte mich bei ihr und schickte sie auf einen Streifzug durch die Galerien. Sie versprach, am Abend zurückzukommen und ihr Gepäck mitzubringen. Noch nie zuvor hatte ich ein derart starkes Bedürfnis nach ihrer Nähe empfunden.

5. Kapitel

Um halb elf am nächsten Morgen stand der Mann namens Oskar Kallman vor meiner Tür, ein außerordentlich gepflegter älterer Herr. Sein graues Haar hatte ein erstklassiger Friseur gestutzt, sein hageres, gebräuntes Gesicht war frisch rasiert. Er trug einen grauen Anzug, maßgeschneidert in der Savile Row, mit einer Fliege und einem blauseidenen Einstecktuch in der Brusttasche. Er sprach Französisch und Englisch mit kanadischem Akzent, hatte kluge Augen und ein offenes, freundliches Lächeln. Er trug einen kleinen, aber teuren Aktenkoffer aus Leder.

»Ich bin Oskar Kallman. Sie sind Carl Emil und Ihrem Vater wie aus dem Gesicht geschnitten – aber weisen Sie sich der Form halber lieber aus.«

Ich öffnete den Zimmersafe, nahm meinen Paß heraus und reichte ihn Oskar Kallman, der ihn einen Augenblick sorgfältig musterte und ihn dann mit der Vorderseite nach unten auf den Couchtisch legte. Er nahm Platz. Ich setzte mich ihm gegenüber und wartete schweigend. »Ihr Vater und ich, erklärte er forsch, sind alte Freunde. Während des kalten Kriegs habe ich für den kanadischen Geheimdienst gearbeitet. Strassberger war eines unserer Bankhäuser. Ihr Vater hat sich als einzigartig diskret erwiesen, stellte keine Fragen über unsere Kontobewegungen, hat unsere Anweisungen vernünftig und verständnisvoll ausgeführt. Ich bin auf Ausweispapiere spezialisiert. Viele Menschenleben hingen von der Überzeugungskraft meiner Dokumente ab – Personalausweise, Pässe, Familienstammbäume, berufliche Lebensläufe – alles mögliche. Ich konnte das gut und kann es übrigens immer noch. Zwar habe ich mich zur Ruhe gesetzt, nehme aber gelegentlich noch Aufträge an. Ich habe in ein Parfumunternehmen investiert, ganz in der Nähe Ihres Wohnorts. Das also bin ich. Ich heiße nicht Oskar Kallman, aber der Name leistet mir hin und wieder gute Dienste. Ihr Vater hat mich angerufen, mir Ihre Lage erklärt und die Gefahren, die darin liegen, wenn Sie sich mit diesem Reiseunternehmen Simonetta einlassen. Er meinte, Sie brauchten eine komplette Tarnung – genau gesagt, eine völlig neue Identität. Pflichten Sie dem bei? Bitte, haben Sie keine Hemmungen, Einwände anzumelden. Ihr Leben steht auf dem Spiel.«

Ich dachte einen Moment lang darüber nach, ehe ich antwortete. »Sie sind der Profi. Was halten Sie von meinem Plan?«

»Soweit ich das beurteilen kann, haben Sie keinen Plan. Sie haben eine Idee, das ist alles.«

»Ich glaube, es ist mehr als eine Idee.«

»Überzeugen Sie mich davon.«

»Punkt eins: Ich habe bereits eine flexible Identität. Ich bin ein launischer Künstler, der seinen Horizont erweitern möchte. Ich habe in einer Hotelzeitschrift über Simonetta-Reisen gelesen. Das hörte sich nach einem interessanten Ausgangspunkt für meine Nachfragen nach Reisemöglichkeiten an.«

»Aber die Reisevorschläge und Ihre erste Wahl könnten Sie Tausende von Kilometern von Larry Lucas entfernen.«

»Das bringt mich zu Punkt zwei. Ich habe eine internationale Sicherheitsorganisation engagiert, die für Strassberger arbeitet. Sie soll das Computersystem von Simonetta-Reisen anzapfen und herauszufinden versuchen, ob wir einen der Kunden als Larry Lucas identifizieren können.«

»Das gefällt mir. Sprechen Sie weiter.«

»Mein Vater stellt mir bei Morgan Guaranty Mittel zur Verfügung. Sie reichen aus, mich zu einer möglichen Zielperson zu machen, wie Larry Lucas.«

»Aus meiner Sicht sind Sie sich sehr ähnlich. Sie lassen sich beide wie ein Lamm zur Schlachtbank führen.«

»Aus verschiedenen Gründen.«

»Ich kenne Sie beide nicht so gut, daß ich dazu einen Kommentar abgeben könnte. Eindeutig ist aber, daß sie beide mit Geld herumwedeln wie betrunkene Matrosen.«

»Das ist der Köder für die Haie.«

»Vielleicht.« Er runzelte skeptisch die Stirn. »Wie auch immer, bei dieser Sache kommt es vor allem auf Sie an: auf Ihre Fähigkeiten, Ihren Instinkt, Ihre Flexibilität, wie wohl Sie sich in Ihrer neuen Rolle fühlen. Ehe wir fortfahren, möchte ich mit Ihnen über diese Frage diskutieren. Das ist kein Spiel, verstehen Sie. Es ist nicht einfach ein Theaterstück. Es ist eine chirurgische Operation. Sie werden von einem Selbst abgeschnitten, nehmen ein anderes an. Das ist mit einem Trauma verbunden. Es wird Augenblicke geben, in denen Sie sich fühlen, als steckten Sie im Treibsand fest; und Sie wissen, daß Sie beim Versuch, in den Wanderdünen festen Boden unter die Füße zu bekommen, sterben können. Ich könnte Ihnen eine Menge Geschichten über solche Fälle erzählen. Ich will Sie damit nicht langweilen, aber sie laufen alle auf eines hinaus: Sie werden ein Trauma erleben, eine Krise in Ihrer eigenen Identität durchmachen. Sie gehen das Risiko ein, zum Opfer zu werden wie Ihr Schwager.«

Es war ein seltsamer Moment. Nach wenigen Minuten sprach dieser adrette Mann wie eine Autoritätsperson mit mir. Ich sah mich, wie ich unterwürfig und sprachlos vor ihm saß, unfähig zu protestieren. Schließlich fand ich Worte zu meiner Unterstützung.

»Sie sprechen von Trauma und Krise. Wenn die Identität, die Sie mir beschaffen, mir angenehm ist, warum sollte es dann zu einem Trauma kommen?«

Oskar Kallman lächelte und schüttelte den Kopf.

»Es ist nicht ganz so einfach, wie es klingt. Einerseits muß sich der Kunde in dem Anzug, den der Schneider für ihn anfertigt, wohl fühlen. Andererseits führt jedes Täuschungsmanöver zu einer Bruchstelle in der Persönlichkeit. Unter extremem Streß bricht sie an dieser Stelle auseinander. Natürlich kann man nur hoffen, daß sich derart extremer Streß vermeiden läßt ... Ziehen Sie jetzt Ihr Jackett und Ihre Krawatte aus. Stellen Sie sich dort an die leere Wand zwischen den Bildern. Entspannen Sie sich, und sehen Sie mir direkt ins Gesicht.«

Er machte den Aktenkoffer auf, holte eine Kamera heraus und nahm eine Reihe von Blitzlichtfotos auf. Dann steckte er die Kamera wieder in den Aktenkoffer und nahm einen braunen Aktendeckel heraus, den er neben meinen Paß legte.

»Machen wir es uns jetzt gemütlich und besprechen die totale Veränderung. Sie sind in den Vereinigten Staaten geboren und dort und in Europa ausgebildet worden. Gelegentlich waren Sie in Kanada. Sie sprechen mühelos Französisch, mit einem ausgeprägten Regionalakzent. Ich glaube, eine kanadische Identität würde gut zu Ihnen passen. Wir könnten eine Biographie erfinden, die den wichtigsten Umständen in Ihrem Leben Rechnung trägt – und deshalb leichter aufrechtzuerhalten ist. Es ist leicht für mich, die Papiere zu beschaffen. Außerdem, und das ist das allerwichtigste, wäre das eine Erklärung dafür, daß Sie Ihren Lebensstil ändern wollen, für Ihr Verlangen nach exotischen Orten und neuen Erfahrungen. Das kanadische Klima ist rauh, das Licht ist trüb, die Landschaft oft unerträglich langweilig – ja?«

Seine gute Laune steckte an. Schließlich war ich doch bereit, mich ihm gegenüber zu entspannen. Ich fragte ihn, ob er Kaffee wolle. Er lehnte ab.

»Im Moment nicht, danke. Sprechen wir über Namen, die zu Ihnen passen würden. Nehmen Sie ein Blatt Papier, und schreiben Sie mehrmals Ihre normale Unterschrift. Dann zeigen Sie mir, wie Sie Ihre Bilder signieren.«

Meine normale Unterschrift ist ein langer, nachdrücklicher Schnörkel, in dem sich die Initialen C. E. S. plötzlich in zwei Striche auflösen, durchbrochen vom Abstrich beim »g« und abgeschlossen mit einem kleinen Schwung beim »r« am Ende. Meine Arbeiten signiere ich mit einem kunstvollen, kalligraphischen »S« in der Form einer hochschnellenden Schlange. Das hat Bezug zu den alten Illuminatoren, deren Schriften zu meinem Studium der Architektur gehören. Kallman musterte beide Signaturen einen Augenblick lang und gab dann sein Urteil ab.

»Es ist immer verlockend, sich eng an die echte Handschrift des Kunden zu halten. Das Gefährliche daran ist, daß Sie in einem Augenblick der Unaufmerksamkeit statt der fiktiven die eigene Unterschrift benutzen könnten. Ich habe Menschen gekannt, die deshalb gefaßt worden sind. In Ihrem Fall müssen wir die schwungvollen Impulse unterdrücken, die sich in Ihrer Schrift zeigen. Sie müssen langsamer schreiben, sich zum Nachdenken zwingen, bevor Sie auch nur einen Kreditkartenbeleg unterschreiben. Hüten wir uns also vor Kursivschriften. Sie haben offenbar Kalligraphie studiert?«

»Ja.«

»Wählen Sie eine Schrift, die Ihnen geläufig ist, aber der Ihren unähnlich. Möglichst eine, die Ihnen etwas Mühe macht. Sind Sie bereit?«

»Ja.«

»Schreiben Sie jetzt in der von Ihnen gewählten Schrift die folgenden Namen: Edgar Francis Benson. Edgar Francis Benson. Florence Georgina Smith.«

Ich schrieb, wie angewiesen, in einer altmodischen gotischen Schrift, die ich von einem meiner ersten Dozenten gelernt hatte. Ich war aus der Übung, deshalb schrieb ich langsam und vorsichtig wie ältere Menschen. Oskar Kallman nickte anerkennend.

»Ausgezeichnet! Nehmen Sie jetzt ein neues Blatt Papier und schreiben sechsmal Edgar Francis Benson. Das sind Sie. Die anderen Namen sind die Ihrer Eltern. Sie ergänzen den Lebenslauf, den ich Ihnen morgen übergebe, zusammen mit Ihrem kanadischen Paß.«

»Sie arbeiten schnell, Mr. Kallman.«

»Ich habe Unterlagen in Reserve!« erklärte er mir unverblümt. »Diese Art von Ware behält ihren Wert. Zu Ihrer Beruhigung: Die Hintergrundinformationen über Edgar Francis Benson sind echt. Sie haben die Aufgabe, sie auswendig zu lernen und wörtlich zitieren zu können, wann immer es nötig ist – was, Gott gebe es, selten vorkommen möge.

Sobald die Unterlagen fertig sind, gehe ich mit Ihnen zu Morgan Guaranty. Dort bekommen Sie Kontovollmacht, Kreditkarten und Reiseschecks. Ihre eigenen Papiere deponieren Sie dort im Safe. Ab dann treten Sie als Edgar Francis Benson auf. Lassen Sie mich jetzt die restliche Liste durchgehen. Sie checken morgen hier aus.«

»Wo ziehe ich hin?«

Er reichte mir eine gedruckte Karte und erklärte die Lage.

»Es ist ein Apartment mit Service in der Nähe vom Etoile. Ein Quartier für gehobene Touristen auf der Durchreise. Niemand wird Sie belästigen ... Kleidung? Maßgeschneiderte Anzüge aus New York sind todsicher verräterisch. Sie müssen ...«

Das ging mir zu schnell, mir wurde unbehaglich zumute. Ich schnitt ihm mitten im Satz das Wort ab.

»Moment mal, Mr. Kallman. Ich muß darüber nachdenken, bevor ich mich darauf einlasse. Ich gebe alle meine Papiere ab ...«

»Alles, Paß, Kreditkarten, Adreßbuch, Terminkalender.«

»Nehmen wir mal an, ich werde von einem Lastwagen überfahren. Woher soll jemand wissen, wer benachrichtigt werden muß?«

»Mein Name und meine Kontaktadresse stehen unter der Rubrik ›Bitte benachrichtigen‹ in Ihrem Paß.«

»Aber Sie könnten unterwegs sein und Aftershave mit Zitronenduft herstellen.«

»Ich bin bestens organisiert«, erwiderte Oskar Kallman milde, »Sie können mir wirklich vertrauen. Wann wollen Sie Kontakt mit dem Reisebüro Simonetta aufnehmen?«

»Eigentlich wollte ich heute hingehen.«

»Nein! Warten Sie, bis alles Schriftliche erledigt ist und Sie umgezogen sind.«

»Das heißt, daß ich Zeit verliere.«

»Es ist außerdem eine Lebensversicherung für Sie – und für Larry Lucas.«

»Soll das heißen, Mr. Kallman, daß Sie an meine Theorie über das Verschwinden von Larry glauben?«

»Sobald Ihr Vater mir den Fall geschildert hatte, habe ich nicht mehr im geringsten daran gezweifelt, daß Sie auf der richtigen Spur sind. Zufällig kenne ich Francisco Falco nicht nur vom Zunicken. Er betreibt jetzt schon seit vielen Jahren Menschenhandel. Pakistanis nach England, Koreaner und Chinesen nach Kanada und in die Vereinigten Staaten, allerdings nur betuchte Kunden. Keine Bootsflüchtlinge, keine zerlumpten Asylanten ...«

»Dann erklären Sie mir bitte das nächste Kapitel. Wie und warum sollte Larry Lucas vor einem Millionendollarbonus von der Firma meines Vaters weglaufen und sein Schicksal in die Hände eines internationalen Kriminellen legen?«

»Das Wie ist einfach. Er hat monatelang hier gewohnt. Er hat sich mit dem Concierge – wie heißt er gleich? – Delaunay angefreundet, der von ihm als Gönner profitiert und ihn an Simonetta-Reisen verwiesen hat.«

»Delaunay sagt, er arbeitet nie mit Simonetta zusammen.«

»Delaunay ist ein Profi. Er dient den Interessen des Hotels und gleichzeitig seinen eigenen. Er bietet allen Komfort an und trägt minimale Verantwortung. Lesen Sie das kleine Schild an der Rückwand der Tür, dann werden Sie bemerken, daß Haftung weitgehend ausgeschlossen ist. Ich habe gesehen, wie Sie Ihren Paß aus dem Zimmersafe genommen haben. Sie werden feststellen, daß die Geschäftsleitung für Verluste nicht haftet, wenn Sie ihn benutzen. Sie übernimmt nur die Verantwortung, wenn Sie etwas im Haupttresor deponieren.«

»Aber es war Delaunay, der vorgeschlagen hat, daß ich versuchen soll, Larry über das Reisebüro aufzuspüren!«

»Er macht seine Arbeit gut, sichert sich nach beiden Seiten ab. Er ist den Strassbergers zu Diensten, die seine Kunden und seine Bankiers sind. Ihnen zeigt er saubere Hände und gute Absichten – dazu eine neutrale Einstellung zum Geschäft! Was können Sie beweisen, Sie oder Ihr Kollege Vianney, bis auf die Tatsache, daß Delaunay offensichtlich versucht hat, hilfsbereit zu sein? Einen solchen Mann bringen Sie nicht ins Wanken. Er ist in Beton verankert.«

»Aber ich kann ihm auch nicht trauen.«

»Nur darin, daß er den eigenen Interessen dient. Sobald Sie aus dem Crillon ausziehen, wäscht er sich wie Pilatus die Hände und legt Sie mit dem Rest seiner Fallgeschichten ab. Noch etwas Wichtiges. Ihr Vater hat mir gesagt, daß Sie eine Freundin in Frankreich haben?«

»Stimmt.«

»Sie haben sie zweifellos ins Vertrauen gezogen?«

»Bis jetzt ja.«

»Dann erklären Sie ihr deutlich, daß alles, was sie weiß, sie in Gefahr bringt. Sie wollen doch auf keinen Fall ...«

In diesem Augenblick klingelte das Telefon. Meine Schwester Madi rief aus New York an. Sie hatte Neuigkeiten zu berichten.

»Ich war die halbe Nacht auf, habe Schachteln mit Reiseprospekten durchstöbert und meine Erinnerungen durchforscht, wie du es vorgeschlagen hast. Zwei Dinge gehen mir immer wieder durch den Kopf. Larry war ein Gesundheitsfanatiker, wie du weißt. Er hat hart daran gearbeitet, fit zu bleiben. Wenn er über Urlaubsziele sprach, hat er immer gesagt: ›Ein Minimum an Hygiene muß sein. Ich will keinen Schweinefraß essen. Ich will nicht dauernd wegen Montezumas Rache aufs Klo rennen. Ich will keinen Unfall in Afrika und mit einer AIDS-Infektion von verseuchtem Blut aufwachen.‹ Sein Motto war stets: ›Die Familie Lucas wünscht sich gesunde Ferien.‹ Das zweite ist, daß ihn persönlich immer der Gedanke anzog, an einer archäologischen Grabungsstätte zu arbeiten, im Mittelmeerraum oder im Nahen Osten ... Es ist nie dazu gekommen, weil es mit den Bedürfnissen der Familie nicht vereinbar war. Ich habe festgestellt, daß er Orte in Anatolien und Mesopotamien angestrichen hat, sogar in China, wo angeblich die letzten römischen Legionen sich angesiedelt haben sollen ... Ich habe die Orte auf einer Kartenskizze markiert und sie an dein Büro gefaxt. Das war doch richtig, oder?«

»Richtig und wunderbar hilfreich. Danke.«

»Was machst du jetzt, Carl?«

»Ich arbeite an den nächsten Schritten – über die wir am Telefon nicht sprechen sollten. Bleib mutig – und sprich ein paar Gebete.«

»Ich halte durch, Carl – altes Familientraining –, und die Kinder sorgen dafür, daß ich nicht durchdrehe. Ich versuche mir einzureden, daß sich die Situation nicht von Larrys Parisaufenthalten unterscheidet. Manchmal habe ich aber das Gefühl, daß er viel zu schnell aus meinem Leben verschwindet. Ich träume von ihm: eine Gestalt, die über eine lange Brücke in die Unendlichkeit entschwindet.«

Der Satz klang unheilverkündend und warf wieder die Frage auf, die an meiner Zuversicht nagte: War Larry Lucas die Risiken wert, die ich für ihn einging? Falls ich ihn fand, würde er mich mit einem Handschlag und einem Dank begrüßen oder mir ins Gesicht spucken und weglaufen?

»Irgendwas bedrückt Sie«, sagte Oskar Kallman. »Vielleicht hilft es Ihnen, wenn Sie es mir anvertrauen.«

Ich berichtete ihn, was Madi gesagt hatte. Er hörte interessiert zu.

»Die Sorge um seine Gesundheit ist wichtig. Sie spricht

gegen sexuelle Promiskuität und schließt Orte mit hohem Gesundheitsrisiko aus. Seinem Interesse an der Archäologie messe ich weniger Bedeutung bei. Es käme seiner augenblicklichen Absicht, sich zu verstecken, nicht entgegen. Er würde in einer kleinen, elitären Gruppe mit internationalen Beziehungen auffallen. Deshalb gebe ich nicht viel darauf. Aber das war nicht der Gedanke, der Sie beunruhigt hat, oder?«

»Nein.«

»Sagen Sie es mir bitte.«

Ein bißchen verlegen erzählte ich es ihm. Er nahm es sehr ernst.

»Das ist ein Symptom des Traumas, über das wir gesprochen haben: das Gefühl der Vergeblichkeit, vergeudeter Mühe, Groll dem Menschen gegenüber, der Ihnen das alles eingebrockt hat. Das ist normal und nützlich als Warnsignal; aber lassen Sie nicht zu, daß Sie darüber nachgrübeln. Sie haben sich aus familiärer Verpflichtung bereit erklärt, Larry zu suchen. Das ist eine Art Ehrenschuld. Zahlen Sie sie! Stellen Sie sie nicht in Frage.«

»Ich zahle ja. Mein Vater hat oft gesagt, Strassberger-Aktien seien immer ihr Geld wert.«

Oskar Kallman verweilte nicht bei dem Thema, sondern fuhr schroff fort: »Ich treffe mich morgen früh hier mit Ihnen und bringe Ihnen die Papiere. Wir gehen gemeinsam zu Morgan Guaranty und vergewissern uns, daß ihr Finanzgebaren wasserdicht ist. Ich schlage vor, daß Sie danach hier ausziehen und von der Wohnung aus operieren, solange sie noch in Paris bleiben müssen.«

»Was sage ich Vianney und den Leuten bei Strassberger?«

»Einfach, daß Sie unterwegs sind und sich hin und wieder melden, um nach Nachrichten und nach Post zu fragen.«

»Und Delaunay?«

»Geben Sie ihm ein dickes Trinkgeld und tragen Sie ihm auf, alle Nachrichten und Informationen an Vianney bei Strassberger weiterzuleiten.«

»Er wird nach meinen Plänen fragen, zum Beispiel wissen wollen, was mit Simonetta-Reisen ist.«

»Sie haben auf einmal starke Vorbehalte gegen die ganze Idee bekommen. Je mehr Sie darüber nachdenken, desto weniger gefällt sie Ihnen.«

»Das könnte nicht wahrer sein, Mr. Kallman!«

»Es ist immer viel leichter, die Wahrheit zu sagen.« Oskar Kallman sah wie ein Lehrer aus, der einen begriffsstutzigen Schüler nachsichtig anlächelt. Er verabschiedete sich knapp und verschwand.

Als er gegangen war, fühlte ich mich seltsam unruhig und beklommen, als wäre ich umringt von Spionen und Lauschern. Ich bürstete mir das Haar und band die Krawatte; und dabei nahm ich erleichtert zur Kenntnis, daß kein Gesicht über meine Schulter schaute. Als ich durch die Halle hinausging, mußte ich mich dazu zwingen, Delaunay hinter seinem Tresen anzulächeln und ihn zu grüßen. Auf dem Weg zum Strassberger-Büro ertappte ich mich dabei, daß ich meine Gespräche mit Vianney und Claudine Parmentier probte, als hätten die beiden sich über Nacht aus Helfern in Feinde verwandelt.

Im Büro angekommen, war ich immer noch in dieser paranoiden Stimmung. Die Kartenskizze, die Madi gefaxt hatte, lag in einem Umschlag auf meinem Schreibtisch. Während ich sie betrachtete, merkte ich, daß ich feuchte Hände und einen Schweißfilm auf der Stirn hatte. Ich saß eine Weile mit geschlossenen Augen da, die Handflächen auf dem Schreibtisch, atmete tief und langsam und versuchte, die namenlosen Phantome aus meinem Schädel zu verjagen. Schließlich waren sie fort, und ich fühlte mich wie jemand, der aus einem scheußlichen Traum aufwacht. Ich schob die Skizze in den Umschlag zurück und steckte ihn in die Brusttasche.

Danach rief ich Vianney in seinem Büro an und bat ihn um ein Gespräch. Er hatte Kundenbesuch. In zwanzig Minuten habe er Zeit.

Nach kurzem Zögern rief ich Claudine Parmentier herein. Ich mochte die Frau, schaute sie gerne an. Ihre etwas schnippische Art gefiel mir. Es gab keine sexuellen Komplikationen. Es war völlig ausgeschlossen, daß ich zum Mitverfasser einer modernen Version der sapphischen Oden wurde. Andererseits hatte sie einen Firmenermittler angelogen. Ihre Beziehung zu ihrer Geliebten war ambivalent. Sie hatte Mitgefühl mit Larry und seiner Misere. Konnte ich ihr unter diesen Umständen als einer Verbündeten trauen? Ich rief sie herein, bat sie, sich zu setzen, und stellte ihr die Frage direkt.

»In den nächsten Tagen verlasse ich Paris. Ich brauche eine persönliche und diskrete Kontaktperson in Paris, hier im Büro und außerhalb der Geschäftszeiten.«

»Und Sie möchten, daß ich diese Kontaktperson bin?«

»Wenn Sie dazu bereit sind, ja.«

»Vertrauen Sie mir?«

»Ich vertraue Ihnen, wenn Sie mir sagen, daß ich es kann.«

»Das ist ein großes Risiko.«

»Größer, als Sie ahnen. Es könnten durchaus zwei Leben auf dem Spiel stehen. Larrys und meines.«

»Haben Sie mit Mr. Vianney darüber gesprochen? Es geht nicht, wenn er dagegen ist. Ich habe hier eine gute Karriere zu verlieren.«

»Wenn Sie einverstanden sind, bitte ich ihn um seine Zustimmung. Das wird Ihrer Karriere nicht schaden.«

»Warum kann er Ihnen nicht helfen?«

»Er kann es; aber dem, was er für mich tun kann, setzt seine Arbeit hier Grenzen. Sie standen Larry näher als jeder andere Mensch im Büro. Das heißt, daß wir uns, wenn nötig, stenographisch verständigen können. Es könnte zu Situationen kommen, in denen keine Zeit bleibt, lange Worte zu machen.«

»Ich spioniere nicht herum. Ich verbreite keinen Klatsch.«

»Das verlange ich auch nicht von Ihnen.«

»Dann erklären Sie mir, was Sie von mir verlangen könnten.«

»Schön! Heute, jetzt! Ich möchte, daß Sie Simonetta-Reisen einen unverbindlichen Besuch abstatten. Sie holen Erkundigungen über exotische Urlaubsreisen ein. Sie sind, was Sie sein wollen: leben allein oder in einer lesbischen Beziehung. Sie können erfinden, wonach Sie suchen oder das hier als Stichwortverzeichnis benutzen …«

Ich legte Madis gefaxte Karte archäologischer Grabungsstätten auf den Tisch und erklärte den Inhalt. Sie war skeptisch.

»Ich weiß nicht genug. Mir fehlt das Interesse, diese Spur zu verfolgen.«

»Das spielt keine Rolle.«

Ich reichte ihr den Magazinausschnitt, den Delaunay mir gegeben hatte. Sie las ihn schnell und war sofort bei der Sache.

»Ja! Das ist eine Spielvorlage für mich.«

»Sie werden Sie danach fragen, woher Sie den Ausschnitt haben.«

»Ich habe den Artikel in einem Magazin im Wartezimmer eines Zahnarzts gelesen.«

»In welchem Magazin?«

»Daran kann ich mich nicht erinnern. Ich habe ihn herausgerissen und kopiert.«

»Gut! Dann stellen Sie alle Fragen, die Ihnen einfallen, nach den Pauschalreiseangeboten. Deuten Sie diskret an, daß Geld keine Rolle spielt. Es interessiert mich, wie Sie dort behandelt werden, was die Leute dort an persönlichen Informationen aus Ihnen herauszuholen versuchen, welchen Eindruck das Personal auf Sie macht. Verschweigen sollten Sie nur Ihren richtigen Namen, Ihre Adresse und ihre Verbindung zu Strassberger. Kommen Sie mit den Informationen sofort hierher zurück, und ich lade Sie zu einem sehr guten Mittagessen ein.«

Ich sah – oder bildete mir ein, es zu sehen – einen neuen

Schimmer des Respekts in ihren klaren Augen. Sie stand wortlos auf, strich sich den Rock glatt und fragte: »Darf ich das Lokal auswählen?«

»Selbstverständlich. Wo Sie wollen.«

»Ich möchte ins Vert Galant.«

»Abgemacht! Bestellen Sie den Tisch, bevor Sie gehen. Hat die Wahl einen bestimmten Grund?«

»Halb, ja. Als wir uns gestern kennenlernten, war ich nicht gerade beeindruckt. Für einen Amerikaner und Künstler fand ich Sie ziemlich spießig und altmodisch – genau gesagt, *un vert galant* – und für eine Frau wie mich im Grunde uninteressant. Jetzt habe ich meine Meinung geändert. Sie sind nicht halb so grün hinter den Ohren, wie Sie wirken. Es ließe sich sogar sagen ...« Sie lächelte und schüttelte den Kopf. »Wenn ich darüber nachdenke, sage ich besser gar nichts. Ich bin schon unterwegs.«

Als sie fort war, kritzelte ich auf einem Bürobriefbogen herum, übte die gotische Unterschrift von Edgar Francis Benson und prägte mir die Namen seiner Eltern ein. Dann machte ich mich daran, ein Monogramm zu entwerfen, zur Signatur der Bilder, die Edgar Francis Benson malen mußte, um zu beweisen, daß er Künstler war. Als Vianney aus seinem Büro anrief, um mich hinüberzubitten, riß ich den Bogen in winzige Fetzen und warf sie in den Papierkorb. Einen Moment lang überkam mich der komische Gedanke, ich hätte sie verschlucken sollen.

Auf dem Weg zu Vianneys Büro legte ich mir meine Vorgehensweise zurecht. Vianney war durch die Affäre mit Corsec tödlich beleidigt gewesen, und er war zu wichtig für meinen Vater und die Firma, als daß ich eine weitere Entfremdung hätte riskieren können. Er war empfindlich, aber ehrlich, und ich mußte ihn respektieren. Andererseits mußte er Bescheid wissen über meine Zweifel an Delaunay. Ich beschloß, mir diesen kleinen Schachzug bis zum Schluß aufzusparen.

Erst dankte ich ihm für seinen Beitrag zu den gestrigen

Gesprächen, dann berichtete ich ihm von meiner Entscheidung, in den Untergrund zu gehen, wie Delaunay es vorgeschlagen hatte. Seine Reaktion überraschte mich: »Je mehr ich darüber nachdenke, mein Freund, desto mehr bin ich beunruhigt. Wenn ich mir überlege, was Larry angestellt hat und wie er es angestellt hat, glaube ich noch weniger, daß irgend jemand sich einmischen sollte. Gesetzt den Fall, es wäre umgekehrt, Ihre Schwester wäre ihm weggelaufen, würden Sie sich dann einmischen in dem Ausmaß, in dem Sie es jetzt tun? Ich meine nein. Ich glaube, Sie kämen zu dem Schluß, beide Parteien hätten das Recht auf eine gewisse Privatsphäre. Ich lasse alle anderen Überlegungen beiseite – die Kosten, das Risiko, das Sie persönlich eingehen. Sie lassen dem Mann keinen Freiraum zum Erholen. Wir haben schon festgestellt, daß hier kein Verbrechen vorliegt. Larry Lucas hat seine Verpflichtungen gegenüber der Firma mehr als ehrenhaft abgewickelt. Er hat wenigstens in finanzieller Hinsicht für seine Familie vorgesorgt. Ich sage Ihnen also offen, daß ich mit dem, was Sie tun, nicht einverstanden bin.«

»Das respektiere ich. Danke, daß Sie es mir gesagt haben. Ich werde meinem Vater raten, Sie von jeder weiteren Beteiligung an der Angelegenheit freizustellen. Ich werde betonen, daß Ihre Ansicht stichhaltig ist und daß Ihnen die Firmeninteressen am Herzen liegen.«

»Das weiß ich zu schätzen. Ich gestehe, daß mich das nicht von meinen Zweifeln losspricht und von einem gewissen Schuldgefühl, weil ich den Mann nicht gemocht habe.«
»Leider kann ich Ihnen nicht die Absolution erteilen. Ich fühle mich auch nicht besonders gut. Jetzt muß ich Sie um zwei Gefälligkeiten bitten. Die erste ist, daß Sie Delaunay nichts von meinen Plänen sagen.«

»Ich weiß nichts, also kann ich auch nichts sagen.«

»Falls er Sie danach fragt, sagen Sie ihm doch bitte, daß Sie nichts mehr damit zu tun haben.«

»Das ist ganz einfach. Es wäre viel schwieriger, ihn

anzulügen. Er ist ein guter Kunde und anderen Kunden von uns zu Diensten. Unsere Beziehung ist förmlich, aber sie existiert schon lange. Ich bin mir sicher, daß Sie das verstehen.«

»Ich verstehe es. Meine zweite Bitte ist, daß Claudine Parmentier meine persönliche Kontaktperson innerhalb und außerhalb des Büros bleibt.«

»Haben Sie mit ihr darüber gesprochen?«

»Ja. Sie ist einverstanden, falls Sie zustimmen. Sie haben nichts damit zu tun, bis auf Zahlungen, die ich für ihre Aktivitäten und Spesen empfehle.«

»Sicher, das kann ich erledigen; aber darf ich fragen, wieviel Sie über Mlle. Parmentier und ihren Hintergrund wissen?«

»Nur was sie mir selbst erzählt hat.«

»Ehe Sie mein Büro verlassen, sollten Sie einen Blick in ihre Personalakte werfen. Sie ist eine begabte Frau – nicht jedermanns Sache, aber ein äußerst tüchtiges Mitglied des Personals.«

»Vertrauenswürdig?«

»Soweit ich weiß. Manchmal sprunghaft. Sie wird jähzornig, wenn sie sich ärgert.«

»Das glaube ich gern.«

Er lehnte sich im Stuhl zurück und bedachte mich mit einem langsamen, forschenden Lächeln, das sein düsteres Gesicht verwandelte.

»Sie haben nicht zufällig ein romantisches Interesse an Claudine?«

Jetzt war ich mit dem Lächeln an der Reihe.

»Nein. Ich kann lesen. Auf dem Schild steht: ›Rasen betreten verboten.‹«

»Ich habe gehört, daß manchmal etwas anderes auf dem Schild steht.«

»Auch das hat mir die Dame selbst erzählt; aber ich werde es nicht zu sehen bekommen. Weil ich ab morgen unterwegs bin, soll Claudine alle Nachrichten und die Post in

Empfang nehmen. Ich melde mich von Zeit zu Zeit. Nur noch eins: Das war nicht der beste Anfang für eine Freundschaft. Sobald wir diese verdammte Angelegenheit hinter uns haben, macht es Ihnen vielleicht Spaß, nach Cagnes zu kommen und ein Wochenende bei mir zu verbringen.«

Einen Augenblick schwiegen wir beide, dann stand Marc Antoine Vianney auf und streckte mir die Hand hin.

»Ich würde Sie sehr gern besser kennenlernen, Carl Emil Strassberger. Gehen Sie mit Gott, und kommen Sie unbeschadet nach Hause.«

Das Mittagessen im Vert Galant war ein Ereignis, das nie stattfand. Ich wartete bis zwei im Büro. Ich ließ mir ein Schinkensandwich und eine Tasse Kaffee bringen, sprach mit meinem Vater in New York und berichtete von meinem Treffen mit Oskar Kallman. Mein Vater war eben mit dem Frühstück fertig und hatte es eilig, ins Büro zu kommen. Er werde seine Nachforschungen über Doktor Hubert Rubens in Genf fortsetzen, sagte er, ich solle ihn kurz vor Geschäftsschluß in Paris zurückrufen. Ich rief Doktor Alma Levy an. Sie hatte eine lange Nacht damit verbracht, ihre Bandaufzeichnungen von Larry Lucas abzuhören. Ihre Sekretärin tippe am Vormittag das Material und ihre Notizen ab. Sie wird alles an mein Büro faxen. Sie wirkte nicht besonders hoffnungsvoll, was den Wert anlangte. Die Geographie sei vage, die Bilder bezögen sich auf Geisteszustände, aber nicht unbedingt auf ein identifizierbares Paradies auf Erden – verloren, wiedergewonnen oder eingebildet. Sie werde sich jedoch noch einmal damit beschäftigen, bevor sie alles abschicke.

Um halb drei rief ich Giorgiu Andrescu bei Corsec an und berichtete ihm von meinen veränderten Plänen und meinem Umzug. Er freute sich über beides. Er bat mich, ihm weitere Details zu nennen – die Paß- und Kreditkartennummern –, sobald mir die Papiere vorlägen. In seinem Westernstil legte er los: »Wir bleiben Ihnen auf der Spur wie einem

Satelliten. Wir wissen Bescheid über jeden Schritt, den Sie tun.« Bis jetzt tasteten er und seine Leute noch an den Wänden von Simonetta-Reisen herum. Sie hatten noch kein Fenster aufgemacht. Ich hatte eben den Hörer aufgelegt und das Einwickelpapier des Sandwichs weggeworfen, als Claudine Parmentier hereinkam. Es war fünf nach drei. Ich fuhr sie an: »Soweit ich mich erinnere, waren wir zum Mittagessen verabredet, im Vert Galant.«

»Stimmt. Bitte nicht böse sein. Ich konnte nicht anrufen. Tut mir leid, daß ich Sie versetzt habe, aber das war eine Gelegenheit, die ich mir nicht entgehen lassen konnte. Darf ich es bitte erklären?«

»Das hängt davon ab, was Sie mir zu sagen haben. Bitte, setzen Sie sich.«

Sie setzte sich etwas weniger anmutig als sonst. »Haben Sie getrunken?« fragte ich.

»Ja. Bestimmt ein paar Gläser zuviel.«

»Wo?«

»Natürlich im Vert Galant.«

»Erzählen Sie mir davon.«

Mit leicht beschwipster Weitschweifigkeit spielte sie mir eine Szene nach der anderen vor.

»Wo soll ich anfangen? Simonetta-Reisen hat ein Büro in der Rue St. Honoré, im ersten Stock. Kein Schaufenster unten, nur ein Messingschild, sehr zurückhaltend, sehr schick. Auch der Empfangsbereich ist dezent, moderne Möbel, pastellfarbene Wände, keine Plakate, keine Zeitschriften, nur ein Chagall, ein Giacometti und ein umwerfendes Bild von einem mexikanischen Maler, von dem ich noch nie etwas gehört habe. Die Empfangsdame paßt zu dem allen – schwarzes Haar, maßgeschneidertes Kostüm, eine honigsüße Stimme. Sie fragt, ob ich einen Termin habe. Leider nein. Ich erzähle ihr, ich sei aus einem Impuls hergekommen. Ich hätte etwas über ihr Reisebüro gelesen. Ich wüßte gern, ob sie mir die Dienstleistungen bieten könnten, die ich brauche. Sie fragt, wo ich etwas über das Reisebüro gelesen hätte. In einer Zeitschrift, sage ich, fragen Sie mich nicht, in welcher. Mir sei der Name ihres Direktors aufgefallen – zweimal F – Francisco Falco. Sehr romantisch. Ah ja. Sie erinnere sich an diesen Artikel. Er habe ihnen viele Nachfragen eingebracht. Wenn ich so freundlich sei, einen Augenblick lang zu warten, stünde mir einer ihrer Berater zur Verfügung. Ich frage, etwas reserviert, ob es möglich sei, von einem weiblichen Berater empfangen zu werden. Bei Reisewünschen gebe es eine intime Seite, von der viele Reisebüros nichts verstünden. Aber selbstverständlich! Mir ist, als blitze in ihren Augen ein verständnisvoller Funke auf. Sie spricht ruhig ins Telefon. Ich warte etwa drei Minuten, dann kommt die Beraterin ... Und hier fängt das Wunder an. Ich habe sie schon einmal gesehen, mit einer älteren Frau, bei Elle et Lui, einem Lesbenclub, falls Sie noch nie etwas darüber gehört haben. Sie ist schön und – lachen Sie ja nicht! – immer noch so begehrenswert wie damals, als ich sie zum ersten Mal gesehen habe. Sie erkennt mich nicht. Wir hatten damals nicht miteinander gesprochen. Meine Anne-Louise ist sehr eifersüchtig, deshalb bin ich in Gesellschaft vorsichtig. Wie auch immer, hier ist die Beraterin, adrett, sehr gepflegt, unendlich entgegenkommend. Sie heißt Liliane Prévost. Sie reicht mir ihre Visitenkarte, förmlich wie eine Japanerin. Ich tue so, als ob ich meine Karte vergessen hätte. Sie führt mich in ein Büro, in dem, von der Einrichtung her, vier Personen Platz haben. Dort stehen bequeme Sessel, ein Bildschirm, ein Tablett mit Kaffeetassen und Mineralwasser. Sie bietet mir einen Platz unmittelbar neben sich an. Vor ihrem Sessel steht eine Computertastatur. Aalglatt fängt sie an mit den offenbar üblichen Routinefragen. Ob ich ihr meinen Namen sagen könne, meine Adresse, meinen Familienstand *et patati et patata*! Das seien lediglich grundlegende Informationen, eine Hilfe, dem Kunden die richtigen Empfehlungen zu geben. Ich lehne freundlich ab. Sie verstehe doch bestimmt, daß man persönliche Einzelheiten lieber für sich behalte, bis eine Art

Beziehung entstanden sei. Natürlich versteht sie das! Sie kennt sich im Auktionsring auch aus. Man nennt sich nur beim Vornamen, wenn man etwas miteinander anfangen will. Sie gibt nach, reicht mir ein gedrucktes Formular und bittet mich, es auszufüllen, wenn ich Zeit dazu habe. Ich bin einverstanden. Hier ist das Formular.«

Ich warf einen Blick darauf und legte es auf den Schreibtisch, um es später zu studieren.

»Sie tätschelt mir die Hand und fragt, wie sie mir meiner Meinung nach helfen kann ... Haben Sie mich bis jetzt richtig verstanden, Mr. Strassberger?«

»Laut und deutlich, Mademoiselle. Lassen Sie sich Zeit. Ich will keinen einzigen Ton dieser Oper verpassen.«

»Ich erzähle ihr, in emotional möglichst passender Stimmlage, in meinem Leben gebe es gewisse Probleme. Meine Geliebte ist sehr besitzergreifend, besteht auf einer Ausschließlichkeit, die ich nicht gut finde. Ich bin jung. Ich habe die Mittel, mich zu amüsieren. Und genau das will ich ... Natürlich will ich unsere Beziehung nicht beenden – aber ich möchte über Alternativen nachdenken: über einen Erholungsurlaub für uns beide, in dem wir uns schließlich trennen und ich eine Zeitlang allein auf Reisen gehe ...

Sofort verändert sich die Atmosphäre. Liliane hat unendliches Mitgefühl. Sie erklärt mir, wie Simonetta-Reisen arbeitet, wie die Praxis des Unternehmens aussieht. Es handelt sich nicht um Massentourismus. Das ist Haute cuisine für Reisegourmets. Die Menüs komponiert ihr berühmter Direktor, M. Francisco Falco. Er ist ständig auf der Suche nach neuen Zielen und bereitet sie darauf vor, die exklusiven Kunden von Simonetta zu empfangen. Manchmal reist er oder einer der Angestellten mit den Kunden, um dafür zu sorgen, daß sie gut untergebracht sind und über alle Dienstleistungen am Ort verfügen können, die sie brauchen. Sein Sitz ist Mailand, aber er ist ständig unterwegs. Vor zwei Wochen hat er eine Transatlantikreise unternommen, um eine Dame auf einer Karibikinsel unterzubringen. Auf das Stichwort hin sage ich zu Liliane, ich sei noch nie in der Karibik gewesen. Sofort ist sie ganz die Verkäuferin, arbeitet mit dem Computer und dem Bildschirm. Ich sage Ihnen, die haben alles wunderbar organisiert – alle relevanten Fakten tauchen auf dem Bildschirm auf: Unterbringung, Reiserouten, Kosten und herrlich geschönte Filmausschnitte. Als ich mir Notizen machen will, hält sie mich davon ab. Das sei nicht nötig. Sie könne mir von allem, was ich wolle, Ausdrucke und Fotos liefern. Dann werden wir ein bißchen spielerisch. Ich nenne einen beliebigen Ort, und wir suchen auf dem Bildschirm nach Einzelheiten. Dann spielen wir andersherum – ordnen Menschen Orten zu. Ich treibe das Spiel ein bißchen weiter – wen ich gern wohin schicken würde. Während der ganzen Zeit wird Liliane immer lockerer. Ich werde immer mehr zur eifrigen Kundin, und ich muß gestehen, daß Liliane mir gefällt. Also lade ich sie zum Mittagessen im Vert Galant ein. Sie nimmt mit Vergnügen an.«

»Apropos, wie haben Sie das Mittagessen bezahlt?«

»Bar. Sie halten mich doch nicht für so blöd, eine Kreditkarte zu benutzen!«

»Und was ist bei dem Mittagessen herausgekommen?«

»In erster Linie Intimes. Die Aussicht auf eine Affäre, wenn ich Lust hätte, mich darauf einzulassen, was ich im Augenblick aber überhaupt nicht will! Außerdem habe ich gehofft, noch ein paar nützliche Informationen aufschnappen zu können.«

»Sie meinen nicht, sie könnte auf dieselbe Idee gekommen sein?«

»Selbstverständlich. Das war ja der Reiz des Spielchens. Je mehr sie mir zugesetzt hat, desto mehr Emotionen mußte ich ihr vorspielen. Ich war so gut wie Sarah Bernhardt, glauben Sie mir. Ich sei gebunden durch Schulden der Liebe und der Ehre. Aber ja, ja, ja, zwischen uns könne dennoch etwas geschehen. Als Ablenkungsmanöver habe ich sie gefragt, ob es ihr möglich wäre, mit mir an den von mir gewählten Ort zu reisen.«

»Und ihre Antwort?«

»Streng geschäftlich. Ein hübscher Gedanke. Es könne etwas daraus werden, falls ich dem Reisebüro eine Menge Geld zahlte und auch ihre Kosten übernähme. Allerdings ändere sich die Situation täglich. Die Kundenzahl steige. Jeder einzelne verlange persönliche Aufmerksamkeit. Zum Beispiel sei sie erst vor ein paar Tagen damit beauftragt worden, einen männlichen Kunden zu begleiten, der vor seinem Aufbruch zum nächsten Ziel eine Woche in Paris verbracht habe. Das sei ihm sehr teuer zu stehen gekommen. Wie sie sich bei dieser Art von Begleitdienst fühle? Das komme darauf an. Dieser Kunde sei jung gewesen, reich, und M. Falco habe eine große Reise für ihn geplant. Er habe gewollt, daß er zufrieden sei und das Interesse nicht verliere. Eine romantische Beziehung habe sich nicht ergeben, aber der Mann sei ein aufregender und großzügiger Begleiter gewesen.

Ich habe auf eine Beschreibung und einen Namen gedrängt. Ich mußte einen Witz machen; Sie wissen schon, mädchenhaftes Gekicher beim Wein. Den Name habe ich nicht erfahren, aber sie hat Larry Lucas einigermaßen zutreffend beschrieben.«

»Dann könnte sie also die Frau gewesen sein, die den schwarzen Peugeot gefahren hat, als er seine Sachen abgeholt hat.«

»Ich glaube, daß sie es war. Ich muß in meinem Terminkalender nachschauen, damit ich mir in bezug auf das Datum und den Zeitpunkt sicher bin. Ich war aber nicht so nahe daran, daß ich sie hätte sehen können – und Gott sei dank hat sie mich nicht gesehen. Sie müssen bedenken, daß ich hier ein Spielchen durchziehen muß, weil ich die wichtigen, direkten Fragen nicht stellen kann. Ich frage, wohin der Kunde gereist ist. Sie lächelt nur und legt mir einen Finger an die Lippen. Ich solle sie nicht in Versuchung führen. Vielleicht sei ich bald auch ihre Kundin. Dann müsse sie meine Privatsphäre auch schützen. Daraufhin ziehe ich sie auf. Ich wolle nicht nur eine Kundin sein. Ich hoffe, wir könnten Freundinnen werden. Außerdem, was sei denn so geheimnisvoll an einem Mann, der in Urlaub fahre? Die meisten Reisebüroangestellten redeten mit Freuden über zufriedene Kunden. Sie weist mich rasch darauf hin, daß in dem Artikel, den ich gelesen habe, eine vertrauliche Beziehung unterstrichen wird. Daraufhin habe ich ein bißchen geschmollt. Sie hat nachgegeben und mir strikt *entre nous* erzählt, daß dieser Kunde etwas Geheimnisvolles an sich gehabt habe. Ihrer Meinung nach steckte er mitten in einer Scheidung und wollte nicht, daß irgend jemand wußte, wo er sei. Schließlich war der letzte Drink der Knackpunkt. Sein Name werde mir gar nichts sagen, weil es nicht sein richtiger sei. Am Abend seiner Abreise hat er ihr ein stattliches Geschenk überreicht. Sie hat ihn zum Flughafen gefahren. Unterwegs haben sie Station gemacht, um Gepäck abzuholen. Er besaß ein Ticket nach Mailand. Falco sollte sich dort mit ihm treffen und ihn zu einer Villa in der Nähe von Sirmione am Gardasee fahren, die vom Reisebüro betrieben wird. Sie heißt Villa Estense. Liliane hat einmal eine Kundin dorthin gebracht. Laut Liliane ist es ein sehr luxuriöses Haus, mit aufmerksamem Personal und allen möglichen Dienstleistungen auf Abruf. Ich frage, ob sie mir die Villa empfehlen könne. Sie zuckt die Achseln. Vielleicht für mich und meine Geliebte, falls wir unsere Ruhe haben wollten. Für mich allein oder für mich und Liliane, nein! Da gebe es viel bessere Möglichkeiten. Sie glaube nicht, daß dieser Mann lange dort bleiben werde. M. Falco kümmere sich persönlich um seine Weiterreise. Wohin, wisse sie nicht.

Dann hat sie noch einmal gefragt, wann ich eine Entscheidung über meine Buchung treffen würde. Ich wolle darüber nachdenken, habe ich geantwortet, mit meiner Partnerin darüber reden. Ich wolle mich nicht drängen lassen. Selbstverständlich nicht! Es sei nur so, daß innerhalb des Reisebüros ständiger Leistungsdruck herrsche. Die Berater von Simonetta bekämen eine Gehaltspauschale, aber ihr

Haupteinkommen stamme aus den Provisionen. Inzwischen wußte ich, daß wir ein Glas zuviel getrunken hatten und daß Liliane mir härter zusetzte, als daß mir dabei noch wohl gewesen wäre. Ich bat um die Rechnung und ließ den Portier zwei Taxis rufen. Liliane und ich gaben uns einen Abschiedskuß. Dann sind wir getrennte Wege gegangen – und hier bin ich, immer noch ein bißchen *grise*, und warte darauf, daß Sie mir sagen, ich sei eine kluge Frau und Sie hätten mir verziehen, daß ich Sie beim Mittagessen versetzt habe.«

»Ich verzeihe Ihnen. Und Sie sind eine kluge Frau. Ich bringe Ihnen Kaffee.«

»Und dann werden Sie mir eine Strafpredigt halten, nicht wahr?«

»Würde das etwas nützen?«

»Nein.«

»Also keine Strafpredigt.«

»Gott sei Dank.«

»Aber eine Warnung. Vielleicht macht es Ihnen Spaß, Liliane Prévost in die Venusfalle zu gehen, aber Sie könnten Larry Lucas und mich den Tigern zum Fraß vorwerfen!«

Zum ersten Mal war es um ihre Fassung geschehen. Sie war nicht nur angesäuselt; sie war geschockt. Hinter ihrer halb heiteren Erzählung steckte ein ganzer Schwall von Emotionen. Sie wurde blaß und suchte in ihrer Handtasche nach einem Kosmetiktuch. »Man sollte meinen«, sagte sie, »daß ich aus Fehlern lerne, nicht wahr?«

Darauf hatte ich keine Antwort, also ging ich hinaus zum Automaten und machte ihr eine extra starke Tasse Kaffee. Als ich mit dem Kaffee zurückkam, hatte sie ihr Make-up wieder in Ordnung gebracht, und sie war wieder die alte Claudine: ironisch, spöttisch und trotzig.

»Kommen Sie schon, sagen Sie es. Ich bin geil geworden und habe mich zum Narren gemacht.«

»Es reicht, daß Sie das wissen. Das Risiko habe ich Ihnen eingebrockt. Sie haben es besser gemacht, als ich hoffen konnte – oder als Sie es verdient haben. Sie haben eine Tür zum Reisebüro Simonetta aufgemacht. Es ist gut möglich, daß Sie Larrys erstes Ziel von Paris aus herausbekommen haben. Aber Sie können nicht wieder zu Simonetta, es sei denn, Sie lassen sich auf eine Reisebuchung oder auf ein Liebesverhältnis ein. Wie auch immer, Sie landen in Lilianes Computerverzeichnis. Also steigen Sie aus, sofort!«

»Wie soll ich das machen? Wenn ich die Frau ignoriere, mache ich sie mir zur Feindin.«

»Vielleicht sehen Sie sie nie wieder.«

»Ich hätte nie damit gerechnet, sie heute wiederzusehen, verstehen Sie? Frauen wie wir bewegen sich meistens in ziemlich engen Kreisen.«

»Dann erledigen Sie es förmlich. Schreiben Sie ihr einen freundlichen Brief ohne Ihre Adresse – ›Liebe Liliane, es war ein bezauberndes Mittagessen. Danke für Ihre Zeit und Mühe. Die Pläne, über die wir gesprochen haben, lassen sich im Augenblick für mich nicht verwirklichen. Falls ja, werden Sie es als erste erfahren! Mit lieben Grüßen.‹ Damit ist der Fall erledigt, vorbei. Falls Sie sich je wieder begegnen, dann mit einem Lächeln – auch wenn Liliane wegen der Provision enttäuscht sein wird! Was übrigens, falls Sie an Liebe denken sollten, auch eine Warnung sein müßte.«

Zum ersten Mal sah ich, daß Claudine Parmentier rot wurde. Sie nickte widerstrebend.

»Das stimmt. Aber Sie hätten es nicht sagen müssen. Gut. Ich warte ein paar Tage und schreibe dann den Brief. Apropos Post, haben Sie Vianney Bescheid gegeben über unsere Abmachung?«

»Das habe ich; aber sie hat sich erledigt.«

»Warum?«

»Sie stellen ein Risiko dar, das ich mir nicht leisten kann.«

»Ich verstehe. Ich bin auch nicht besonders stolz auf mich. Ich bin eine blöde Kuh, die nicht mal weiß, wo sie sich im Regen unterstellen soll. Was ist mit meiner Stelle hier?«

»Das ist eine Sache zwischen Ihnen und Vianney.«

»Was werden Sie ihm über mich heute sagen?«

»Nur daß ich es mir anders überlegt habe. Daß ich es besser für alle halte, wenn ich allein und außerhalb der Firma arbeite.«

»Sind sind hart, Mr. Strassberger.«

»Und Sie sind hochintelligent, aber außerdem leichtsinnig, und das kann ich im Augenblick nicht brauchen.«

Als sie hinausging, sah sie so niedergeschlagen aus, daß ich versucht war, weich zu werden. Gott wußte, wie sehr ich einen Verbündeten bei Strassberger gebraucht hätte; aber diese Bundesgenossin war schon weit weg und flatterte in der Gesellschaft der menschlichen Fledermäuse herum.

Ich saß lange da und musterte die Unterlagen, die Claudine mir gegeben hatte: den Urlaubswunschzettel und die persönlichen Einzelheiten, die Simonetta-Reisen von allen verlangte, die sich ihre exotischen Dienstleistungen zunutze machen wollten. Wer auch immer das zweiseitige Formular ausgetüftelt haben mochte, hatte clevere Arbeit geleistet. Es entlockte dem Kunden alle Informationen, die zu einer totalen Überprüfung der Identität und der Kreditwürdigkeit nötig waren, außerdem private Vorlieben, Freizeitaktivitäten und sexuelle Neigungen. Irgendwann – und bevor er eine andere Identität angenommen hatte – mußte Larry Lucas eins dieser Formulare ausgefüllt haben. Es war klar, daß das auch von mir verlangt werden würde, bevor ich zu meiner Untergrundreise auf der Suche nach ihm aufbrach. Beide Formulare werden dann in das Computersystem eingespeist sein; beide ließen sich folglich auch aus dem System herausholen.

Ich schrieb Giorgiu Andrescu bei Corsec einen kurzen Brief zur Erklärung und teilte ihm mit, ich würde ihn später anrufen. Brief und Formular faxte ich ihm von meinem Büro aus zu. Dann faltete ich die Originale zusammen, steckte sie in die Brieftasche, weil ich sie Oskar Kallman zeigen wollte, wenn er die Papiere meiner neuen Identität bei mir ablieferte.

Ich überlegte kurz, was ich zu Vianney sagen sollte. Um mein Versprechen zu halten, machte ich es so kurz wie möglich.

»Es geht um Claudine Parmentier. Ich habe es mir anders überlegt und entschieden, sie nicht als Kontaktperson einzusetzen.«

»Ich denke, daß sie von mir keinen Kommentar dazu wollen?«

»Ganz recht. Ich bitte Sie aber um einen persönlichen Gefallen: Könnten Sie bis auf weiteres alle Nachrichten für mich in Empfang nehmen und aufbewahren?«

»Selbstverständlich. Müßte ich sonst noch etwas wissen – etwas, was die Interessen von Strassberger berühren könnte?«

»Nein. Ein Lob hat Claudine verdient. Sie hat etliche sehr nützliche Informationen über Larrys mögliche Reisepläne herausbekommen.«

»Andererseits ...?«

»Es gibt kein andererseits. Nur ein winziges Begleitgeräusch – ein trauriges Geräusch. Im Grunde kaum der Rede wert.«

»Aber denkwürdig, ja?«

»Allerdings. Ich melde mich.«

»*A bientôt*, mein Freund – und viel Glück!«

6. Kapitel

Um zwanzig vor fünf nachmittags verließ ich das Strassberger-Büro, froh, diesen Ort hinter mir zu lassen, an dem ich jetzt isoliert und unerwünscht war. Ich konnte nichts gegen Vianneys Wunsch einwenden, sich von der Affäre um Larry Lucas zu distanzieren. Er mußte ein Geschäft leiten und durfte sich auf keinen Fall in die Affären der Strassbergers verstricken.

Claudine Parmentiers Verhalten beunruhigte mich weniger als meine Fehleinschätzung ihres Charakters – oder lag es an dem Reiz, den ich dabei empfand, Psychospielchen mit einer ambivalenten Frau zu treiben? Auch dieser Gedanke gefiel mir nicht. Er erinnerte mich zu stark an Alma Levys Warnung, psychische Krankheiten seien von Natur aus ansteckend. Claudine Parmentier, sinnlich und leichtsinnig, war das Ebenbild Larrys in seinen Stimmungen wilden Überschwangs. Ich saß plötzlich in seiner zweiten Welt in der Falle – einer Winterlandschaft aus Selbstzweifel und Angst vor der Zukunft, in die ich bald aufbrechen würde.

Das waren zu finstere Gedanken für eine Hotelsuite mit einer Flasche Whiskey als Gesellschaft.

Deshalb überquerte ich den Fluß und gönnte mir das Vergnügen, in den Bücherständen am Quai herumzustöbern. Heutzutage sind dort nicht mehr viele Schätze zu finden, aber die Suche bietet immer noch eine doppelte Herausforderung. Vielleicht stolpert man ja über einen Schatz, und vielleicht ahnt der Bouquinist nichts von seinem Wert. Die Chancen für beides sind gleich null. Das eigentliche Vergnügen liegt darin, in vergessenen Schriften mit vergilbten Seiten und abgeschabten Ledereinbänden zu blättern, Mappen mit verfleckten Drucken aufzuschlagen und in Stapeln von Studentenzeichnungen herumzuwühlen, die für den Preis eines Frühstücks versetzt worden sind.

Heute hatte ich offenbar kein Glück. Ins Auge stach mir nur eine Ausgabe von *Les Trophées* von 1893, dem einzigen Lyrikband, den José-Maria de Heradia veröffentlicht hatte, ein Schüler von Leconte de Lisle und einer der Großen unter den Parnassiens. Das Buch war in einem schlechten Zustand, aber ich wollte es aus einem sentimentalen Grund: wegen des berühmten zweiten Quartetts aus dem Sonett über Antonius und Kleopatra, das ich in meiner Jugend vergeblich auf englisch wiederzugeben versucht hatte.

Ich fragte nach dem Preis. Der Buchhändler nannte eine astronomische Summe. Ich versuchte zu handeln, doch er wollte nichts davon hören. Das sei ein seltenes und wertvolles Stück. Es sei aber in einem miserablen Zustand, erklärte ich ihm, es werde beim Lesen auseinanderfallen. Auch davon wollte er nichts hören. Ich zuckte die Achseln und gab ihm das Buch zurück. Wozu brauchte ich es eigentlich? Ich konnte mir meine jugendliche Vision der beiden Liebenden bewahren, die sich umklammerten und in den Augen des anderen das »unendlich Meer, auf dem versprengt Galeeren flohn,« erblickten.

Immerhin war es ein romantischer Gedanke zum Abschluß eines miesen Tages. Ich wandte mich von dem knickrigen Buchhändler ab und ging weiter in Richtung Pont Royal.

Im Hotel blieb ich an der Rezeption stehen und teilte mit, Arlette Tassigny übernachte heute hier, und wir beide würden am nächsten Morgen abreisen. Delaunay war mit einem Gästepaar beschäftigt. Ich winkte ihm zu und ging nach oben, um mir einen Drink einzuschenken und meine Telefonate zu erledigen. Mein Vater hatte Neuigkeiten für mich.

»Ich habe einen alten Freund von der Union Bank angerufen, der sich eben zur Ruhe gesetzt hat. Er kennt jeden von Rang und Namen. Ich habe ihn nach diesem Doktor Hubert Rubens in Genf gefragt. Der ist jetzt ein alter Mann und offenbar senil. Sein Sohn, der den gleichen Namen trägt, hat das Geschäft übernommen, das mit Einlagen von deutschen Großkotzen während des Krieges gegründet worden ist; Gelder von flüchtenden Nazis und Werte, die sie den Juden und anderen Opfern gestohlen haben. Etliche Anleger haben den Krieg nicht überlebt; deshalb sind ihre Einlagen in Rubens' Treuhänderschaft geblieben. Diejenigen, die nach Brasilien, Argentinien, Uruguay und andere südamerikanische Republiken entkommen sind, haben weiterhin bei Rubens investiert ... Es ist ein straff organisiertes, zurückhaltendes und sehr diskretes Unternehmen mit vielen persönlichen Dienstleistungen, von denen größere Banken lieber die Finger lassen. Rubens wird als sehr reserviert geschildert, aber als pünktlicher Zahler bei Geschäften mit den großen Instituten. Er wird auch respektiert – verständlicherweise, weil man seine Kreditwürdigkeit hoch einschätzt. Er hat es nicht nötig, Spielchen zu treiben.«

»Aber offenbar macht er das.«

»Ich würde es anders ausdrücken. Er betreibt das Spiel weiter, mit dem sein Vater angefangen hat. Er fungiert als Treuhänder großer Vermögen. Über eine Reihe von ihnen bekommt er uneingeschränkte Vollmacht – schlicht und einfach, weil die Menschen sterblich sind.«

»Oder weil nachgeholfen wird.«

»Die Beweise sagen, daß Larry die Regelung seiner Finanzen selbst in die Hand genommen hat. Die finstere Interpretation hast du unterstellt, Carl.«

»Könnte dein alter Freund ein Treffen mit Rubens vereinbaren?«

»Für dich? Das halte ich für einen Fehler. Falls du an deinem Plan festhältst ...«

»Ich halte daran fest, Vater.«

»Und falls deine Unterstellung richtig ist, wird sich Rubens früher oder später an dich wenden. Oder du wirst mit ihm bekannt gemacht.«

»Vermutlich hast du recht. Ich gebe zu, daß ich im Augenblick dem eigenen Urteilsvermögen nicht recht traue.«

»Das ist vernünftig.«

»Ich habe einen merkwürdigen Tag hinter mir.«

»Erzähl mir davon.«

Ich berichtete ihm ausführlich und detailliert von Vianney und Claudine Parmentier. Wie üblich hörte er schweigend zu, stellte ein paar kurze Fragen und gab dann sein Urteil ab.

»Vianney hat recht. Er gehört nicht zur Familie. Er meint, wir sollten Larry Lucas nicht aufspüren. Deshalb lehnt er es ab, sich daran zu beteiligen. Er leitet unser Geschäft in Paris und macht seine Sache gut. Belassen wir es dabei. Verlang von ihm, was du an Dienstleistungen brauchst, und vergiß den Rest. Was diese Parmentier anlangt, bist du sicher, daß du nicht über deine männliche Eitelkeit gestolpert bist?«

»Höchstwahrscheinlich. Wie hättest du dich verhalten, Vater?«

Er lachte laut und herzhaft.

»Um dir die Wahrheit zu sagen, Carl, ich weiß es nicht. Ich habe mein Leben lang Männern gegenüber das Regiment geführt. Was Frauen anlangt, hat deine Mutter immer mir gegenüber das Regiment geführt. Als Junggeselle bist du eine natürliche Beute für Frauen, die viel klüger sind als wir. Aber falls du bereit bist, einen Ratschlag zu beherzigen, schlage ich vor, daß du deinen Frieden mit Mlle. Parmentier machst, ehe du Paris verläßt. Einen Feind im eigenen Lager kannst du dir, können wir uns nicht leisten. Außerdem, wen hast du denn sonst?«

»Nur Arlette, und ich weigere mich, sie hineinzuziehen.«

»Du hast Corsec. Wir zahlen denen schon jetzt eine Menge Geld, das sie unbedingt behalten wollen. Quetsch alles aus ihnen heraus, was sie dir bieten können.«

»Ich rede nach unserem Gespräch mit Andrescu. Schreib dir auf, daß ich morgen früh aus dem Crillon auschecke. Ich lasse mir meine Papiere geben und tauche dann unter. Wir werden solche Gespräche nicht allzuoft führen können.«

»Sei vorsichtig, Carl – und denk immer daran, daß wir dich lieben. Ich liebe dich!«

»Ich liebe dich auch, Vater.«

Liebeserklärungen zwischen uns sind selten. Diese hier war besonders bedeutsam. Sie war ein Eingeständnis von Risiko und Gefahren, die noch bedrohlicher wirkten, weil sie zu vage zum Definieren waren. Sie traten mir noch schärfer vor Augen, als ich mit Alma Levy sprach. Ich mußte ihr sagen, sie solle keine Unterlagen mehr an das Pariser Büro schicken, sondern mir das Wesentliche am Telefon mitteilen. Sie hatte ihrer ersten Zusammenfassung wenig hinzuzufügen. Larrys Träumereien und Phantasien waren eine Landkarte von Seelenzuständen, bestanden nicht aus Reisen, die er gern unternommen hätte. Die Überraschung kam, als ich ihr von dem Verdacht berichtete, daß Larry in einer Villa am Gardasee wohne. Jetzt schwang Angst in ihrer Stimme mit: »Falls hier etwas nicht stimmt, falls Larry als Zielperson und Opfer ausersehen ist, dann ist er in einer klinischen Situation am verwundbarsten. Wenn sich akute Symptome von Manie oder Depression zeigen, können ganz legal Drogen eingesetzt werden, um den Patienten ruhigzustellen. In skrupellosen Händen werden Drogen dann zur Waffe ...«

Ich erinnerte sie an das Gegenargument, das sie mir selbst vorgetragen hatte. Larry Lucas verfüge über das Talent eines Chamäleons beim Ausweichen und Manipulieren. Ob die Überlebenschancen nicht zu seinen Gunsten stünden?

»Das könnten sie ... falls er nicht aus irgendeinem Grund einen akuten Anfall bekommt.«

»Läßt sich ein solcher Anfall künstlich herbeiführen?«

»Nur von jemandem, der begreift, wie zerbrechlich er ist – von einer nörgelnden Ehefrau, von einer aufdringlichen Geliebten, von einem professionellen Psychiater, wie ich es bin.«

»Er ist noch nicht lange verschwunden, immer noch unterwegs. Ich bezweifle, daß irgend jemand die Zeit hätte, ein solches Drama zu inszenieren.«

»Falls der Boden nicht schon für ähnliche Fälle bereitet ist. Ich gebe zu, das verstößt gegen die Wahrscheinlichkeitsgesetze. Jetzt sagen Sie mir, wie es Ihnen geht.«

»Ich werde dünnhäutig. Ich fange an, hinter jedem Busch Gespenster und Bösewichter zu sehen. Ich könnte ein herzhaftes Gelächter und liebevolle Zuwendung brauchen.«

»Dann packen Sie beides am Schopf, solange Sie es noch können, Carl Emil. Man kann so viel Zeit in einem Krankenzimmer verbringen, daß man die frische Luft und den Sonnenschein auf dem Rasen vergißt!«

Allmählich beunruhigten mich diese elegischen Abschiedstöne. Deshalb empfand ich es als Erleichterung, Giorgiu Andrescu trompeten zu hören: »Wir sind drin, mein Freund! Wir sind drin und gehören im New Yorker Büro von Simonetta zur Familie! Es war einfach. Wir fragen dort nach Reise- und Unterbringungsangeboten für Kundenkonferenzen, nach Einzelreisen, Pauschalangeboten zur Motivierung von Managern. Wir arbeiten von unseren Terminals aus online mit ihnen zusammen. Unsere Leute auf dem Kontinent werden sich in Europa bald ähnliche Zugangsmöglichkeiten verschaffen. Wir können Simonetta eine Weile bei Laune halten, während unsere Hacker in ihren Dateien nachforschen. Lassen Sie uns ein paar Tage Zeit, dann sollten wir Ihnen die Reiseroute von Larry Lucas und seinen Decknamen liefern können. Wir speisen Sie ins System ein, sobald wir die Nummern Ihrer neuen Papiere und Ihren Reiseplan haben.«

»Ihr seid schlaue Leute, George! Jetzt versuchen Sie mal, ob Sie mir etwas über die Villa Estense in der Nähe von Sirmione am Gardasee sagen können. Angeblich ist das eine Luxusunterkunft, die Simonetta gehört und vom Reisebüro betrieben wird. Möglicherweise wohnt Larry vor seiner Weiterreise dort. Die Stationen hat Falco persönlich geplant ... Hier in Paris hatte Larry eine Aufpasserin vom hiesigen Büro, Liliane Prévost. Offenbar ist die restliche Reiseroute von Mailand aus geplant worden. Ich mache mich dorthin auf den Weg, sobald ich meine neuen Papiere habe und mit der Bank alles geklärt ist.«

»Gut! Wir haben dort ein Büro. Setzen Sie es ein. Ich nehme Kontakt mit Sergio Carlino auf und sage ihm, daß Sie kommen. Er wird uns und Sie außerdem über die Villa Estense informieren. Falls Sie Begleitung brauchen, zur Tarnung oder als Gesellschaft, erledigt er auch das.«

»Ich merke es mir. Danke, George.«

»Alles im Service inbegriffen. Das ist erst der Anfang. Macht Spaß, nicht wahr?«

Mir lag auf der Zunge, ihm zu sagen, ich könne mir bessere Möglichkeiten vorstellen, mich zu amüsieren, aber wenigstens ging der dramatische Tag mit einer fröhlichen Note zu Ende. Ich bedankte mich herzlich und aufrichtig bei ihm und legte auf.

Blieb nur noch der quälende Gedanke, wie ich die Situation mit Claudine Parmentier bereinigen sollte. Ich war immer noch damit beschäftigt, als das Telefon klingelte. Arlette war am Apparat: »*Chéri*, mein Tag geht in einem Chaos zu Ende, aber es ist ein wundervolles Chaos. Ich möchte dich gern dabeihaben. Das wird dir ungeheuer guttun. Ich bin in der Galerie Céline. Dort findet eine Ausstellung statt, die um acht anfängt. Céline Audran, die *patronne*, ist eine alte Freundin von mir, die du noch nicht kennst. Die Künstlerin ist eine junge Frau aus Tahiti, die an der Pariser Kunstakademie studiert hat. Ein Talent, bei dem dir die Augen aus dem Kopf fallen – wilde Farben und figürliche

Darstellungen wie im besten Barock und mit einer Sinnlichkeit, die Betrachter dazu bringen wird, in den Teppich zu beißen. Céline hat mich gebeten, ihre Arbeiten in diesem Sommer an der Côte vorzustellen. Ich glaube, ich werde dort mehr Erfolg haben als sie hier in Paris. Du kennst ja den Konkurrenzkampf hier und weißt, daß die Snobs es ihr am Anfang schwer machen werden, weil sie jung ist, eine Frau und aus den Kolonien im Pazifik stammt. Außerdem wird ihnen die feministische Dialektik nicht gefallen, die manchmal ein bißchen dick aufgetragen ist ... Kommst du bitte? Es gibt Champagner und Canapés, danach ein spätes Abendessen mit Céline, der Künstlerin und ein paar Freunden ... Wenigstens bringt dich das dazu, den Geschäftsanzug auszuziehen, den ich überhaupt nicht mag. Sag ja ...«

»Ja! Ja! Ja! Mit Freuden, Freuden, Freuden! Wo finde ich diese Galerie Céline?«

»Sie ist in der Rue de Montalembert. Nummer neunzehn. Du kannst sie nicht verfehlen. Im Schaufenster hängt ein prächtiger polynesischer Frauenakt. Die Nackte wird bei den Passanten jede Menge Aufmerksamkeit erregen. Ich freue mich so auf dich! Erinnere mich daran, meinen Koffer mitzunehmen, wenn wir zum Abendessen gehen. Bis gegen acht. *Je t'aime, chéri ...*«

Die Aussicht, dorthin zu gehen, machte mich überglücklich. Ich hatte die Geschäftswelt satt, unter der ich gelitten hatte, war Larry Lucas leid, und mein miesepetriges Ego konnte ich auch nicht mehr ausstehen. Was für ein Genuß, zurückzuschlüpfen in die lässige Anonymität bei einer Vernissage in einer nicht allzu schicken Galerie; eine schlechte Besprechung brach hier einem Künstler nicht gleich das Genick, und ein paar zu bescheidenen Preisen verkaufte Bilder konnten den Anfang einer großen Karriere bedeuten. Außerdem gab mir eine Verabredung für acht die Zeit, mich zu rasieren und ein langes heißes Bad zu nehmen, mit ein paar Schlucken Whiskey zur Hebung der Lebensgeister und zur Offenheit gegenüber jungen Bekanntschaften – selbst wenn es sich um eine feministische Dialektikerin aus Polynesien handelte!

Trotz allem traf ich zeitig ein. Arlette freute sich darüber, mich an ihrer Seite zu haben. Ihre Kollegin Céline begrüßte mich und reichte mich dann an die Künstlerin weiter, eine üppige Schönheit im Stil Gauguins, deren Erklärungen nur eine Spur weniger farbenfroh waren als die Gemälde.

»In den Tropen hat der Maler ständig ein Problem. Bei klarem Wetter ist das Meer so bunt, und im Vergleich dazu ist der Regenwald so dicht und finster, daß die Kontraste sich schon während der Beobachtung nicht mehr voneinander abheben. Das Meer wird zu einer Ansichtskarte. Der Wald ist finster, dunkelgrün und bedrückend. Das Leben verläuft langsamer. Die Unterschiede verschwimmen. Man wird träge. Aber hier in Paris, fern von allem, konnte ich es mir geistig vor Augen halten, klar und deutlich, und hier treten die Formen hervor – vor allem die weiblichen Formen, der Fluß der Körper, den diese häßlichen bunten Säcke verstecken, die uns die Missionare gebracht haben. Ich habe gehört, Sie sind Maler. Sie kommen aus Amerika; was halten Sie von dem allen? Seien Sie mir gegenüber bitte offen! Ich kann es nicht ertragen, wenn man mich gönnerhaft behandelt!«

Sie war so empfindlich, wie ich es aus Arlettes Vorwarnung wußte – und die Pariser würden über ihre zerbrechliche Selbstachtung herfallen wie Pirañas. Ich schimpfte sanft mit ihr.

»Wie kommen Sie auf die Idee, daß ich Sie gönnerhaft behandeln könnte? Ich bin ein akademischer Architekturmaler. Ihre Arbeiten sind frei, offen, lebendig. Ihnen gelingt, was van Gogh und Gauguin und, so seltsam es klingt, der Engländer Turner geschafft haben. Sie haben das Licht eingefangen, die Farben festgehalten und die Körperformen wunderschön wiedergegeben. Herzlichen Glückwunsch!«

»Welches Bild würden Sie sich als Käufer aussuchen?«

»Wenn Sie wollten, daß ich mich an Sie erinnere – von Malerin zu Maler –, welches würden Sie für mich aussuchen?«

»Das ist nicht fair.«

»Ihre Frage war auch nicht fair.«

»Ich weiß. Ich muß mich daran gewöhnen, den Mund zu halten und abzuwarten, ob meine Arbeit der Klientel gefällt. Es ist schwer, aus den Kolonien in die Großstadt zu kommen. Es wird einem schwergemacht – sogar von den Kommilitonen an der Kunstakademie.«

»Lächeln Sie, ignorieren Sie sie, und halten Sie fest an dem Glauben an Ihr Talent. Denken Sie daran, was Sie tun: Sie haben den Menschen einen Schlüssel zum Geheimnis der Schöpfung zu bieten.«

»Wenn ich das nur glauben könnte.«

»Sie drücken es aus. Deshalb wissen Sie es auch.«

Wir blieben vor einer kleinen Leinwand stehen: eine nackte junge Frau, die sich gegen den geschnitzten Bug eines festlich geschmückten Kanus lehnte, hinaussah auf einen Sonnenuntergang über dem Ozean, vom letzten, strahlenden Schein von hinten beleuchtet. Die Malerin beobachtete mich schweigend, während ich das Gemälde betrachtete. Sie stellte keine Fragen, wartete, bis ich etwas fragte.

»Könnten Sie Céline bitten, das Gemälde für mich als verkauft zu markieren?«

»So sehr gefällt es Ihnen?«

»So sehr, daß ich damit leben möchte. Das ist der entscheidende Test, nicht wahr, für ein Bild oder einen Liebespartner!«

»Sie sind mein erster Käufer.«

»Das ist mir eine Ehre.«

Sie legte ihre große Hand leicht auf mein Handgelenk und eilte zu Céline. Allmählich füllte sich die Galerie. Ich nahm ein Glas Champagner, ging zu Arlette in eine ruhige Ecke und beobachtete die Neuankömmlinge. Sie waren nicht das, was man ein kaufbereites Publikum genannt hätte. Zweitklassige Kritiker, ein paar ältere Künstler, überwiegend Einheimische, und eine Schar junger Intellektueller, die scharf waren auf kostenlosen Champagner und die Gelegenheit, ihrer Meinung freien Lauf zu lassen.

»Du hast das Mädchen im Kanu gekauft«, sagte Arlette, »eine gute Wahl – und außerdem eine großzügige Ermutigung.«

»Kannst du das Bild bitte mit nach Nizza nehmen? Wir ziehen morgen aus dem Crillon aus – und bald darauf bin ich unterwegs.«

»Und natürlich wirst du mir erklären, warum!«

»Aber nicht hier.«

»Schon gut. Also sag's mir. Ist es richtig oder falsch, daß ich unsere junge Frau aus Tahiti vertrete?«

»Vollkommen richtig – solange sie den Spießrutenlauf aushalten und die Entfernung von zu Hause überstehen kann. Wenn du sie vertrittst, dann bring sie doch im Sommer an die Küste, damit sie frischen Sonnenschein in sich aufnimmt!«

»Eine tolle Idee! Ich rede mit ihr darüber – und mit Céline.« Sie warf einen wissenden Blick durch den Raum, der sich schnell füllte. »Es läuft nicht schlecht, aber ich sehe nicht viel Geld. Ein paar gute Kritiken könnten helfen – aber jede Wette, daß ich im Sommer drei- bis viermal mehr verkaufe als Céline.«

Im selben Augenblick traf eine neue Gästegruppe ein. Als sie stehenblieben und sich ins Gästebuch eintrugen, erkannte ich Claudine Parmentier mit einer Begleiterin. Ich zog mich in die dunkle Ecke zurück und schob Arlette in die Richtung von Célines kleinem Büro. Arlette protestierte: »Was soll das, Carl?«

»Stell keine Fragen! Komm einfach mit.«

Die Bürotür war angelehnt. Wir schlüpften hinein und machten die Tür hinter uns zu. Céline und ihre zwei Angestellten waren damit beschäftigt, Gäste zu empfangen und durch den Raum zu führen. Ich erklärte Arlette hastig:

»Claudine Parmentier aus unserem Büro ist eben hereingekommen. Ich will nicht, daß sie mich hier sieht, solange ich nicht weiß, mit wem sie hier ist. Ich möchte, daß du nach draußen gehst, im Gästebuch nachschaust und mir die Namen über und unter dem ihren nennst.«

»Aber warum, um Himmels willen?«

»Bitte, *chérie*. Ich erkläre dir alles später. Tu einfach, worum ich dich bitte, sofort!«

Es schien eine Ewigkeit zu dauern, bis sie zurückkam. Sie hatte den Namen über dem von Claudine Parmentier entziffert. Es war ein Männername, Philippe Cardamatis. Der darunter war der einer Frau, Liliane Prévost. Ich stieß einen zornigen Fluch aus und versuchte, mit diesem plötzlichen Mißgeschick zurechtzukommen. Arlette stand schweigend da, beobachtete mich und wartete auf eine Erklärung. Ich hatte keine Zeit, mir eine zurechtzulegen, hatte nur die Wahl zwischen Konfrontation oder Flucht. Eine Konfrontation kam nicht in Frage. Bei meiner ersten Begegnung mit Liliane Prévost und Claudine wäre meine ganze sorgfältig geplante Tarnung aufgeflogen. Flucht bedeutete einen sofortigen Abgang und den Ruin für Arlettes geschäftlichen Abend. »Hier sind zwei Leute«, erklärte ich ihr, »denen ich im Augenblick nicht über den Weg laufen will. Das hat etwas mit dem Verschwinden von Larry Lucas zu tun. Ich gehe. Direkt zurück ins Crillon. Du kommst nach, wenn du fertig bist. Es tut mir leid.«

»Es braucht dir nicht leid zu tun. Ich würde mitkommen, aber ich muß erst mein Geschäft mit Céline abschließen. Ich entschuldige dich ... Vermutlich wird es spät. Hinterlaß beim Concierge einen Schlüssel für mich.«

»Bitte, tu mir schnell noch einen Gefallen. Schau nach, ob ich unauffällig hinauskann.«

Sie war in Sekundenschnelle fort und wieder da, drückte mir einen Katalog in die Hand.

»Geh jetzt! Steck die Nase da hinein. Geh!«

Ich ging schnell hinaus, das Gesicht halb hinter dem Katalog versteckt. Sobald ich auf der Straße war, rannte ich, in der Absicht, ein Taxi heranzuwinken und mich so weit wie möglich von der bedrohlichen Gegenwart einer jungen Frau zu entfernen, die – Gott helfe mir! – nichts Bedrohlicheres tat, als Reisedienstleistungen zu verkaufen, und die sich gelegentlich als Teil des Geschäfts selbst verkaufte.

Und doch, und doch ... hier waren nicht nur Paranoia und Panik im Spiel. Ganz gleich, wie man den Text las, er las sich immer gleich. Claudine Parmentier hatte sich Hals über Kopf in ein Liebesverhältnis mit Liliane Prévost gestürzt. Es war ausgeschlossen, etwas über ihre Beziehungen zu ihrer Partnerin Anne-Louise zu erraten, aber es wäre Wahnsinn gewesen, sich auf ihre Loyalität gegenüber Strassberger oder Larry Lucas zu verlassen. Was mich betraf, mußte ich ihr letzter und schlimmster Feind sein – falls sie nicht dazu aufgelegt war, mir den Kuppelpelz zu bezahlen.

Ich hielt ein Taxi an und ließ mich direkt zum Crillon zurückfahren. Von dort aus rief ich Marc Antoine Vianney zu Hause an. Es freute ihn nicht übertrieben, etwas von mir zu hören. Und noch weniger freute es ihn, als ich ihm die Liebesgeschichte zwischen Claudine und Liliane vom Morgen bis zum Abend des ersten Tages erzählte.

»Und was in Gottes Namen soll ich Ihrer Meinung nach dagegen unternehmen, Carl? Anfang des Jahres hat sie von uns einen Vertrag für Führungskräfte bekommen. Soweit ich es beurteilen kann, hat sie in keiner Weise dagegen verstoßen. Ihre sexuellen Vorlieben gehen uns nichts an. Woher sollen wir wissen, was für Geheimnisse beim Bettgeflüster ausgetauscht werden? Ein falscher Schritt unsererseits, und die Anwälte und die Presse stürzen sich auf uns. Und dann erscheint die Affäre mit Lucas in dicken schwarzen Schlagzeilen. Sie haben es heute abend richtig gemacht. Sie sind ohne großes Theater einfach gegangen.«

»Ihre Zustimmung freut mich, Vianney.«

»Ich habe genau das vor: in aller Ruhe zuzuschauen und unsere Leute danach zu beurteilen, was sie für uns leisten.«

»Sie hören sicher gern, daß mein Vater Ihrer Meinung ist.«

»Soll das heißen, daß Sie über diesen – diesen Vorfall mit ihm gesprochen haben?«

»Ncin, nicht über diesen Vorfall. Ich habe mit ihm darüber gesprochen, daß Sie sich erklärtermaßen nicht in den Fall Lucas einmischen wollen.«

»Und was hat Ihr Vater gesagt?«

»Ich zitiere wörtlich: ›Vianney leitet unser Geschäft in Paris und macht es gut. Belassen wir es dabei ...‹ Ich glaube, es war richtig, daß ich Ihnen das mit Claudine Parmentier mitgeteilt habe. Sie meinen, man muß nicht handeln. Das ist Ihre Entscheidung. Ich erinnere Sie jedoch daran, daß ab morgen zwei Leben auf dem Spiel stehen – Larrys und meines. Es wäre ein unerfreulicher Gedanke für mich, daß wir durch Indiskretionen oder Mangel an Wachsamkeit in Gefahr geraten könnten – oder auch nur durch Bettgeflüster zwischen Verliebten.«

»Sie haben sich klar ausgedrückt, Carl. Ich habe es in Erwägung gezogen. Falls ich unhöflich war, entschuldige ich mich.«

»Bitte! Sorgen Sie nur dafür, daß die Leitungen für mich offen bleiben. Morgen bin ich über alle Berge, aber ich brauche trotzdem Unterstützung. Lassen Sie nicht zu, daß die Termiten die Treppen zerfressen! Schlafen Sie gut!«

Für mich war an Schlaf noch lange nicht zu denken. Ich zog einen Pyjama und den Hausmantel über, schenkte mir einen Drink ein und versuchte, mir einen alten Belmondo-Film im Fernsehen anzuschauen.

Es wurde mir schnell langweilig; also schaltete ich aus und blieb still sitzen, versuchte, aus der stürmischen Liebesgeschichte zwischen Claudine Parmentier und Liliane Prévost schlau zu werden. Ich mußte davon ausgehen, daß Claudine ihre Verbindung zu Strassberger schon preisgegeben hatte oder preisgeben würde und daß meine Tarnung in ernster Gefahr, wenn nicht schon völlig aufgeflogen war.

Woher sollte ich das Ausmaß des Schadens wissen? Wie sollte ich ihn beheben, wenn ich nicht von der schlimmstmöglichen Situation ausging?

Wir hatten eine liebestolle, leichtsinnige Frau im Büro. Wir hatten einen Direktor, der ihre Nachteile nicht sehen wollte und auf die Warnung, die er bekommen hatte, nicht hörte. Hinter ihnen allen steckte ein undurchsichtiger, aber finsterer Mann namens Francisco Falco, der seit langem einträglichen Menschenhandel betrieb und sich heftig gegen jedes Eindringen in seine Domäne zur Wehr setzen würde.

Es war ein düsteres Bild, und ich konnte nur wenige helle Flecken darauf entdecken. Vielleicht, nur vielleicht, spielte Claudine immer noch die Rolle der rätselhaften Frau mit einem ruhelosen Herzen und Geld zum Wegwerfen. Vielleicht, nur vielleicht, konnte sie die Fiktion am Leben erhalten, weil sie ihre Karriere bei Strassberger nicht gefährden wollte. Vielleicht war ihre Abneigung mir gegenüber nicht so heftig, daß sie meine Verbindung mit Larry Lucas verriet. Es gab zu viele Vielleichts, als daß ich das Spiel hätte fortsetzen können. Meine ganze Mission war in Gefahr, aufgrund meines schlechten Urteilsvermögens.

Ich wünschte mir, Arlette wäre da, aber ich wußte, daß sie spät kommen würde. Ich wollte wach sein, wenn sie hereinkam. Es gab Worte zu sagen, Liebe auszutauschen, ehe wir getrennte Wege gingen, sie zu ihrer Galerie in Nizza, ich in meiner illusorischen Rüstung nach Mailand: ausgestattet mit unechten Papieren und einer fragwürdigen Identität, die ich mir nicht einprägen konnte, weil mir die Zeit fehlte.

Es klopfte an meiner Tür. Ein Page brachte mir auf einem Silbertablett einen versiegelten Umschlag, der eben von einer Dame abgegeben worden sei. Beharrlich blieb er auf der Schwelle stehen, bis ich meine Brieftasche fand und ihm sein Trinkgeld gegeben hatte.

Der Brief war von Claudine Parmentier. Sie hatte den spöttischen Tonfall gewählt, den sie auch beim Reden benutzte.

»Lieber Carl Strassberger,
ich habe mich heute sehr schlecht benommen – und angesichts der Provokation haben Sie sich sehr anständig verhalten. Ich benehme mich immer noch schlecht, weil ich Ihren guten Rat nicht beherzige und mich Hals über Kopf in diese kleine *folie à doux* mit Liliane stürze. Ich bin mir sicher, daß es nicht lange halten wird. Vermutlich ist meine Leidenschaft früher erloschen als ihre. Dennoch bin ich Ihnen etwas schuldig, weil Sie uns zusammengebracht haben.

Hier also mein Geschenk.

Ich habe keinerlei Geheimnisse verraten, weder berufliche noch persönliche. Liliane glaubt, was ich ihr erzählt habe: daß ich über eigenes Geld verfüge, eine Privatpraxis als Computerberaterin und eine Geliebte habe, die ich noch nicht verlassen will. Das scheint ihr auch gelegen zu kommen. Sie ist sensibel, was ihre Herzensangelegenheiten anlangt, und braucht eine Menge Freiraum. Wir sind ein verrückter Haufen, nicht wahr?

Wie auch immer, ich habe ihren amerikanischen Schützling noch einmal zur Sprache gebracht, habe mich eifersüchtig gestellt. Wir lieben Frauen. Was war denn so Besonderes an diesem männlichen Kunden? Schließlich hat sie mir das Wenige erzählt, was sie weiß. Seine Akte liegt bei Falco in Mailand. Er ist schwerreich. Er hat seelische Probleme und steckt den Kopf in den Sand. Er besitzt einen dominikanischen Paß auf den Namen Lorenz Lehmann. Es handelt sich eindeutig um Larry Lucas! Soweit sie weiß, ist er im Augenblick noch in Mailand.

Es wäre besser für Sie, mir das alles zu glauben. Ich werde es nicht wiederholen und mich nicht ins Kreuzverhör nehmen lassen. Ich hatte Larry Lucas gern, würde nie etwas tun, was ihm schadet. Sie sind mir auch sympathisch; aber es dauert länger, Ihnen die Stärke aus dem Kragen zu waschen. Von allem anderen abgesehen – ich liebe meine Arbeit und will sie behalten.

Bonne chance!
Claudine

PS: Vielleicht überrascht es Sie, daß Anne-Louise das, was sie meine Eskapade nennt, ganz gelassen hinnimmt. Sie hat mir gesagt, meine pubertären Spielchen langweilten sie inzwischen sehr, und sie habe große Lust, sich ebenfalls eine Eskapade zu gestatten!«

Ich las den Brief immer wieder, bis sich mir der Kopf drehte. Auch kam mir die Idee, Vianney anzurufen und zurückzunehmen, was ich vorhin gesagt hatte. Dann fiel mir ein, daß nicht ich der Defensor fidei, der Verteidiger der Gläubigen, war, sondern daß sich Vianney diese Rolle ausgesucht hatte. Ich rief Andrescu bei Corsec an. Wieder stellten sie mich um die halbe Welt herum durch, bis sie ihn fanden. Als ich ihm die neue Identität von Larry Lucas nannte, jubilierte er.

»Großartig! Jetzt sind wir im Geschäft – vorausgesetzt, die Dame sagt die Wahrheit.«

Es war ein kluger Rat zur Vorsicht, aber an diesem übervollen Tag war das mehr als ich verkraften konnte. Ich gab es auf, auf Arlette zu warten, und ging ins Bett. Ich war schon fast eingeschlafen, ehe mein Kopf auf dem Kissen lag, und ich rührte mich nicht, nicht einmal, als sie in den frühen Morgenstunden neben mich schlüpfte.

Am nächsten Morgen, beim Frühstück, führten Arlette und ich ein eigenes kleines Melodram auf. Der Regisseur war ich. In etwa einer Stunde würde sie auf dem Heimweg nach Nizza sein. Ein wenig beneidete ich sie, und ich muß zugeben, daß ich plötzlich Angst hatte, sie zu verlieren. Die Worte kamen aus dem Nichts.

»Willst du mich heiraten, Arlette?«

Sie starrte mich ungläubig an.

»Was soll denn das? Warum jetzt? Warum hier? Was hat uns die Ehe zu bieten, was wir nicht schon haben? Was sind wir denn jetzt, wenn nicht ein Pierrot und eine Pierrette, ein bißchen abgenutzt? Was ist in dich gefahren, Carl?«

»Ich weiß es nicht. Ich mußte es einfach sagen.«

»Seit wann?«

»Das weiß ich auch nicht. Ich stelle dir eine einfache Frage. Würdest du mich bitte heiraten?«

»Und du möchtest ja oder nein hören, ehe die Kaffeekanne leer ist?«

»Hör mal! Ich weiß, daß ich es verkehrt anfange. Aber es ist das Beste, was ich hier und jetzt sagen kann.«

»Warum willst du mich heiraten, Carl? Du weißt, daß das nicht nötig ist.«

»Für mich ist es nötig, Arlette! Plötzlich habe ich das Bedürfnis zu sagen: Das ist meine Frau! Das ist der Mittelpunkt meiner Welt! Das ist der einzige Mensch, für den ich leben und sterben möchte!«

»Du kannst jede Frau haben, die du willst. Warum ich? Du hast mich ja schon. Ich habe dir vor langer Zeit gesagt, daß wir gut zueinander passen; aber der Gedanke an eine feste Bindung reizt mich nicht. Ich sehe keinen Grund, etwas zu ändern. Falls du einen Grund siehst, solltest du ihn mir nennen.«

Das zwang mich, die Karten auf den Tisch zu legen, und das Unbehagen machte mich nervös wie einen Schuljungen.

»Ich bin mir nicht sicher, ob ich es erklären kann, will's aber versuchen. In Cagnes, im Atelier, beim Malen und Studieren, wußte ich genau, wer ich bin. Ich wußte genau, wer wir beide sind: Pierrot und Pierrette, die sich auf einer Spieldose drehen, nie ganz zusammen, nie ganz getrennt, während die ganze Zeit fröhliche Musik klimpert ...«

»Ist das so schlecht, Carl?«

»Ich nenne es weder gut noch schlecht. Ich versuche nur, es zu erklären.«

»Sprich bitte weiter.«

»Das nächste ist nicht so einfach zu erklären. Mein Vater ruft mich nach New York. Mein Schwager Larry Lucas ist durchgebrannt. Er ist krank, eine Bedrohung für sich und die Familie. Plötzlich bin ich wieder da, wo ich nie sein wollte: Sohn des Hauses, der Erbe, der auf sein Erstgeburtsrecht verzichtet hat, aber ausgeschickt wird, um den verlorenen Sohn zu suchen und ihn nach Hause zu bringen, damit er das gemästete Kalb genießen kann.«

»Und das war dir zuwider?«

»Ja. Es ist mir immer noch zuwider, aber das Ganze sitzt tiefer. Ich finde heraus, daß es Gefahren – möglicherweise Gefahren auf Leben und Tod – für ihn und für mich gibt. Ich gehe diese Gefahren ein, denn in unserer Familie gehört das dazu, wenn man der einzige Sohn ist. Wir sind auf gewisse Weise stolz darauf, und die Arbeitsbedingungen sind besser als üblich, aber das ist nicht der springende Punkt.«

»Was ist der springende Punkt, Carl?«

»Für meine Familie ist es so, wie es immer gewesen ist – Pflicht, eine Ehrenschuld. Ich hege keinen Groll dagegen und bezahle sie. Aber da ist noch etwas ...« Ich brach ab, weil ich keine Worte fand, es zu benennen.

»Bitte, mach dich nicht über mich lustig. Versprich mir, daß du dich nicht über mich lustig machst.«

»Versprochen.«

»Falls mir bei dieser Suche etwas zustößt, hätte ich gern das Gefühl, daß jemand außer meiner Familie mir eine Träne nachweint, ein Glas auf mich trinkt und vielleicht sagt: ›Gott lasse den Mann, den ich geliebt habe, in Frieden ruhen.‹ Ich weiß, daß ich kein Recht darauf habe. Ich bin mein Leben lang selbstsüchtig gewesen, aber ich wünsche es mir, und ich hätte es gern, wenn du es wärst, die ein Glas auf mich trinkt und das Gebet spricht.«

»Aber wenn du zurückkommst, Carl, wenn du Larry Lucas mitbringst und sich herausstellt, daß deine Ängste nur ein böser Traum waren, was ist dann?«

»Dann wüßte ich immer noch, was ich jetzt weiß: Ich liebe dich, Arlette. Ich würde mit Freuden den Rest meines Lebens damit verbringen, dich zu lieben.«

Sie antwortete nicht sofort. Sie saß da, mit den Ellbogen auf dem Tisch, das Kinn in die Hände gestützt, musterte meinen Blick und mein Gesicht. Dann sagte sie sehr sanft zu mir: »Ich glaube dir das, Carl. Ich spüre, daß es wahr ist. Die Veränderung, die du schilderst, habe ich selbst an dir bemerkt, obwohl ich sie mir nicht erklären kann – und du kannst sie auch nicht besonders gut erklären. Aber was die Liebe anlangt, da bin ich skeptisch. Ich weiß nicht, wie sie anfängt oder warum sie zu Ende geht. Was du mir anbietest, ist wunderbar. Du bist lieb. Du bist intelligent. Außerdem bist du reich. Ich weiß, wenn ich dich um den Mond bitten würde, würdest du nach einer Leiter suchen, die so lang ist, daß du ihn herunterholen und mir überreichen kannst ... Es ist verlockend. Gott weiß, wie verlockend es ist; aber wenn ich jetzt ja sagen würde, könnte ich mir das nie verzeihen – und ich befürchte, daß du mich schließlich hassen würdest, weil ich dir einen so schlechten Handel angeboten habe. Versteh mich, Carl, ich liebe dich auch – aber auf meine Weise, zu meinen Bedingungen. Du bist ein Strassberger, ein altmodischer Absolutist. Für dich muß es alles oder nichts sein. Das willst du mir doch im Grunde sagen, nicht wahr?«

»Falls es so klingt, *chérie*, habe ich bei meinem ersten Heiratsantrag furchtbaren Mist gebaut!«

Unvermittelt stand sie vom Tisch auf, ging zum Fenster und schaute hinaus auf den düsteren Himmel und die kreisenden Tauben. Als sie schließlich etwas sagte, schwangen in ihrer Stimme Tränen und auch eine Spur Zorn mit: »Bei Gott, ich wollte, es wäre nicht dazu gekommen, Carl. Ich hasse dich, weil du mir das zugemutet hast, als ich noch nicht bereit dazu war. Wir werden folgendes tun. Du gehst, kämpfst deinen Familienkampf. Wenn er vorbei ist, komm zurück und stell mir die Frage noch einmal. Ich werde dir klar antworten, ja oder nein. Bis dahin«, sie wandte sich mir mit ausgestreckten Armen zu, »laß uns bleiben, was wir sind, laß uns genießen, was wir haben.« Sie schloß versöhnlich mit dem alten Refrain: »*En ce bordeau ou tenons nostre estat.*« In dem Bordell, wo unser Haushalt war.

Villons Ballade von der dicken Margot war ein Thema, über das wir ständig witzelten. Auch dieses Mal gelang es uns, ein wenig darüber zu lachen. Die Strassberger-Suite im Crillon war in der Tat ein sehr teures Bordell.

Eine Stunde später war sie fort, saß hinter dem Lenkrad ihres alten blauen Lieferwagens, vollgepackt mit ihren Gemäldeeinkäufen für den Sommer und meinen beiden Koffern, die sie bis zu meiner Rückkehr für mich aufbewahren sollte. Ich stand auf dem Pflaster und sah ihr nach, bis sie im Verkehr verschwand. Dann ging ich hinein, um auf Oskar Kallman zu warten, der Carl Emil Strassberger in Edgar Francis Benson verwandeln würde.

7. Kapitel

Als die Air-France-Maschine von Paris nach Mailand an einem nebligen Frühlingsmorgen um zwanzig vor acht abhob, fand ich mich völlig unvermittelt in einem seelischen Schockzustand wieder. Die körperliche Loslösung von der Erde und die seelische Loslösung von meiner früheren Identität fanden genau zur gleichen Zeit statt. Von diesem Augenblick an gab es nichts Öffentliches mehr, was sich Carl Emil Strassberger hätte zuschreiben lassen, dessen frühere Persönlichkeit samt allen Beweisen für ihre Existenz in einem versiegelten Umschlag per Sicherheitskurier nach New York unterwegs war.

Alle Unterlagen, die ich bei mir hatte, sogar die Schilder an der neuen Kleidung, die ich trug, bestätigten, daß ich Edgar Francis Benson war, geboren in Toronto, ein Künstler, unverheiratet, ein ungebundener Amateur mit eigenem Vermögen und einer kleinen Privatkundschaft für seine Arbeiten. Das Seltsame war, daß ich keine Erfahrung damit hatte, dieser Mensch zu sein, keine Vorgeschichte kannte, keine Tugenden, Schuldgefühle, Liebes- oder Haßbeziehungen, nicht einmal sexuelle Gelüste. Ich fühlte mich wie im freien Fall und wartete auf den ersten Aufprall in der Wirklichkeit.

Er kam im Gedrängel und Getümmel auf dem Mailänder Flughafen, wo mich Sergio Carlino abholen sollte, Generaldirektor von Corsec Italia S. p. A. Er wartete am Ausgang neben dem Gepäckband mit einem großen Schild, auf dem der Name E. F. Benson stand. Erst als sich die Menge um das Gepäckband herum aufgelöst hatte, brachte ich mich mit diesem Namen in Verbindung. Sergio Carlino grinste über mein Unbehagen.

»So etwas habe ich schon oft erlebt. Am peinlichsten ist es, wenn Sie in einer Hotelhalle ausgerufen werden und den Namen nicht erkennen, unter dem Sie sich eingetragen haben! Wie auch immer, willkommen in Italien.«

»Danke.«

»Ich heiße Sergio. Wie möchten Sie genannt werden?«

»Eigentlich heiße ich Carl. Mein Pseudonym lautet Edgar.«

»Es ist besser, wenn wir Sie von Anfang an so nennen.«

Als er mir die Koffer abnahm und voraus zum Parkplatz ging, hatte ich Zeit, ihn einzuschätzen. Er war etwa Mitte Dreißig, groß, blond und fit wie ein Sportler – vielleicht ein Nachfahre der Lombarden, die im sechsten Jahrhundert über die Alpenpässe eingedrungen waren und Besitz von den Tälern und Sümpfen der Poebene ergriffen hatten.

Er hatte einen festen Händedruck, ein zuvorkommendes Lächeln, unschuldige blaue Augen und strahlte eine unverschämte Arroganz aus, als hätten ihm vierzehn Jahrhunderte einer blutigen Geschichte alle Illusionen über Angelsachsen, Amerikaner, alle Italiener südlich von Florenz und über die meisten Europäer nördlich des Gotthardtunnels geraubt. Dabei äußerte er kein einziges abfälliges Wort. Im Gegenteil, er hätte nicht höflicher sein können; aber schon seine Höflichkeit drückte Nachsicht aus, in der echte Verachtung mitschwang.

Während wir in Richtung Autostrada den Flughafenverkehr hinter uns ließen, erzählte er einiges über seine Vergangenheit. Er war bei den Jesuiten zur Schule gegangen und hatte mehrere Jahre als Ermittlungsoffizier bei den Carabinieri gearbeitet, der Militärtruppe, die für die innere Sicherheit der Republik zuständig ist. Mitten in seiner Karriere war er ausgeschieden, weil Corsec ihm einen Sack voll Geld anbot und weil es, wie er gestand, einfacher sei, Corsec und den dortigen Kunden gegenüber loyal zu bleiben, als sich mit Verschwörungen, Gegenverschwörungen und doppelten Maßstäben innerhalb der Truppe herumzuschlagen.

»Ich habe aber«, versicherte er mir liebenswürdig, »dort immer noch Freunde und Zugang zu wertvollen Informationen – was der Hauptgrund dafür war, daß Corsec mich angeworben hat.«

Sie schienen ihn recht großzügig zu entlohnen. Er hatte einen Mercedes mit Chauffeur und einer Glastrennscheibe zwischen dem Fahrer und den Fahrgästen, und vorn und hinten moderne Kommunikationsanlagen. Auch das erklärte Carlino mir.

»Im heutigen Italien sind große Geschäfte, Politik und Justiz gleichermaßen gefährdet. Früher ließen sich die meisten Probleme auf der Basis von leben und leben lassen schlichten. Jetzt sind bürgerliche Tugenden das Schlagwort der Stunde, aber Gewalt ist das populärste Rezept. Sogar unter den Kunden, denen wir zu Diensten sind, gibt es Interessenkonflikte. Ich muß mit einer gewissen Vorsicht an die Dinge herangehen. Deshalb habe ich eine kugelsichere Weste und einen ehemaligen Polizeifahrer, der dazu ausgebildet ist, brenzligen Situationen auszuweichen. Ich habe außerdem einen Leibwächter für meine Frau und mein Kind.«

Das schien ein angemessener Augenblick zu sein, mich nach Simonetta-Reisen und dem Direktor Francisco Falco zu erkundigen. Er reagierte mit einem verächtlichen Ausruf.

»Pfui! Vor Jahren, als ich noch bei der Truppe war, ist gegen ihn ermittelt worden. Angefangen hat er als kleiner Schmuggler, der Zigaretten und Whiskey aus Nordafrika eingeschleust hat. Dann ist er in den teuren Menschenhandel eingestiegen – illegale Einwanderer, Terroristen, Frauen. Sie waren nie in der Lage, ihm etwas nachzuweisen, obwohl sie ihn mehr als einmal durch die Mangel gedreht haben.

Jetzt arbeitet er legal, und niemand kann ihm nachweisen, daß das nicht stimmt. Diese besondere Dienstleistung, für die er wirbt, dieser Trick mit dem Verschwinden, ist an sich Vertrauenssache. Es ist nicht illegal, aus der Gesellschaft auszusteigen, vor der eigenen Familie wegzulaufen, unter einem neuen Namen ein neues Leben anzufangen. Vielleicht gibt es dabei ein paar illegale Aspekte, aber die sind geringfügig. Sie zum Beispiel sind jetzt auch ein Illegaler. Sie haben einen Paß bei sich, den keine Regierungsbehörde ausgestellt hat, aber Sie sind kein Schuldiger, der sich seinen Gläubigern entzieht, kein Krimineller auf der Flucht. Was das anlangt, ist Falco also so sauber, daß er damit durchkommt. Die Kehrseite seines Geschäfts ist schwer nachzuprüfen und sehr schwer zu beweisen ... Ich weiß, daß die Justiz nie so viel Beweismaterial wird sammeln können, daß es zur Anklageerhebung ausreicht. Außerdem zahlen seine Kunden wie Ihr Schwager genau für die Dienstleistungen, die er ihnen anbietet – eine neue Identität, eine Verwischung der Geldspur. Soweit es um Geld geht, bietet er nicht mehr an als die Vermittlung eines Treuhänders. Er mischt sich nicht – jedenfalls nicht auffällig – in die finanziellen Transaktionen ein. Wer so blöd ist, seine Mittel fremden Händen anzuvertrauen, tut es auf eigene Gefahr.«

Wir näherten uns der Zufahrt zur Autostrada, und mir fiel auf, daß wir nicht Richtung Mailand fuhren, sondern nach Osten, in die Gegend von Brescia. Ich frage nach dem Grund. Carlino wedelte mit der Hand wie ein Magier: »Wir müssen zusammenarbeiten. Wir sollten uns kennenlernen. Ich habe gedacht, ein Mittagessen auf dem Land könnte ein angenehmer Anfang sein.«

»Danke.«

»Außerdem können wir im Vorbeifahren einen Blick auf die Villa Estense werfen, in der Mr. Lucas ein paar Tage lang gewohnt haben soll. Leider muß ich Ihnen sagen, daß er nicht mehr dort ist.«

»Wissen Sie das genau?«

»Ich habe einen Freund angerufen, der wiederum einen Freund angerufen hat. Die Ortspolizei hat eine Routineüberprüfung in allen Hotels und Ferienhäusern der Gegend durchgeführt. Der Name Lorenzo Lehmann und die Nummer seines dominikanischen Passes waren registriert.«

»Wann ist er abgereist?«

»Vor vier Tagen.«

»Irgendeine Nachsendeadresse?«

»Zu Händen von Francisco Falco bei Simonetta-Reisen in Mailand.«

»Dem, wie mir berichtet wurde, das Reisebüro gehört.«

»Jetzt kommen wir zu einem interessanten Punkt«, erklärte Sergio Carlino mit offensichtlicher Befriedigung. »Meine Informationen sind ein bißchen detaillierter und, wie ich glaube, genauer. Der Hauptaktionär ist Simonetta-Reisen mit fünfzig Prozent. Die restlichen Aktionäre werden allesamt von einem gemeinsamen Bevollmächtigten vertreten. Er heißt Doktor Hubert Rubens und lebt selbstverständlich in Genf.«

»Falco leitet also ein fabelhaftes Geschäft. Er bringt seine Kunden in Häusern unter, die ihm gehören, aber mit dem Geld der Kunden finanziert worden sind auf dem Umweg über Doktor Hubert Rubens.«

»Clever, nicht wahr?« bemerkte Carlino, »wenn Sie verschwinden wollen, kann Ihnen sogar eine Scheibe des Paradieses gehören, in dem Sie leben – wenn auch nicht ganz ungefährlich –, falls sie Doktor Rubens einschalten!«

»Wie viele solcher Villen hat er?«

»Das kann niemand wissen, dem er sein Angebot nicht vorgelegt hat. Aber eins ist sicher: Es ist eine Rieseninvestition, und Falco wird sie eifersüchtig beschützen. Darüber will ich mit Ihnen sprechen. Von jetzt an bin ich für Sie verantwortlich. Ich muß mich vergewissern, daß Sie richtig vorbereitet sind, bevor Sie sich in diesem Spinnennetz verheddern.«

Er beugte sich vor und sprach schnell ins Mikrophon. Der

Chauffeur hob die Hand: er habe verstanden, und ein paar Kilometer weiter bogen wir von der Autostrada ab und schlängelten uns über die Nebenstraßen bergab, die im Dreieck zwischen Brescia, Verona und Mantua zickzackförmig verlaufen. Carlino erklärte auf seine träge, herrische Weise: »Wir haben reichlich Zeit. Vergessen wir Larry Lucas, und kommunizieren wir mit den Geistern dieses Ortes. Es gibt sie in allen Formen und Größen ...«

Für einen Mann, dessen Beruf es war, die Reichen und Mächtigen vor den Verbrechen Gleichgestellter zu schützen, war Sergio Carlino überraschend gebildet und auf liebevolle Weise versiert in der Geschichte seiner Heimat.

»Hier ist Dichterland. Hier ...« Er deutete auf die Weinberge, wo sich die zarten Reben wie Girlanden von Baum zu Baum zogen. »Das hier hat Vergil ›die Vermählung von Rebe und Ulme‹ genannt. Die Kleinstadt dort drüben heißt Peschiera. Der Überlieferung nach hat hier Papst Leo der Erste dem Hunnenkönig Attila, der Geißel Gottes, Einhalt geboten und ihn am Marsch auf Rom gehindert. Attilas Armeen lagerten an den Ufern des Mincio, der zwischen diesen Hügeln verläuft. Ihre Pferde haben auf den Wiesen am Fluß geweidet.«

Ich brauchte eine Weile, bis ich begriff, was er vorhatte – daß er mich erzählend aus dem Zustand starker Anspannung und defensiver Vorsicht herausholen wollte, in dem ich angekommen war. Ich registrierte es dankbar und spürte tatsächlich, daß ich mich entspannte und allmählich Vertrauen zu ihm faßte. Die Jesuiten hatten ihn gut erzogen. Er intonierte Verse von Catull und schilderte, auf welchen Wasserwegen der Dichter mit seinem Segelboot von Griechenland an die Adria und dann an den Gardasee gekommen war. Er sprach über die Scaliger, die ihre gewaltige Burg erbaut hatten, um den See zu beherrschen und Eindringlingen von den Alpenpässen her zu trotzen.

Nach einer Weile tat sich der See vor uns auf, aufgewühlt durch eine steife Brise von den Alpen, in der die Wellen gegen die lange Landzunge klatschten, auf der Sirmione und die umliegenden Ortschaften erbaut waren.

Die Villa Estense lag unterhalb des Hügels, der die höchste Erhebung der Halbinsel ist. Ihre Terrassen und Gärten gingen nach Süden zur Sonne hinaus, während die Nordmauern der Villa und des Gartens Schutz boten vor Stürmen, Gewittern, Hagel und Schneegestöbern, die von den fernen Gipfeln der österreichischen Alpen herüberkommen.

Das Hauptgebäude war der Umbau einer alten *casale*, eines um den Innenhof herum erbauten Bauernhauses mit einem Einfahrtsbogen. Unten am See erstreckten sich moderne Anlagen mit Tennisplätzen, Thermalbad, überdachtem Swimmingpool, Trainingsräumen und einem Pier für die kleine Flotte Motorboote, die zur Villa gehörte. Die Terassengärten standen in voller Blüte, und die Obstbäume hatten die Blüten auch noch nicht abgestreift.

Wir fuhren nicht direkt zur Villa, sondern lediglich einmal um die Zufahrt herum. Carlino unterstrich, was er vorhin gesagt hatte.

»Sie sehen, was ich mit Geld gemeint habe? Das Anwesen muß ein Vermögen gekostet haben, und Gott weiß, wie teuer es sein mag, es instand zu halten. Wenn Falco solche Grundstücke erwirbt, kann man davon ausgehen, daß er entweder sehr reich ist oder sich hoch verschuldet hat. In beiden Fällen ist er ein gefährlicher Gegner.« Er wechselte unvermittelt das Thema: »Auf halbem Weg nach Mantua gibt es ein hübsches Lokal. Es heißt Locanda Velaggio. Ich denke, wir sollten dort zu Mittag essen.«

Das Locanda Velaggio war ein Gasthof am Fluß mit einem Garten, den Limonen- und Zitronenbäume vor dem Wind schützten. Das Essen war einfach, aber vorzüglich: eine Landsuppe, Pasta in üppiger Sahnesauce, Bachforelle vom offenen Grill, frisches Obst und ein herber Pinot Grigio, der zu allem paßte.

Pierino, der Chauffeur, erwies sich als angenehmer Tischgenosse, der uns mit Geschichten von seinem Dienst in den entlegenen Regionen der Republik ergötzte: Barbagia auf Sardinien, in der Basilicata und auf Lipari, der Exilinsel. Er war ein geborener Geschichtenerzähler, und wenn ich Schwierigkeiten hatte, seinen theatralischen Berichten zu folgen, übersetzte Sergio für mich. Nach dem Essen überließ uns Pierino unseren Privatgesprächen. Sofort war Sergio ganz der Profi, knapp und mit klarem Kopf.

»So! Jetzt müssen wir uns Ihre und unsere nächsten Schritte in der Affäre Lucas überlegen. Seien wir offen. Weder Sie noch wir sind schon auf das vorbereitet, was wir uns erhoffen. Sprechen wir zuerst über Sie. Sie haben neue Ausweispapiere und einen Lebenslauf, mit dem Sie sich noch nicht ausreichend befaßt haben und über den Sie sehr leicht stolpern könnten. Sie sind wie jemand, der die Kleidung eines Fremden trägt. Sind Sie nicht meiner Meinung?«

»Ich bin Ihrer Meinung.«

»Also müssen Sie Ihr neues Selbst als Rolle proben, bis es Ihnen völlig vertraut ist. Das heißt, daß Sie es täglich üben und wiederholen müssen wie ein Schüler, der auf und ab geht und sich die lateinischen Tempi einprägt. Sie müssen Reaktionen auf unerwartete Situationen parat haben, auf Fragen, zu denen Ihnen nicht sofort eine Antwort einfällt. Noch etwas: Sie gelten als Künstler. Es liegt auf der Hand, daß sich Ihr neuer Stil vom alten unterscheiden muß. Haben Sie Skizzen oder Studien vorbereitet?«

»Nein.«

»Sobald Sie Ihre Staffelei aufstellen, arbeiten Sie also entweder in Ihrem gewohnten Stil oder nähern sich stümperhaft einem neuen. Sie sehen, worauf ich hinaus will?«

»Ja, sehr deutlich.«

»Sprechen wir jetzt über Corsec. Wir in Mailand sind nicht dieselben Leute wie Giorgiu Andrescu und sein Team in New York. Unsere Aktivitäten haben eine andere Bandbreite. Wir schützen Menschen, Lohngelder und Grundstücke, haben mit Industriespionage zu tun und dem Diebstahl brisanter Unterlagen. Wir wirken nicht sofort Wunder durch elektronisches Abfangen. Zwar sind wir gut mit Hardware ausgerüstet, aber wir haben kein großes Team aus jungen Genies, die am Computer herumspielen. Wieder ein Beispiel: Wir haben herausgefunden, daß Larry Lucas die Villa Estense verlassen hat und selbst mit dem Auto nach Rom gefahren ist. Dort hat er seinen Mietwagen abgegeben. Wir wissen nicht, in welchem Hotel er gewohnt hat, wie lange er dort war oder was sein nächstes Ziel ist. Wir wissen, daß Francisco Falco nicht in der Stadt ist. Laut Sekretärin ist er mit einem Kunden verreist und wird erst in ein paar Tagen zurückerwartet. Wir vermuten, nicht ganz unbegründet, daß er Larry Lucas zu seinem endgültigen Bestimmungsort begleitet, haben aber keine Beweise dafür. Jetzt sind wir dabei, die Lücken auszufüllen mit diversen Hilfsmitteln, über die Sie besser nicht Bescheid wissen sollten. Wir brauchen also Zeit – vielleicht mehr Zeit, als Giorgiu Andrescu Ihnen offenbar versprochen hat. Hoffentlich werden Sie nicht wütend, weil ich Ihnen das sage, aber so ist das nun mal in internationalen Unternehmen. Jede Niederlassung arbeitet in ihrem eigenen Rhythmus, und sie werden nicht allesamt vom gleichen Gehirn überwacht. Das sind keine Ausreden, sondern reine Tatsachen.«

»Mir sind Tatsachen lieber als Pfuscharbeit, Sergio. Ich bezahle Sie für Dienstleistungen und Beratung. Was soll ich Ihrer Meinung nach tun?«

»Dreierlei. Erstens, trauen Sie mir. Alles hängt von unserem gegenseitigen Vertrauen ab. Zweitens, gehen Sie in Klausur und beschäftigen Sie sich mit Ihrer falschen Vita, damit Sie jede Frage nach Ihrem Leben halbwegs plausibel beantworten können. Drittens, arbeiten Sie an Ihrem neuen Stil als Künstler. Sie brauchen Arbeiten, die Sie vorzeigen können. Ich spreche nicht von einer Ausstellung, sondern von Skizzenblöcken, Studien und dergleichen. Damit liefern Sie die Antwort auf die erste und naheliegendste Frage: Welche Art von Arbeit machen Sie? Und zu guter Letzt möchte ich, daß Sie Mailand fernbleiben.«

»Darf ich fragen, warum?«

»Mailand ist eine Stadt mit einem Großflughafen, ein Geschäftszentrum. Das Risiko, daß ihre Tarnung durch eine zufällige Begegnung auffliegt, ist real und ziemlich hoch.«

»Wie lange muß ich wegbleiben?«

»Bis ich soweit bin, daß Sie anfangen können.«

»Und das wird wann sein?«

»Sobald ich genug Teile beisammen habe, die in das Puzzle passen. Ich weiß, ich verlange einen starken Glauben an einen Mann, den Sie eben erst kennengelernt haben.«

»Das stimmt; aber ich muß mich wohl darauf einlassen.«

»Noch eine Frage: wie genau lautet der Auftrag Ihrer Familie?«

»Wie soll ich Ihre Frage verstehen?«

»Ihre Familie hat Sie auf die Suche nach Larry Lucas geschickt. Was erwartet sie von Ihnen?«

»Ihn zu finden, mit ihm zu sprechen, ihn dazu zu überreden, falls ich das kann, daß er zu seiner Familie zurückkehrt, seine Karriere fortsetzt und die medizinische Behandlung wieder aufnimmt.«

»Alles, wovon er sich eben losgesagt hat.«

»Ja.«

»Kommt Ihnen diese Forderung nicht reichlich überzogen vor?«

»Fordern werde ich gar nichts können. Ich kann nur versuchen, ihn zur Vernunft zu bringen.«

»Aber es liegt im Wesen seiner Krankheit, daß er oft nicht bei Vernunft ist.«

»Das ist wahr.«

»Nehmen wir also den schlimmsten Fall an. Sie finden Larry Lucas. Sie sprechen mit ihm. Er will nicht auf Sie hören. Was dann?«

Die Frage schien mir absolut sinnlos. Ich sagte das Carlino auch.

»Verdammt noch mal, dann kehre ich um und fahre nach Hause!«

»Ihnen ist der springende Punkt entgangen«, fuhr Sergio Carlino milde fort. »Es ist durchaus möglich, daß Sie, ein Mann mit falschem Namen und falschem Paß, sich isoliert auf feindlichem Territorium wiederfinden. Vielleicht glauben Sie, ich übertreibe?«

Natürlich übertrieb er nicht. Er selbst lebte ständig in feindlichem Territorium. Er hatte eine kugelsichere Weste und einen für Fluchtfälle ausgebildeten Chauffeur, einen Leibwächter für seine Frau und sein Kind. Ich wäre ein Idiot gewesen, wenn ich mir die Ratschläge nicht angehört hätte, für die ich ihn bezahlte. Einen Moment lang dachte ich darüber nach. »Gut, ich beherzige Ihren Rat«, sagte ich dann, »wo soll ich Ihrer Meinung nach wohnen?«

»Warum nicht hier im Veneto, einem Malerparadies? Sie können in der ganzen Landschaft malen – Verona, Vicenza, Padua, Venedig, Ferrara. Ihr Gepäck ist im Auto. Ich kann Sie absetzen, wo Sie wollen, und Sie sind trotzdem nur zwei oder drei Autostunden von meinem Büro entfernt.«

»Was ist die nächste Stadt?«

»Verona.«

»Bestens. Also Verona.«

»Eine hervorragende Wahl.« Er triumphierte auf seine ruhige Art. »Ich bringe Sie standesgemäß im Due Torri unter, miete Ihnen ein Auto und lege Sie San Zeno ans Herz, dem Schutzheiligen der Stadt. Sie können sogar Liebesbriefe an Julia schreiben, die von der Stadtverwaltung beantwortet werden. Fahren wir, ja?«

Ich habe bereits erwähnt, daß Sergio Carlino ein sehr cleverer Mann war. Für den Preis eines Mittagessens in einem Landgasthaus hatte er sich die Zeit gekauft, sein Haus in Ordnung zu bringen, die Informationen zu sammeln, die ihm fehlten, und, wie er hoffte, in die sorgfältig aufgebauten Schutzwälle von Francisco Falco einzudringen. Andererseits hatte er mir meine Mängel vor Augen geführt und die Notwendigkeit, hart daran zu arbeiten, ein effektiver Kunde zu werden.

Als er mich im Due Torri ablieferte, ging mir allmählich die Komik der Situation auf. Außerdem hatte der Gedanke etwas Bezauberndes, daß die Stadtverwaltung tatsächlich Briefe an Julia beantwortete, die möglicherweise nie hier gelebt hatte, wenn sie nicht überhaupt nur eine Legende war.

Gute Omen begleiteten meine Ankunft in Verona. Das Hotel bot mir ein elegantes Zimmer an mit Blick auf die Piazza Sant' Anastasia. Innerhalb einer Stunde wurde ein Mietwagen geliefert und in der Hotelgarage geparkt. Sergio Carlino überzeugte sich davon, daß ich gut untergebracht war, informierte mich über die Kommunikationsmöglichkeiten mit seinem Büro und gab mir einen letzten Rat.

»Haben Sie Geduld, mein Freund. Über Nacht wird nichts Dramatisches passieren. Amüsieren Sie sich. Die Stadt ist reizvoll – und die Frauen sind kultiviert und schick. Seien Sie im übrigen ein guter Schauspieler! Proben Sie Ihre Rolle, und vertrauen Sie Ihrem Regisseur. Ich weiß wirklich, was zu tun ist.«

Als er fort war, schlenderte ich hinaus und schloß mich der Menge auf der Piazza delle Erbe an, einem Wald aus bunten Sonnenschirmen und Marktständen. Von dort aus ging ich auf die Piazza dei Signori, wo Dante verbittert und finster auf einem Piedestal sitzt, und weiter in die schmale Gasse mit den Gräbern der Scaliger, die einst die Herren über Verona gewesen waren.

Eine Weile blieb ich vor dem Grabmal von Francesco Scaligeri stehen, der Cangrande genannt worden war, der große Hund, weil er einen Helm mit einem Hundekopf darauf trug. Über seinem Sarkophag steht sein Ebenbild aus Marmor, gestützt von zwei riesigen steinernen Bulldoggen. Ich tastete an dem alten Drahtverhau herum, hergestellt aus winzigen Leitern, leicht und beweglich wie eine Rüstung, die auch die anderen Gräber umgab, und ich versprach mir, morgen mit einem Skizzenblock wiederzukommen.

Als ich zum Hotel zurückbummelte, fröstelte ich. Mir war nicht nur wegen des Abendwindes kalt. Ich litt unter der allergewöhnlichsten Krankheit – der Einsamkeit des Reisenden. Jetzt reagierte ich darauf. Ich brauchte um mich herum Geplauder und Gelächter, wollte mich offen und fröhlich mit Gleichgesinnten austauschen. Ich brauchte die Gesellschaft einer lebensfrohen Frau. Weiß Gott simple Bedürfnisse! Aber es war nicht so einfach, sie am ersten Abend in einer italienischen Provinzstadt zufriedenzustellen – oder in welcher Provinzstadt auch immer.

Jedenfalls stellte ich mich auf Gesellschaft ein. Ich duschte, rasierte mich, zog lässige Klamotten an, stärkte mich mit einem sehr teuren Scotch aus der Minibar meines Zimmers und ging nach unten, um mich vom Concierge beraten zu lassen. Der war mit einer einschüchternden Witwe beschäftigt, die aussah, als wäre sie einer Leinwand von Veronese entstiegen. Sein Stellvertreter, der angewiesen wurde, sich inzwischen um mich zu kümmern, war ein Mann in meinem Alter.

Ich sei, erklärte ich ihm, ein Künstler auf Reisen, der *la vita caratteristica* jeder Stadt und jeder Gegend festhalte. Ich brauchte deshalb ein angenehmes Lokal zum Abendessen, vorzugsweise eines mit Musik, in dem es nicht allzu schwer sei, mit anderen Gästen ins Gespräch zu kommen. Ich bildete mir ein, ich hätte einigermaßen diskret die Bedürfnisse eines Mannes mit Blut in den Adern ausgedrückt, der unter der Reiseeinsamkeit leidet und sich gern mit Wein, Weib und Gesang zerstreuen möchte.

Der junge Mann, der sich um mich kümmerte, war verständnisvoll und hilfsbereit. Er empfahl aus dem hohlen Bauch heraus ein Lokal namens Pantalone, wo das Essen gut sei, der Wein trinkbar, und in dem die Klientel aus einer Mischung aus Studenten, Touristengruppen, Reisegesellschaften und einheimischen Künstlern aller Art bestehe. Auch die Schilderung des Lokals sprach mich an. Es ähnele einem deutschen Bierkeller, mit langen Tischen und Bänken, damit ein Musikantentrio sich seinen Weg zwischen den Gästen bahnen könne.

Reservierungen würden nicht entgegengenommen, aber er werde das Lokal von meiner Ankunft verständigen und darum bitten, mich zu geistesverwandter Gesellschaft zu setzen. Ich bedankte mich, schüttelte ihm die Hand. Geld wechselte diskret zwischen uns den Besitzer. Er rief einen Pagen, der mich zur Tür begleiten und mir den richtigen Weg zeigen sollte. Es sei nicht weit, ich könne zu Fuß gehen.

Ich schlenderte in einer mondlosen Nacht und unter einem vom Wind aufgewühlten Himmel voller Sterne dahin. Als ich das Restaurant erreichte, ein höhlenähnliches Lokal in einer Gasse in der Altstadt, war ich in Hochstimmung. Ich hatte das Krankenzimmer verlassen, war in die normale Welt zurückgekehrt, bereit, offen und erpicht auf jede Art von Begegnung.

Im Restaurant stellte ich fest, daß mein Concierge Wort gehalten hatte. Ich wurde erwartet. Ich wurde mit dem Ehrentitel *dottore* begrüßt, hatte dabei aber den Verdacht, das habe mehr mit dem Status des Hotels zu tun, das mich empfohlen hatte als mit einem akademischen Äußeren.

Der Raum war noch nicht voll, deshalb bot mir der Oberkellner diskret die Auswahl der Gesellschaft auf den Bänken an: ein Wanderclub mit Männern und Frauen aus Australien, eine Schar einheimischer Studenten, kleine Gruppen hiesiger Geschäftsleute, redselig oder verschwörerisch beim Trinken, drei Männer und sechs Frauen, Akademiker auf Reisen, wie mir der Kellner erklärte, von der amerikanischen Akademie in Rom.

Diese Gruppe wirkte vielversprechend. Die Männer waren jung; sie sahen weder feindselig noch besitzergreifend aus. Die Frauen waren gepflegt, fröhlich und angeregt – und in der Überzahl! Ich beschloß, mich zu ihnen zu setzen. Während ich dem Oberkellner folgte, erinnerte ich mich erschrocken daran, daß ich unter einem Falschnamen reiste und es unvermeidlich war, daß mir Fragen über mich und meine Aktivitäten gestellt wurden. Die Gefahr verhalf mir zu einem frischen Adrenalinstoß und gab dem Geschmack der Freiheit zusätzliche Würze.

Die Gruppe war in ein lebhaftes Gespräch vertieft. Als ich mich setzte, wurde ich lässig zur Kenntnis genommen, dann unterhielten sie sich weiter. Ich beschäftigte mich mit der Speise- und Weinkarte und damit, insgeheim die drei Frauen in der Runde zu inspizieren, die mir diagonal gegenübersaßen. Die anderen konnte ich nur im Profil sehen, wenn ich sie nicht auffällig mustern wollte.

Aus ihrem Gespräch schloß ich, daß sie Absolventen verschiedener geisteswissenschaftlicher Fächer waren und aus amerikanischen Universitäten im Süden und im Norden kamen. Sie hatten ein Seminar der Akademie in Rom besucht und reisten jetzt in die künstlerischen und kulturellen Zentren im Norden der Republik. Sie waren spät angekommen, wohnten in einem bescheidenen Hotel namens San Luca und planten die Tour am nächsten Tag. Allesamt waren sie lebhaft, eifrig und streitlustig. Sie tranken kräftig und ließen ihren regionalen Akzenten freien Lauf. Es dauerte nicht lange, bis ich in die Gruppe aufgenommen wurde. Sie waren noch so jung, daß sie um sich und ihre Interessen kreisten; deshalb blieb mir eine allzugründliche Befragung erspart. Ich war Künstler – bestens! –, hegte keinerlei Ambitionen auf Ruhm, ebenfalls bestens! Ich ließ mich Edgar nennen, und die Frau neben mir, die Ellie hieß, war so erpicht auf meine Aufmerksamkeit, wie ich für die ihre dankbar war.

Wir aßen, wir tranken, wir redeten – Gott, wie lange und wie vertraulich wir redeten! Wir sangen, summten oder stimmten La-La-Töne an, wenn die Musikanten vor und hinter uns ihre Melodien spielten. Dann, irgendwann gegen Mitternacht, ergossen wir uns auf die Straße und machten, wie Ellie es nannte, die Mitternachtsrunde durch Verona.

Ich war betrunken und trieb glücklich in einem Meer aus veronesischem Wein. Fragen Sie mich nicht, was irgendeiner der Akademiker gesagt hat. Ich erinnere mich nicht daran. Ich weiß nur noch, daß ich Ellie munter und sympathisch fand, daß mir ihre Lippen entgegenkamen, daß sie gut roch und daß wir uns während des ganzen mitternächtlichen Spaziergangs so nahe waren wie siamesische Zwillinge.

Wir standen gemeinsam unter Julias Balkon und rezitierten Zitate aus der Balkonszene, und was uns nicht mehr einfiel, improvisierten wir. Wir umarmten uns im Schatten alter Torbögen und warfen Kiesel in den Fluß Adige. Wir versuchten, Anschluß an die anderen zu halten, holten sie ein, verloren sie wieder und vereinigten uns schließlich wieder unter dem von der Zeit beschädigten Säulenportal des Hotels San Luca.

Dort ging es zu Ende, um drei Uhr morgens, denn der Abend war verrauscht, die Wirkung des Alkohols ließ nach, die Frauen teilten sich Doppelzimmer und – obwohl niemand es aussprach, war es für alle selbstverständlich – Liebesnächte mit Fremden im Ausland gehörten nicht zu den empfohlenen Zerstreuungen. Wir waren uns alle einig, es sei ein großartiger Abend gewesen, versprachen uns fadenscheinig, uns wieder zu treffen. Unter dem Basiliskenblick des Nachtportiers umarmten Ellie und ich uns lange zum Gutenachtsagen. Ich ging einsam zurück zum Due Torri, wo ich bis zum Mittag eine keusche Nacht verbrachte und mit dem schlimmsten Kater in der aufgezeichneten Geschichte von Carl Emil Strassberger aufwachte.

Der Kater war mir eine Lehre. Ich wurde zu alt für Alkoholexzesse und unbefriedigtes Lustgeplänkel. In meiner neuen unsicheren Welt war derlei ein Risiko, das ich mir nicht länger leisten konnte, um des schlichten Überlebens willen.

Voller Abscheu schaute mich mein Spiegelbild an – blutunterlaufene Augen, teigige Haut, stoppelige Wangen, unsichere Hände. Ich hatte so viel Renovierung nötig wie eine uralte Ruine. Also rief ich den Zimmerservice an und bestellte dringlich Kaffee, Orangensaft und frische Brötchen. Ich bat höflich um ofenfrische Brötchen, weil ich sonst in Versuchung geraten wäre, sie als Wurfgeschosse gegen das Personal zu verwenden. Mit einer gewissen Gutgelauntheit wurde vorgeschlagen, weil es schon Mittag sei, liege mir vielleicht etwas an einem leichten Mittagessen. Die Aussicht freute mich kein bißchen. Bitte! Bitte! Der Gast weiß, was er will – wenn auch nicht immer, was er braucht.

Dann kam mir ein weiterer rettender Gedanke. Die beste Kur der Welt ist der Besuch bei einem altmodischen italienischen Barbier – heiße Handtücher, ein Rasiermesser, so scharf wie Saladins Krummschwert, Lotionen, Einreibmittel, ein Haarschnitt, Gesichts-, Hals und Schultermassage, eine Maniküre, das träge Summen der Konversation, das Schnippen der Schere, das Geräusch, wenn Stahl an Leder gewetzt wird. Wenn man nach einem solchen Besuch auf die Straße tritt, fühlt man sich wie Lazarus am Tag seiner Auferstehung.

Das Problem: Wo sollte ich gegen Ende des zwanzigsten Jahrhunderts einen solchen Barbier finden? Wieder war mein Freund, der Juniorconcierge, sofort bereit, mir zu helfen. Er kenne genau das richtige Geschäft, einen Steinwurf vom Hotel entfernt: alte Praktiken, makellose Hygiene, modern sterilisierte Werkzeuge – und ja, Maniküre und Pediküre seien ebenfalls im Angebot. Er mache mit Freuden einen Termin für mich. In einer Stunde? Und wie mein Abend im Pantalone gewesen sei? Überaus erfolgreich, berichtete ich ihm, ein überbordendes Vergnügen, für das ich jetzt teuer bezahlen müsse! Weil ich ihn schon einmal am Apparat hatte, fragte ich nach, ob er mir ein gutes Geschäft für Malerbedarf empfehlen könne? Gleich darauf hatte ich Adresse und Wegbeschreibung. Mein Tag, wenn schon nicht mein Schicksal, ließ sich sinnvoll an – unter der Voraussetzung, daß ich eine Sonnenbrille gegen das grelle Licht trug.

Die Sonnenbrille brachte mich auf einen neuen Gedanken. Statt die Stoppeln abzurasieren, konnte der Barbier sie doch stutzen und allmählich zum Bart formen. Bart und

Sonnenbrille zusammen böten einen minimalen Schutz gegen ein zufälliges Wiedererkennen – obwohl es vielleicht bei der Paßkontrolle zu ein paar Fragen führen konnte, weil mein Bild nicht zu dem Paßfoto paßte.

Wenigstens fing ich damit an, Sergio Carlino ernst zu nehmen. Deshalb entschied ich mich für den Bart und fand mich mit ein paar unangenehmen Tagen ab, in denen die Stoppeln sich in Gesichtsbehaarung verwandelten. Mit Glück und reichlich Zeit war der Bart gewachsen, ehe Carlino Larry Lucas' Spur aufnahm und mich ausschickte, ihm zu folgen.

Der Besuch beim Barbier entsprach allem, was ich gehofft hatte. Die Rechnung war stattlich, und ich gab ein großzügiges Trinkgeld, aber ich ging als neuer Mensch hinaus, mit einem attraktiven Bartschatten auf der glatt rasierten Haut. Ich machte Termine für die folgenden Tage, damit der Meister seine Kreation pflegen konnte. Es war ein teurer Luxus, aber unsere Verabredungen würden meine Einsamkeit durchbrechen, und eine kleine Bestätigung dafür sein, daß ich mein Schicksal immer noch auf gewisse Weise in der Hand hatte.

Der Kauf der Malsachen erwies sich als eine weitere angenehme Zerstreuung. Die Frau, die mich bediente, war entgegenkommend und attraktiv. Als wir in aller Ruhe meine Liste durchgingen, erzählte sie mir, sie unterrichte abends als Zeichenlehrerin. Sie verstehe mein Dilemma. Ich wollte so leicht wie möglich reisen, hatte aber keine Ahnung, wie lange sich meine Aufenthalte jeweils ausdehnen würden. Ich brauchte gut verpackte, leicht transportable Materialien, eine zusammenklappbare Staffelei samt Hocker, Papier für Gouachen und Aquarelle, Leinwände in tragbaren Größen, Acryl- und Ölfarben, Aquarellfarben und ein Sortiment von Pinseln für alle. Es war eine kurze, aber angenehme Wiederentdeckung des anderen Selbst – wie egoistisch es auch sein mochte –, das ich erfreulicher fand, als mit dem mißtrauischen Jäger zu leben, zu dem ich geworden war. Ich bezahlte die Waren, die noch vor Einbruch der Nacht in mein Hotel geliefert werden sollten. Dann machte ich mich nur mit einem Skizzenblock und Stiften auf den Weg durch die Stadt.

Wieder lag der Druck auf mir, etwas verändern zu müssen. Ich war ein Architekturmaler, ausgebildet in der langen Tradition von Piranesi, Vanvitello und Canaletto, verankert in sichtbaren Formen. Ich hatte hingenommen, was Andrea del Sarto in Brownings Worten an ihm beklagt hatte: »Alles ist silbergrau, friedlich und vollkommen in meiner Kunst – ein Fluch!«

Jetzt, nicht der Kunst zuliebe, sondern wegen eines schäbigen Täuschungsmanövers, mußte ich zwangsweise diesen Stil gegen einen anderen austauschen. Ich mußte die Stadt verlassen und aufs Land fahren, zu den Schluchten, Bergbächen, in das Licht des ruhelosen Wassers und die wechselnden Muster aus Wolken und Schatten. Aber jetzt noch nicht – ich brauchte diesen Nachmittag unter den Spitzbogenfestungen, den alten Kaminen von Verona und den von der Zeit angenagten gotischen Symbolen auf dem Scaligergrab. Schon das Zeichnen von Architektur und Skulpturen beruhigte und entspannte mich. Ich hatte das Gefühl, ein Teil meiner selbst werde mir zurückgegeben, obwohl ich mich darin übte, dieses Selbst abzustreifen.

Während ich an den Zeichnungen arbeitete, memorierte ein Teil meines Gehirns die Einzelheiten aus dem Leben von Edgar Francis Benson – eines Mannes, den ich nie gekannt hatte, eines Lebens, das für mich erfunden worden war. Ein anderer Teil meines Gehirns beschäftigte sich damit, die Fakten ins Französische zu übersetzen, damit ich nicht zu schnell auf Fragen reagierte, die mir auf englisch gestellt wurden.

Es klingt nach einer törichten und verwirrenden Übung, aber Oskar Kallman hatte mich gelehrt, daß es bis zu einem gewissen Punkt funktionieren konnte. Dadurch verlangsamten sich meine instinktiven Reaktionen. Es schuf verwirrende Elemente im Gedächtnisprozeß, die bei einem normalen gesellschaftlichen Gespräch nützlich sein konnten. Oskar Kallman hatte mir das eingeprägt: Weil wir alle Opfer einer Informationsüberfrachtung sind, können wir uns im Gespräch einigermaßen überzeugend auf ein schlechtes Gedächtnis an Menschen und Ereignisse berufen.

Wenn man im Freien skizziert, bleiben Leute stehen und schauen zu. Manche versuchen, einen ins Gespräch zu ziehen, was ich eigentlich nett finde. An jenem Nachmittag gab ich mich jedoch betont unaufmerksam, leicht mürrisch, und wich Blickkontakten aus, hob das Gesicht nicht vom Skizzenblock, wenn ich nicht das Objekt vor mir betrachtete.

Es gab Augenblicke, in denen ich mir sehr dumm vorkam, wie ein leichtgläubiger Mensch, der aus Angst und Unwissenheit vor Schattenspielen an seiner Gefängniswand zusammenzuckt. Es gab jedoch eine brutale Logik in dem Drama, das sich in meinem Leben entfaltete. Larry Lucas, abwechselnd mit einem scharfen Verstand ausgestattet und zerstörerisch psychotisch, hatte Unordnung in unser Familienleben gebracht. Wir spielten nach seinen Regeln, nicht nach unseren. Gleichzeitig war er das Pfand und das Opfer in einem viel düstereren Spiel um Geld, mit deutlichen Umrissen zwar, von dessen Regeln und dessen Akteuren wir aber sehr wenig wußten.

Andererseits hatte Sergio Carlino mit ähnlichen Akteuren viele solcher Spiele gespielt. Deshalb hatte ich keinen Grund, an seinem Rat zu zweifeln. Ich mußte ihm einfach dorthin folgen, wohin er mich führte, während ich die ganze Zeit wußte, daß ich von einer hohen Stelle aus in tiefe Dunkelheit sprang.

Ich arbeitete jetzt an einer Skizze des Reiterstandbildes des Cangrande, des großen Hundes unter der Scaligern, versuchte sein berühmtes finsteres Lächeln einzufangen und den Helm mit Hundekopf, der zwischen seinen Schultern lag. Da rief eine Frauenstimme aus dem Nichts: »Edgar!«

Ich senkte den Kopf und fuhr damit fort, die Schatten in dem durch die Zeit erstarrten Gesicht von Cangrande aufzutragen. Dann legte sich eine Hand auf meine Schulter, ich fuhr herum – und sah Ellie vor mir, meine Begleiterin vom Vorabend.

Sie beugte sich zu mir herab und küßte mich. »So was! Gestern abend haben wir alle so abgehoben, daß ich das Gefühl hatte, wir sehen uns nie wieder, aber hier sind Sie! Und das ist eine sehr schöne Zeichnung!«

»Danke. Sie macht sich. Wo sind Ihre Kollegen?«

Sie zuckte gleichgültig die Achseln.

»Hier und dort, alle mit eigenen Dingen beschäftigt. Akademiker in freier Wildbahn sind Nervensägen. Ich mußte mich mal loseisen und hab halb gehofft, Ihnen wieder über den Weg zu laufen. Sie haben über den Platz hier gesprochen. Ich hab's drauf ankommen lassen und bin hergekommen ... Bitte, hören Sie nicht auf. Ich halt die Klappe und schaue zu. Die Zeichnung ist so gut, Sie sollten sie nicht verderben.«

Gestern abend war sie redselig und auf fröhliche Weise laut gewesen. Jetzt schwieg sie, trat einen Schritt zurück, lehnte sich gegen einen Steinvorsprung und beobachtete, wie sich die Zeichnung entwickelte. Dann kam der Augenblick, in dem ich eine Pause machte und die Skizze auf Armeslänge von mir weghielt, um meine Arbeit zu begutachten. Als Ellie sah, daß ich wegen der nächsten Striche zögerte, sagte sie ruhig: »Bei aller Achtung, Maestro, es reicht. Lassen Sie es einfach, wie es ist!«

Das war kühner, als es jetzt beim Berichten klingt. Nehmen Sie einem Welpen einen Knochen weg, beißt er sie in die Finger. Geben Sie ein Urteil ab, während sich der Künstler noch unsicher ist, laufen Sie Gefahr, eine böse Antwort zu bekommen. Dieses Mal überzeugte mich jedoch ein zweiter Blick davon, daß sie recht hatte. Ihre Meinung war aufrichtig, ihr Ton so taktvoll, daß sie keinen Vorwurf verdient hatte. Ich sah mir die Zeichnung noch einmal an, schlug den Deckel zu und wandte mich an Ellie: »Sie haben ein gutes Auge.«

Sie tat das Kompliment mit einer direkten Erklärung ab. »Ich unterrichte Kunstgeschichte. Und ich entwerfe Schmuck.«

»Darf ich Sie zu einem Kaffee einladen – oder zu einem Drink?«

»Kaffee, bitte. Nach gestern abend fühle ich mich wie eine Kandidatin für die Anonymen Alkoholiker.«

»Mir geht es genauso.«

Sie nahm meinen Arm, und wir gingen gemeinsam auf den Wald aus Sonnenschirmen und Markisen auf der Piazza delle Erbe zu. Es war ein vertraulicher kleiner Spaziergang. Wir fühlten uns miteinander wohl; aber – wie soll ich es ausdrücken – bei aller Nähe war mir außer ihrer Gegenwart noch nichts bewußt. Ich hatte mir ihr Gesicht nicht eingeprägt, ihre Körperformen, ihre Haarfarbe, ihre Hautoberfläche. Erst als ich ihr bei einer Tasse Kaffee gegenübersaß, nahm ihr Gesicht für mich Gestalt an, und ich griff zu Stift und Skizzenblock, um es festzuhalten.

Mit dem rabenschwarzen Pagenkopf und der honigfarbenen Haut sah sie aus wie Isabella d'Este, die Tizian als junges Mädchen und Leonardo als ältere Frau gemalt haben. Auch ihr Hals war so geschwungen, die Knochenstruktur im Gesicht dieselbe, und die dunklen Augen hatten denselben übermütigen temperamentvollen Ausdruck. Sie war ein gutes Modell, verharrte friedlich und geduldig in der Pose, um die ich sie gebeten hatte: das Kinn in die Hände gestützt, sah sie an mir vorbei auf die Passanten auf dem Platz.

Als die Zeichnung fertig war, schob ich sie ihr über den Tisch zur Begutachtung zu. Sie war offensichtlich zufrieden. »Darf ich sie behalten?«

»Selbstverständlich.«

»Könnten Sie sie bitte signieren? Und ein paar Zeilen dazu schreiben?«

Ich hielt den Stift schon in der Hand und wollte zu dem Schlangensymbol ansetzen, meiner üblichen Signatur, als mir meine Lektion durch Oskar Kallman wieder einfiel. Ich saß da, mit gezücktem Stift, gebannt in einem kleinen, herzstockenden Moment des Begreifens. So leicht konnte man sich verraten, sich kampflos den Henkern geschlagen geben!
»Stimmt was nicht?« fragte Ellie, »plötzlich sind Sie so geistesabwesend!«

»Ich bin okay. Ich habe nur über eine passende Widmung nachgedacht.«

Ich schrieb sehr vorsichtig in der langsamen gotischen Schrift, die den schnellen, selbstsicheren Strichen der Zeichnung etwas widersprach: »Für Ellie als Erinnerung daran, daß wir uns in Verona eine Nacht lachend um die Ohren geschlagen haben. E. F. Benson.«

Ich gab ihr die Zeichnung zurück. Sie betrachtete sie ausgiebig, sah auf, nickte und lächelte. Sie legte die Finger an die Lippen, langte über den Tisch und legte sie auf die meinen.

»Danke. Ich werde das hüten wie einen Schatz.«

»Und ich werde mich an das Modell erinnern.«

»Ich hätte Ihnen gern mehr Stoff gegeben, an mich zu denken. Ich habe Sie gestern nacht ungern gehen lassen.«

»Und ich bin ungern gegangen.«

»Morgen fahren wir nach Venedig. Wir haben dort drei Tage gebucht. Wenn ich mich bloß davor drücken könnte.«

»Der erste Besuch?«

»Ja.«

»Dann sollten Sie ihn nicht versäumen. Die Stadt hat immer noch eine eigene Magie.«

»Wie lange bleiben Sie in Verona?«

»Ich bin mir nicht sicher. Vielleicht nur ein paar Tage. Vielleicht länger.«

»Sie hätten keine Lust, mit uns nach Venedig zu kommen?«

»Das geht leider nicht. Ich warte darauf, daß mein Kunsthändler sich meldet. Er verhandelt wegen eines Auftrags für mich, und da muß ich kurzfristig abrufbar sein, damit ich mich mit dem Auftraggeber treffen kann.«

Die unbehagliche Mahnung kehrte zurück: Jeder Augenblick im Leben von Edgar Francis Benson erforderte eine kleine Lüge.

»Und wie wollen Sie sich die Zeit vertreiben?« fragte Ellie.

»So, wie Sie es heute gesehen haben. Vermutlich fülle ich ein paar Zeichenblöcke. Mein Stil muß etwas lockerer werden; im Augenblick ist er zu förmlich und streng. Ich habe in der Hotelgarage ein Auto stehen. Vielleicht fahre ich aufs Land und male ein paar Landschaften.«

Ich wünschte mir, Sergio Carlino und Oskar Kallman könnten meine Vorstellung sehen. Es war kein großes Theater, aber ich gab mir Mühe. Ellie bedachte mich mit einem langsamen, schiefen Lächeln.

»Wenn Sie ein Auto haben, ändert das die Situation. Sie könnten mich mitnehmen und an der nächsten Fährstation nach Venedig absetzen. Außerdem hätten Sie ein Modell dabei.«

»Ein reizvoller Gedanke.«

»Ist das alles – reizvoll? Wie wär's, wenn ich mich auch als Aktmodell anböte?«

Ein reizvoller Gedanke – und ein verlockender dazu. Ich war aus meiner Welt in eine andere übergewechselt, von der die Japaner so zutreffend sagen, es sei die Welt der Blumen und Weiden, die Welt im Fluß, wo nichts von Dauer, alles erlaubt ist unter der Voraussetzung, daß man es bezahlen kann. Niemand wird wegen einer Sinnesänderung getadelt. Wenn sich die Neigungen verändern, kommt es nicht zu Schuldgefühlen. Deshalb wird diese Welt tollkühn und manchmal gefährlich genannt. Die Veränderung in mir war mir bewußt, obwohl ich sie noch nicht benennen konnte. Ich hatte Arlette einen Heiratsantrag gemacht. Sie hatte, vielleicht klüger als ich, die Antwort hinausgeschoben. Immer noch frei, konnte ich zwischen den Blumen und Weiden schweifen. Ellie wartete auf meine Antwort. Sie saß jetzt da, wie ich sie gezeichnet hatte, das Kinn in die Hände gestützt, aber ihr Blick heftete sich auf mein Gesicht, forderte mich heraus. Ich mußte ihr wenigstens einen Bruchteil der Wahrheit sagen.

»Der Gedanke ist verführerisch. Ich habe keine Probleme damit bis auf die Tatsache, daß ich abreisen muß, wenn ich benachrichtigt werde. So führe ich mein Leben. Andererseits will ich nicht daran schuld sein, wenn Sie von Ihren Kollegen getrennt werden und allein in den Lagunen treiben!«

Sie hob trotzig den Kopf, und ihre dunklen Augen blitzten zornig, obwohl Ihre Lippen immer noch lächelten.

»Merken Sie sich eins, Mr. Benson! Ich bin für mich verantwortlich. Ich habe Ihnen das Angebot gemacht, Sie brauchen nur ja oder nein zu sagen. Wir hatten gestern abend so viel Spaß. Ich möchte gern noch länger mit Ihnen lachen. Sobald das Lachen aufhört, geben wir uns einen Abschiedskuß. Was sagen Sie dazu?«

»Daß wir heute abend zusammen essen. Um halb neun im Due Torri. Falls es Ihnen dort gefällt, buche ich eine Übernachtung für Sie; bringen Sie also Ihren Paß, die Zahnbürste und Kleidung zum Wechseln mit!«

»Und falls es mir dort nicht gefällt?«

»Kehren Sie zu Ihren Freunden zurück. Abgemacht?«

»Treiben Sie Ihr Glück nicht auf die Spitze, Mr. Benson.«

»Ich treibe es nicht auf die Spitze, glauben Sie mir, aber der Teufel soll mich holen, wenn ich für den Portier im Due Torri noch einmal Rodins Kuß nachstelle – es ist übrigens, ich muß es Ihnen sagen, ein sehr mondänes Hotel.«

»Sie beten wohl, daß ich Ihnen keine Schande mache, stimmt's?«

»Ich weiß, daß Sie mir keine Schande machen werden.«

»Sind Sie verheiratet?«

»Das haben Sie mich gestern nacht schon gefragt.«

»Ich weiß, aber jetzt sind wir beide nüchtern.«

»Ich bin nicht verheiratet. Und Sie?«

»Ich war's mal. Ich bin geschieden.«

»Haben Sie noch mehr Fragen?«

»Hunderte.«

»Ich glaube, die sollten Sie verschieben.«

»Auf wann?«

»Bis Sie die Antworten wirklich brauchen. Sonst sind sie nur eine Last, die Sie mit sich herumschleppen.«

»Wie heiße ich mit Nachnamen?«

»Ich weiß es nicht. Sie haben es mir nicht gesagt. Anscheinend sind wir ganz gut ohne ihn ausgekommen.«

»Seltsam, daß Sie sich nicht die Mühe gemacht haben, danach zu fragen.«

»Wie werden wir Ihrer Meinung nach mit diesen vielen gestellten und ungestellten Fragen miteinander auskommen?«

»Weiß nicht. Ich denke darüber nach und sage Ihnen beim Abendessen Bescheid.«

»Ich verspreche Ihnen, daß es ein gutes Abendessen gibt.«

»Daran habe ich nicht gezweifelt.« Sie bedachte mich mit einem langen, abschätzenden Blick und einem kleinen ironischen Grinsen. »Ich weiß, daß Sie eine Art Spiel mit mir treiben – oder vielleicht mit sich selbst. Ich krieg nicht recht raus, was es für Regeln hat.«

»Es gibt keine Regeln. Ich habe kein Recht, Ihnen oder sonst jemandem Regeln vorzuschreiben. Ich nehme das, was ist, für bare Münze, solange es nicht nötig ist, mehr zu wissen.«

»Als Sie die Skulptur von Cangrande gezeichnet haben, als Sie vorhin eine Skizze von mir gemacht haben, da haben Sie jeden Strich in Frage gestellt, bevor Sie ihn ausgeführt haben.«

»Ich sehe auf die Uhr, wenn ich wissen will, wie spät es ist. Falls ich kein Uhrmacher bin, brauche ich die Teile nicht zu zählen und zusammenzusetzen. Im Augenblick, meine liebe Ellie, habe ich ein starkes Bedürfnis nach Einfachheit. Ich will keine Zeit damit vergeuden, in der Vergangenheit herumzustöbern oder die Zukunft vorherzusagen. Es reicht, daß Sie eine sympathische und schöne Frau sind und hier mit mir am Tisch sitzen. Ich sehe Sie, spüre Sie, rieche Sie. Gott verdammt noch mal, ich habe eben ein Bild von Ihnen gezeichnet, das Sie Ihren Kindern vererben können. Ich muß sonst gar nichts wissen bis auf Ihren Nachnamen, weil ich im Hotel ein Zimmer buchen und der Name mit dem in Ihrem Paß übereinstimmen muß.«

»Ich hab schon gedacht, Sie fragen mich nie danach. Ich heiße Milland. Um halb neun im Due Torri, richtig?«

»Richtig.«

Sie stand auf, kam schnell um den Tisch herum, küßte mich und ging ohne ein weiteres Wort. Ich wußte, daß ich mich auf eine Torheit einließ; aber in der Welt im Fluß sind Torheiten wie über das Wasser verstreute Blütenblätter. Die Strömung trägt sie sofort davon.

Im Hotel ging ich direkt zur Rezeption. Eine alte Freundin von mir sei eben in der Stadt eingetroffen, erklärte ich, sie wohne in einem unzureichenden Hotel. Ich hätte ihr angeboten, ins Due Torri umzuziehen. Ob ein Zimmer für sie frei sei, vorzugsweise auf meiner Etage? Nach einer kurzen Pause hieß es, ja, es sei möglich. Ich buchte das Zimmer und bat darum, die Kosten auf meine Rechnung zu setzen. Auf diese gute Nachricht hin teilten sie mir mit, was ich schon wußte: das Zimmer neben meiner Suite stehe leer. Die Zimmermädchen würden es sofort für einen Gast vorbereiten.

Ich bat darum, vor halb neun Blumen und Champagner hinaufzuschicken; dann fuhr ich voller Vorfreude nach oben.

[illegible]

8. Kapitel

Wie üblich sprach ich bei meinen abendlichen Telefonaten zuerst mit meinem Vater. Er klang müde und gleichgültig, fragte, wo ich sei. Ich erklärte es ihm, aber er unterbrach mich. »Es ist vorbei, Carl. Es lohnt sich nicht, noch mehr Zeit oder Geld zu verschwenden. Zum Teufel mit Larry Lucas. Fahr nach Frankreich zurück, und führ dein Leben weiter!«

»Um Gottes willen, was ist passiert?«

»Vor mir liegen zwei Briefe. Einer ist an mich adressiert, der zweite ist eine Fotokopie des Schreibens, das Madi heute morgen erhalten hat. Beide sind per Kurier von Rom aus abgeschickt worden. Beide tragen Larrys Handschrift. Es gibt keinen Zweifel an ihrer Echtheit. Ich lese dir den Brief an mich vor:

›Lieber Mr. Strassberger,
das ist ein Abschiedsbrief. Ich schreibe ihn voller Respekt, verlasse mich darauf, daß Sie mir das glauben. Heute abend fange ich ein völlig anderes Leben an, das, wie ich vielleicht vergeblich bete, glücklicher sein wird. Ich weiß, daß meine jähe Abreise aus New York allen große Sorgen gemacht hat. Es hat mich gekränkt, als Sie beschlossen, meine Geschäfte in Paris überprüfen zu lassen. Im Rückblick erkenne ich, daß das absolut

typisch für Sie war. Sie waren immer ein loyaler Treuhänder der Interessen Ihrer Kunden. Ich hoffe, Sie räumen jetzt ein, daß ich ein loyaler Treuhänder Ihrer Interessen war und daß ich Strassberger etwas reicher gemacht habe. Dafür sind Sie mir nichts schuldig. Zwischen uns gibt es keine Verpflichtungen mehr.

Jedoch möchte ich Sie um etwas bitten. Ich habe heute an Madi geschrieben und sie gebeten, die Scheidung einzureichen. Sie hat reichlich Grund dazu. Von mir aus sind keine Einsprüche wegen des Eigentums oder des Sorgerechts für die Kinder zu erwarten. Ich liebe sie, aber ich weiß, daß sie in der Obhut der Strassbergers sicherer und besser aufgehoben sind als in der meinen. Ich hoffe nur, daß in ihre Erinnerung an ihren Vater keine Bitterkeit gegossen wird. Ich wünsche mir, ja, ich flehe Sie an, Madi zu raten, daß sie so schnell wie möglich das Scheidungsverfahren einleitet. Ein sauberer Schnitt ist am besten für alle. Ich hätte das von Anfang an tun sollen.

Mit aufrichtigem Respekt für Sie und Ihre Gattin,
Larry

PS: Mir ist zu Ohren gekommen, daß Sie möglicherweise Carl losschicken, meine Spur aufzunehmen und mich nach Hause zurückzulocken. Machen Sie sich nicht die Mühe. Er würde nur seine Zeit vergeuden. Ich mag ihn, aber ich habe mehr clevere Typen auf meiner Seite als er, und mein Finger klebt ständig am Schnellauslöser.‹«

Mein Vater machte nach dem Vorlesen keine Pause. Ich hörte Papier rascheln, als er zur nächsten Seite griff und mit monotoner Stimme fortfuhr, mir Larrys Brief an Madi vorzulesen.

»›Meine liebe Madi,
ich habe diesen Brief voller Bitterkeit und Zorn angefangen, aber jetzt ist die Bitterkeit verraucht, und das Gebrodel der Emotionen, mit denen ich viel zu lange gelebt habe, ist zu einem ausgetrockneten Bodensatz geworden.

Unsere Ehe ist verpfuscht, weil ich verpfuscht bin. Ich muß mit mir leben, aber Du und unsere Kinder, Ihr müßt nicht damit leben. Was Du auch noch an Liebe für mich übrig haben magst – nach all dem kann es nicht mehr viel sein –, schenke sie den Kindern. Sorg dafür, daß sie ihren Vater in guter Erinnerung behalten, der sie auf seine verrückte Weise geliebt hat und immer noch liebt. Rede ihnen nur nicht den Glauben ein, daß ich zurückkomme. Ich komme nicht zurück. Heute abend reise ich von hier aus an einen Ort, an dem ich so glücklich leben will, wie es mir möglich ist, und an dem ich sterben kann, wenn es unerträglich langweilig wird.

Ich wünschte mir nur, mein Abgang aus unserem Leben wäre besser verlaufen. Bei solchen Dingen habe ich immer versagt. Ich kann nichts dagegen tun, wenn die schwarzen Teufel Macht über mich bekommen. Ihr Strassbergers seid anders. Ihr seid alle dazu erzogen worden – ziemlich brutal, wie ich hinzufügen möchte –, unter Druck Haltung zu bewahren. Ich bin das Gegenteil: keine Erziehung, keine Haltung. Sobald ich unter Druck stehe, explodiere ich oder falle in mich zusammen. Wie auch immer, ich bin kein Umgang für kultivierte Menschen. Ich kann nur sagen, daß mein Leben von nun an eine Erfahrung für mich allein sein muß, daß ich es nicht riskieren kann, es mit anderen Menschen zu teilen. Ich habe versucht, an Alma Levy zu schreiben, aber ich konnte es nicht. Zeig ihr einfach diesen Brief und bitte sie, Dir seinen Sinn zu entschlüsseln.

Ich würde Dir so gern schreiben, daß ich Dich liebe, aber ich weiß, das würde wie Hohn klingen, obwohl es keiner ist. Es ist nur so, daß ich überhaupt nichts mehr empfinde. Ich bin wie der Mann, der seinen Schatten verloren hat. Für jemanden, dem das noch nie widerfahren ist, muß das völlig unverständlich klingen; es ist nicht möglich, es zu schildern. Reiche die Scheidung ein, Madi. Verbanne mich aus Eurem Leben. Beeil Dich. Je schneller und sauberer das erledigt wird, desto besser für uns alle. Du weißt, daß ich lange Abschiede immer verabscheut habe.

Larry.‹«

Beim Verlesen der letzten Worte brach meinem Vater kurz die Stimme. Er erholte sich soweit, daß er ein eigenes, knappes Postskriptum hinzufügen konnte.

»Ich habe Madi gesehen, ihr geraten, sie solle genau das tun, worum Larry sie bittet. Sie will aber erst mit Doktor Levy sprechen.«

»Ehe du weitere Ratschläge gibst, Vater, möchte ich, daß du etwas für mich tust. Schicke ein Fax beider Briefe mit dem Namen des Kuriers und dem Absendedatum in Rom an Sergio Carlino im Mailänder Büro von Corsec. Bitte, mach das gleich, nachdem du aufgelegt hast.«

»Das mache ich selbstverständlich. Aber meiner Ansicht nach solltest du jetzt aufgeben.«

»Da bin ich mir nicht so sicher.«

»Warum?«

»Mir gefällt der Gedanke nicht, daß wir unseren Kurs von einem Kranken bestimmen lassen. Sieh's mal anders: Wir haben eine Menge Geld für unsere Abmachung mit Corsec ausgegeben, für alle Vorkehrungen, die ich für mich getroffen habe und du für mich. Das gibt uns niemand zurück. Ich möchte gern Ergebnisse sehen – wenigstens möchte ich wissen, wohin Larry unterwegs ist, und was er macht, wenn er dort ankommt. Denk dran, er weiß alles, was es über Strassberger zu wissen gibt, die Organisation, die Aktivitäten. Aus diesem Grund sollten wir ihn im Auge behalten. Was Madi anlangt, sie wird eigene Entscheidungen treffen und hat Alma Levy, die ihr hilft. Die Familie sollte sich nicht einmischen, vor allem du nicht. Hör einfach zu und gib ihr Trost.«

»Und was machst du in der Zwischenzeit?«

»Ich bin hier in Verona, male und amüsiere mich, bis Sergio Carlino mir Larrys Ziel nennen kann.«

»Gut, ich habe dir gesagt, was ich davon halte.«

»Das hast du, Vater. Ich denke darüber nach.«

»Sprichst du mit Madi?«

»Bald, ja.«

»Weißt du, Carl, ich bin sehr wütend auf diesen Mann. Er hat uns allen viel Leid angetan.«

»Ich weiß. Du solltest dich jetzt aus der ganzen Angelegenheit heraushalten und mich den Rest erledigen lassen. Liebe Grüße an Mutter und denk dran, daß ich dich auch liebe.«

»Es hilft mir, das zu wissen, mein Sohn. Bleib in Verbindung mit mir.«

Mein nächster Anruf galt Alma Levy. Madi hatte eben ihre Praxis verlassen. Alma Levy hatte Larrys Briefe gelesen. Zu meiner Überraschung war sie der Meinung, Madi solle das Scheidungsverfahren einleiten. Ihre Begründung hörte sich schlicht und pragmatisch an. Larry sei nicht erreichbar. Die Scheidung brauche Zeit, sie werde jedoch dabei helfen, Madis Lage zu klären und sie in ihrer Handlungsfreiheit bestätigen. Für mich hatte Alma Levy einen anderen Rat.

»Die Briefe sind in Spiegelschrift geschrieben, Carl. Alles bedeutet das Gegenteil dessen, was es scheint. Die Briefe sind ein Hilferuf, aber Larry fühlt sich über Hilfe erhaben. Er hat verzweifelte Angst, und dennoch wird er destruktiv und verbrennt die Brücken, die er zur Rückkehr braucht. Er gibt vor, Sie zu verachten, weil Sie nicht schlau genug seien, aber er hofft gegen alle Hoffnung, daß Sie die Suche nicht aufgeben, selbst wenn er sie Ihnen erschwert – was er tun wird.«

»Ehrlich gesagt, ich möchte ihm den Hals brechen.«

»Genau das will er ja, Carl.« In ihrem Lachen klang echte Heiterkeit mit. »Er will herausfinden, ob Sie stark genug sind, nicht Larry Lucas, sondern den Dämonen, die ihn heimsuchen, einen Dämpfer aufzusetzen. Er fordert Sie zum Gefecht. Wenn Sie die Herausforderung nicht annehmen, ist er nur noch ein ramponierter Clown, der in einer leeren Manege um sich schlägt. Sobald es dazu kommt, bringt er sich um.«

»Warum hat er an Madi und meinen Vater geschrieben und nicht an Sie?«

»Wieder die Spiegelschrift. Genau deshalb, weil er weiß, daß ich ihn behandeln kann, weil er weiß, daß er mir nichts vormachen kann, weil ich der letzte Anker seiner Selbstachtung bin. Deshalb – so sieht die verrückte Logik seines Lebens aus –, deshalb will er sich mir nicht stellen.«

»Falls Sie bereit wären zu reisen, Doktor, sobald ich weiß, wo er ist, dann könnte ich...«

»Leider unmöglich.« Sie sagte das sehr energisch. »Viele andere Menschen hängen von mir ab. Ich kann die vielen nicht wegen eines einzelnen verlassen.«

»Ich verstehe. Ich hätte Sie nicht darum bitten sollen.«

»Versuchen Sie, noch etwas zu verstehen. Falls ich jetzt mit Larry spräche, würde ich ihm die gleiche Botschaft vermitteln: ›Wenn Sie mich brauchen, müssen Sie auf mich zugehen.‹«

»Aber Sie raten mir genau das Gegenteil. Sie drängen mich, die Suche fortzusetzen.«

»Weil genau das Ihre Rolle ist, Carl. Sie sind der Bote. Sie bringen die Nachricht von der möglichen Rettung.«

»Wird der Bote nicht manchmal erschossen?«

»Manchmal«, sagte Alma Levy traurig. »Im besten Fall ist es eine undankbare Aufgabe.«

Ich mußte noch zwei Telefonate führen. Das erste galt Carlino in Mailand, um ihm mitzuteilen, er erhalte per Fax Kopien von Larrys Abschiedsbriefen. Das Datum und Larrys kleiner Ausrutscher »Heut abend ...« könnten dazu beitragen, unser Suchgebiet einzugrenzen. Flugpläne des Flughafens Fumicino für den fraglichen Abend könnten wenigstens die Bandbreite der Zielorte einengen. Carlino, herablassend wie immer, zollte mir eingeschränkte Anerkennung. »Sie sind schlau, mein Freund. Wenn Sie ein bißchen jünger wären, würde ich Sie für die Firma anwerben. Jetzt sagen Sie mir, wie vertreiben Sie sich die Zeit?«

»Ich bewirte eine Dame.«

»Eine Dame aus Verona?« Ich konnte förmlich sehen, wie er die Augenbrauen hochzog, als er die Frage stellte.

»Nein, eine Amerikanerin, Akademikerin.«

»Stets eine interessante Wahl. Die Wissenschaft ist ein Beruf, der Isolation mit sich bringt. Alle leiden unter der Disziplin und begrüßen die besänftigenden Hände eines Liebhabers. Ich wünsche Ihnen Glück. Was haben Sie vor, für den Fall, daß wir Kontakt mit Ihnen aufnehmen wollen?«

»Das Hotel bleibt meine Basis. Tagsüber bin ich auf dem Land zwischen hier und Venedig unterwegs.«

»Mit der Dame?«

»Möglicherweise.«

»Wenn Sie Ihren Aufenthaltsort wechseln, lassen Sie es mich unbedingt wissen. Amüsieren Sie sich! Überlassen Sie mir die Sorge um unseren streunenden Freund!«

»Ich werde Ihren Rat beherzigen, Carlino!« Das meinte ich ehrlich. Wie mein Vater empfand ich kein Vergnügen bei dem Gedanken, mich von Larry Lucas wie von einem Rattenfänger um die Welt führen zu lassen. Meine Motive, die Suche fortzusetzen, waren sehr gemischt. Etliche waren sogar banal. Ich wollte die Schmähung nicht hinnehmen, ich hätte nicht genug clevere Typen auf meiner Seite, um den Mistkerl zu finden. Wir hatten eine hirnrissige Menge an Mühe und Geld für ihn verwendet. Ich wollte ein Resultat sehen, wie illusorisch das auch sein mochte. Hinzu kam noch, daß ich ein klammheimliches Mitgefühl mit seiner Not einräumen mußte – eine fragile Psyche, gekettet an den Mühlstein von Geld und Geschäft, wie ich es früher gewesen war. Ich war ohne Narben entkommen. Ihn plagten außerdem noch andere Dämonen.

Ich rief Vianney in Paris an. Ich wollte seine Interpretation eines Satzes, den Larry in dem Brief an meinen Vater geschrieben hatte: »Mir ist zu Ohren gekommen, daß Sie möglicherweise Carl losschicken, damit er meine Spur aufnimmt und mich nach Hause zurücklockt ...« Ich trug den Gedanken Vianney vor.

»Wir wissen, daß Larry kurz vor meiner Ankunft in Paris war. Wir wissen, daß er mit Liliane Prévost vom Reisebüro Simonetta zusammen war. Wir wissen, daß er im gleichen Zeitraum mindestens einmal Kontakt mit Claudine Parmentier aufgenommen hat. Claudine ist jetzt eingestandenermaßen die Geliebte von Liliane Prévost. Frage eins: Hat sie Larry von meiner bevorstehenden Ankunft erzählt? Frage zwei, viel wichtiger: Hat Claudine Liliane Prévost nach meiner Abreise mit weiteren Informationen versorgt? Ich habe einen Brief, in dem sie schwört, keinerlei Firmengeheimnisse verraten zu haben; sie hat aber schon einmal gelogen. Lügt sie jetzt? Falls ja, könnte ich in üblen Schereien stecken.«

»Das verstehe ich.« Vianney gab sich wie üblich reserviert. »Ich weiß im Augenblick nicht, wie ich das Problem angehen soll. Falls Claudine lügt, wird sie wieder lügen. Falls sie die Wahrheit sagt, ist sie beleidigt, und wir verlieren ein hervorragendes Mitglied des Personals. Ich will jedoch darüber nachdenken. Wie geht es Ihnen?«

»Ganz gut. Ich warte auf die Ergebnisse laufender Ermittlungen.«

»Dann dürfen Sie mir nicht sagen, was für Ermittlungen das sind. Ich möchte nicht in den Verdacht geraten, Informationen durchsickern zu lassen.«

»Vianney, Sie sind ein guter Bankier, aber im Grunde sind Sie ein Pferdearsch! Gute Nacht.«

Und das, schien mir, reichte für einen Tag. Ich hatte mit dem Gedanken gespielt, Arlette anzurufen. Dann überlegte ich es mir anders. Ich wollte sie nicht anlügen, aber auf keinen Fall wollte ich ihr gegenüber Rechenschaft ablegen über meine Nächte und Tage mit einer anderen Frau im Veneto.

Diese Entscheidung, sagte ich mir, war ein Befreiungsakt. Von mir wurde nicht verlangt, wie der Prophet in seinem Sarg zwischen Kuppel und Pflaster zu schweben, während Arlette sich überlegte, ob sie mich heiraten wollte. Was Larry Lucas anlangte, hatte die Familie mich von meinen Pflichten entbunden. Daß ich sie weiter auf mich nahm, war der freie Akt eines freien Menschen. Ich hatte Geld und Mühe investiert. Ich hatte in der Person von Sergio Carlino einen kompetenten Delegierten beauftragt. Bis er mich rief, hatte ich die Freiheit, mich zu amüsieren. Als ich in den Rasierspiegel schaute, sah ich die klaren Augen eines Gerechten – und ein stoppliges Gesicht, das mich fast, aber nicht ganz, von dem Plan abbrachte, mir einen Bart wachsen zu lassen. Mein befreites Gewissen versicherte mir wieder, es sei mein Gesicht, mein Bart; ich konnte damit machen, was ich wollte. Eine Welle des Hochgefühls überkam mich und trug mich nach oben. Zu meinem Vergnügen ertappte ich mich dabei, wie ich unter der Dusche, mit ganz annehmbarer Stimme das triumphierende Finale von »*Nessun dorma*« sang: Morgen gehört mir der Sieg.

In Wirklichkeit mußte ich nicht bis zum Morgen auf meinen Sieg warten. Pünktlich um halb neun traf Ellie Milland ein, mit einem Koffer, Handgepäck und der eindeutigen Absicht, sich bei mir im Due Torri einzuquartieren. Sie war auf dezente Weise elegant, trug ein schwarzes Cocktailkleid mit einer altmodischen Kameebrosche an der Brust, ein goldenes Armband und einen Brillantring, beide im alten florentinischen Stil. Ihr dunkles Haar hielt ein enges Samtnetz, in dessen Mitte ein kleines Goldornament im Licht schimmerte. Sie sah gut aus und wußte es. Sie gab mir ein gutes Gefühl und wußte auch das. Das war nicht mehr die ausgelassene Göre aus dem Pantalone, sondern eine sehr selbstbewußte Dame, darauf vorbereitet, einen mondänen Abend im mondänsten Hotel zu verbringen, das Verona zu bieten hatte.

Sie trug sich am Tresen ein. Wir ließen das Gepäck aufs Zimmer bringen und gingen sofort in die Bar, um vor dem Essen Champagner zu trinken. Jetzt eilte es nicht mehr. Das war nur das Vorspiel zum Paarungsritual, die langsame Pavane, bei der sich die Verliebten vorführten, ehe sie sich zu Tisch setzten, lange, lange, ehe sie sich ins Schlafgemach zurückzogen. Wir hatten den Champagner halb ausgetrunken, als Ellie bemerkte: »Sie hatten recht, was das Hotel anlangt. Es schindet Eindruck, aber ich habe das Gefühl, wir passen hierher, meinen Sie nicht auch, Mr. Benson?«

»Unbedingt, Ms. Milland.«

»Es muß die Welt kosten, hier zu wohnen.«

»Stimmt – und eine Scheibe vom Mond dazu.«

»Ich bin jedenfalls bereit, es zu genießen, solange Ihr Geld reicht.«

»Es wird reichen, das versichere ich Ihnen, aber falls nicht, bleibt uns immer noch die Straße!«

»Das geht von mir aus auch in Ordnung.« Sie streckte die Hand aus, um mir die Wange zu streicheln, und zog sie schnell wieder zurück. »Sie haben sich nicht rasiert.«

»Ich habe beschlossen, mir einen Bart wachsen zu lassen. Mein Barbier hat ihn heute morgen zum ersten Mal in Form gebracht. Er meint, er werde sehr gut aussehen – wie bei einem venezianischen Dogen. Außerdem hat er mir erzählt, daß Verona früher einen Vasallenvertrag mit der venezianischen Republik geschlossen hat und sich dadurch Wohlstand und Schutz sicherte.«

»Was hat das damit zu tun, sich einen Bart wachsen zu lassen?«

»Vermutlich nichts. Die Geschichte besteht aus überlieferten Tatsachen. Das mit dem Bart ist einfach eine Laune von mir.«

»Ist das nicht unangenehm?«

»Für mich, anfangs ein bißchen. Für Sie hoffentlich nicht. Es gibt ein altes Sprichwort: ›Ein Kuß ohne Bart ist wie ein Ei ohne Salz.‹ Wie auch immer, ich hab gedacht, er sorgt für ein interessanteres Selbstbildnis.«

»Wenn ich so darüber nachdenke …« Sie lehnte sich ein wenig zurück und musterte mich. »Wenn ich so darüber nachdenke, ja, das könnte sein. Ich verschiebe das Urteil ein paar Tage und schaue dann, was beim Wachsen herauskommt.«

Ich hob mein Glas zum Toast.

»Trinken wir auf die nächsten Tage.«

»Auf daß sie glücklich sein mögen«, sagte Ellie Milland.

»Das werden sie. Ich verspreche es.«

Was natürlich eine törichte und überhebliche Bemerkung war. Bei den alten Römern gab es zu diesem Thema zwei Warnungen. Die mildere lautete schlicht, die Götter hätten vielleicht etwas anderes im Sinn. Beängstigender war die zweite: Wen die Götter vernichten wollten, machten sie zuerst wahnsinnig. Wenn man mit einer lebhaften und entgegenkommenden Dame Champagner trinkt, klingen solche Warnungen natürlich schwach und weit weg, falls man sie überhaupt hört.

Ich trieb auf einer weißen, flauschigen Wolke des Wohlgefühls durch den Abend. Liebend gern war ich mit dieser Frau zusammen. Ich war sogar noch glücklicher mit Edgar Francis Benson, hinter dessen Identität, fragil wie ein Kartenhaus, ich mich tarnte. Es gelang ihm, Ellie Millands schlaue Verhörfragen in eine Art Schachspiel zu verwandeln. Es gab jedoch ein paar Fragen, deren Beantwortung nicht einmal der clevere Edgar Francis Benson ausweichen konnte.

»Wo stellen Sie aus, Edgar?«

»Ich stelle nicht aus. Eine Reihe von Leuten in Kanada,

den Vereinigten Staaten und Frankreich nehmen meine Arbeiten in Kommission.«

»Und das reicht für diesen Lebensstil?«

»Teufel, nein! Ich habe Privatvermögen.«

»Glücklicher Edgar!«

»Und wie vermarkten Sie Ihre Schmuckentwürfe?«

»Ganz ähnlich wie Sie, nehm ich an. Ich habe zwei Juweliere mit großen Namen, einen in New York, einen in L. A., mit denen ich einen Vertrag für meine Entwürfe habe. Ich halte jedes Jahr eine Vorlesungsreihe über Schmuckdesign, und zusammen mit meiner Arbeit an der Uni ernährt mich das. Ich möchte liebend gern Zugang zu den großen italienischen Juwelieren finden, wie Bulgari oder auch Buccellati.«

»Auf den ersten Blick würde ich sagen, daß der Ring, den Sie tragen, von Buccellati ist.«

Sie lächelte und schüttelte den Kopf.

»Es ist ein Entwurf von Buccellati. Ich habe ihn für mich abgeändert, sogar den Schliff und das Einsetzen selbst erledigt. Ich war sehr stolz, als ich damit fertig war.«

»Mit Recht. Darf ich ihn mir aus der Nähe ansehen?«

Darauf folgte natürlich ein kurzes Zwischenspiel des Händchenhaltens, während wir auf den nächsten Gang warteten und die Neuankömmlinge im Speisesaal musterten. Auch sie beobachteten uns. Die Spiele zwischen Verliebten sind in der Stadt von Romeo und Julia eine öffentliche Angelegenheit. Unseres verlief gut, weil wir beide mit den Ritualen vertraut waren und sie fröhlich spielten wie gut ausgebildete Schauspieler. Ellie Milland gab auch dazu einen verstohlenen Kommentar ab.

»Wieso haben Sie nie geheiratet? Sie haben eindeutig Erfahrung.«

»Nur mit Frauen, falls Ihnen das Sorgen machen sollte.«

»Heutzutage ist das ein Thema, über das sich Frauen Sorgen machen müssen. Aber Sie haben meine Frage nicht beantwortet.«

»Meine Mutter hat gern Thomas Moore zitiert, der ein Freund Byrons und selbst kein schlechter Lyriker war. ›Unter vielen fällt es dir schwer, dich für die eine zu entscheiden.‹ Es hat in meinem Leben immer Frauen gegeben. Es ist mir gelungen, mit den meisten befreundet zu bleiben. Also hat es mir mit dem Heiraten nie geeilt.«

»Sie hatten es zu leicht, Edgar Benson. Ich hoffe, Sie haben die Suche noch nicht aufgegeben.«

»Zum Teufel, nein! Wäre ich sonst hier?«

Ich erinnere mich sehr gut an diese leichtsinnige Bemerkung. Ich erinnere mich an den raschen Blick, mit dem sie mich bedachte, und daran, wie froh ich war, als der Kellner mit dem nächsten Gang kam. Ich erinnere mich außerdem daran, daß mir dabei bewußt wurde, wie hoch ich auf meiner flauschigen Wolke trieb und lieber nicht mehr viel trinken sollte. Dieser Edgar Francis Benson mit seinem Stoppelbart und seinem verwegenen Geschwätz ging beim Spielen ein hohes Risiko ein.

Nach dem Essen verzichteten wir auf Kaffee und Likör und fuhren in schweigender Umarmung nach oben. Als sie die nebeneinanderliegenden Zimmer, die Blumen und den Morgenmantel auf ihrem Bett sah, stemmte Ellie Milland die Hände in die Hüften und bedachte mich mit einem anerkennenden Pfiff.

»Eins muß man ihm lassen! Der Mann hat Stil!«

Sie küßte mich lange und leidenschaftlich und schob mich dann weg.

»So, jetzt scher dich hier raus wie der Teufel und gib mir die Gelegenheit, mich vorzubereiten. Du kennst die Regeln. Sicherer Sex oder kein Sex! Danach ist alles erlaubt.«

Inzwischen trieb die flauschige weiße Wolke hoch über einem Meer aus Mondschein und Sternenlicht; aber der Seegang war heftig, und wir gerieten in einen Sturm bis zur Erschöpfung. Als ich aufwachte, war es sieben Uhr morgens, und Ellie Milland stand unter der Dusche und krähte: »Nimm mich mit zum Spiel!«

Um neun waren wir unterwegs und fuhren in Richtung Vicenza, die Stadt des Architekten Palladio und das Tor zum fruchtbaren Land zwischen dem Adige und dem Brenner. Nicht einmal den barbarischen Bauherren des zwanzigsten Jahrhunderts ist es gelungen, diese Landschaft völlig zu verderben. Zwischen dem Windschutz aus Akazien erstrecken sich immer noch Felder mit Zuckerrüben und Mais, Obstgärten und die Girlanden aus Reben zwischen den Ulmen.

Wir fuhren über die Nebenstraßen, hielten von Zeit zu Zeit an, damit Ellie fotografieren und ich zeichnen konnte. Unser Zeitplan war, in Vicenza einzutreffen, ehe das Teatro Olimpico und das Museo Civico über Mittag schlossen. Die Arbeit an der frischen Luft tat mir gut. Ich mußte den Bann der Architektur durchbrechen, lockerer zeichnen und den Farben freien Lauf lassen. Trotzdem ertappte ich mich dabei, daß ich wie immer arbeitete – strenge Skizzen, danach die Farbtupfer und die Abstraktion. Nachdem sie mich eine Weile beobachtet hatte, bemerkte Ellie: »Du hattest eine gute akademische Ausbildung.«

»Stimmt, ja. Ich kenne alle alten Sprüche: Vor dem Weglassen erst alles hineinlegen ... erst schaffen, dann zerstören ... Das ist nicht immer ein Vorteil.«

»Auch das merkt man. Du kannst dich zwar befreien, aber auf gewisse Weise mußt du das ursprüngliche Ritual absolvieren. Du bist wie ein Zauberkünstler, mußt die richtigen Handbewegungen über dem Zylinder machen, ehe du die Tauben herausflattern läßt.«

Ich legte eine schnelle, abstrakte Gouache einer Zeichnung, die ich eben skizziert hatte, auf den Boden: Im Vordergrund Weizenfelder mit den Vorbergen vor dem fernen Lila der Alpenabhänge. Vier Pinselstriche, und plötzlich stimmte alles. Ich hielt Ellie das Blatt zur Inspektion hin. Sie nickte kurz und anerkennend.

»Gut! Jetzt frage ich dich, warum nicht gleich so, ohne die Skizze?«

»Ich brauche die Skizze für später. Außerdem, wo liegt das Problem? So fällt es mir leichter.«

»Vielleicht ginge es besser und schneller, wenn es dir nicht so leicht fiele.«

»Das, meine liebe Ellie, ist reines Akademikergewäsch! Deine Schmuckstücke nehmen auch nicht dadurch Form an, daß du auf dem Metall herumhämmerst. Du arbeitest Schritt für Schritt ...«

»Das kann man nicht vergleichen!«

»Küß mich doch, und versuch nicht, mir etwas beweisen zu wollen.«

Sie zögerte einen Augenblick und ergab sich dann mit einem widerstrebenden Grinsen. Wir stiegen wieder ins Auto und fuhren nach Vicenza.

Unterwegs belehrte mich Ellie über Palladio, seinen besonderen Beitrag zur Architektur und vor allem die berühmte Scheinarchitekturbühne, das Prächtigste am Teatro Olimpico – Torbögen, die sich scheinbar zu den Straßen und Gassen einer ganzen Stadt öffnen und in Wahrheit nur ein paar Meter tief sind. Ellies Wissen war exakt und ausführlich. Sie sprach mit echter Begeisterung. Ich hörte schweigend zu, ständig abgelenkt durch die Ironie der Situation.

Ihr Fachgebiet war Kunstgeschichte, und sie führte mich alle Haupt- und Nebenwege entlang. Mein Fachgebiet war Architektur. Ich hatte es mir als Studienfach fürs Leben ausgesucht, konnte aber kein Wort sagen, weil es ein wesentlicher Teil der Identität war, die ich abstreifen wollte.

Langsam stellte sich eine zweite, subtilere Ironie ein. Auch Ellie Milland war eine gespaltene Seele. Im Bett war sie eine leidenschaftliche und erfahrene Geliebte. Außerhalb des Bettes war sie eine Art Blaustrumpf, eifrig bemüht, ihr Wissen vorzuführen, vorsichtig darauf bedacht, ihre Bildungslücken zu verbergen. Hinzu kam noch, daß sie schon einmal in die Falle der Ehe getappt und nun versessen darauf war, daß alle künftigen Paarungsspiele nach ihren Regeln verliefen.

Das war nicht alles gleich zu erkennen. Ich wollte mich mit ihr amüsieren, deshalb verdrängte ich die schweifenden Gedanken weit nach hinten in meinen Hirnkasten, in der Hoffnung, daß sie dort blieben. Ein Gedanke blieb etwas länger hängen als die anderen: meine Beziehung zu Arlette hatte sich so zurechtgeschliffen, daß wir uns in ihr wohl fühlten. Wir hatten gelernt, uns stenographisch zu verständigen – wir mußten die Worte nicht mehr buchstabieren oder jeden Streit analysieren. Falls sie mich nicht heiraten wollte, was dann? War ich bereit, mich wiederum stutzen und abschleifen zu lassen, damit ich zu einer anderen Frau paßte? Und falls ich nicht bereit dazu war? Dann, das sagte mir der gesunde Menschenverstand der Strassbergers, sollte ich nicht allzu abhängig werden vom Bettspiel mit Ellie Milland, und ich durfte nicht zulassen, daß sie abhängig von der Gesellschaft des fiktiven Edgar Francis Benson wurde.

Das Teatro Olimpico sorgte für ein fröhliches kleines Zwischenspiel. Wir betraten die Bühne, probierten in einem kurzen Duett unsere Stimmen aus. Ich machte eine schnelle Zeichnung von Ellie, als sie aus dem klassischen Torbogen mit den dahinter angedeuteten Straßen kam. Dann gingen wir, entschuldigten uns beim Wärter, weil wir ihn so lange vom Mittagessen abgehalten hatten, mit einem Trinkgeld, das sein Mahl würzen sollte.

Wir hatten gerade noch Zeit, den Zwergen an der Villa dei Nani einen Besuch abzustatten. Eine traurige Legende behauptet, sie seien von einem liebevollen Vater, dessen Tochter eine Zwergin war, auf der Gartenmauer aufgestellt worden. Er wollte dem Kind einreden, die Welt werde von kleinen Geschöpfen, wie es selbst eines war, bewohnt. Als sie die traurige Wahrheit herausfand – daß die Welt voller Ungeheuer ist –, brachte sie sich um.

Die Geschichte ist traurig, aber in der Villa schufen die Fresken von Tiepolo und seinem Sohn eine andere Phantasiewelt, gesichert gegen jegliches Eindringen der Wirklichkeit. Wieder hielt mir Ellie einen fröhlichen Vortrag; aber dieses Mal ergab ich mich mit allen Anzeichen des Vergnügens in den Fluß ihrer Eloquenz. Ich habe an verbalen Ergüssen über Kunst in sichtbarer Form nie Freude gehabt; deshalb bin ich noch immer stolz auf meine lächelnde Geduld.

Nach den Zwergen und Tiepolos bogen wir von der Hauptstraße auf einen Feldweg ab, wo wir unter hellblauem Himmel am Rand eines Weizenfeldes picknickten. Danach liebten wir uns im Gras – dieses Mal ruhig und spielerisch, was für uns beide, glaube ich, die quälenden Gedanken immer tiefer in die Finsternis des Unbewußten trieb.

In der Ruhe der Nachglut, während eine Misteldrossel uns neugierig mit schiefgelegtem Kopf musterte, machte mir Ellie Milland ein aufrichtiges Geständnis.

»Das ist das Allerbeste daran. Das Verlangen ist ganz befriedigt. Die Leidenschaft ist aufgebraucht. Man ist erfüllt von einander, leer von sich selbst ... Es gibt niemanden, mit dem man konkurrieren müßte, es gibt nichts zu beweisen. Ich kann sogar glauben, daß es mir eines Tages vielleicht gelingt, mich zu mögen. Dann sage ich mir, ich dürfe nicht zu viel verlangen, müsse diesen einen Augenblick genießen ...« Ehe ich antworten konnte, verschloß sie mir den Mund mit den Fingerspitzen. »Du brauchst gar nichts zu sagen. Du bist ein guter Liebhaber, und du gibst mir auch ein gutes Gefühl; aber da ist ein anderes Du, das in einem anderen Raum lebt ... Ich weiß, daß dieses Du da ist. Ich hoffe, eines Tages wird es mich einladen.«

Als sie mich schließlich sprechen ließ, sagte ich sanft zu ihr: »Eben hast du mir eine andere Ellie Milland gezeigt.«

»Es freut mich, daß ich dir ein Geheimnis zu bieten habe. Ich glaube, davor habe ich Angst: Was bleibt, wenn das Geheimnis verschwunden ist?«

»Frag mich nicht jetzt danach. Bleib einfach so liegen. Rühr dich nicht!«

Ich eilte zurück zum Auto, um meinen Skizzenblock zu

holen. Als ich wiederkam, lag sie genauso da, wie ich sie verlassen hatte – ausgestreckt im Gras, die Brüste unter der offenen Bluse entblößt, eine Hand unter der Wange, die andere an der Hüfte, die geöffneten Jeans so, daß die Bauchwölbung sichtbar war. Ich ließ mir Zeit, und es wurde eine sehr sinnliche Studie daraus, die das Hochgefühl der Hingabe und der Erlösung einfing, in dem sich beide nach der Vereinigung befanden.

Ich zeigte es Ellie. Sie sagte schlicht: »Sehr gut. Außerdem ein hübsches Kompliment. Heb's für mich auf. Zeig's mir, wenn ich moralischen Auftrieb brauche. Jetzt hilf mir hoch und laß uns weiterfahren.«

Es war immer noch Nachmittag und Padua nur zwanzig Kilometer entfernt; deshalb beschlossen wir, uns wenigstens einen Vorgeschmack auf die Stadt zu gönnen und vielleicht das Grabmal ihres berühmtesten Bürgers zu besuchen, des heiligen Antonius. Zu seinen Eigenschaften gehört das Wiederfinden verlorener Dinge; deshalb hegte ich die schwache Hoffnung, die ich Ellie leider nicht offenbaren konnte, der Heilige zeige mir vielleicht den Weg zu Larry Lucas.

Ellie zuckte beim Anblick der großen, rechteckigen Grabplatte zurück, auch vor den zahlreichen Anhängern, die sich darum versammelten, Schals und Taschentücher über die Steine streifen ließen, um etwas von der Aura des schon lange toten Wundertäters einzufangen. Ich überredete sie dazu, mit mir das kleine Pilgerritual zu vollziehen, damit sie sagen könne, sie habe es getan. Widerstrebend machte sie es mir nach, ohne eine gewisse Urangst ablegen zu können.

Danach machten wir uns auf zu einem weiteren Pilgerweg, zu den berühmten Fresken von Giotto in der Kapelle dell'Arena, die ein Bilderbuch des Lebens Christi und der heiligen Jungfrau sind. Die schiere Pracht der Fresken und das Wunder ihrer Erhaltung, während die nahe Augustinerkirche von britischen Bomben getroffen und alle Mantegnas zerstört worden waren, brachten Ellie vor Staunen zum Schweigen.

Wir tranken im Café Pedrocchi Kaffee, wo sich früher die Helden des Risorgimento versammelt hatten. Wir blieben kurz stehen, um den großen Erasmus da Narni zu begrüßen, den die Paduaner immer noch »Gattamelata« nennen, arrogant und triumphierend wie an dem Tag, als Donatello ihn geschaffen hatte. Es blieb keine Zeit, die Universität zu besichtigen, die seit dem dreizehnten Jahrhundert einen besonderen Platz in der europäischen Medizingeschichte einnimmt. Ich versprach Ellie, daß wir ihr einen ganz eigenen Besuch abstatten würden, wenn ich sie zu ihren Freunden nach Venedig brachte. Jetzt mußten wir uns erst einmal mühsam einen Weg aus der Stadt bahnen und auf die weniger vollen Nebenstraßen nach Verona zurückfinden.

Ellie war erschöpft, und irgendwann in der Nähe von Vicenza schlief sie ein, kuschelte den dunklen Kopf an meine Schulter. Es war ein angenehmes Ende eines geselligen Tages, von dem ich hoffte, er möge mit einem heißen Bad und einem Abendessen in unserer Suite ausklingen.

Im Due Torri angekommen, ließ ich meine Malsachen im abgeschlossene Kofferraum, gab dem Portier Geld, damit einer seiner Pagen den Tank auffüllte und den Staub vom Land wegspülte als Vorbereitung für den nächsten Tagesausflug nach Ferrara und weiter südlich nach Ravenna.

Als ich am Tresen des Concierge stehenblieb, um unsere Schlüssel entgegenzunehmen, wurden mir zwei Nachrichten überreicht. Die erste stammte von Sergio Carlino; sie lautete schlicht: »Bitte dringend um Rückruf, Sergio.« Die zweite war ein paar Stunden später eingetroffen: »Mr. Benson senior hat aus New York angerufen. Er wünscht, daß Sie ihn im Büro anrufen.« Ich schob die Nachrichten in die Tasche. Ellie schaute mich nachdenklich an.

»Dein Kunsthändler?«

»Ja. Er will, daß ich ihn zurückrufe.«

»Es waren zwei Nachrichten.«

»Die zweite ist aus New York. Persönliche Angelegenheiten. Sobald wir oben sind, kümmere ich mich um beide.«

»Ich hoffe, das stört unsere Pläne nicht.«

»Das hoffe ich auch. Es war ein guter Tag, nicht wahr?«

»Es war ein freundlicher Tag, ein Tag der Liebe. Danke, Edgar Benson.«

»Danke, Ellie Milland.«

»Falls es keine vertraulichen Angelegenheiten sind, kannst du deine Telefonate erledigen, während wir gemeinsam im Sprudelbad sitzen.«

»Vermutlich wäre das ein Schock für die Leute am anderen Ende. Geh du voran, ich komme nach, wenn ich die Anrufe erledigt habe.«

»Jetzt spricht der andere Mann, der, den ich nicht kenne.«

»Ab mit dir, Frau, und hör auf, mich zu hänseln. Du hast auf der Heimfahrt geschlafen. Ich bin gefahren. Heute abend kannst du die Bademagd spielen und mir den Rücken schrubben.«

Sie tappte auf dem Weg zum Sprudelbad durch mein Zimmer, während ich Sergio Carlinos Nummer eintippte. Als sie die Wanne einlaufen ließ, rief ich ihr zu, sie solle die Tür zumachen. Sie schmiß sie heftig hinter sich zu. Nach der üblichen Pause für das Durchstellen war Sergio am Apparat. Er wirkte aufgeregt.

»Wir wittern unseren Fuchs! Zum Zeitpunkt, an dem er die Briefe geschrieben hat, wohnte er im Hotel Flora an der Via Veneto. Am Abend ist er abgereist, ist von Rom nach Zürich geflogen. Er saß in einem Rollstuhl und wurde von einem Schweizer Arzt begleitet. Auf dem Flughafen in Zürich wurde wieder ein Rollstuhl angefordert, ein Notarztwagen stand bereit. Der Notarztwagen kam von der Burgholzli-Klinik, dem berühmtesten Schweizer Sanatorium für Geisteskranke. Und das, mein Freund, ist ein Detail unserer Ermittlungsarbeit, auf das meine Kollegen und ich besonders stolz sind, obwohl wir für einen Teil davon ins Gefängnis wandern könnten. Jetzt dürfen Sie Ihre Anerkennung durch langen Beifall ausdrücken.«

»Herzlichen Glückwunsch, Sergio. Ich danke Ihrem gewissenhaften Personal. Können Sie mir jetzt Aufschluß darüber geben, was das zu bedeuten und was dazu geführt hat?«

»Die Informationen sind spärlich. Im Hotelregister war ein Doktor Langer eingetragen, Schweizer Bürger, der mit Larry angekommen und mit ihm abgereist ist. Wir haben das in der Villa Estense in Sirmione nachgeprüft und festgestellt, daß Doktor Langer auch dort war. Gleiche Ankunfts-, gleiche Abreisezeit.«

»Er ist also krank und in ärztlicher Betreuung.«

»Genauer gesagt, er befindet sich jetzt in der Obhut einer Anstalt.«

»Das heißt oder könnte heißen, daß sein Treuhänder bevollmächtigt ist, in seinem Namen zu handeln. Wonach das riecht, gefällt mir überhaupt nicht.«

»Mir auch nicht. Was jetzt kommt, wird Ihnen noch weniger gefallen. Ihr Vater hat heute bei unserem New Yorker Büro angerufen und eine weltweite Beobachtung aller Transaktionen mit Strassberger-Aktien veranlaßt.«

»Das klingt unheilverkündend. Er hat um meinen Rückruf gebeten. Ich erledige das, sobald wir fertig sind. Was haben Sie für Vorschläge für unseren Patienten?«

»Keine, über die ich im Augenblick sprechen möchte. Wir beide sollten uns morgen früh sobald wie möglich unter vier Augen unterhalten. Ab acht bin ich im Büro. Checken Sie aus dem Due Torri aus und fahren Sie nach Mailand. Wir lassen Ihr Auto zur Mietwagenfirma zurückbringen.«

»Ich fahr um sechs Uhr morgens ab.«

»Je nach Verkehr erwarte ich Sie zwischen acht und neun ... Ich hoffe, Sie kommen mit der Dame zurecht.«

»Das hoffe ich auch. Also bis morgen.«

Ich rief meinen Vater in New York an. Ehe ich Zeit hatte, ihm zu berichten, was ich eben erfahren hatte, überfiel er mich mit einer eigenen Liste der Beschwerden.

»Die Haie kreisen uns ein, Carl. Heute morgen ist an den Börsen von Paris, London und New York eine ganze Schlange von Leuten mit Übernahmeangeboten aufgetaucht. Es gibt außerdem etliche Übernahmeangebote von der Westküste ... Es ist noch zu früh, über die Nachwirkungen zu sprechen. Ich bin schon von der Börsenaufsicht angerufen worden, die wissen wollte, ob ich eine Erklärung für die Aktienbewegungen habe. Ich habe denen gesagt, daß ich es mir nicht erklären kann. Das stimmt auch, aber ich könnte darauf wetten, daß Larry irgend etwas damit zu tun hat. Denk dran, was ich dir von Anfang an gesagt habe: Vielleicht spürst du einen Wolf auf und keinen Fuchs.«

»Ich erinnere mich daran; aber zufällig liegt unser Wolf in einer geschlossenen Abteilung in der Burgholzli-Klinik in der Schweiz.«

»Allmächtiger Gott! Wann hast du das erfahren?«

»Eben erst von Sergio Carlino. Ich checke morgen früh hier aus, um mich mit ihm in Mailand zu treffen.«

»Das bedeutet eine grundlegende Änderung unserer Pläne – vielleicht aller unserer Pläne.«

»Das weiß ich; aber es ist zu früh, Entscheidungen zu treffen, und über Telefonleitungen ohne Abhörsicherung können wir keine Pläne machen. Ich rufe dich an, sobald ich von Carlino mehr erfahren habe. Bis dahin kämpfst du in New York gegen die Haie.«

»Ich habe alle verfügbaren Aktien zum Kauf angeboten. Die Firma wird jedes Angebot übertreffen.«

»Das ist ein sehr riskantes Spiel, Vater.«

»Das weiß ich, aber im Augenblick können wir es durchziehen. Wir haben jede Menge Bargeld. Falls das Spiel zu roh wird, denken wir noch einmal darüber nach.«

»Ich wünsch dir Glück.«

»Außerdem brauchen wir zuverlässige Informationen. Das Ganze hat einen zweiten Aspekt, Carl. Hier steht nicht nur die Loyalität von Larry Lucas in Frage, es geht auch um alle unsere Niederlassungen – in Frankreich, London,

Singapur, sogar so weit weg wie in Sydney. Deine Berichte über Vianney nehmen in diesem Licht eine andere Farbe an.«

»Ich weiß. Ich weiß außerdem, daß wir nicht überstürzt urteilen sollten. Mit deinen eigenen Worten: ›Übereilte Urteile haben eine lange Reue zur Folge.‹ Wenigstens hast du mich hier auf der anderen Seite des Atlantiks. Ist Madi heute abend zu Hause?«

»Ich glaub schon. Es ist der freie Abend des Kindermädchens.«

»Ich spreche mit ihr und rufe dann Doktor Levy an. Jetzt brauchen wir sehr dringend ihren Rat.«

»Wirb den Teufel an, falls du ihn brauchen kannst«, sagte mein Vater grimmig.

Als ich den Hörer auflegte, bemerkte ich zu meinem Schrecken, daß Ellie, in den Morgenmantel gewickelt, am Türrahmen zum Bad lehnte.

»Du hast aber schnell gebadet.«

»Ich war noch gar nicht in der Wanne. Sie ist voll und heiß. Ich warte darauf, dir den Rücken zu schrubben, wie du es verlangt hast.«

»Und inzwischen hast du einem Privatgespräch gelauscht.«

»Nein. Ich habe mich gefragt, wieviel vertraulich bleiben sollte zwischen Menschen, die ihre Körper austauschen, Liebesgespräche führen und sogar Bilder schaffen, die an mögliche Kinder vererbt werden könnten. Primitive Völker nennen das einen magischen Akt, nicht wahr? Wenn du das Bild malst, besitzt du die Seele des Menschen. Schön und gut, Edgar Benson, du besitzt meine Seele, und mich soll der Teufel holen, wenn ich weiß, was ich dagegen unternehmen soll!«

Sie stand da, gegen den Türrahmen gelehnt, mit eingefallenem Gesicht, weinte leise wie ein Kind, das zum ersten Mal durch reinen Zufall Grausamkeit erlebt hat. Ich ging zu ihr hin und nahm sie in die Arme. Sie wehrte sich nicht, reagierte nicht, lehnte sich einfach der Unterstützung halber an mich, während ich nach tröstlichen, erklärenden Worten suchte. Sie waren nicht leicht zu finden. Ellies klagende Bitten durchbrachen die Stille.

»Ich weiß, du hast mir gesagt, daß du vielleicht wegmußt. Du hast nicht gelogen – jedenfalls glaube ich, daß du nicht gelogen hast; ich kann dir also nicht böse sein. Es überrascht mich nur, daß es mich nach einer so kurzen Zeit so schwer trifft ...«

»Es trifft mich auch. Es ist etwas eingetreten, womit ich nicht gerechnet habe. Ich will versuchen, dir etwas davon zu erklären, aber alles kann ich dir nicht sagen. Das ist schwer für dich, und für mich auch ... Ich habe ein Geheimnis, das ich nicht preisgeben darf, und eine Verantwortung, die ich ebenfalls nicht abschieben kann. Alles andere, was wir gestern und heute gemeinsam hatten, ist real. Das kann uns niemand nehmen.«

»Aber es wird verblassen, nicht wahr? Das schönste Gold ist weich und nützt sich sogar dann ab, wenn man es zwischen den Brüsten trägt. Ich nehme es dir nicht übel, wünsche mir nur, es wäre anders, das ist alles. Jetzt geh ich in die Wanne, während du deine Anrufe erledigst.« Sie bedachte mich mit einem kleinen, unsicheren Lächeln. »Und dann, wenn es nicht zu lange dauert, schrubbe ich dir entweder den Rücken oder erwürge dich!«

Sie schlüpfte aus meinen Armen und ging ins Bad, machte die Tür hinter sich zu. Einen Augenblick später hörte ich das Surren der Düsen und das Brausen des Sprudelbads. Ich wandte mich wieder dem Telefon zu, um Madi und Alma Levy anzurufen.

Madi erschrak über die Neuigkeit, daß Larry in eine Klinik eingeliefert worden war. »Dann hat er die von Alma Levy verschriebenen Medikamentendosen abgesetzt und dadurch einen Schub ausgelöst, der seine Einlieferung in eine Klinik erforderlich macht«, erklärte sie entsetzt. Gegen diese Überlegung gab es einen grundlegenden Widerspruch: die permanente Anwesenheit von Doktor Langer. Wahrscheinlicher schien es, daß Larry mit dem Arzt unterwegs gewesen war, der ihn absichtlich mit geistesverwirrenden Mitteln behandelt hatte, um seinen Zusammenbruch zu bewirken und eine von Anfang an beabsichtigte Zwangseinweisung in der Schweiz zu ermöglichen.

Ich sagte Madi, ich würde mich gleich wieder bei ihr melden, wenn ich mit Sergio Carlino gesprochen hätte. Bis dahin solle sie sich darauf vorbereiten, kurzfristig in die Schweiz zu reisen, Larrys echten Paß, ihre Heiratsurkunde und andere wichtige Papiere mitzubringen. Ich ermutigte sie in dem Glauben, es sei nicht allzu schwierig, Larrys Entlassung aus dem Krankenhaus zu bewirken. Ich sagte ihr nicht, daß ich mir weniger sicher war, ihn dazu bewegen zu können, sein Vertrauen in die anwaltlichen Befugnisse zurückzunehmen, die er möglicherweise Doktor Rubens übertragen hatte.

Im übrigen aber solle sie in aller Ruhe abwarten und sich darauf verlassen, daß Bruder Carl Ordnung in das Chaos bringe. Ich beichtete nicht, daß Bruder Carl selbst mit einem Chaos konfrontiert war, das er in Ordnung bringen mußte: eine traurige, zornige Frau, die in der Badewanne darauf wartete, ihm den Rücken zu schrubben oder ihn umzubringen. Mein Gespräch mit Alma Levy löste ein wütendes Gewitter aus.

»Das ist unerhört! Was auch immer die benutzt haben mögen, sie sind ein kriminelles Risiko eingegangen. Bei manchen dieser Stoffe sind die Wirkungen unwiderruflich. Sie wurden in sowjetischen Irrenanstalten bei zwangsweise eingelieferten politischen Gefangenen eingesetzt. Zum Glück ist die Burgholzli-Klinik eine legale Anstalt mit einer langen Geschichte hervorragender Ergebnisse. Große Namen haben dort gearbeitet, Jung, Bleuler, Ferenczi, die Pioniere. Man kann nur hoffen, daß das jetzige Personal so aufmerksam und so sorgfältig ist, Larrys Leiden zu erkennen. Wie auch immer, ich habe es mir anders überlegt. Ich komme nach Europa, sobald Sie mich rufen. Ich ertrage die Vorstellung nicht – eine kriminelle Tyrannei gegen einen meiner Patienten! Bis dahin will ich versuchen, ob ich mit den Leuten in der Burgholzli-Klinik selbst Kontakt aufnehmen kann. Das sollte nicht besonders schwierig sein ... Das Problem besteht darin, daß man mit den Schweizern sehr förmlich umgehen muß – mit großem Respekt vor ihrem Protokoll. Überlassen Sie das mir. Ich krieg raus, was ich tun kann.«

»Aber bitte, Doktor Levy, bitte, konsultieren Sie mich, ehe Sie etwas unternehmen. Hier geht es um mehr als Medizin.«

»Ich weiß, Carl. Vertrauen Sie mir.«

»Noch eine Frage – die ich eigentlich nicht stellen sollte: Wie hält sich Madi?«

»Gut. Sie ist verletzt und wütend, aber nicht mehr in Abhängigkeit von den Leiden ihres Partners. Wie geht es Ihnen?«

»Sagen wir mal so: Im Augenblick würde ich lieber mit Ihnen im Central Park die Enten füttern.«

»Das höre ich gern. Schalom, Carl Emil. Ich wünsche Ihrem Haus Frieden.«

Ich hauchte ein langes, inbrünstiges Amen dazu, dann zog ich mich schnell aus und stieg zu Ellie in die Wanne. Ellie kam mir nicht entgegen, beobachtete mich aber, als ich mich in das wirbelnde Wasser sinken ließ und meine verspannten Muskeln mit den Düsen bearbeitete. Schließlich fragte sie: »Keine weiteren Anrufe?«

»Nein, das war's.«

»Und was kommt jetzt?«

»Ich muß morgen früh um sechs auschecken.«

»Und was wird aus mir?«

»Ich bestelle einen Mietwagen mit Chauffeur, der dich nach Venedig zu deinen Freunden bringt. Du mußt nicht früh aufstehen. Das Zimmer wird bezahlt. Du checkst aus, wann du möchtest.«

»Und ich habe keine andere Wahl?«

»Doch. Wenn du willst, kannst du ein paar Tage hierbleiben. Es wäre mir ein Vergnügen, dafür zu sorgen.«

»Und was soll ich machen? Briefe an Julia schreiben? An ihrem Grab um meine verlorene Liebe trauern?«

»Es wäre auch möglich, daß du zeitig aufstehst, mit mir nach Mailand fährst und von dort aus nach Venedig.«

»Und das ist das Ende der Geschichte für Ellie Milland?«

»Nicht ganz. Du hast versprochen, mich entweder zu erwürgen oder mir den Rücken zu scheuern. Im Augenblick wäre mir das Schicksal willkommener, erwürgt zu werden.«

»Beim Telefonieren hast du besorgt ausgesehen. Du hast besorgt geklungen.«

»Ich war besorgt. Ich bin es immer noch.«

»Aber du willst nicht darüber reden.«

»Das geht nicht. Das Leben zu vieler Menschen steht auf dem Spiel. Etliche sind wirklich in Gefahr.«

»Damit du nicht mehr ganz so besorgt bist, sag ich dir jetzt was. Ich nehme dein Angebot an, mich am Vormittag nach Venedig fahren zu lassen. Während ich dir den Rücken schrubbe und du mich nicht anschauen mußt, sprichst du mit mir über dich, über dich und mich. Sag mir schöne Sachen, die ich in angenehmer Erinnerung behalte, damit ich mich etwas selbstbewußter fühle als im Moment. Tun Sie das für mich, Mr. Benson?«

»Ich versuch's, Ms. Milland. Gott weiß, daß Sie es verdient haben.«

Ich drehte mich in der Wanne um, setzte mich zwischen ihre Beine, sie seifte mich ein und wusch mir den Rücken, während sich die Spannung zwischen uns zu einer Art von Geständnis löste.

»Du hast richtig vermutet. Ich bin nicht der verrückte Kerl, den du im Pantalone kennengelernt hast. Ich bin, jedenfalls zum größten Teil, der Mann, mit dem du die letzte Nacht und den heutigen Tag verbracht hast. Heute nacht stehe ich auch zur Verfügung, aber das liegt ganz bei dir,

Ellie Milland; du wirst keine bitteren Worte von mir hören, wenn du nicht willst ... Der Name, unter dem ich reise, ist nicht mein richtiger Name. Die Signatur auf deiner Skizze ist nicht die echte Signatur. Eines Tages, wenn das alles vorbei ist, schicke ich dir eine Arbeit mit einer authentischen Signatur. Das Problem liegt darin, daß ich dir nicht sagen kann, warum es so ist. Ich kann dir nur sagen, daß ich kein Krimineller bin. Ich laufe vor niemandem davon. Ehe ich hierhergekommen bin, habe ich eine Frau gebeten, mich zu heiraten. Wir sind seit langer Zeit eng befreundet, haben aber nie unter einem Dach gewohnt, weil sie eine sehr unabhängige Frau ist und ich ein selbstsüchtiger Mann bin und wir das Arrangement für uns beide gut fanden. Ich war derjenige, der sich einsam gefühlt hat, deshalb habe ich sie gefragt, ob sie mich heiraten will. Sie war sich überhaupt nicht sicher, ob das eine gute Idee sei. Ich bin also hergekommen, und gestern abend war ich immer noch einsam und habe Gesellschaft gesucht – ausgerechnet in Verona! –, und hier sind wir. Ich weiß, daß du auch einsam bist, und einsame Menschen sollten einander nicht weh tun, obwohl es manchmal trotzdem geschieht ... Wenn du mich fragst, was uns die Zukunft bringt, muß ich dir sagen, daß ich es nicht weiß, denn ich muß eine Menge Arbeit zu Ende führen, und bis ich sie erledigt habe, kann ich nicht klar denken. Ich kann dir nicht einmal meine Visitenkarte geben und sagen, ruf mich an, weil ich nur eine unechte als Requisit bei mir habe. Wenn du mir deine Karte gibst, verspreche ich, dich anzurufen, sobald das alles vorbei ist. Aber nur, wenn du mir versprichst, daß du nicht herumsitzt und wartest, dir Gedanken machst und dich von noch einem Mistkerl erniedrigt fühlst, der nicht weiß, was für einen Schatz er verloren hat ... Sind Sie schon mit meinem Rücken fertig, Ms. Milland?«

»Genau in diesem Augenblick, Mr. Benson. Jetzt dreh dich um, und ich kümmere mich um die Vorderseite ...«

Und der Rest? Wie die alten Chronisten zu sagen pflegten: Der Rest ist Schweigen. Ich trug sie in den frühen Morgenstunden zu ihrem Bett, deckte sie zu, gab ihr einen Abschiedskuß und kehrte in mein Bett zurück, wo ich wachlag, bis mich der Nachtportier beim ersten Hahnenschrei anrief und mir erklärte, es sei an der Zeit, aufzustehen und mich auf den Weg zu machen.

9. KAPITEL

Die Zentrale von Corsec Italia S. p. A war eine Überraschung. Sie lag außerhalb der Stadt auf trockengelegtem Sumpfland, umgeben von einem doppelten Maschendrahtzaun mit Stacheldraht. Vier Tore, jedes mit einem Wachhäuschen, und Privatwege führten separat hinein, so daß es schwierig, wenn nicht unmöglich gewesen wäre, das Grundstück zu betreten.

Firmenfahrzeuge, gepanzerte Lieferwagen und diverse Autos parkten in einer bunkerähnlichen Tiefgarage am Hauptgebäude, einem achtstöckigen Betonbau mit einem Stahlturm und jeder Menge Antennen. Das Grundstück zeugte von Geld und Macht, von dem Verteidigungsbündnis riesiger Firmen gegen Feinde von außen und Verräter in den eigenen Reihen. Ich vermutete, obwohl mir die Beweise dafür fehlten, daß dieses festungsähnliche Anwesen von einem Konsortium aus italienischen und anderen europäischen Unternehmen finanziert wurde, ein unbehagliches Bündnis, zusammengehalten von dem patrizischen Sergio Carlino.

Ich wurde mit einem Hochgeschwindigkeitsaufzug in sein Büro befördert, durch ein Vorzimmer geführt, wo mich eine etwas hochmütige junge Frau empfing und zum Meister geleitete, der hinter einem riesigen Schreibtisch thronte. Rechts stand eine Batterie von Computerbildschirmen, links eine hochmoderne Wechselsprechanlage. Vor Carlino lag exakt in der Mitte ein einziger Aktendeckel. Carlino stand auf, um mich zu begrüßen, schüttelte mir die Hand, wies mich hoheitsvoll zu einem Stuhl, bot mir Kaffee an und erkundigte sich höflich nach meinem Aufenthalt im Veneto. Er drückte sein Bedauern über meine viel zu kurze Bekanntschaft mit meiner »Akademikerin« aus, auch machte er eine Bemerkung über meinen sprießenden Bart. Er meinte, er mache mich jünger – eine gewisse Ungepflegtheit sei das Kennzeichen der Jugend. Dann war der Austausch von Höflichkeiten beendet. Er schlug den Aktendeckel auf und kam sofort zur Sache.

»Ihr Schwager ist jetzt in der Schweiz. Er ist offensichtlich so krank, daß er in eine geschlossene Anstalt mit allerbestem Ruf eingewiesen worden ist. Sie und Ihre Familie könnten ihn jederzeit besuchen – aber der Erfolg eines solchen Treffens ist immer noch fraglich. Wenn Sie eine Besuchserlaubnis wollen, müssen Sie den Medizinern – möglicherweise auch der Polizei – Ihre wahre Identität nennen. Das heißt, daß Ihr Identitätswechsel weder Sinn noch Zweck hätte, es sei denn ...« Er zögerte, um mich zu einer Frage zu veranlassen.

»Es sei denn ...?«

»Es sei denn, Sie wären bereit, die Scharade noch ein bißchen länger zu spielen.«

»Zu welchem Zweck?«

»Dem ursprünglichen: um herauszubekommen, worauf die Aktivitäten von Falco und Doktor Rubens hinauslaufen, die, zumindest dem Anschein nach, einen Kranken beeinflussen und eine Börsenaktion gegen Strassberger manipulieren.«

»Falls dabei irgend etwas herauskommt, mache ich es selbstverständlich; aber ich könnte Larry Lucas in eine prekäre Lage bringen.«

»So prekär nun auch wieder nicht«, sagte Carlino liebenswürdig. »Er ist in der Obhut einer Klinik mit hervorrangendem Ruf. Dort ist er sicherer als auf der Straße welcher Großstadt auch immer.«

»Was soll ich also Ihrer Meinung nach tun?«

»Was Sie von Anfang an geplant haben: Sprechen Sie im Reisebüro Simonetta vor, beziehen Sie sich auf die Werbeaussagen, erkundigen Sie sich, ob das Reisebüro Ihr Verschwinden bewerkstelligen kann. Ich schicke Sie mit einem Mikrophon hin, damit wir das Gespräch von einem Überwachungswagen aus aufzeichnen können. Danach analysieren wir es gemeinsam.«

»Es ist nicht sicher, ob Falco mich empfängt.«

»Das läßt sich mit einem Anruf feststellen.«

»Wann soll ich anrufen?«

»Möglichst heute noch. Wir können sofort im Reisebüro anrufen.«

»Spricht Falco Englisch?«

»Recht gut. Erinnern Sie sich so gut an Ihren erfundenen Lebenslauf, daß Sie seinen Fragebogen ausfüllen können?«

»Das weiß ich erst, wenn ich den Fragebogen vor mir habe, nicht wahr?«

»Das stimmt.« Carlino war plötzlich ernst. »Bedenken Sie folgendes, wenn Sie zu ihm gehen: Falco ist ein Gangster mit Übung. Wenn wir uns nicht irren, ist er in eine Position aufgestiegen, in der er jetzt die Kontrollmehrheit über eine große Handelsbank erwerben kann. Wie jedes wilde Tier lebt er von seinem Instinkt. Falls etwas schiefgeht, falls er Fehler in Ihrer Geschichte entdeckt, machen Sie keinen Rückzieher. Greifen Sie an, beschuldigen Sie ihn! Es kann nichts Schlimmeres passieren, als daß er sich weigert, Sie als Kunden zu akzeptieren, oder daß Sie sich weigern, Kunde bei ihm zu werden.«

»Meinen Sie, daß ihm das etwas ausmacht?«

»Es wird ihn auf alle Fälle beunruhigen. Für ihn geht es bei diesem Spiel um hohe Einsätze. Er wird sein Image mit doppelter Vorsicht wahren wollen, und Sie müssen das Ihre wahren, wenn Sie sich mit ihm anlegen.«

»Dann fangen wir an.«

Er nahm den Telefonhörer ab und gab seiner Sekretärin schnell ein paar Anweisungen. Kurz darauf hatte sie Falco am Apparat. Carlino schaltete den Mithörlautsprecher ein. Ich fing zögerlich, stockend an.

»Ich hoffe, Sie sprechen Englisch, Mr. Falco. Mein Italienisch ist nicht sehr gut.«

»Ich spreche Englisch, ja.« Er war mißtrauisch und schroff. »Wer ist am Apparat?«

»Sie kennen mich nicht. Ich heiße Edgar Benson. Ich bin Kanadier, habe Urlaub im Due Torri in Verona gemacht. Ich bin eben in Mailand angekommen und möchte Sie dringend wegen einer Reisebuchung sprechen.«

»Wer hat uns Ihnen empfohlen, Mr. Benson?«

»Niemand. Ich habe Sie selbst gefunden.«

»Und wie?«

»In einem Hotelmagazin stand ein Artikel über Sie und Ihr Reisebüro. Darin war von besonderen Dienstleistungen die Rede, die Sie anbieten. Sie kennen den Artikel, den ich meine?«

»Ach der! Ja! Wie die meisten Journalisten hat der Verfasser ein bißchen übertrieben; aber ja, wir haben Besonderheiten zu bieten. Aber sie sind sehr teuer.«

Jetzt war ich an der Reihe, mich schroff zu geben.

»Ich versichere Ihnen, Mr. Falco, meine Kreditwürdigkeit ist vorzüglich. Ich möchte mich meinerseits gern vergewissern, ob Ihre Leistungen als Reisebüro Ihren Werbeaussagen entsprechen.«

Das schüchterte ihn ein, aber nur einen Augenblick lang. Sofort änderte sich sein Ton, wurde herzlich und schmeichlerisch.

»Selbstverständlich. Unsere ganze Existenz beruht auf Dienst am Kunden. Darf ich vorschlagen, daß Sie heute morgen um elf in mein Büro kommen?«

»Elf paßt mir, ja.«

»Sie kennen die Adresse?«

»Ich finde sie heraus.«

»Könnten Sie sich die Mühe machen, mir im voraus anzudeuten, was Sie für Wünsche haben? Dann könnten wir Material für Sie vorbereiten. Wir haben Büros in Paris, New York und Los Angeles und weltweite Verbindungen zur Touristikbranche.«

»Wünsche? Ich will mich kurz fassen. Ich verabscheue Unbequemlichkeit. Ich will keine extremen Gesundheitsrisiken eingehen. Ich brauche medizinische Betreuung in zumutbarer Nähe. Mein Geschmack geht in die exotische Richtung, gilt vor allem Orten mit einheimischer Volkskunst und angenehmen Haushaltsdienstleistungen. Vor allem wünsche ich die Wahrung meiner Privatsphäre und sichere Kommunikationsmöglichkeiten.«

»Das ist eine anspruchsvolle Liste, Mr. Benson, aber ich bin mir sicher, daß wir finden können, was Sie suchen. Darf ich fragen, auf welchem Gebiet Sie arbeiten?«

»Ich arbeite nicht, Mr. Falco. Ich habe das Glück, mein Leben genießen zu können. Ich bin Künstler, Designer und zeichne viel Volkskunst und Kunsthandwerk. Ich habe eine sehr exklusive Klientel. Also bis elf.«

»Ich freue mich auf unser Gespräch, Mr. Benson.«

Sergio Carlino lehnte sich im Stuhl zurück und musterte mich mit hochmütiger Anerkennung.

»Das ist also die zweite Seite Ihrer Kunst! Sie sind wirklich ein Schauspieler! Ein großer Komödiant!«

Schön und gut, daß er zufrieden war. Schön und gut, daß er mich mit Lob überschüttete! Sein feines italienisches Händchen hatte mich eben gegen seinen alten Gegner ins Spiel gebracht, der ihm und seinen ehemaligen Kollegen von der Polizei bis jetzt nicht in die Falle gegangen war. Er fragte mich, weshalb ich grinse. »Weil Sie sehr clever sind«, erwiderte ich, »ich bezahle das Geld, Sie benutzen mich als Werkzeug für Ihre Privatvendetta gegen Francisco Falco.«

Der Vorwurf schien ihm zu schmeicheln. Er nannte mir gute Gründe dafür. Schauspieler seien immer als Gauner und

Landstreicher eingeschätzt worden. Es sei noch gar nicht so lange her, daß die Kirche sie exkommuniziert und in die Hölle verdammt habe, wenn sie auf dem Totenbett nicht bereut hätten. Schlußfolgerung? Sie seien nützlich und entbehrlich, und falls sie wie ich die Rechnung bezahlten, um so besser.

Damit schien der Witz weit genug getrieben; mit Humor hatte er ohnehin nichts zu tun gehabt – eher mit einer Spur Bosheit. Ich schlug vor, daß Sergio mich auf meine Elf-Uhr-Vorstellung bei Francisco Falco vorbereitete. Er dachte kurz darüber nach und formulierte dann die Antwort: »Sie bekommen von mir einen Wunschzettel, kein Rezept. Irgendwann müssen Sie sowieso improvisieren. Ich sehe den Verlauf des Gesprächs so: Sie dienen sich Falco als Bona-fide-Kunde an. Er wird Ihnen eine lange Liste von Fragen stellen, nicht nur, um Ihren Geschmack und Ihre Bedürfnisse kennenzulernen, sondern auch, um sich ein Bild von Ihnen zu machen. Sie antworten unbefangen, aber stets mit einer gewissen Zurückhaltung. Sie erinnern ihn dran – wie Sie eben mich daran erinnert haben –, daß Sie bezahlen. Sie wollen Ihren Lebensstil auf angenehme Weise ändern, möglicherweise auf Dauer. Außerdem wollen Sie einen sicheren Kanal für Ihr Vermögen und Schutz vor der Steuer. Das führt, falls nicht sofort, dann aber bestimmt vor dem Ende des Gesprächs, zu Doktor Rubens. Sie betonen den finanziellen Aspekt Ihrer Situation. Sie haben zwar makellose Referenzen, aber seien Sie sicher, daß Falco sie alle nachprüfen wird. Sobald er das erledigt hat, beißt er an, und Sie können die Angel einholen.«

»Andererseits kommt er vielleicht zu dem Schluß, daß er mich überhaupt nicht leiden kann, und weigert sich, mich als Kunden zu akzeptieren.«

»Glauben Sie mir, das wird er nur äußerst ungern tun. So, gehen wir jetzt das Gespräch mit ihm durch. Geben Sie mir Ihren Paß und eine Kopie Ihres Lebenslaufs. Kriegen wir raus, wie gut Sie lügen können. Danach verpassen wir Ihnen ein Mikrophon.«

Simonetta-Reisen verfügte über eine teure Ladenfassade und Büros in einer der teuersten Gegenden von Mailand, der Galleria. Es sollte den Blick der Einkäufer, der Spaziergänger und aller anderen Akteure im täglichen Drama des Glaspalasts auf sich ziehen.

Innen arbeiteten drei junge Frauen in maßgeschneiderten Kostümen, jede mit dem eingestickten Simonetta-Monogramm auf der Brusttasche; ein S auf einem V, für Simonetta Viaggi. Sie boten nicht nur einen erfreulichen Anblick; sie waren auch bestens angelernt. Ich wurde herzlich begrüßt, und als ich mein Anliegen vortrug, wurde der Empfang überschwenglich. Signor Falco warte in der Tat auf mich. Hier entlang, bitte ...

Der Mann, der mich begrüßte, verwunderte mich. Vor meinem geistigen Auge hatte ich ihn als Kinoklischee gesehen. Dunkelhäutiger, finster blickender Gangster mit einer rauhen, bedrohlichen Stimme. Statt dessen schüttelte ich einem großen, weißhaarigen Gentleman die Hand, mit klassischen Zügen und einer Adlernase, der sich so würdevoll hielt wie ein Mitglied der Nobelgarde. Seine Stimme war leise, seine Gestik zurückhaltend, sein Händedruck fest und trocken. Er bat mich, Platz zu nehmen, bot mir Kaffee und Mineralwasser an und eröffnete das Gespräch: »Ich muß Ihnen sagen, Mr. Benson, dieser alberne kleine Artikel hat uns mehr Nachfragen eingebracht als eine einzige bezahlte Anzeige. Es ist ganz erstaunlich, wie viele Leute die Magazine in den Hotelzimmern lesen. Wo zum Beispiel haben Sie den Artikel gesehen?«

»Falls mich mein Gedächtnis nicht trügt – und mein Gedächtnis ist nicht das beste –, in der Schweiz, im Baur au Lac.«

»Was hat Sie besonders daran interessiert?«

»Das kann ich Ihnen genau sagen. Es war der Gedanke an einen sorgfältig organisierten Rückzug aus den unerfreulichen Realitäten des normalen Lebens: von Dingen, die sich nicht abstellen lassen, die man aber nicht länger ertragen will. Dann hat mich natürlich beeindruckt, daß Sie, Sie selbst Recherchen über die Orte anstellen. Sie verkaufen nicht einfach Pauschalreisen, die Katze im Sack.«

»Das ist hochinteressant, Mr. Benson. Bitte, fahren Sie fort.«

»Nun ja, mir scheint, in Krisen erreicht man einen Augenblick, in dem man einen Ort zum Zurückziehen braucht und die Mittel, sich dort einzurichten. Ich bin jetzt in einem solchen Augenblick.«

»Mein Englisch ist nicht perfekt, Mr. Benson. Ich bin mir nicht sicher, ob ich verstehe, was Sie mit einrichten meinen.«

»Entschuldigung, ich drücke mich miserabel aus. Ich denke da an zwei verschiedene Aspekte. Erstens kommt es für mich nicht in Betracht, längere Zeit in einem Hotel zu wohnen. Ich brauche ein eigenes Haus und gut ausgebildetes Personal.«

»Im allgemeinen läßt sich das machen. Die Maßstäbe des Wohnsitzes und des Personals hängen natürlich davon ab, was Sie dafür zu bezahlen bereit sind.«

»Ich bin bereit, das Beste zu bezahlen, Mr. Falco – was nicht unbedingt das Luxuriöseste sein muß.«

»Gut gesagt, Mr. Benson. Ihr zweiter Wunsch?«

»Dabei geht es um Geldverwaltung. Das angenehme Leben, das ich mir wünsche, hängt vom regelmäßigen und sicheren Geldtransfer ab, über nationale Grenzen hinweg, mit minimaler Steuerbelastung, entweder in meinem Heimatland Kanada oder an meinem neuen Wohnort.«

Er schnappte nach dem Köder, wie ich es gehofft hatte, tat es jedoch mit beträchtlicher Vorsicht.

»Ich gehe davon aus, daß Ihre gegenwärtige Bank Ihnen alle Dienstleistungen bieten kann, die Sie brauchen.«

»Meine gegenwärtige Bank – das heißt, meine Bank in Europa – ist Morgan Guaranty in Paris. Ich habe auch Geld in Kanada, mache davon aber nur in meinem Heimatland Gebrauch. Bis jetzt ist es mir gelungen, die Geldspur ein bißchen zu verwischen. Das macht es etwas schwieriger für das Finanzamt.«

Falco sagte nichts. Er nickte und lächelte anerkennend ob meiner Klugheit. Ich setzte meine Erklärung fort.

»Es gibt jedoch Probleme für jeden Bankkunden, der an einem exotischen Ort lebt. Sie müssen Ihnen bekannt sein. Falls ich mich recht an den Artikel erinnere, wurde darin angedeutet, daß Sie eine Möglichkeit gefunden haben, solche Probleme aus der Welt zu schaffen.«

»Was für Probleme, Mr. Benson?«

»Meine Bank, Morgan Guaranty, überweist mir durch elektronischen Transfer von Bank zu Bank Geld überallhin, wo ich es brauche.«

»Wir arbeiten mit demselben System, Mr. Benson.«

»An bestimmten Orten, sogar in Europa, dauert es eine Woche oder länger, bis die Überweisung verbucht ist. Das kommt der Empfängerbank entgegen, die damit kurzfristige Transaktionen tätigt. Inzwischen ist der Kunde in einer peinlichen Lage, und ich will unter keinen Umständen in eine peinliche Lage geraten! Nehmen wir einmal an, ich werde krank und brauche sofort medizinische Betreuung. Ich will nicht sterben, weil ich nicht an mein Geld herankomme und kein Flugzeug chartern kann. Habe ich mich deutlich ausgedrückt?«

»Sehr deutlich, Mr. Benson; und Sie haben recht, das sind Situationen, gegen die wir bei unseren besonderen Kunden Vorsorge treffen. Wir haben festgestellt, daß größere Geldinstitute in kleinen, aber doch wichtigen Einzelheiten zu Schwachstellen neigen.«

»Und wie gehen Sie mit diesen Einzelheiten um?«

»Wir haben ein eigenes Banksystem, Mr. Benson. Eine Privatbank. Klein, aber finanziell gut abgesichert, gegründet, betrieben und geleitet in der Heimat des Bankwesens, der Schweiz. Falls Sie wünschen, dieses System zu benutzen, können wir Ihnen auf alle Fälle mit den notwendigen Referenzen dienen.«

»Ehe ich solche Vorkehrungen treffe, möchte ich unbedingt die Geschäftsleitung kennenlernen.«

»Das ist ganz einfach. Der Sitz der Bank ist Genf, nur einen kurzen Flug von Mailand entfernt.«

»Gut! Jetzt möchte ich herausbekommen, was für eine neue Welt Sie mir anbieten können.«

Falco lächelte nachsichtig und hob mahnend die Hand.

»Bitte, Mr. Benson, lassen Sie uns das korrekt erledigen. Wir haben eine Methode, die wir allen besonderen Kunden gegenüber anwenden. Ich rufe eine unserer jungen Damen herein, die mit Ihnen einen Fragebogen durchgeht. Dadurch können wir Ihnen und uns eine Riesenmenge Arbeit ersparen. Wir nennen das ein Kundenprofil. Sind Sie einverstanden?«

»Es klingt nach einer guten Idee.«

»Aber jetzt, ehe die junge Dame hereinkommt, muß ich Ihnen gewisse persönliche Fragen stellen. Es ist vielleicht weniger peinlich, wenn wir das hier und jetzt erledigen.«

»Fangen Sie an.«

»Sind Sie verheiratet, Mr. Benson?«

»Nein.«

»Sie legen also keinen Wert auf –«

»Ich habe ein Faible für exotische Frauen, bin nicht promiskuitiv. Das ist heutzutage zu gefährlich. Ich würde keine Frau zu mir ins Haus nehmen, die nicht von einem kompetenten Arzt untersucht worden ist. Was das Personal anlangt, brauche ich einen Majordomus, der es beaufsichtigt und gute Beziehungen zu den einheimischen Händlern unterhält.

»Es sollte nicht schwer sein, die Frau zu finden, Mr. Benson. Mit dem Majordomus könnte es schwieriger werden. Trotzdem haben wir jetzt im Fall eines anderen Kunden Erfolg gehabt. Nächste Frage. Leiden Sie an chronischen Krankheiten, die ärztlich behandelt werden müssen?«

»An keiner einzigen. Mein Versicherungsrisiko ist gleich null.«

»Haben Sie Geschlechtskrankheiten?«

»Nein.«

»Sorgen Sie selbst für Ihre Kranken- und Unfallversicherung, oder wollen Sie, daß wir eine Versicherung für Sie finden?«

»Ich sorge selbst dafür.«

»Sind Sie ein Schuldner auf der Flucht?«

»Nein.«

»Sind Sie bei der Polizei in irgendeinem Land aktenkundig?«

»Nein.«

»Sind Sie gerichtlich zur Zahlung von Alimenten an eine Frau oder Kinder verurteilt?«

»Nein.«

»Wie lange möchten Sie zurückgezogen leben?«

»Falls ich den richtigen Ort finde, könnte er mich dazu verlocken, immer dort zu bleiben.«

»Sie verstehen sicher, Mr. Benson, daß wir im Fall eines längeren Aufenthalts angemessene Kreditreferenzen brauchen.«

»Was nennen Sie angemessen?«

»Das hängt von dem Ort und dem Lebensstil ab, für den Sie sich entscheiden. Aus unserer Sicht geht es um eine Summe, die drei Jahre des Lebensstandards, den Sie wählen, abdeckt.«

»Eine Frage, Signor Falco.«

»Bitte!«

»Sobald ich erst einmal in meinem Paradies untergebracht worden bin, warum interessiert es Sie dann, ob ich lebe oder sterbe, ob ich ein Krösus bin oder ein Bettler am Strand?«

»Weil wir, Mr. Benson, nicht nur ein Reisebüro sind, obwohl wir auch dieser Aufgabe bestens gerecht werden. Unsere besonderen Kunden bitten uns jedoch darum, ihnen ein Privatparadies zur Verfügung zu stellen. Damit wir das können, schicken wir sie zu Anwesen, die uns gehören oder die wir pachten und verwalten. Wir geben den Kunden das Beste, was innerhalb ihres Lebensstils erhältlich ist, müssen aber sicher sein, daß sie die Rechnungen bezahlen können. Sie haben vorhin nach dem Geldtransfer gefragt. Ich sagte Ihnen, daß wir ein eigenes Banksystem haben. Durch dieses System sind wir in der Lage, unseren Kunden Kredit vor Ort zu Verfügung zu stellen, ihnen eine Menge Steuern zu ersparen, während wir das Geld von einem renommierten Bankhaus eintreiben – in Ihrem Fall von Morgan Guaranty. Das hat noch einen Vorteil. Unsere Leute in Genf sind bereit, als Treuhänder zu fungieren, während der Kunde das bekommt, was er in erster Linie sucht: ein Geheimleben ohne Einmischung von außen«

»Sie haben mir immer noch nicht gesagt, wie Ihr Bankdirektor in Genf heißt.«

»Wollen Sie ihn kennenlernen?«

»Im Augenblick noch nicht. Ich möchte ihn erst von Morgan Guaranty überprüfen lassen, denn schließlich sind das die Leute, die mit ihm zu tun bekommen.«

»Eine kluge Vorsichtsmaßnahme, Mr. Benson. Es ist ein Vergnügen, mit einem Menschen Geschäfte zu machen, der weiß, was er will. Der Mann heißt Doktor Hubert Rubens. Wenn Sie unser Büro verlassen, gebe ich Ihnen mit den anderen Unterlagen seine Karte. Noch etwas: Wenn wir unser Gespräch beendet und die Möglichkeiten ermittelt haben, werden Sie Bedenkzeit brauchen. Unsere weitere Arbeit an Ihrem Projekt hängt jedoch von einem Vertrag und natürlich von einem Spesenvorschuß ab.«

»Ich bin mir nicht sicher, ob ich Sie recht verstehe.«

»Mr. Benson.« Sein Ton war sehr geduldig. »Sie bitten uns nicht darum, einen Urlaub für Sie zu organisieren. Sie bitten uns auch nicht darum, ein Haus für Sie zu bauen. Sie bitten uns darum, ein völlig neues Leben für Sie aufzubauen. Das erfordert Zeit, Geld, Reisen Ihrerseits, Reisen unseres Personals ... Ich habe Sie gewarnt: Das könnte kostspielig werden.«

»Sie haben mich gewarnt. Und ich zahle bereitwillig,

wenn Sie mir einen attraktiven Vorschlag machen können. Ich gehe davon aus, daß ich ein Vertragsexemplar bekomme, damit ich mich außer mit Ihren Vorschlägen auch damit befassen kann?«

»Selbstverständlich! Das ist bei uns völlig normal. Der Vertrag ist jedoch ein vertrauliches Dokument. Bitte behandeln Sie ihn als solches ... So, jetzt rufe ich die junge Dame, damit sie den Fragebogen ausfüllt. Wir möchten Ihren Paß sehen, Ihren Führerschein, Ihre Kreditkarten und den Namen Ihrer Kontaktperson bei Morgan Guaranty erfahren.«

Er drückte auf einen Summer auf dem Schreibtisch, und kurz darauf kam Liliane Prévost herein, einen Notizblock und ein Klemmbrett unter dem Arm. Einen Moment lang packte mich die Panik. Mein höfliches Begrüßungslächeln schien sich vor Angst zu verkrampfen. Dann fiel es mir wieder ein. Ich hatte sie in Célines Galerie gesehen, aber sie hatte mich nie zu Gesicht bekommen. Es war völlig ausgeschlossen, daß sie mich identifizieren konnte. Francisco Falco machte uns ruhig miteinander bekannt: »Mlle. Prévost, das ist Mr. Edgar Benson, ein Kandidat für die Liste unserer besonderen Kunden.«

»Willkommen bei Simonetta, Mr. Benson.«

»Danke.«

»Mlle. Prévost ist eben aus unserem Pariser Büro zu uns gestoßen, wo sie etliche unserer ganz besonderen Kunden betreut hat. Ich lasse Sie zum Ausfüllen des Fragebogens mit ihr allein. Danach können wir einen ersten Blick auf mögliche Ziele für Sie werfen.«

Er stand auf, und Liliane nahm seinen Platz hinter dem Schreibtisch ein. Er bedachte sie mit einem anerkennenden Lächeln.

»Wir ermutigen ehrgeizige Mitarbeiter, Mr. Benson. Unsere leitenden Angestellten wechseln von Land zu Land. Wer weiß, es ist durchaus möglich, daß Mlle. Prévost eines Tages meine Stelle übernimmt. Übrigens, Liliane, Mr. Benson ist Kanadier, falls Ihr Englisch Sie also im Stich lassen sollte, können Sie sich auf Französisch verständigen.«

»Ich bin mir sicher, daß wir bestens miteinander zurechtkommen«, sagte Liliane Prévost selbstbewußt. »So, Mr. Benson, als erstes brauche ich Ihren Paß ...«

Nach den Papieren war ein Verhör an der Reihe. Die Fragen, die sie mir stellte, waren nicht so intim wie die Falcos, aber sie betrafen einen weiten Bereich der Privatsphäre: religiöse Neigungen, Diätvorschriften, Angehörige, diplomatische Beziehungen, falls vorhanden, die Art von Gästen, die ich möglicherweise einladen würde, meine Blutgruppe.

Ich konnte es mir leisten, gute Miene zu dem zu machen, was in Wahrheit nur ein Haufen Lügen war, aber ich hatte das Gefühl, gegen eine derartige Zudringlichkeit protestieren zu müssen. Liliane Prévost nahm das gelassen zur Kenntnis.

»Ja, das ist zudringlich, Mr. Benson. Es ist aber außerdem zu Ihrem und unserem Schutz gedacht. Schließlich gehen wir möglicherweise eine sehr intime Beziehung zu Ihnen ein. Wir übernehmen eine Riesenverantwortung für Ihr Wohlergehen. Ich erkläre Ihnen, was ich meine. Zum Beispiel die Frage nach der Religion. Falls Sie Christ oder Jude sind, haben Sie vielleicht etwas dagegen, in einer von Moslems dominierten Region zu leben, beispielsweise in Indonesien oder auf bestimmten philippinischen Inseln, auf denen wir Anwesen zur Verfügung haben. Vielleicht lehnen Sie jeden chirurgischen Eingriff ab, auch im Notfall. Auch das müssen wir wissen. Gäste? Vielleicht wünschen Sie keinerlei Kontakt zu Verwandten. Vielleicht möchten Sie vor Reportern und Fotografen beschützt werden. Das alles müssen wir wissen, wenn wir Ihnen korrekt zu Diensten sein wollen. Wir können nicht über Nacht und ohne Plan ein Leben aufbauen. Erst vor kurzem bekam ich den Auftrag, mit einem Kunden – einem sehr wichtigen Kunden – zu verreisen, den wir auf den Seychellen unterbringen wollten. Ich habe mich in Paris um ihn gekümmert und ihn dann nach Rom weitergeschickt. Leider wurde er krank und mußte zur Einweisung in ein Krankenhaus in die Schweiz geflogen werden. Er wollte keinerlei Kontakt zu seiner Familie, also haben unsere Leute alles erledigt. Wir haben einen Arzt einfliegen lassen, der ihn ins Krankenhaus gebracht hat.«

»Was hat er?«

»Ach, es waren psychische Probleme. Er war nett, noch ziemlich jung, hochintelligent. Ich war gern mit ihm zusammen. So, zurück zu unserer Liste.«

»Was wird aus dieser Liste?«

»Als erstes wird Ihr Name in einen Fallnamen geändert. Dann werden die Informationen verschlüsselt und in unser Computersystem eingespeist. Das Papier, auf dem ich jetzt schreibe, wird sofort nach der Verschlüsselung vernichtet. Falls Sie sich entscheiden sollten, unseren Plänen nicht zu folgen, wird das gesamte Material aus dem Programm genommen.«

»Geben Sie die Daten an Ihre anderen Büros weiter?«

»Selbstverständlich. Jedes Büro wird ersucht, für einen bestimmten Kunden eigene Vorschläge zu machen. Jedes Büro verfügt über andere Möglichkeiten. In einer bestimmten Region kommt es zu leerstehenden Anwesen. In anderen Gebieten nehmen die Neubauten überhand. Wie ich schon gesagt habe, die Prozedur nimmt Zeit in Anspruch. Wir haben mehrere Monate gebraucht, bis wir für den Kunden, den ich erwähnt habe, ein geeignetes Domizil gefunden hatten. Bei manchen Kunden hat es sogar noch länger gedauert. Die Menschen sind nun einmal – wie heißt das richtige Wort – unbeständig?«

»Launisch, Veränderungen unterworfen?«

»Danke. Jetzt zur nächsten Frage.« Sie stieß ein kurzes Lachen aus. »Oh, normalerweise stellt Mr. Falco diese Fragen selbst.«

»Wonach fragt er?«

»Nach sexuellen Neigungen, der Gesundheit, dem Muster des häuslichen Lebens ...«

»Danach hat er mich schon gefragt. Ich habe mir Gedanken darüber gemacht, warum er diese Fragen für so bedeutsam hält.«

»Die Frage nach der Gesundheit ist sehr wichtig. Nicht alle unsere Urlaubsorte sind in der Lage, volle medizinische Betreuung anzubieten.«

»Und die Fragen nach der Sexualität?«

»Manche Orte sind liberal, an anderen herrschen strenge Regeln – zum Beispiel, wenn es um Sex mit Kindern geht.«

»Ich möchte aber doch wissen, warum all diese Informationen an Ihre sämtlichen Büros weitergeleitet werden.«

»Weil jedes Büro darum gebeten wird, das Kundendossier zu besprechen und Empfehlungen dazu abzugeben. Natürlich kommt es dazu nur, wenn die Informationen überprüft worden sind.«

»Vor allem die Informationen über die Finanzen.«

»Ja, die auch, aber alle anderen ebenfalls.«

»Und was ist, wenn bei der Überprüfung etwas nicht stimmt?«

»Dann wendet sich Mr. Falco persönlich an den Kunden und bespricht die Lage mit ihm. Er kann sehr gut mit Menschen umgehen, ist ihren Problemen gegenüber sehr mitfühlend. Jetzt sollten wir wirklich zum Ende kommen. Mr. Benson ...«

Als das Verhör abgeschlossen war, drückte sie auf den Summer; Falco kam zurück und nahm wieder seinen Platz am Schreibtisch ein. Liliane Prévost ging, nahm die Papiere mit. Ich sprach ein Kompliment aus.

»Das ist eine sehr intelligente junge Frau.«

»Intelligent, tüchtig und ausgesprochen schön, ja?«

»Ja, allerdings.«

»Als sie hereinkam, hatte ich den Eindruck, Sie hätten sie bei einem anderen Anlaß schon einmal gesehen.«

»Das habe ich mir auch eingebildet. Ich konnte sie nicht einordnen. Ich kann's immer noch nicht.«

»Hat sie sich an einen solchen Anlaß erinnert?«

»Ich habe sie nicht danach gefragt. Offen gesagt, ich bin zu sehr damit beschäftigt, mein Leben zu vereinfachen, als daß ich es mit einer Frau komplizieren möchte, wie schön oder wie interessant sie auch sein mag.«

»Das bringt mich«, sagte Francisco Falco auf seine ruhige Art, »auf die allerletzte Frage, die nicht auf der Liste steht. Warum laufen Sie weg? Was hoffen Sie zu finden?«

»Ich hätte das für meine Angelegenheit gehalten, Signor Falco.«

»Das war einmal Ihre Angelegenheit. Damit ist es jetzt vorbei.« Er deutete quer durch den Raum auf einen großen Projektionsschirm an der Wand. »Gleich werde ich Illustrationen einblenden, eine Weltkarte. Sie wird Ihnen die Orte zeigen, die wir Ihnen anbieten können. Danach zeigen wir Ihnen mit schlichten Diagrammen, welche Reize jeder dieser Orte hat, die Vorteile und Nachteile und die Kosten, die Ihnen entstehen, wenn Sie dort hinziehen und sich, wie Sie gesagt haben, einrichten. Dann taucht ein Problem auf. Sobald Sie das Reisebüro verlassen haben, werden Sie vergessen, was Sie gesehen haben. Dann müssen Sie auf die dicke Mappe mit Illustrationen zurückgreifen, die wir Ihnen mitgeben, damit Sie sie anschauen können. Und wenn das alles vorbei ist, werden Sie immer noch vor den beiden Fragen stehen, die ich Ihnen eben gestellt habe: Wovor laufen Sie weg, was hoffen Sie zu finden?«

Das war ein gefährlicher Augenblick, mit dem ich nicht gerechnet hatte. Ich war drauf und dran, über Falcos Ausstrahlung arroganter Macht so in Wut zu geraten, daß ich versucht war, alles zu verpfuschen und ihn aufzufordern, mir von Larry Lucas zu erzählen. Es gelang mir trotzdem, den Augenblick schauspielerisch zu überwinden. Ich schloß die Augen, täuschte Müdigkeit vor, indem ich die Hände über sie legte. Schließlich gelang es mir, ihm zu antworten.

»Signor Falco, ich bin nicht wortgewandt, ich bin nicht so klar im Kopf, daß ich Ihre Fragen sofort beantworten könnte. Lassen Sie mich Ihr Heimkino sehen, lassen Sie mich die Unterlagen lesen. In ein paar Tagen melde ich mich wieder bei Ihnen.«

»Wo wohnen Sie in Mailand, Mr. Benson?«

»Bei einem italienischen Freund.«

»Adresse?«

»Es ist seine Adresse, nicht meine. Gelegentlich empfängt er dort eine Dame.«

»Ich verstehe. Man muß seine Freunde schützen. Apropos Freunde, Mr. Benson, an Ihrer Stelle würde ich nicht so einfach aufgeben, was Liliane betrifft. Sie ist eine sehr interessante junge Frau, neu in der Stadt, fühlt sich ziemlich einsam. Vielleicht wüßte sie einen Anruf zu schätzen, und in Zukunft, falls Sie gemeinsam am Projekt Ihres neuen Lebens arbeiten, könnte sich das als nützlich erweisen.«

»Und Sie haben nichts dagegen, wenn sich Ihr Personal mit Kunden einläßt?«

»Im Gegenteil, Mr. Benson. Unser Personal ist dazu ausgebildet, eine wesentliche Rolle in unserem Hilfsprogramm für Kunden zu spielen.«

Und da tauchte hinter dem Gentleman mit dem weißen Haar, dem Patriziergesicht und den guten Manieren das Bild auf, das mir schon lange durch den Kopf gegangen war – der Gangster, der Menschenhändler, der Zuhälter.

Ich nahm sein Angebot mit einem Lächeln und einem Danke zur Kenntnis, erklärte ihm, ich wolle darüber nachdenken. In Wahrheit lächelte ich über die Tatsache, daß ich eben einen Haufen Müll in sein Informationssystem eingespeist hatte. Mir kam eine jähe, schurkische Inspiration: Was würde dabei herauskommen, wenn ich Liliane Prévost und Sergio Carlino zusammenbrächte, damit er sein Geschick im Verhör vorführen konnte?

Mit diesem fröhlichen Gedanken im Kopf setzte ich mich zu Francisco Falco, der mir den Reichtum und die Schönheit seines Reiseimperiums vorführte.

»Genau das tun sie«, stellte Sergio Carlino nachdrücklich fest. »Sie bauen ein Reiseimperium auf. Rubens bildet den finanziellen Mittelpunkt. Falco ist, was er immer gewesen ist, der Zuhälter, der das Geschäft ankurbelt. Das hier«, er klopfte gegen die bunte Karte, die aufgeschlagen auf seinem Schreibtisch lag, »das ist ein Riesenunternehmen mit einem teuflischen Risikofaktor, aber großem Potential. Billige Grundstücke, billige Arbeitskräfte in der dritten Welt und in Schwellenländern. Billige Baumöglichkeiten für eine Klientel mit hohem Einkommen. Auf der Grundlage von Treuhänderfonds, die schon lange von Rubens verwaltet werden, und mit minimaler Kontrolle, Riesengewinnen beim Verkauf. Ein schnelles Spiel mit hohen Einsätzen ... Das Kaufangebot für Strassberger oder für ein ähnliches großes Geldinstitut paßt also völlig ins Bild. Auch Rubens paßt ins Bild. Ihre ›besonderen Kunden‹ wie Larry Lucas unterstützen das Unternehmen durch ein System der doppelten und dreifachen Geldwäsche ...« Er klopfte auf den Simonetta-Vertrag. »Im Grunde genommen läuft das auf einen Sklavenvertrag hinaus. Sobald Sie ihn unterschreiben, sobald Sie Rubens zum Treuhänder mit anwaltlicher Vollmacht einsetzen, sind Sie in Beton eingemauert. Sie kommen nur mit einer hohen Geldbuße frei. Falls Larry Lucas diesen Vertrag unterschrieben hat – und vermutlich hat er es getan –, ist Rubens der Treuhänder für alles, was er besitzt. Falls das Übernahmeangebot für Strassberger-Aktien erfolgreich ist, wird Ihr Vater, wird übrigens auch Ihre Familie feststellen, daß sie kriminelle Partner haben.«

»Und wie sprengen wir die Kette?«

»Am schwächsten Glied – der jungen Frau mit dem ambivalenten Liebesleben, Liliane Prévost. Sie sollten sie unbedingt anrufen, sie einladen, morgen abend mit Ihnen auszugehen. Versprechen Sie Ihr einen ganz besonderen Abend. Ihre italienischen Freunde geben eine Überraschungsparty für Sie – hochbegabte Leute, sehr schick.«

»Und wo findet diese Party statt?«

»In einer Villa auf dem Land, zwischen hier und Como. Nur eine halbe Stunde Autofahrt. Sagen Sie ihr, daß Sie sich dort mit ihr treffen. Sie schicken ihr einen Mietwagen mit Chauffeur, der sie abholt und sicher nach Hause bringt.«

»Um welche Zeit?«

»Lassen Sie sie um halb acht abholen. Besorgen Sie sich die Adresse und die Telefonnummer ihrer Wohnung. Kommen Sie schon, erledigen Sie das gleich!«

Ich rief an. Sergio schaltete den Lautsprecher ein und hörte sich aufmerksam jedes Wort des Gesprächs an. Liliane Prévost war überrascht, aber interessiert. Sie bat mich, einen Augenblick am Apparat zu warten. Höflichkeitshalber müsse sie den Direktor fragen, ob er für diesen Abend eine Verabredung für sie geplant habe. Sie war sofort wieder in der Leitung. Sie werde mich mit Freuden begleiten. Wohin? Es sei eine Überraschungsparty, erklärte ich – wo sie stattfinde, wäre sogar mir nicht bekannt. Um halb acht hole man sie ab. Kleidung? Ich schlug lässige Eleganz vor. Sie gab mir ihre Adresse und ihre Telefonnummer. Ich fragte, ob ich sie Signor Falco gegenüber in Verlegenheit gebracht hatte? Im Gegenteil, er habe sie gedrängt, die Einladung anzunehmen. Er sei der Meinung – warum auch nicht? –, ich sei ein interessanter Mann. Außerdem seien Partys in der Gesellschaft von schicken und hochbegabten Leuten eine hervorragende Gelegenheit, Kunden für Simonetta anzuwerben.

Sergio war zufrieden. Er hielt mich für einen sehr guten Lügner. Ich fragte ihn, wie er den Abend planen wolle. Doch er schüttelte lächelnd den Kopf.

»Es ist besser, wenn Sie nicht danach fragen. Wenn Sie nichts wissen, sind Sie ein besserer Schauspieler. Jetzt möchte ich, daß Sie in Ihrem Pariser Büro anrufen und versuchen, etwas aus Mlle. Parmentier herauszubekommen.«

»Was?«

»Die Gründe für Liliane Prévosts Versetzung aus Paris nach Mailand.«

»Verdammt noch mal, Sergio, das ist zu gefährlich. Ein

Anruf von Claudine in Mailand, und alles, was wir getan haben, war für die Katz!«

»Nicht unbedingt. Sie haben mir doch gesagt, sie habe Ihnen vor Ihrer Abreise aus Paris geschrieben? Sie wollte Sie darüber informieren, daß sie sich der Firma gegenüber nicht unloyal verhalten habe.«

»Das stimmt.«

»Haben Sie den Brief beantwortet?«

»Nein.«

»Dann rufen Sie jetzt an, um darauf zu reagieren. Sie hätten ein sehr schlechtes Gewissen gehabt. Sie erkundigen sich taktvoll danach, wie es ihr beruflich geht, und so unbefangen wie möglich nach ihrem Liebesleben. Ich erinnere mich daran, daß davon in dem Brief auch die Rede war. Erledigen Sie das bitte gleich! Ich veranstalte eine Party. Ich brauche Ihre Hilfe!«

Als Vorsichtsmaßnahme rief ich zuerst Vianney an. Doch er war außer Haus. Ich ließ mich zu Claudine Parmentier durchstellen. Zum Glück war sie im Büro, und zu meiner Überraschung schien es sie zu freuen, daß ich mich meldete.

»Carl! Wie nett! Ich habe gedacht, Sie hätten mich schon ganz abgeschrieben. M. Vianney hat mir zu verstehen gegeben, daß er Ihnen direkt Bericht erstattet ...«

»Das stimmt. Aber es ist kein geschäftlicher Anruf. Es handelt sich um eine Entschuldigung.«

»Wofür?«

»Vor meiner Abreise aus Paris haben Sie mir geschrieben, mir versichert, sie hätten keinerlei Firmengeheimnisse durchsickern lassen.«

»Das stimmte.«

»Ich glaube Ihnen. Das ist der Grund meines Anrufs. Ich habe mich für den Brief nicht bedankt. Ich war auf Reisen und hatte viel zu tun, aber das ist keine Entschuldigung. Ich rufe an, um mich zu bedanken und Sie um Verzeihung zu bitten.«

»Bitte! Wie rührend. Ich war nie böse auf Sie. Wenn ich daran denke, wie ich mich benommen habe, bin ich von Ihnen nicht allzu schlecht behandelt worden. Übrigens, wo sind Sie?«

»Ich bin eben im Begriff, Verona zu verlassen. Eine sehr romantische Stadt. Gestern nacht habe ich unter Julias Balkon gestanden. Würden Sie mir glauben, daß ich mich dabei an Sie und Liliane erinnert habe? Was macht ihre große Liebe?«

»Sie ist so tot wie Romeo und Julia! Liliane ist fast über Nacht nach Mailand versetzt worden. Sie ist ungern gegangen, aber man hat ihr gesagt, sie verliert ihre Stelle, falls sie mit der Versetzung nicht einverstanden ist.«

»Wie ist es dazu gekommen?«

»Ich glaube, das habe ich mir selbst eingebrockt. Wir haben mit einer leitenden Angestellten von Simonetta zu Abend gegessen, die auch zur Schwesternschaft gehört. Ich hatte ein bißchen zuviel getrunken, und der Name Larry Lucas ist mir herausgerutscht. Erst Schweigen; dann wurde ich mit Fragen überschüttet. Schließlich kam heraus, daß ich für Strassberger arbeite. Entweder hat die leitende Angestellte das gemeldet oder Liliane dazu gezwungen, es selbst zu tun; aber am nächsten Tag – zack! Es wurde brenzlig. Liliane hat mich ganz kurz angerufen, eindeutig in Angst um ihre Stelle und um sich. Jetzt bin ich wieder mit meiner früheren Partnerin zusammen und büße täglich für meine Sünden. Ich habe keine Ahnung, wie lange ich das ertrage, aber warten wir's ab! Sind Sie mit jemandem zusammen?«

»Im Augenblick nicht. Morgen, wer weiß? Passen Sie auf sich auf.«

»Soll ich Vianney sagen, daß Sie angerufen haben?«

»Nicht nötig. Ich rufe ihn morgen an.«

»Carl, was hat der ganze Trubel um die Strassberger-Aktien zu bedeuten?«

»Es gibt verschiedene Meinungen. Es sieht nach einer Art

Raubüberfall aus, aber wir sind darauf vorbereitet. Was sagt Vianney dazu?«

»Was er immer sagt: ›Einerseits, andererseits.‹ Der Mann ist ein *funambule*! Ein echter Seiltänzer. Hat es etwas mit Larrys Verschwinden zu tun?«

»Indirekt schon, nehme ich an.«

»Wissen Sie, wo er jetzt ist?«

»Wir glauben, es zu wissen, aber seine Frau und mein Vater sind inzwischen der Ansicht, wir sollten die Jagd abblasen und ihn ziehen lassen.«

»Vianney meint das auch. Er sagt: ›Laß das arme Schwein laufen! Soll er doch mit seinem Elend glücklich werden.‹«

»Und was meinen Sie, Claudine?«

»Ich versuche jetzt, überhaupt nicht darüber nachzudenken. Ich verstehe es nicht. Ich kann überhaupt nichts unternehmen, aber die ganze Sache macht mir angst. Liliane hat als letztes zu mir gesagt: ›Zieh den Kopf ein und halt den Mund, Claudine. Falco hält, was sein Name verspricht. Er ist ein Raubvogel mit einem scharfen Schnabel und Krallen, die niemals loslassen ...‹ Ich muß jetzt auflegen. Mein Kunde ist angekommen. Gute Reise, Carl.«

Sergio frohlockte so, wie ich es noch nie erlebt hatte.

»Das war hervorragend. Damit habe ich genau das, was ich für die Party morgen brauche – eine eindeutige Komplizenschaft zwischen Liliane und ihrem Arbeitgeber.«

»Komplizenschaft in welcher Hinsicht?«

»Oh, es ist kein Problem, einen Namen für den Vorwurf zu finden. Unser Problem besteht darin, handfeste Beweise dafür zu finden. Ihr kleines Telefonat wird sich bei den Dialogen mit der Dame als sehr nützlich erweisen.«

»Was für Dialoge?«

»Ein bißchen in der Richtung einer Intrigenkomödie.«

»Lassen Sie mich eines klarstellen, Sergio. Bei irgendeiner Form von Gewalt spiele ich nicht mit!«

»Gewalt? Mein lieber Mann, Sie brauchen nicht nervös zu werden. Sie wird es so angenehm empfinden wie eine

Massage. Vertrauen Sie mir! So, jetzt noch ein paar Anrufe, dann lasse ich Sie in Ruhe.«

»Wer ist als nächster an der Reihe?«

»Das können Sie sich selbst aussuchen. Ich gebe zu, daß mir wohler wäre, wenn wir Larry Lucas in der Burgholzli-Klinik etwas besser schützen könnten.«

»Sie haben gesagt, im Augenblick sei er sicher.«

»Ja; aber ich möchte gegen alle Eventualitäten vorsorgen.«

»Was für Eventualitäten?«

»Lucas ist auf den Rat eines Schweizer Arztes, Doktor Langer, in die Burgholzli-Klinik eingewiesen worden, und offenbar nicht wie üblicherweise mit der Zustimmung seiner Angehörigen, sondern mit der seines bevollmächtigten Anwalts, Doktor Hubert Rubens. Das ist nur eine Vermutung, aber ich glaube, ich habe recht. Folglich ist Larry Lucas ein freiwilliger Patient, den die Leute, die ihn eingewiesen haben, überallhin verlegen könnten. Ich stelle mir ungern vor, daß er aus der Burgholzli-Klinik entlassen und heimlich in eine Privatklinik in Deutschland oder Ungarn geschafft wird. Es wäre also besser, wenn Sie gemeinsam mit Lucas' Frau und Ihrem Vater herausbringen könnten, ob die Schweizer Medizinbehörden, möglicherweise auch die Polizei, ein Eingreifen der Angehörigen gestatten.«

Ich sah auf die Uhr. Es war vier Uhr nachmittags. Mein Vater saß im Büro, verfolgte die Börsenöffnung in New York. Alma Levy behandelte ihre Vormittagspatienten. Ich war unschlüssig, wen ich zuerst anrufen sollte – die Ärztin oder den Finanzmann. Ich entschied mich wegen einer Geschichte, die er mir als Kind erzählt hatte, für den Finanzmann. Die Geschichte hatte einen ganz einfachen Nenner: »Die Schweiz«, hatte mein Vater gesagt, »wird von der Schweizer Armee regiert!« Das forderte mich sofort zum Widerspruch heraus – was genau seine Absicht gewesen war. Ich war mit der Schweizer Demokratie schlecht vertraut. Schließlich zwang mich mein Vater, mir seine Theorie anzuhören: »Jeder wehrtaugliche Schweizer wird dazu ausgebildet, eine Waffe zu tragen, und solange er im wehrtauglichen Alter ist, wird er ständig zu Reserveübungen einberufen. Folglich hat jeder Schweizer im staatlichen wie im bürgerlichen Leben einen militärischen Rang. Folglich«, resümierte mein Vater mit einem triumphierenden Grinsen, »haben die Bankiers und die Firmenmanager meistens einen hohen Rang als Reserveoffizier. Das schafft eine besondere Beziehung – eine Waffenbrüderschaft –, in die ein Außenstehender nur mit Mühe eindringen kann. Andererseits verleiht es diesen Freundschaften eine besondere Macht, deren Privilegien auch bestimmte Außenseiter genießen dürfen.«

Deshalb nahm ich mir vor herauszufinden, welche dieser Privilegien er sich im Fall seines Schwiegersohnes zunutze machen konnte.

Ich erwischte ihn in einem schlechten Augenblick: Eben war ein Käufer an der Börse hinter zehntausend Strassberger-Aktien her, und der Vertreter unseres Maklers ließ es an Wachsamkeit fehlen. Trotzdem gelang es mir, meinen Vater auf mich zu konzentrieren, ihm Larrys Lage zu erklären und ihm, während Carlino mir die Stichworte gab, einen Plan vorzutragen, der sofortiges Handeln erforderte.

Alles hing davon ab, daß wir uns sofort juristische Beratung in der Schweiz sicherten und dann auf die Burgholzli-Klinik soviel Druck ausübten, daß sie sich weigerte, Larry Lucas ohne gerichtliche Entscheidung zu entlassen. Ein solches Vorgehen erforderte jedoch die Anwesenheit des nächsten Angehörigen, in diesem Fall die meiner Schwester Madi. Es war nötig, Papiere vorzulegen, die Larrys echte Identität bestätigten: seinen amerikanischen Paß, seine Sozialversicherungskarte, Geburts- und Heiratsurkunde. Außerdem wäre es eine riesige Hilfe, wenn Doktor Alma Levy mit der Krankengeschichte ihres Patienten nach Zürich kommen könnte. Ich schärfte meinem Vater ein, ich müsse mich darauf verlassen können, daß er das alles organisierte, und bat ihn abschließend, Madi meinen echten Paß und meine echten Kreditkarten mitzugeben.

Außerdem sollte er im Dolder Grand Zimmer für alle buchen. Ich träfe mich dort mit ihnen, sobald es mir möglich sei. Er nahm das alles höchst widerwillig auf; Larrys Briefe an ihn und Madi hatten einen schlechten Nachgeschmack hinterlassen. Der Gedanke, Kollegen in Übersee um Gefälligkeiten zu bitten, war ihm unangenehm. Jedes juristische Vorgehen werde publik. Larrys Flucht und sein Verschwinden werde in die Schlagzeilen kommen. Wir hätten viel Zeit und Geld darauf verwendet, genau das zu vermeiden. Falls Madi nach Europa käme, wer solle sich dann um die Kinder kümmern? Meine Mutter sei dazu nicht in der Lage. Diese Frau Doktor Levy kenne er überhaupt nicht. Vielleicht weigere sie sich ja, mit ihm zu verhandeln ...

Es dauerte gute zehn Minuten, bis er mir grollend zustimmte – und auch dann nur, weil ich ihm auftrug, er solle sich persönlich mit seinen Büros in Europa befassen, vor allem mit dem in Paris, wo die Scherereien, wie wir wußten, ihren Ursprung hatten. Es sei an der Zeit, daß er damit anfange, das Haus auf morsches Holz und Ungeziefer zu inspizieren.

Wie immer, wenn er einen Gedanken gefaßt hatte, stürzte er sich darauf wie ein Terrier. Er brachte mich dazu, meine Vorschläge zu wiederholen, zählte mögliche Kontaktpersonen in der Schweiz auf. Er meinte, Madi sollte die Kinder und das Kindermädchen mitnehmen. Vielleicht beschließe er, Madi zu begleiten und danach den Firmenniederlassungen einen Besuch abzustatten. Schließlich sagte er ja. Er habe alle Informationen, die er brauche. Und wie sehe mein Beitrag zu diesem Teil der Operation aus?

Ich war müde und gereizt und fuhr ihn an. Ich erklärte ihm, Carlino und ich versuchten, schlüssiges Beweismaterial für eine kriminelle Verschwörung zwischen Falco und Rubens aufzutreiben. Falls wir es fänden, seien wir in der Lage, den Angriff auf die Aktien abzuwehren und den peripheren Schaden in Grenzen zu halten, den die Veröffentlichung anrichten könnte. Vielleicht erscheine uns dann auch Larry Lucas in einem anderen Licht als im Augenblick. Diesen letzten Gedanken machte sich mein Vater keinen Augenblick lang zu eigen. Mit allem anderen war er jedoch einverstanden, und er versprach, Madi und Doktor Alma Levy sofort anzurufen.

Ich erinnerte ihn dann noch daran, es sei durchaus möglich, daß Alma Levy eigene medizinische Kontakte in Zürich beisteuern könne, machte ihn aber darauf aufmerksam, sie sei genauso knallhart wie er und er solle auf keinen Fall, ich wiederholte: auf keinen Fall, einen Ringkampf mit ihr riskieren. Seine Antwort war typisch.

»Danke, Carl! Ein Vater freut sich über einen klugen Sohn!«

Weil er mir beigebracht hatte, auf eine Pointe mit der nächsten zu regieren, gab ich ihm zum Morgenkaffee eine Kostprobe meiner Schlagfertigkeit.

»Das Problem mit Vätern besteht darin, daß sie sich Söhne wünschen, die ihnen Ehre machen.«

»Das hast du von Bertrand Russell geklaut«, sagte mein Vater erheitert. »Er war ein hervorragender Mathematiker, wäre aber ein miserabler Bankier geworden – genau wie du, mein Sohn!«

Carlino war ungeheuer amüsiert über diese Art von Familiengeplänkel. Er meinte, das erinnere ihn an die Gespräche mit seinem Vater. Aber ich wollte das Thema beenden, denn ich hatte ein ganz banales Problem. Ich war am frühen Morgen aus Verona abgefahren, hatte das Auto voller Malzubehör. Wo konnte ich heute nacht schlafen? Sergio Carlino hatte alles geplant.

Mein Auto war, wie er versprochen hatte, schon auf dem Rückweg zur Leihwagenfirma. Mein Gepäck war bereits verstaut in einem Fahrzeug von Corsec. Der Chauffeur warte nur darauf, mich an mein Ziel zu bringen. Und wo bitte sei das?

»Die Villa Capurnia, Schauplatz der Umtriebe von morgen abend. Sie sind dort sicher vor Eindringlingen. Sie werden sich eine Nacht lang ausschlafen und morgen den ganzen Tag mit Zeichnen und Malen verbringen können. Michele fährt Sie überallhin.«

»Und wer ist Michele?«

»Er und seine Frau Elena sind die dortigen Hausmeister. Elena ist außerdem eine hervorragende Köchin, und er fungiert als Chauffeur, Gärtner und Butler.«

»Wie viele Gäste erwarten Sie?«

»Bei Tisch sind wir zu acht, Sie und Liliane Prévost mitgerechnet.«

»Kommt Ihre Frau auch mit?«

»Nein. Wir halten unser Eheleben und das Geschäft strikt auseinander. Zum Abendessen wird mich eine andere Frau begleiten.«

»Und ich muß nur dort sein?«

»Das ist alles. Natürlich werden Sie sich witzig und charmant geben und vielleicht ein paar Skizzen zur Belebung des Gesprächs herumzeigen. Und werden Sie um Gottes willen diesen Bart los! Damit sehen Sie wie ein Landstreicher aus!«

10. Kapitel

Als ich an jenem Nachmittag das Büro von Corsec verließ, fühlte ich mich erschöpft, entmutigt und beklommen. Seit Tagesanbruch war ich unterwegs gewesen. Ich hatte Ellie Milland verloren, die etwas Besseres verdient hatte als das, was ich ihr bieten konnte. Ich hatte eine Reihe von heiklen Begegnungen hinter mir, ohne eine klare Vorstellung davon, was sie zu bedeuten hatten. Jetzt, am Ende des Tages, wuchsen mir die Ereignisse über den Kopf. Vierundzwanzig Stunden lang mußte ich auf der Ersatzbank sitzen – war in eine Villa in der Lombardei verbannt, während mein Vater in New York forsch das Kommando übernahm und Sergio Carlino heimlichtuerisch Regie für ein eigenes Drama in Mailand führte.

Im Augenblick konnte ich nichts dagegen unternehmen. Ich wollte auch gar nichts dagegen unternehmen. Meine schwachen seelischen Reserven waren am Ende, und ich glaubte nicht daran, sie in einem fremden Haus und in einer Gegend, zu der ich weniger Bindungen hatte als zu jedem anderen Ort in Italien, wieder auffüllen zu können.

Mein Chauffeur war ein schweigsamer Geselle. Deshalb gestattete ich mir, in Träumereien wegzudösen. Für mich lag über dieser Region immer ein Hauch gotischer Schwermut – und ich habe sie von jeher in Verbindung gebracht mit langen, durch Nebel verursachten Wartezeiten auf dem

Flughafen oder mit Umleitungsflügen nach Nizza oder Rom. Aber auch die Nebelschleier der Traurigkeit hingen über dieser Gegend. Mussolini und seine Geliebte Clara Petacci waren in einem Dorf in der Nähe von Azzano ermordet worden, im Namen des Nationalen Befreiungskomitees.

Und heute, gegen Ende des zwanzigsten Jahrhunderts, erwachten in dieser italienischen Region Rivalitäten und alter Haß, geschürt von einem neuen lombardischen Bund und neue Teilungspropaganda durch moderne Herzogtümer aus Geld und Einfluß.

Einmal, auf einer Wanderung, war mir die Eisenkrone der Lombardei gezeigt worden – diese seltsame Reliquie, die in einer Kapelle der Kathedrale von Monza aufbewahrt wird. Angeblich sind vierundvierzig Kaiser damit gekrönt worden. Merkwürdig daran ist, daß sie zu klein wirkt für den Kopf eines Mannes, einer Frau und eines Kindes, und doch galt ihr Zauber als so mächtig, daß Barbarossa, Karl V. und Napoleon verlangten, durch sie in ihr Amt eingesetzt zu werden ... Ich erinnerte mich daran, daß mir am selben Tag der »Index der Öle« gezeigt worden war, die von alter Hand geschriebene Liste der Ölphiolen von den Heiligengräbern in Rom. Ein Mönch namens Johannes hatte sie im sechsten Jahrhundert als Geschenk für die Kaiserin Theodolinda hierhergebracht. Theodolinda ... Ich hatte nie eine Frau mit diesem Namen gekannt. Oder doch?

Diese belanglosen Gedankenfetzen vernebelten mir immer noch den Kopf, als wir vor einem großen schmiedeeisernen Tor hielten, das in kunstvoll verschnörkelter Schrift mit den Worten »Villa Capurnia« verziert war. Der Chauffeur drückte auf die Hupe, und gleich darauf trabte ein verwittertes Männchen, das wie ein alt gewordener Jockey aussah, den Kiesweg entlang, öffnete das Tor und schloß es hinter uns wieder zu.

Mir fiel auf, daß die Gartenmauern hoch und mit Glasscherben versehen und daß die Bäume und Büsche bei aller Pflege dicht und undurchdringlich waren. Die Villa selbst stand gedrungen und wenig einladend auf einem kleinen Abhang mit Blick auf einen Park, vor Einsicht geschützt durch die Bäume und das Buschwerk ringsherum.

Sie bestand aus drei Stockwerken. Die Läden im ersten und im obersten Geschoß waren allesamt geschlossen. Nur die Läden in der mittleren Etage standen offen und ließen die Abendsonne ein. Das Männchen eilte den Weg entlang, führte mich ins Haus und stellte mich seiner Frau vor, einer gutaussehenden Matrone Anfang Fünfzig. Sie brachte mich in mein Zimmer, einen Riesenraum mit Bad und Ankleidezimmer, dessen Fenster auf die terrassenförmig angelegten Gärten hinausgingen und auf ein Gewirr aus Abendwolken, die der Wind vom Süden her zu uns blies.

Michele und der Chauffeur brachten mein Gepäck. Elena ging mit einer Verbeugung hinaus, nach ihr der Chauffeur. Michele führte mir den altmodischen Klingelzug vor, mit dem ich Hilfe rufen konnte, wann immer ich sie brauchte. Er erbot sich, meine Kleidung auszupacken und sich um das Bügeln oder Waschen zu kümmern. Ich überließ ihm das mit Freuden, während ich meine Toilettenartikel in einem Bad unterbrachte, das ein Kriegsschiff hätte beherbergen können. Michele wollte wissen, ob er mir ein Bad einlassen solle. Das ließe ich selbst ein, erwiderte ich, wenn er mir etwas Alkoholisches auftreiben könne? Sofort, Signore! Er machte eine Schranktür auf, hinter der sich eine Minibar verbarg, samt Eiskübel und einer Flasche Mineralwasser. Noch eine Bitte an ihn: Ob er eine kleine Karaffe und ein paar alte Untertassen für Aquarell- und Gouachefarben besorgen könne? Seine Augen funkelten vor Vergnügen. Er erkundigte sich, ob er etwas von meinen Arbeiten sehen dürfe. Ich zeigte ihm meine Zeichnungen aus Verona und Padua. Er nickte anerkennend und sah mich, wie ich glaubte, respektvoller an. Jeder Italiener ist von Natur aus ein Kunstkritiker.

Das brachte mich auf die Frage, was für Besucher im allgemeinen in der Villa Capurnia untergebracht würden. Jäh umhüllte eine Wolke des Nichtwissens das lebhafte Männchen.

»Besucher? Das hier ist kein Hotel. Die Villa befindet sich im Privatbesitz der Familie Carlino. Früher gehörte sie zu einem viel größeren Anwesen, das die Familie im Lauf der Jahre verkauft hat. Jetzt benutzt sie nur noch Signor Sergio: für Konferenzen und Seminare. Manchmal hält er hier Vorträge für kleine Gruppen.«

»Was für Gruppen?«

»Meistens erfahren wir nicht, was für Leute das sind. Eine gute Taktik. Was wir nicht wissen, können wir nicht weitererzählen.«

»Sie meinen, es wäre möglich, daß Sie bedroht würden?«

»Wir wissen, daß zu Signor Carlinos Arbeit gewisse Risiken gehören. Er will uns diesen Risiken nicht aussetzen. Deshalb sind wir sehr vorsichtig. Wir verbreiten keinen Klatsch ... Die meisten Einkäufe erledigen wir in Como ... Nehmen Sie Wasser zum Whiskey, Signore?«

»Nur ein bißchen. Kein Eis.«

»Ich habe gehört, daß Sie morgen eventuell zum Malen wegfahren möchten. Ich stehe Ihnen mit dem Auto zur Verfügung.«

»Ich sage Ihnen Bescheid. Vielleicht möchte ich im Garten arbeiten – möglicherweise im Wald.«

»Darf ich Ihnen etwas vorschlagen? Wir machen nach dem Frühstück eine kleine Autofahrt, und dann entscheiden Sie, wo Sie arbeiten möchten. Ich hinterlasse Ihnen ein Mobiltelefon. Sie können mich anrufen, wenn Sie zurückwollen. Ich muß Elena bei den Vorbereitungen für morgen abend helfen. Jetzt gehe ich, damit Sie Ihr Bad nehmen können. Es gibt im Salon eine Bibliothek, Musik und einen Fernseher – falls Sie den Schrott ertragen können!«

Er bereitete meinen Drink zu und reichte ihn mir. Dann ging er, mit meinem Anzug über dem Arm und meinem Wäschebündel in der kleinen Faust. Er strebte munter hinaus, als wollte er zum Sattelplatz.

Ehe ich das Bad einließ, schaute ich mich im Raum etwas genauer um. Auf den ersten Blick sahen die Möbel, die Gardinen, die Nippes und die Bilder prunkvoll aus. Bei näherer Betrachtung ähnelten sie eher Auktionsstücken, billig erworben und mit Geschmack und Geschick arrangiert. Das Bettzeug und die Handtücher waren makellos sauber, aber von einfacher Qualität. Die wenigen Bücher auf dem Nachttisch waren ein Verschnitt aus den frühen siebziger Jahren.

Die Telefonanlage war jedoch modern, und eine gedruckte Gebrauchsanleitung bot Direktwahl an. Auch die Minibar war eine praktische Einrichtung. Bis jetzt schien zu stimmen, was Michele über die Villa gesagt hatte: Sie werde geschäftlich genutzt. Auf jeden Fall schien sie ein guter Ort zu sein, jemanden wie mich auf Eis zu legen, während kompetentere Leute ihre Arbeit erledigten.

Mein Gefühl der Isolation und Beklommenheit hielt an. Ich beschloß, das Telefon mit einem Anruf bei Arlette in Nizza auszuprobieren. Das Telefon funktionierte, aber die Galerie war geschlossen. Arlettes Stimme vom Band bat mich, eine Nachricht und eine Telefonnummer zu hinterlassen; sie rufe sobald wie möglich zurück. Ich dachte daran, Ellie Milland in Venedig anzurufen. Dann fiel mir ein, daß ich ihr nichts sagen konnte, denn ich hatte mich hinter meinen schäbigen Geheimnissen versteckt. Ich sah auf die Uhr. Es war kurz vor sechs. Selbst nach einem langen Bad und einer großzügigen zweiten Whiskeyzufuhr blieb noch jede Menge Zeit bis zum Abendessen. Ein langer, einsamer Abend lag vor mir. Ich wollte eben in die Wanne steigen, als das Telefon klingelte. Zu meiner Verwunderung hörte ich die Stimme meines Vaters. »Wie zum Teufel hast du mich gefunden?« fragte ich.

»Ganz einfach! Ich habe deinen Freund – wie heißt er gleich noch – Carlino im Mailänder Büro von Corsec angerufen. Wir haben ein aufschlußreiches Gespräch geführt. Von ihm erfuhr ich dann auch, wo ich dich erreichen kann.«

»Es ist erst ein paar Stunden her, seit wir miteinander gesprochen haben.«

»Ich weiß. Aber während du dich auf dem Land amüsierst, bin ich nicht untätig. Ich habe einen guten Anwalt in der Schweiz für uns gefunden, den mir mein Bankierfreund empfohlen hat. Ich habe ihm unseren Fall vorgetragen.«

»Und ...?«

»Es sieht nicht gut aus. Er hat einen ähnlichen Fall bearbeitet. Dabei ging es um eine junge Frau, die einer fanatischen Sekte beigetreten war, die Druck unter Gleichgesinnten ausübt und Gehirnwäsche praktiziert. Sie hatte zugunsten der Sekte mit Hilfe eines Treuhänders eine Schenkung gemacht. Es ging um ein beträchtliches Vermögen. Ihre Eltern wollten die Schenkung rückgängig machen. Der Prozeß und alle Berufungsverfahren scheiterten. Die Frau wurde zu allen fraglichen Zeitpunkten als zurechnungsfähig erklärt. Die Indoktrination wurde nicht als *force majeure* befunden.«

»Und was bedeutet das für uns und Larry?«

»Wir sind auf sehr unsicherem Boden. Als erstes, und das ist am wichtigsten, müssen wir ein Zivilverfahren einleiten. Die Polizei mischt sich nur ein, falls klare Beweise für kriminelle Handlungen vorliegen. Zweitens ist das Beste, was wir uns in der ersten Instanz erhoffen können, eine einstweilige Verfügung für Larrys Aufenthalt in der Burgholzli-Klinik, bis das Verfahren abgeschlossen ist. Selbst der Antrag auf die einstweilige Verfügung kann abgewiesen werden, falls Larry zum Zeitpunkt der eidesstattlichen Erklärungen als rational und zurechnungsfähig eingeschätzt wird.«

»Und was schlägt der Anwalt vor?«

»Im Grunde das, was du mir geraten hast. Madi und ich fliegen morgen mit den Kindern und ihrem Kindermädchen nach Zürich. Wir bringen alle Unterlagen mit, auch deine Papiere.«

»Und Doktor Levy?«

»Sie nimmt ein anderes Flugzeug, ist aber einverstanden, mit uns im Dolder zu wohnen. Wir übernehmen ihre Spesen, zahlen ihr ein Ausfallhonorar und die Kosten für eine Vertretung.«

»Was hält sie von der Meinung des Anwalts?«

»Im großen und ganzen stimmt sie mit seiner Einschätzung überein. Sie weist darauf hin, daß Larrys Briefe an Madi und mich auf den ersten Blick klar und deutlich den rationalen Wunsch zum Ausdruck bringen, die Familienbande zu lösen. Es ist ihr aber gelungen, Kontakt zu einem Schweizer Psychiater aufzunehmen, der nebenberuflich in der Burgholzli-Klinik arbeitet. Er hat versprochen, diskrete Nachforschungen über Larry anzustellen. Wenigstens haben wir dadurch eine zweite Kontaktperson im medizinischen Bereich.«

»Brauchst du mich für die ersten eidesstattlichen Erklärungen?«

»Nein. Was du mit Carlino vorhast, könnte noch wichtiger sein. Komm nach Zürich, sobald du kannst.«

»Du hast mit Carlino gesprochen. Was für einen Eindruck hat er auf dich gemacht?«

»Einen sehr guten. Er ist scharfsinnig. Er ist entschlußfreudig, hat eine Ausbildung bei der Polizei und beim Militär hinter sich. Er ist entschlossen, Beweise auszugraben für die kriminellen Handlungen von Falco und seinen Partnern. Falls er das könnte, wäre es uns möglich, die Polizei einzuschalten. Was er für morgen abend arrangiert hat, klingt nach einem interessanten Manöver.«

»Er hat es dir erklärt?«

»Ja, im großen und ganzen. Was hältst du davon?«

»Ich halte es wie du für eine hochinteressante Idee.«

Natürlich entging ihm die Ironie. Was auch immer Carlino ihm erzählt haben mochte, es war mehr, als er mir anvertraut hatte. Jedoch hätte ich um nichts in der Welt meinem Vater jemals meine Ahnungslosigkeit gestanden!

Um zehn Uhr morgens hatte ich mit Micheles Hilfe ein hübsches Motiv für ein Gemälde gefunden: den weißen Tempel im Stadtpark von Como, der nicht alten Göttern geweiht ist, sondern einem Physiker, Alessandro Guiseppe Antonio Anastasio Volta, dem Erfinder der Elektrobatterie.

Der Schauplatz sorgte für eine heitere Freiluftstudie: die Spiegelbilder im See, der Park mit der Fülle von Frühlingsblüten, die Berge dahinter mit den Spuren alter Gletscher. Passanten verliehen der Szenerie Bewegung und Farbe, und ich ertappte mich dabei, daß ich unbefangen und verwegen in einem Stil malte, der mir seit langem nicht mehr gelungen war. Die Tempelarchitektur war keine Einschränkung mehr. Sie wirkte flüssig, flexibel, kam mir entgegen, engte mich durch ihre klassische Form nicht ein.

Auch die Spannung in mir löste sich. Es gelang mir, einen Teil meines Verstandes auf die Probleme von Larry zu konzentrieren. An diesem sonnigen Morgen konnte ich mir sogar die Fragen stellen, denen wir bis jetzt ausgewichen waren: Wie fühlte sich Larry? Wie war er sich vorgekommen, als er wie ein Verschwörer sein Verschwinden geplant hatte? Wie hatte er die Kriminellen eingeschätzt, mit denen er sich eingelassen hatte? Wie fühlte er sich in diesem Augenblick, eingesperrt in der Klinik in Zürich?

Wir, seine Familie, hatten aus unserem jeweiligen Interesse heraus über ihn geurteilt. Nur Alma Levy hatte ihn als Patienten in Not gesehen und Mitgefühl mit ihm gehabt, weil er sich in einer Wüste der Verwirrung verlaufen hatte und seine Gehirnchemie verrückt spielte.

Was würde er tun, wie würde er sich fühlen, wenn ihn das Gericht als unzurechnungsfähig befand und seine Frau zu seinem gesetzlichen Vormund einsetzte? Wie würde er sich fühlen, wenn er als normal und zurechnungsfähig befunden wurde und nur noch in die Gesellschaft von Kriminellen zurückkehren konnte? Würden ihm Falco und Rubens, nachdem sie sein Vermögen in Besitz genommen hatten, mehr bieten als Pflege in Reichweite und ein geheimes Exil? Wie würde mein Vater mit ihm umgehen? Wie würde ihn Madi empfangen, nachdem sie sich, wie Alma Levy sagte, von der Tyrannei seines Leidens befreit hatte? Was würde er für seine Kinder empfinden? Wie würden sie auf ihn reagieren? Und was würde er von mir halten, dem Jäger, der ihn in alle Himmelsrichtungen verfolgt hatte, aber trotzdem nicht so clever war, ihn zu finden und ihm von Angesicht zu Angesicht gegenüberzutreten?

Während alle diese Fragen wie Bienen in meinem Kopf summten, gab es immer noch eine ruhige Nische, in der die kleine, schwer faßbare Seele von Carl Emil Strassberger fröhlich mit Licht, Schatten und Formen spielte und der Hand zuschaute, deren Pinselstriche auf der Leinwand immer verwegener wurden. Es war, das mußte ich zugeben, eine sehr kleine Seele, trotz aller Freiheit, die sie für sich verlangte, nicht die eines mutigen Wanderers. Sie war zu fest verankert in der Familie und in der Tradition, zu verhätschelt vom Reichtum und von großzügigen Eltern. Sie würde nie zu den staubigen Karawanenstraßen aufbrechen, nie an den kalten und einsamen Gipfeln ankommen, wo die Giganten lebten und ihre Meisterwerke schufen.

Arlette wußte das und war so klug, sich nicht auf ein Heiratsversprechen einzulassen. Ellie Milland hatte es schnell und schmerzhaft erfaßt. Ich klammerte mich an meine kleine behagliche Seele, weil ich sie nicht halb so weit in Gefahr bringen konnte wie Larry Lucas in seinen wilden Phantasien oder mein Vater mit seinen sturen, gerissenen, aber furchtlosen Plänen.

Mein Vater war es, der über den Atlantik flog, um den letzten Akt des Dramas zu inszenieren, während ich hier am friedlichen Seeufer saß und auf einer Leinwand herumpinselte, umgeben von Kindern, Frauen und müßigen alten Männern, die mir neugierig zuschauten. Letzte Nacht hatte ich mir eingeredet, das Rennen sei für mich vorbei. Ich hatte meine Etappe des Staffellaufs hinter mir und durfte jetzt zusehen.

Im kalten Licht des Morgens begriff ich dann, daß noch eine Konfrontation vor mir lag, mit dem Mann, den ich am wenigstens kannte, Doktor Hubert Rubens in Genf. Er verwahrte die Schatztruhe und kannte die Zaubersprüche, die man brauchte, sie zu öffnen. Ehe ich mit Michele die Villa verließ, hatte ich Falco in Mailand angerufen und ihm gesagt, ich sei einer Entscheidung nahegekommen, brauche aber noch einen Vormittagstermin bei Rubens. Ich bat ihn, dem Doktor zu faxen, ich sei in drei Tagen in Genf, und er möge sich Zeit für mich nehmen. Außerdem bat ich Falco, Liliane eine Faxkopie und die Kopie der Antwort mitzugeben.

Falco war begeistert, daß ich kurz vor der Entscheidung stand. Er fragte mich, wo ich sei. Ich erklärte ihm, ich sei zum Malen an den Comer See unterwegs. Ob er Liliane bitte daran erinnern könne, daß die Überraschungsparty immer noch ein Geheimnis sei; sie werde aber pünktlich um halb acht abgeholt. Und noch eine Frage: Ob er zufällig eine Kopie des üblichen Treuhändervertrages mit Doktor Rubens habe? Nein, er besitze keine. Jeder Vertrag werde auf die Bedürfnisse des Kunden zugeschnitten. Doktor Rubens sei tüchtig und flexibel, aber seinen Kunden gegenüber ein Fels der Stärke.

Es war seltsam, wie der Gedanke an diesen Mann in das Gemälde eindrang. Wie die Berggipfel im Hintergrund waren er und seinesgleichen feste Größen in der europäischen Landschaft des zwanzigsten Jahrhunderts. Ihre finanziellen Wurzeln drangen tief in die Gräber der Toten und Enteigneten hinein, der Opfer der Konzentrationslager, der Massenflüchtlinge und in die legale Ausplünderung während der Schreckensjahre. Diese Leute waren straflos davongekommen, weil altes Geld nicht stank und die Menschen ein kurzes Gedächtnis für das Elend anderer hatten.

Aber Sie und ich werden uns bald kennenlernen, Doktor Rubens, und ich hoffe, ich bete, daß ich Sie daran erinnern kann, wo und wie Ihre Zukunft entstanden ist.

Als ich mit einem Palettenmesser am Mittelteil des Bildes

arbeitete, sagte ein älterer Mann, der rechts neben mir stand, zu der Frau an seiner Seite: »Das ist kein Amateur. Er weiß, was er tut.«

Ich tat, als hätte ich nichts gehört oder nichts verstanden, konzentrierte mich stirnrunzelnd auf die Palette und versuchte, einen Klecks Kadmiumorange zu dämpfen. Dann zog mich ein winziges, dunkelhaariges Mädchen am Ärmel, zeigte auf die Leinwand und brach in einen Wortschwall aus, dessen Sinn mir völlig entging. Der alte Mann erfaßte schnell meine Ratlosigkeit. Er fragte: *»Lei e' Americano?«*

»Canadense.« Ich hatte gelernt, vorsichtig zu sein.

Darauf ging der Mann ins Englische über.

»Sie will wissen, ob sie mit Ihnen malen darf.«

»Ich arbeite mit Ölfarben. Sie wird Farbe aufs Kleid bekommen.«

Der alte Mann zuckte sie Achseln. »Wenn in ihren Augen die Sterne aufgehen, was spielt dann ein Farbklecks für eine Rolle?«

Ich legte die Palette und das Messer weg, hob das Kind auf mein Knie, gab ihm einen kleinen Pinsel, führte ihm die Hand und half ihm, frisches Chrom in die Farbfülle der Blumenbeete einzufügen. Mein Publikum war hingerissen, anerkennendes Murmeln wurde laut. Ich war nett, gütig und freundlich. Als ich das Kind abgesetzt hatte, trottete es glücklich davon, während ich weiter an der Leinwand arbeitete, in der Hoffnung, wenigstens das Konversationsstück daraus zu machen, das Sergio Carlino für das heutige Abendessen empfohlen hatte. Einem Künstler bei der Arbeit zuzuschauen ist ein bißchen, wie das Gras beim Wachsen zu beobachten. Nach einer Weile schlenderte die Gruppe weiter, und ich konnte in Ruhe meine Arbeit betrachten. Nicht übel, meinte ich. Das Bild hatte eine gewisse Vitalität, die meinen sonstigen Arbeiten fehlte – vielleicht fehlen mußte.

Ich rief Michele mit dem Mobiltelefon an und bat ihn, mich abzuholen. Es war ein angenehmer, meditativer Vormittag gewesen; ich mochte die Welt und mich ein bißchen lieber. Blieb für heute die Frage, welche Überraschungen Sergio Carlino heute abend wohl aus seiner Trickkiste zaubern mochte.

Sergio Carlino kam um fünf Uhr nachmittags in der Villa Calpurnia an. Ihn begleitete eine der hinreißendsten Frauen, die ich je gesehen hatte. Sie war etwa Ende Dreißig. Ihre Haare waren rabenschwarz, ihre Augen ebenso, ihre Hautfarbe schimmerte wie dunkler Honig. Ihre Züge waren weich, drückten jedoch sofort jeden Gefühlsumschwung aus, jede Überraschung, jedes Vergnügen, jede Erheiterung. Sie trug ein leichtes Baumwollkleid, das sich, wenn sie sich bewegte, um ihren Körper schmiegte, so wohlgeformt wie der einer Renaissancemadonna. Sie hatte eine unglaubliche Aura – strahlte Autorität, Ruhe, Sex, ein riesiges Potential an Leidenschaft aus. Sie heiße Sibilla, erklärte mir Sergio, und auf typisch italienische Weise verschluckte er den Rest, so daß ich mir nicht recht sicher war, ob ich überhaupt etwas gehört hatte.

Mir hielt sie gnädig die Hand hin. Ich wußte, daß sie einen Handkuß erwartete. Die bloße Berührung löste einen Funken aus. Sie lächelte anerkennend über die Begrüßung und sprach mich auf Englisch an: »Ich weiß alles über Sie. Ich bin zeitig hergekommen, um Ihre Rolle mit Ihnen zu proben und mich zu vergewissern, daß Sie sie ständig im Griff haben.«

»Ich hoffe, Sie erklären sie mir erst mal, Madam. Bis jetzt hat Sergio mich völlig im unklaren darüber gelassen, was heute abend hier gespielt werden soll.«

»Nur weil Sibilla gern die ganze Vorstellung selbst inszeniert.« Sergio hatte kein schlechtes Gewissen. »Sie führt Regie bei allem, auch bei den beiden Beobachtern von der Polizei, die bestätigen sollen, daß alles legal abgelaufen ist und die Aufzeichnung echt, falls Strafanzeige erstattet werden sollte.«

Danach tappte ich immer noch im Finstern. Sergio führte uns in den Salon, servierte uns Drinks und ließ mich dann mit meiner sibyllinischen Lehrerin allein. Sie fing mit einer langen Präambel an.

»Hier wird heute abend ein Psychodrama gespielt, von dem wir hoffen, daß es mit einem Akt der Offenbarung und Läuterung endet. Es ist genau gesagt die moderne Version eines uralten Rituals, das schon in der Antike viele Varianten hatte. Es beginnt immer mit einem Treffen von Freunden mit Fremden, die eingeladen werden, sich dem magischen Freundeskreis anzuschließen. Begrüßungen werden ausgetauscht, die Menschen werden einander vorgestellt – auf vertrauliche Weise, nur mit den Vornamen. Alkohol wird serviert, Musik gespielt, Entspannung und Vertrautheit werden unterstützt. Dann wird das Essen serviert. Ein Büfett, von dem das Personal ausgeschlossen ist. Deshalb ist alles vertraulich. Keine neugierigen Augen, die sehen, was später geschieht ... Das ist sozusagen die Kulisse, die Einstimmung auf die folgende Handlung.«

»Sind Sie sicher, daß eine Handlung folgt? Oder ist es nur eine Kostümprobe?«

Sie bedachte mich mit einem nachsichtigen Lächeln und versicherte mir: »O ja! Es wird etwas geschehen. Alle, auch die Zuschauer, sind auf die eine oder andere Weise daran beteiligt. Nur die Klimax könnte etwas anders ausfallen, als wir erwarten.«

»Wer also sind die Schauspieler, wer die Zuschauer? Und was für Rollen spielen die Schauspieler?«

»Fangen wir mit den Zuschauern an. Das sind zwei Polizeibeamte, ein Mann, eine Frau. Beide sind Freunde von Sergio, ausgebildet in dem, was, zumindest in Italien, als neues Ermittlungsverfahren gilt. Vielleicht entscheiden sie sich, Fragen zu stellen oder im Notfall einzugreifen. Es ist unwahrscheinlich, daß sie dazu gezwungen werden. Sie werden jedoch als Gäste beim gesamten Vorspiel teilnehmen. Abgesehen von der Polizei kommt ein weiteres Paar, wiederum Mann und Frau. Das sind diejenigen, die Liliane Prévost aus ihrer Wohnung abholen und danach dorthin zurückbringen werden. Sie werden Liliane außerdem darauf vorbereiten, daß es ein zwangloser Anlaß ist.«

»Aber der Anlaß wird überhaupt nichts nützen, wenn er nicht aufgezeichnet wird.«

»Er wird aufgezeichnet, mit Ton und Film. Die Bänder bleiben unter Verschluß, bis es an der Zeit ist, sie zu veröffentlichen.«

»Und wer trifft die Entscheidung über den richtigen Zeitpunkt?«

»Das tun Sie. Falls die Polizei sich nicht anders entscheidet. Ob Sie die Bänder veröffentlichen oder nicht, Sie sind der Produzent dieses Dramas. Sie sind der Mann, der die Rechnungen bezahlt!«

»Meinen Sie damit, daß ich auch die Polizei bezahle?«

Sie warf den dunklen Kopf zurück und stieß ein tiefes, samtiges Lachen aus.

»Diese Frage müssen Sie Sergio stellen. Reden wir jetzt über die Schauspieler. Sergio ist der Gastgeber, der Hausherr. Er veranstaltet diese ganze besondere Vorstellung für Sie, seinen Freund. Sie kennen sich aus mit Theatergeschichte und mit Riten.«

»Und welche Rolle wird von mir erwartet?«

»Sie sind ein Statist. Sie sind derjenige, der nicht ganz begreift, was sich eigentlich abspielt. Die neue Erfahrung macht Ihnen Spaß. Sie erklären, wie aufregend das für Sie ist. Sie klatschen Beifall und geben der Truppe Auftrieb.«

»Bin ich betrunken oder nüchtern?«

»Mindestens so nüchtern, daß Sie den Dialog zwischen den beiden Hauptdarstellern hören und beurteilen können.«

»Und wer sind die?«

»Liliane Prévost und ich.«

»Und welche Rollen spielen Sie?«

»Sie werden erleben, wie sie sich langsam zwischen dem Anfang und dem Ende des Abends entwickeln. Manches, was Sie sehen, wird Sie vielleicht schockieren, aber Sie dürfen unter keinen Umständen aus der Rolle fallen oder sich in das Spiel zwischen Liliane und mir einmischen.«

»Wer führt dabei Regie?«

»Ich. Nur ich. Nicht einmal Sergio wird sich trauen, in den Verlauf des Dramas einzugreifen. Haben Sie genau verstanden, was ich Ihnen gesagt habe?«

»Das schon, was Sie mir gesagt haben. Ich begreife aber nicht, worauf Sie hinauswollen oder warum.«

»Gut! Genau das brauchen wir: den Unschuldigen und Unwissenden, der dabei hilft, die Wahrheit zu ermitteln. Aber auch Sie, mein Freund, werden nicht darum herumkommen, dem zu begegnen, was die alten Griechen das ›Gotteserlebnis‹ genannt haben.«

»Was wird Liliane passieren?«

»Sie wird keinen Schaden nehmen, das verspreche ich. Wären Sie jetzt so nett, mir einen neuen Drink zu holen? Jede Sibylle braucht eine Spur Trunkenheit, um beredsam zu bleiben.«

Ich schenkte eben die Drinks ein, als Sergio zurückkam und ebenfalls um einen Drink bat. Er sah erst Sibilla an, dann mich. »An welchem Punkt sind wir?«

Sie beantwortete das mit einem leicht spöttischen Lächeln.

»Er ist ein ganz einfacher Fall. Er weiß alles, was er im Augenblick wissen muß – obwohl er behauptet, er verstehe es nicht.«

Ich reichte ihnen die Gläser. Sergio brachte den alten spanischen Trinkspruch aus: »Auf Gesundheit, Geld und Liebe«, und Sibilla antwortete: »Und genug Zeit, das alles zu genießen.«

Wir tranken. »Sollten wir uns nicht die Kulissen ansehen, Sergio?« fragte Sibilla.

»Selbstverständlich. Noch eine Frage, ehe wir nach unten gehen. Wäre unser Künstler bereit, aus dem Leben gegriffene Skizzen unserer Theatergruppe zu machen?«

»Sicher, wenn Sie das möchten.«

»Können Sie was?« fragte Sibilla.

»Vom Hörensagen weiß ich, daß ich etwas kann. Wozu brauchen Sie die Skizzen?«

»Das gehört auch zur Party«, erklärte Sergio vergnügt. »Es ist wie in einer Fernsehshow. Wir brauchen Einstimmungen und fröhliche, glückliche Augenblicke, damit alle locker bleiben.«

»Werfen wir einen Blick auf die Kulisse«, drängte Sibilla energisch.

»*Subito*«, sagte Sergio und führte uns hinunter in die unterste Etage der Villa.

Die Läden waren immer noch geschlossen, aber die Lichter brannten. Wir standen in einer großen Steinkammer mit Steinmauern und Marmorfußboden, inmitten eines gefliesten Swimmingpools, umgeben von Stühlen und Segeltuchliegestühlen. Auf jedem Stuhl lagen ein sauberer Bademantel und ein Strandtuch.

An einer Wand war ein Refektoriumstisch aufgebaut, gedeckt mit Tellern, Gläsern und Servietten. In der Ecke daneben gab es eine Bar mit Schnäpsen und Weinen. Am anderen Ende befanden sich Toiletten, Duschen und Schließfächer für Kleidung. Sergio führte vor, wie sich das Licht beliebig heller und dunkler stellen lasse. Sibilla musterte den Raum mit kritischem Blick.

»Gut! Es wird klappen, Sergio. Ich verspreche es. Jetzt erkläre ich dir, wie es laufen wird. Cassio und Candida werden mit Liliane Prévost als letzte eintreffen. Michele empfängt sie und bringt sie zu uns hier nach unten.«

»Wenn sie kommen, sind wir zu fünft.« Sergio nahm den Faden der Story auf. »Sibilla und ich, Ferdy und Isabella und Sie in der Rolle von Edgar Benson. Wir lümmeln alle um den Pool herum, in Bademänteln, trinken Champagner – sehr entspannt und vertraulich, alle miteinander befreundet.«

»Wir sind züchtig bekleidet.« Sibilla lächelte. »Aber unter den Bademänteln sind wir nackt.«

»Was soll das werden? Eine Orgie?« Ich mußte die Frage stellen. Sibilla gab eine kurze und bündige Antwort.

»Das ist das Vorspiel zu einem Hypnoseerlebnis, unterstützt von sexueller Stimulierung des Probanden. Wie ich gehört habe, ist diese Frau der Veranlagung nach lesbisch, aber in der Praxis ist sie aus beruflichen oder anderen Gründen bisexuell.«

»Das weiß ich nur vom Hörensagen.«

»Spielt keine Rolle. Für mich ist das eine Ausgangshypothese. Die Wahrheit werde ich selbst herausbekommen. Du, Sergio, und die restliche Gesellschaft werden Zeugen dessen sein, was sich abspielt.« Ich wollte schon unterbrechen, aber sie hob warnend die Hand. »Bitte keinen Kommentar. Erst weise ich Sie ein. Wenn Liliane Prévost eintrifft, begrüßen Sie, Edgar, sie herzlich. Sie sind entzückt über ihr Kommen, etcetera, etcetera. Ich stehe dicht neben Ihnen. Sie stellen sie mir vor. Ich mache mit ihr die Runde durch die restliche Gesellschaft. Ich führe sie in die Umkleidekabinen und mache sie mit den Ritualen unserer kleinen Partys bekannt. Ich schütte sie mit Drinks zu und bleibe während unserer Herumspielerei im Pool in ihrer Nähe.«

»Mit anderen Worten, Sie wollen sie verführen.«

»Das stimmt nicht ganz, jedenfalls nicht hier und noch nicht. Gegen Ende des Abends wird sie wollen, daß ich genau das tue, und vielleicht bin ich dann so scharf, daß ich es auch will. In diesem Fall fahre ich mit ihr nach Hause. Bevor sie geht, haben Sie jedoch alle Informationen bekommen, die sie uns über ihre Arbeit im Reisebüro und ihre persönliche Beziehung zu dem Mann, den Sie suchen, geben kann – Larry Lucas.«

»Und Sie haben vor, das alles per Film und Band mitzuschneiden?«

»Ist das ein Problem für Sie?« Die Frage kam von Sergio Carlino.

»Ich habe Fragen dazu.«

»Bitte, stellen Sie sie.«

»Wird Liliane Prévost auf irgendeine Weise dazu gezwungen werden, sich der Hypnose zu unterziehen?«

»Nein. Ich werde Freiwillige darum bitten. Candida wird damit einverstanden sein, Ferdy wird sich anbieten. Beide sind gute Versuchspersonen für eine einfache Vorführung. Ich werde die Prévost darum bitten, sich daran zu beteiligen. Ich bin mir sicher, daß sie einverstanden ist. Es wird keinerlei Zwang ausgeübt.«

»Dann die nächste Frage. Ihnen ist hoffentlich klar, daß nur sehr wenig von Lilianes Beweismaterial – falls wir überhaupt etwas aus ihr herausbekommen – vor einem amerikanischen Gericht Bestand haben wird. Das meiste wird als Hörensagen abgetan werden, den Rest befleckt die Methode, mit der wir es uns beschafft haben.«

»Sie vergessen eins«, tadelte Sergio mich ruhig, »wir sind nicht in Amerika. Wir sind in Europa, wo amerikanische oder britische Regeln für Beweismaterial nicht gelten. Hier in Italien und in Frankreich wird auf Verdacht hin Anklage erhoben. Nachforschungen, Ermittlungen werden angestellt. Das geht weiter, bis die Wahrheit – falls es eine Wahrheit gibt – vom Grund eines tiefen Brunnens herausgefischt worden ist. In Amerika verläuft ein Prozeß immer noch durch kontroverse Debatten – was auf einen Zweikampf vor Gericht hinausläuft. Manchmal wird der Zweikampf manipuliert. Hier suchen wir nach Gründen für die Anklageerhebung. Wenn wir sie finden, können wir die Anklage einreichen oder versuchen, die Lage mit anderen Mitteln zu bereinigen ... Noch Fragen?«

»Noch eine. Was wird aus den Video- und Audiobändern?«

»Das liegt bei Ihnen.« Sergio schenkte mir sein gewinnendstes Lächeln. »Sie bezahlen dafür. Sie bezahlen heute abend alles und jeden – Sibilla eingeschlossen. Ich will nur sicher sein, daß Sie den Gegenwert für Ihr Geld bekommen!«

»Den bekommt er!« Sibilla bestätigte das mit grandioser Überzeugung. »Mein Publikum ist mir zum letzten Mal vor vielen Jahren in Bali davongerannt. Ich habe ein paar reiche Deutsche unterhalten, als ein Diener plötzlich mit einem Kris Amok gelaufen ist ... Aber das wird heute abend nicht passieren, das verspreche ich Ihnen!«

Sie lachte, nahm mein Gesicht in beide Hände und küßte mich voll auf den Mund. Die Energie, die ihr entströmte, war wie Feuer im Blut.

Noch jetzt, während ich das aufschreibe, zucke ich bei der Erinnerung an jenen Abend in der Villa Calpurnia zusammen. Die Bilder sind banal – eine kleine Gruppe wohlhabender und zynischer Leute, die sich nackt in einem Privatpool amüsieren, trinken, essen, Klatsch austauschen, um sich herum eine Atmosphäre luxuriöser Privilegien schaffen.

Unter der wachsamen Regie Sibillas kam es zu Zärtlichkeiten und kurzen Körperkontakten. Mein Beitrag bestand aus einer Reihe von Skizzen weiblicher und männlicher Körper in Aktion und in kurzen Ruhepausen; aber Sibillas Gestalt dominierte über alle. Sie tauchte auf jedem Blatt des Zeichenblocks auf, dynamisch und dämonisch.

Sie schwebte über uns allen wie ein Schutzgeist, aber Liliane Prévost schien sie förmlich einzuhüllen, sie in einen Strudel des Verlangens hineinzuziehen, dem sie unmöglich entkommen konnte, selbst wenn sie es gewollt hätte. Im Pool und um ihn herum, beim gemeinsamen Essen und Trinken, beim Austausch von Zärtlichkeiten boten die beiden eine ballettreife Vorstellung von solch sexueller Intensität, daß wir zu Zuschauern eines erlesenen erotischen Theaterstücks wurden.

Es bestand überhaupt kein Zweifel daran, daß Liliane Prévost das glückliche und bereitwillige Opfer dieser ausgedehnten Verführung war. Aber sie war ein Opfer, genau wie wir anderen Komplizen waren, in einem Drama der Unterdrückung der Schwachen durch die Starken. Nach dem Essen, als sich Sibilla nach Freiwilligen für ihr Hypnosespiel erkundigte, war Liliane Prévost die erste, die sich meldete.

Sibilla, sofort einverstanden, bat sie, sich im Hausmantel auf eine Chaiselongue direkt unter der Kamera und dem Mikrophon zu legen, die an einem Dachbalken angebracht waren. Dann setzte sich Sibilla neben sie und fing mit dem Eröffnungsritual an: der Konzentration des Blickes, dem monotonen Singsang, der in hypnotischen Schlaf führen sollte, mit der ständigen Versicherung: »Vertrau mir, laß los. Dir wird nur Gutes widerfahren. Wenn ich rufe, wachst du auf und wirst dich nur an Gutes erinnern ...«

Tatsächlich trat das ein, was Sibilla versprochen hatte. Liliane Prévost schien in eine tiefe hypnotische Trance zu fallen, ihre Zuschauer und ihre Umgebung nicht mehr wahrnehmend. Sibilla öffnete sanft den Hausmantel und entblößte den Körper der Frau vor uns allen und für ihre streichelnden Hände.

Was als nächstes geschah, verlief nach einem Rhythmus, aber es dauerte eine Weile, bis sich der Rhythmus in unseren Köpfen festsetzte. Erst stellte Sibilla eine Frage, sanft und überredend, dann, wenn die Antwort kam, belohnte sie sie mit einer kurzen, erotischen Liebkosung. Wenn Liliane zögerte oder nach einer Antwort zu suchen schien, blieb die Liebkosung aus oder wurde lediglich durch die Berührung mit einer Fingerspitze angedeutet. Im Verlauf des Verhörs wurden der Rhythmus und der Rhythmus der Reaktionen schneller, weil Lilianes Verlangen nach Stimulierung wuchs.

Es war jedoch nicht die Sinnlichkeit der Szene, die sich am stärksten in mein Gedächtnis einprägte. Es war die fraglose Rücksichtslosigkeit, mit der Sergio Carlino und Sibilla vorgingen – vor allem aber meine Bereitschaft, mich mit dem, was sie taten, abzufinden, in meinem Interesse und für das Geld der Strassbergers. Es ging um die alte, uralte Geschichte: Der Zweck heiligt die Mittel. Die Ausrede aller Tyrannen: Wer ein Omelett will, muß Eier aufschlagen, und je größer das Omelett, desto mehr Eier müssen dran glauben.

Sie fragen sich, was ich mich immer noch frage: War das, was wir schließlich herausbekamen, dieses Ritual der gegenseitigen Erniedrigung wert? Bei den wichtigsten Informationen ging es um die Organisation von Simonetta und die Beziehung zwischen Simonetta und Doktor Hubert Rubens in Genf. Liliane Prévost hatte einen scharfen Intellekt und war dazu ausgebildet worden, Informationsbruchstücke von Kunden und Quellen wie Delaunay, dem Concierge, zu sammeln. Die Arbeitsmethoden des Reisebüros hatte sich Francisco Falco ausgedacht. Er war auf den Gedanken gekommen, eine Truppe attraktiver junger Frauen zusammenzustellen, das Reisegeschäft in teuren Hotels zu betreiben und gleichzeitig verschwundene oder vom Weg abgekommene Männer und Frauen mit beträchtlichen Mitteln einzusammeln, deren Leben durch eine häusliche Tragödie aus den Fugen geraten war und die davon träumten, an einem entlegenen Ort neu anzufangen. In Lilianes Kommentar, als sie noch unter Hypnose stand, schwang ein gewisses Pathos mit: »Ich hatte keine Ahnung, daß es so viele traurige Menschen mit so viel Geld gibt.«

Es gab noch ein Nebengeschäft mit gewissen Kriminellen, die eine Geldwäsche brauchten, Papiere oder Kuriere, die möglichst sichere Routen benutzten. Dieses Geschäft leitete jedoch Francisco Falco allein, mit einem auserlesenen Frauenteam, zu dem Liliane gehört hatte, aus dem sie aber inzwischen ausgeschlossen war. Es sei zu riskant, sagte sie – und Doktor Rubens billige es nicht. Falco war gezwungen, diesen Bereich und die Einkünfte daraus unter der Decke zu halten.

Der Dreh- und Angelpunkt der Organisation war jedoch Doktor Hubert Rubens. Er sah in ihr nicht nur eine Geldquelle, sondern auch den Zugang zu Grundbesitz im Ausland und eine Informationsquelle über Bergbau und ähnliche Unternehmen, ohne daß er Kapital oder seinen Ruf aufs Spiel setzen mußte, ehe seine Auskünfte vollständig waren.

Laut Liliane schüchterte der geheimnisvolle Doktor das Personal mehr ein als der allgegenwärtige Falco. Falco konnte grob und gefährlich werden, aber er war ihnen vertraut. Rubens war eine legendenumwobenere Bedrohung, dessen Macht über Grenzen hinweg reichte, der in Rio wie in Rom mühelos einen Mord in Auftrag geben konnte.

Larry Lucas? Er war der Liebling aller: reich, amüsant, großzügig, aber insgesamt erwarte er zu viel von Frauen. Wenn ihn die finsteren Stimmungen überkamen, mußte er getröstet, beruhigt, bemuttert werden – und was für eine Rolle war das selbst für eine professionelle Begleiterin? Als er nach Paris zurückkam, nachdem er seine Familie und die Firma verlassen hatte, war er in manischer Hochstimmung gewesen. Liliane nannte das »*une excitation hors raison*«. Er war besessen von dem Gedanken, an einen fernen Ort im Indischen Ozean zu reisen, nach Mauritius oder auf die Seychellen. Das Personal von Simonetta stellte eine Menge Recherchen an. Doktor Rubens hatte einen komplizierten Finanzierungsplan ausgearbeitet. Alles schien in Gang zu kommen, als Doktor Rubens wegen Larrys weitschweifiger Telefonanrufe erschrak. Er hatte Falco geraten, Lucas so lange wie möglich in Europa festzuhalten. Dann schickte er Doktor Langer zu ihm nach Sirmione, der ihn auf der Weiterreise begleiten sollte. In Rom erreichte die Manie den Gipfel. Lucas verschwand. Er wurde von der Polizei aufgegriffen, als er in einer Bar in der Via Margutta pausenlos redete und tobte. Doktor Langer verabreichte ihm Medikamente und brachte ihn zur Krankenhauseinweisung nach Zürich. Falco war das alles ungeheuer lästig. Mit seinen Worten: »Solche Typen sollten wir unauffällig aus dem Zug stoßen!«

Liliane Prévost selbst verlangte wenig vom Leben: einen gutbezahlten Job, den sie immer noch hatte, eine leidenschaftliche Geliebte, »wie du, meine liebe Sibilla, genau wie du«, und einen Fluchtweg aus den trüben Fluten, in denen sie trieb. »Aber wie schmutzig das Wasser ist, merkt man erst, wenn man darin schwimmt. Dann ist es zu spät, nicht wahr?«

Sergio und Sibilla sahen mich an. Beide stellten die gleiche Frage: »Reicht es?«

»Es reicht. Holen Sie sie aus der Trance.«

»Sie hat ihre Belohnung verdient«, sagte Sibilla energisch. »Es wäre grausam, sie ihr zu verweigern.«

Vor unser aller Augen stimulierte sie Liliane zur Klimax. Sie tat es gelassen und distanziert wie eine professionelle Masseuse. Dann, als Lilianes Körper zur Ruhe gekommen war, deckte Sibilla sie mit dem Hausmantel zu und weckte sie mit einem merkwürdigen Befehl: »Wach auf, Kind!«

Liliane wachte auf und streckte sich in wohliger Trägheit aus. Sibilla reichte ihr die Hand, zog sie hoch und umarmte sie. Sie besaß sie jetzt und wollte, daß wir alle das wußten.

»Zieh dich jetzt an, meine Liebe. Candida und Cassio fahren uns zu mir nach Hause.«

Liliane schmiegte sich an sie, lehnte ihren Körper gegen den der älteren Frau und ließ sich, Geliebte und Gefangene, zum Bad führen.

Es war nach Mitternacht. Alle Gäste waren gegangen. Sergio blieb über Nacht in der Villa Calpurnia, um mich am Morgen zum Flughafen zu fahren. Wir saßen im Salon, genossen den letzten Cognac des Abends. Sergio grinste mich über den Glasrand hinweg an.

»Mir ist aufgefallen, daß Carl Emil Strassberger die Vorstellung von heute abend nicht gefallen hat.«

»Sie haben recht. Meine Vorstellung hat mir auch nicht gefallen. Ich fühle mich wie ein gottverfluchter Kuppler! Ich habe diesen Exhibitionismus bezahlt. Wer ist eigentlich Sibilla?«

»Eine eindrucksvolle Frau, nicht wahr?«

»Sie ist eine Kannibalin!«

»Was sie tut, packt sie außerdem sehr clever an – dabei

geht es um Sex, Sex und Hypnosevorstellungen. Sie ist in bestimmten Kreisen von Turin bis Venedig sehr gefragt. Sie hilft dabei, wie sie selbst sagt, das sexuelle Ungleichgewicht in Adelsfamilien zu korrigieren. Sie müssen zugeben, daß Sie bekommen haben, wofür Sie bezahlt haben. Die Kassette ist ein sehr nützliches Dokument gegen Falco und, in geringerem Maß, gegen Rubens.«

»Wir können sie überhaupt nicht verwenden.«

»Warum?«

»Es wäre das Todesurteil für Liliane Prévost.«

»Möglicherweise.« Sergio warf mir einen scharfen, schrägen Blick zu. »Wenn wir sie jedoch dem richtigen Journalisten in die Hände spielen könnten, wäre Strassberger eine Menge Druck an der Börse los.«

»Auf keinen Fall, Sergio! Nicht für Strassberger, nicht für meinen Vater, für niemanden! Bedenken Sie, ich komme nicht hierher zurück. Es ist bekannt, daß Liliane diesen Abend mit mir verbracht hat. Deshalb wäre sie sofort als Informantin entlarvt.«

»Sie sind der Zahlmeister.« Sergio breitete kapitulierend die Hände aus. »Ich bewundere Ihre Tugend, aber denken Sie nicht zu schlecht über uns. In dieser Gegend sind wir immer blutrünstige Stämme gewesen – die Visconti, die Gonzaga, die Borgia. Auch die Künstler waren Satansbraten. Wir sind immer nach dem Prinzip vorgegangen, daß es schneller und sauberer ist, erst die Mörder loszuschicken und später darüber zu diskutieren. Aber machen Sie sich keine zu großen Sorgen um Liliane. Zu meiner Abmachung mit Sibilla hat gehört, daß sie die junge Frau beschützt, ihr einen Job beschafft und sie aus der Gefahrenzone entfernt. Hier handelt es sich um eine mächtige Frau! Ich bezweifle, daß Falco sich mit ihr anlegen würde. Sie kennt zu viele Geheimnisse, hat zu viele Beziehungen auf höchster Ebene. Was ist Ihr nächster Schritt?«

»Ein Termin bei Rubens in Genf, um herauszubekommen, was er mir als einem besonderen Kunden von Simonetta für ein Geschäft anzubieten hat. Falco hat ihm gefaxt, daß ich komme.«

Ich reichte ihm die Kopie von Falcos Brief, die Liliane aus Mailand mitgebracht hatte. Er warf einen flüchtigen Blick darauf und gab sie mir zurück.

»Da steht doch überhaupt nichts drin! Im Grunde heißt das nur: ›Sprechen Sie mit diesem Mann. Kriegen Sie heraus, ob er einen vernünftigen Eindruck auf Sie macht.‹ Das ist schlimmer als nichts. Keinerlei Begeisterung, keine positive Referenz. Falco hegt offensichtlich Zweifel an Ihnen als Kapitalanlage. Vielleicht macht er das bei allen so. Ich weiß es nicht, aber es macht mir Sorgen. Falls es Rubens auch Sorgen macht, ist das eine Einladung, Ihnen ins Gesicht zu spucken und Sie hinauszuwerfen.«

»Dann kommt es zu der großen Verwandlungsszene. Der Mann ihm gegenüber ist Carl Emil Strassberger.«

»Der in der Sache überhaupt nichts zu sagen hat, den Larry Lucas, Rubens' Kunde, samt der restlichen Familie verlassen hat. Wozu in Gottes Namen soll das führen – falls Sie die Bänder nicht benutzen?« Unvermittelt brach er die Diskussion ab, leerte das Glas und stand auf, eine Spur wacklig. »Warum gehen Sie nicht ins Bett, Carl? Wir müssen um sechs aufstehen. Ich weiß nicht, wie es Ihnen geht, aber von sinnlosen Diskussionen und sexuellen Ersatzbefriedigungen vor dem Schlafengehen bekomme ich immer Alpträume.«

11. Kapitel

Genf, die Stadt von Calvin, Rousseau und Voltaire, die Namensgeberin der Genfer Konvention und die Wiege der Schweizer Uhrenindustrie, lag friedlich unter warmer Frühlingssonne. Der See funkelte, die Fontänen versprühten sich hoch in die ruhige Luft; der Rasen in den Parks war grün, auf den Beeten blühten bunte Blumen. Das alles nahmen meine Augen auf der Fahrt vom Flughafen wahr; mein Kopf registrierte wenig davon. Ich war zu sehr damit beschäftigt, mir zurechtzulegen, wie ich das Gespräch mit Doktor Hubert Rubens eröffnen sollte.

Ich hatte ihn vom Dolder in Zürich aus angerufen, wo meine Familie noch nicht eingetroffen war. Er habe das Fax von seinem Kollegen Falco erhalten, erklärte er, und sei gern bereit, mich zu einem »Vorbereitungsgespräch« zu empfangen. Er drückte sich förmlich aus. Sein Ton war um Neutralität bemüht. Ich kam mir vor wie ein Student, der im Begriff ist, einem anspruchsvollen Professor eine ziemlich schlampige Doktorarbeit vorzulegen.

Rubens' Büro war in der Rue des Granges, dem alten Stadtteil, in dem die großen Bankiers des achtzehnten Jahrhunderts ihre Villen gebaut hatten. Die Atmosphäre alten, diskreten Geldes war immer noch spürbar. In Rubens' Geschäftsräumen herrschte dieselbe Aura der Diskretion.

Am Empfang stand ein junger Angestellter auf, um mich

zu begrüßen, dann sprach er kurz und leise in die Gegensprechanlage. Ein paar Augenblicke später tauchte eine grauhaarige Frau in einem dezenten Kostüm auf, führte mich in den ersten Stock und in einen Tagungsraum. Er war karg möbliert; in der Mitte ein Konferenztisch aus Mahagoni mit gelben Notizblöcken, frisch gespitzten Bleistiften, Mineralwasserflaschen und Gläsern, rundherum geradlehnige Stühle. An den Wänden hingen Lithographien aus dem achtzehnten Jahrhundert, die das Leben in der Stadt am See zeigten. Die Lithographien stammten aus dem Zeitalter der Aufklärung, aber der Geist von Johannes Calvin, streng und selbstgerecht, erfüllte den Raum. Meine Begleiterin bat mich, Platz zu nehmen, bot mir ein Glas Mineralwasser an, das ich ablehnte, und ließ mich dann mit meiner halb erledigten Doktorarbeit allein, aber leider auch mit der wachsenden Überzeugung, daß dieses »Vorbereitungsgespräch« ein katastrophales Ende nehmen würde.

Es dauerte genau drei Minuten, bis Doktor Hubert Rubens erschien. Er war groß, dürr wie ein Rechen, mit einem langen Gesicht, das mich merkwürdigerweise an Don Quichotte erinnerte – abgesehen davon, daß sein Mund eine harte, freudlose Linie bildete und die Augen dunkel und beschlagen blickten wie die eines Raubvogels. Seine Haut war bleich, seine manikürten Hände dünn wie Vogelkrallen. Sein Händedruck fühlte sich an wie ein kurzer, seidiger Kontakt, seine Begrüßung bestand schlicht darin, daß er meine Anwesenheit und meinen Namen zur Kenntnis nahm. Seine Einleitung war knapp.

»Mein Kollege Falco hat mir die persönlichen Einzelheiten über Sie geschickt. Ich habe mich gründlich damit beschäftigt, außerdem Kontakt mit der Person aufgenommen, die sich bei Morgan Guaranty in Paris um Ihre Angelegenheiten kümmert. Jetzt möchte ich gern wissen, welche Dienstleistungen ich Ihnen Ihrer Meinung nach anbieten kann.«

»Ich habe gehört, Doktor Rubens, daß Ihre Dienstleistungen ein wichtiger, sogar unerläßlicher Bestandteil einer Lebensplanung sind, die Simonetta-Reisen für besondere Kunden entwirft. Ich habe aus reiner Vorsicht um diesen Termin gebeten. Man vertraut sein Vermögen nicht irgendwelchen unbekannten Personen oder Organisationen an. Es liegt auf der Hand, daß Sie aufgrund der Informationen, die ich bei Falco zu Protokoll gegeben habe, mehr über mich wissen als ich über Sie.«

»Wieviel wissen Sie über mich, Mr. Benson?«

»Ich habe um einen Bericht über Ihre Bank gebeten und ihn auf die übliche Weise bekommen. Sie sind eine Treuhandfirma mit langer Tradition. Ihr Vater hat sich zurückgezogen. Sie sind jetzt der Hauptaktionär und der Geschäftsführer. Ihre Geschäfte mit anderen Banken sind pünktlich und korrekt verlaufen. Sie gelten als empfehlenswertes Geldinstitut.«

»Sie beherrschen die Fachsprache. Haben Sie eigene Erfahrungen in Geldangelegenheiten?«

»Sie reichen aus zur Leitung eines kleinen, spezialisierten Kunst- und Designhandels und dazu, daß ich genug Kapital ansammeln konnte, um mir eine völlige Veränderung meines Lebensstils zu überlegen.«

»Das interessiert mich, Mr. Benson. Sie sind eindeutig ein erfolgreicher und wohlhabender Mann. Warum wollen Sie Ihren gegenwärtigen Lebensstil für einen völlig anderen aufgeben? Warum wollen Sie die Bank wechseln, ehe Sie entschieden haben, was Sie mit Ihrem Leben anfangen wollen?«

»Ich habe bestimmte eindeutige Gründe, Herr Doktor, gewisse andere, die ich schwer ausdrücken kann, die aber für mich real sind.«

Er lächelte nicht, wurde keine Spur lockerer.

»Zuerst zu den eindeutigen Gründen.«

»Ich bin ausgebrannt. Meine Arbeit ist ausgebrannt. Zum Glück ist es meinen Kunden noch nicht aufgefallen, aber ich habe es gemerkt. Offen gesagt, ich bin in einer kritischen Phase meiner Karriere. Ich brauche neue Eindrücke, neue Erfahrungen, eine neue Sicht. Ich brauche eine Veränderung, Herr Doktor.«

»Auf Dauer?«

»Auf jeden Fall eine radikale Veränderung. Mein Berufsleben erfordert es.«

»Und Ihr Privatleben?«

»Auch das muß ich neu überdenken, neu aufbauen. Ich habe zwei schwierige Liebesgeschichten hinter mir, und obwohl ich das den betroffenen Frauen gegenüber nie zugeben konnte, waren die Schwierigkeiten zum größten Teil meine Schuld.«

»Sprechen Sie über sexuelle Probleme?«

»Nein. Es geht nicht um meine Potenz, sondern um mein Bedürfnis nach verschiedenen Beziehungen zu verschiedenen Frauen. Man sollte doch hoffen, daß es noch Orte auf der Welt gibt, wo sich ohne allzu große Probleme eine solche Vielfalt finden läßt.«

Ich sah oder bildete mir ein, es zu sehen, daß die Winkel seines schmalen, verkniffenen Mundes vor Erheiterung leicht zuckten.

»Sie haben nie daran gedacht, zum Islam überzutreten?«

»Ehrlich gesagt, ziemlich oft. Das Problem liegt darin, daß ich dann dem Alkohol abschwören müßte, den ich in Maßen genieße. Außerdem ist mir nicht wohl, was strenge, orthodoxe Religionen anlangt.«

»Klären Sie mich weiter auf, Mr. Benson. Sie sind Künstler, Designer. Was entwerfen Sie?«

»Alle dekorativen Elemente der Innenarchitektur: Stoffe, Teppiche, Keramik, Glas. Ich suche nach den Motiven der primitiven Völker und versuche, sie ins moderne Leben zu übertragen.«

»Folglich – verbessern Sie mich, wenn ich mich irre – gibt es in Ihrer Arbeit zwei Elemente: die kreative Synthesis und die Anpassung an die Gesellschaft.«

Er machte eine Pause, ehe er die nächste Frage stellte. Rubens war ein sehr geübter Fechtmeister. Er würde jede Schwäche in meiner Deckung sondieren. Sein nächster Stoß war eine Finte.

»Ich verstehe sofort, daß Sie für den kreativen Prozeß möglicherweise Abgeschiedenheit, Freiraum, eine Privatsphäre brauchen, auch einen exzentrischen Lebensstil.« Vor dem nächsten Hieb machte er eine kurze Pause. »Aber was den zweiten Punkt anlangt, brauchen Sie gesellschaftliche Kontakte, müssen sie sogar pflegen: Beratungen mit Kollegen, Ideenaustausch, Vertragsverhandlungen. Wie wollen Sie das finden, wenn Sie in permanenter Isolation leben?«

»Ich hatte gehofft, Doktor Rubens, daß die Agentur Simonetta mir dabei helfen könnte, diese Frage zu beantworten.«

»Worauf beruht Ihre Hoffnung, Mr. Benson?«

»Auf etwas, was Ihr Kollege Falco einen ›albernen kleinen Zeitschriftenartikel‹ nannte, in dem der Agentur nachgesagt wurde, sie könne Menschen dabei helfen, ihr altes Leben hinter sich zu lassen und ein neues anzufangen.«

»Ich kenne den Artikel, Mr. Benson. Ich gestehe, daß ich ihn immer als etwas peinlich empfunden habe.«

»Ich habe jedoch gehört, daß er dem Reisebüro viele Kunden eingebracht hat – und Ihnen, Herr Doktor Rubens.«

»Kennen Sie einen dieser Kunden, Mr. Benson?«

Es war das, was Fechter einen Ausfall nennen, ein schneller Angriff, hoch auf den Körper gezielt; aber dadurch blieb er ohne Deckung gegen einen direkten tiefen Treffer, wenn ich die Nerven behielt und den Stoß wagte. Die Worte kamen schnell heraus, als spräche sie ein anderer Mund als der meine.

»Einen kenne ich.«

»Oh, und wer ist das?«

»Ein Mann namens Laurence Lucas. Ein Amerikaner.«

»Und wie haben Sie ihn kennengelernt, Mr. Benson?«

»Er hat meine Schwester geheiratet.«

»Und Sie sind?«

»Ich bin Carl Emil Strassberger. Es handelt sich um eine Situation, über die wir reden müssen.«

Der Mann war aus Eisen. Er saß reglos da, mit ausdruckslosem Blick, die Handflächen auf den Tisch gelegt, während er meine Erklärung in sich aufnahm. Schließlich sagte er, und er blieb dabei absolut ruhig: »Es gibt keinen Grund auf der Welt, warum ich mit Ihnen über irgend etwas reden müßte. Sie kommen unter falschem Namen in mein Büro. Sie bitten mich, mit Ihnen über die vertraulichen Angelegenheiten eines Kunden zu sprechen. Falls Sie tatsächlich Carl Emil Strassberger sind, dann müssen Sie wissen, daß Sie in dieser Sache überhaupt keine Handhabe besitzen: Ihr Schwager hat die Familienbande durchschnitten. Er hat seine Frau um die Scheidung gebeten. Er ist krank. Er hat sich und seine Angelegenheiten mir anvertraut.«

Ich rechnete damit, daß er aufstehen und mich sofort hinauswerfen würde. Das tat er nicht. Er saß mit stumpfen Augen ruhig da und wartete darauf, daß ich meine Argumente vortrug. Er mußte herausfinden, wieviel ich wußte, an welche Schritte ich oder die Familie möglicherweise dachten. Hier stand mehr auf dem Spiel als die Zukunft von Larry Lucas, einem leidenden Mann auf der Flucht vor der Realität mit dem bescheidenen Vermögen unter Treuhänderschaft, von dem er bis zum problematischen Ende seiner Tage leben konnte.

Ich war der Meinung, die beste Methode, mich Rubens gegenüber zu behaupten, bestehe darin, vernünftig mit ihm zu reden und mich auf kein Gefecht mit ihm einzulassen.

»Sie haben den Nagel auf den Kopf getroffen, Doktor Rubens. Obwohl ich die Unterlagen nicht gesehen habe, bin ich immer davon ausgegangen, daß Larry Lucas Sie als Treuhänder mit anwaltlicher Vollmacht eingesetzt hat.«

»Wenn Sie davon ausgegangen sind, warum haben Sie sich dann in der fraglichen Sache nicht sofort an mich gewandt?«

»Aus zwei Gründen, Doktor Rubens. Erstens war Ihr Ruf durch die Verbindung zu Francisco Falco und das Reisebüro Simonetta getrübt. Der Grund für meine Maskerade als Edgar Benson war der, in dieses Unternehmen einzudringen und Beweise für seine äußerst fragwürdigen Aktivitäten zu finden.«

»Und Sie glauben, die haben Sie jetzt?«

»Ich habe sie jetzt, Doktor Rubens.«

»Und damit wollen Sie mir jetzt drohen.«

»Im Gegenteil. Ich möchte die Beweise viel lieber verscharren. Aber Ihr Francisco Falco ist ein Widerling.«

Rubens tat das mit einer kleinen Geste ab.

»Er leitet ein erfolgreiches Reisebüro. Schon das spricht ihn halb selig. Er arbeitet in vielen verschiedenen Bereichen juristischer Zuständigkeit. Es wäre teuer und vermutlich vergeblich, ein Strafverfahren gegen ihn einzuleiten. Ihre Familie ist schon lange im Bankgeschäft, Mr. Strassberger. Sie müssen doch wissen, daß Geld der überzeugendste Unschuldsbeweis ist. Sie müssen außerdem wissen, daß ein Treuhänder nur für die Mittel zur Rechenschaft gezogen werden kann, die er verwaltet. Mein Unternehmen ist völlig unabhängig von Simonetta. Mr. Falco ist für diese Firma vor dem Gesetz voll verantwortlich.«

»Aber als Treuhänder mit anwaltlicher Vollmacht sind Sie direkt und persönlich verantwortlich für Larry Lucas, der im Augenblick zwangseingewiesener Patient in der psychiatrischen Klinik Burgholzli in Zürich ist.«

In den ausdruckslosen Augen blitzte schwache Überraschung auf, aber seine gußeiserne Ruhe war nicht erschüttert. »Sie wollen doch bestimmt nicht unterstellen«, sagte er, daß seine Zwangseinweisung ein Delikt meinerseits darstellt oder eine Verletzung seiner Bürgerrechte?«

»Nein, das unterstelle ich nicht. Aus meinen Nachforschungen weiß ich, daß Larry in Sirmione in eine manische Phase geriet und daß Sie sofort einen gewissen Doktor Langer zu ihm geschickt haben, der ihn betreuen und schließlich zur Behandlung in die Schweiz bringen sollte. Wir – seine ganze Familie – sind dankbar dafür.«

»Dann machen Sie sich Sorgen um meine Verwaltung seiner Gelder?«

»Nein, schließlich ist es sein Geld, und er kann damit machen, was er will.«

»Was genau macht Ihnen dann Sorgen, Mr. Strassberger?«

»Seine Zukunft.«

Das tat er wiederum mit einer knappen Geste ab.

»Sobald er im Krankenhaus stabilisiert worden ist, wird er entlassen. Er kann gehen, wohin er will, leben, wie er es möchte.«

»Vorausgesetzt, er entzieht Ihnen nicht die anwaltliche Vollmacht, was seine Mittel stark beschneiden würde, oder bricht nicht seinen Vertrag mit Simonetta.«

Es war eine Vermutung, aber sie stellte sich als zutreffend heraus. Rubens beeilte sich, seine Position zu erläutern.

»Beide Verträge wurden in gutem Glauben abgeschlossen, während Lucas im Vollbesitz seiner geistigen Kräfte war. Die Zeugen beim Abschluß der Verträge können das bestätigen. Folglich, Mr. Strassberger, wäre es ein langer und teurer Prozeß, die Gültigkeit der Verträge auch nur in Zweifel zu ziehen, ganz davon zu schweigen, sie für ungültig zu erklären. Was wollen Sie also wirklich, Mr. Strassberger? Was für einen Sinn hatte diese Mantel- und Degenkomödie – die ich für ziemlich absurd halte?«

»Sie ist absurd, Doktor Rubens; aber, wie Doktor Langer Ihnen erklärt haben muß, gehört zu den Problemen dieser Krankheit, daß der Patient viele andere – Angehörige, Freunde, Geschäftspartner – in seine Zonen der Irrealität hineinzieht. Er treibt manipulative Spiele. Larrys Verschwinden, sein Identitätswechsel, die Geheimhaltung seiner Verfügung über sein Geld und das Geld der Familie, all das war geplant, um uns an einem Melodrama zu beteiligen, in dem er die Hauptfigur war und immer noch ist. Als

Finanzmann müssen Sie diesen Faktor bei Ihrem ursprünglichen Geschäft mit ihm in Betracht gezogen haben. Zum Beispiel, wieviel Zeit und Geld mußten Sie aufwenden, um Larry aus Italien zu holen und in Zürich zwangseinweisen zu lassen?«

»Eine ganze Menge. Aber wie Sie wissen, schöpfen wir aus unseren Einlagen.«

»Und wieviel stellt Simonetta in Rechnung, um ihn sicher auf die Seychellen zu schaffen und ihn dort unterzubringen, jedenfalls ohne Skandal?«

»Ebenfalls eine ganze Menge.«

»Auch meine Scharade war ein kostspieliges Unternehmen, an dem eine internationale Sicherheitsorganisation beteiligt war, aber ich bezweifle, daß wir ohne deren Hilfe in so kurzer Zeit so viel herausbekommen hätten. Ehe ich aufbrach, bin ich davor gewarnt worden, daß diese Krankheit auf eine ganz besondere Weise übertragbar ist. Die Warnung war nicht übertrieben.«

»Sagen Sie mir also offen, was Sie von mir wollen.«

»Larrys Frau, seine Kinder, mein Vater und Larrys New Yorker Ärztin, Frau Doktor Alma Levy, treffen morgen früh in Zürich ein. Sie verlangen freien Zugang zu Larry Lucas in der Burgholzli-Klinik. Beim Stand der Dinge brauchen sie dazu die Zustimmung des zuständigen Arztes und Ihre Erlaubnis, weil Sie der legale Sachwalter von Larrys Interessen sind.«

»Und falls sie beides nicht bekommen?«

»Ein Anwalt in Zürich ist bereits angewiesen worden, vor Gericht eine Zugangsermächtigung zu erwirken.«

»Ich sehe keinen Grund, dagegen Widerspruch einzulegen. Meine einzige Sorge gilt dem Wohlergehen meines Kunden. Wenn seine Familie ihm helfen kann, gut! Ich bin ganz und gar dafür. Wenn nicht, bin ich trotzdem verpflichtet, ihm zu Diensten zu sein, soweit ich dazu fähig bin. Das hier ist keine Einbahnstraße, Mr. Strassberger. Meine Gebühren sind hoch, aber ich leiste etwas dafür, selbst für die schwierigsten Kunden. Ehe Sie gehen, diktiere ich ein kurzes Ermächtigungsschreiben an die Klinik, und ich werde persönlich mit Doktor Langer sprechen, der in Zürich wohnt.«

»Danke. Ich bin dankbar – meine ganze Familie wird dankbar sein für Ihre Kooperation.«

»Ich beglückwünsche Sie dazu, wie Sie diesen schwierigen Auftrag gemeistert haben, Mr. Strassberger. Ich gestehe, daß ich vor unserem Treffen etwas besorgt war.«

»Weshalb?«

»Mein Kollege Falco hat mich heute morgen angerufen. Er hat mir mitgeteilt, daß Sie in Ihrer Rolle als Edgar Benson gestern abend eine seiner Mitarbeiterinnen zum Essen eingeladen haben. Sie ist heute morgen nicht zur Arbeit erschienen. Sie ist auch nicht in ihre Wohnung zurückgekehrt. Sie haben sie doch nicht etwa in die Schweiz mitgebracht?«

»Nein. Ich habe sie um halb zwölf nach Hause geschickt, begleitet von drei anderen Gästen, einem Mann und zwei Frauen. Ich bin im Morgengrauen aufgestanden, um ein Flugzeug nach Zürich zu erreichen und hierherzukommen.«

»Sie werden die Frau also nicht wiedersehen?«

»Nein.«

»Und Sie werden Ihre Nachforschungen als potentieller Kunde von Simonetta nicht fortsetzen, das liegt doch auf der Hand?«

»Das liegt auf der Hand. Ich wäre Ihnen dankbar, wenn Sie Falco das mitteilen würden.«

»Das werde ich tun.«

»Sie sollten ihm außerdem mitteilen, falls er etwas gegen die junge Frau unternimmt, ihr droht, sie einschüchtert oder belästigt, weil sie kurz Kontakt mit mir hatte, wäre die Antwort darauf die sofortige Veröffentlichung äußerst belastenden Materials. Beim gestrigen Abendessen waren zwei Polizeibeamte und der italienische Direktor von Corsec anwesend. Liliane Prévost ist in der Begleitung der Polizisten nach Hause gefahren und steht jetzt unter ihrem Schutz. Noch ein Punkt: Es war Falco, der mich gedrängt hat, mich für die junge Frau zu interessieren. Er meinte, vielleicht sei sie mein künftiger Schutzengel, falls ich ein besonderer Kunde des Reisebüros werde. Er hatte keine Ahnung, daß ich von ihrer ähnlichen Rolle gegenüber Larry Lucas in Paris wußte ... Wissen Sie, warum sie nach Rom versetzt worden ist?«

»Sie werden es mir bestimmt gleich sagen, Mr. Strassberger.«

»Weil sie sich auf ein lesbisches Liebesverhältnis mit einer leitenden Mitarbeiterin von Strassberger eingelassen hatte und es beim Abendessen zu indiskreten Gesprächen gekommen war.«

»Sie sind besser informiert, als ich erwartet hatte.«

»Die Scharade hat mir dabei geholfen, Doktor Rubens.«

»Sie haben mir auch geholfen, Mr. Strassberger. Eine Überprüfung unseres Sicherheitssystems ist überfällig ... Wenn Sie mich jetzt bitte entschuldigen, ich lasse den Brief für Sie aufsetzen.«

»Bitte, haben Sie noch etwas Geduld mit mir. Es gibt Fragen, die ich Ihnen stellen muß.«

»Ich höre mir die Fragen an. Vielleicht verweigere ich die Antwort.«

»Das ist Ihr gutes Recht. Erste Frage: Sind Sie in irgendeiner Weise an der gegenwärtigen Börsenjagd auf Strassberger beteiligt?«

»Ja. Das Ausmaß und die Art meiner Beteiligung sind vertraulich.«

»War Larry der Auslöser, oder ist er jetzt an dieser Börsenaktion beteiligt?«

»Kein Kommentar.«

»Ihm gehört ein umfangreiches Aktienpaket der Firma. Im Augenblick unterliegt es Ihrer anwaltlichen Vollmacht.«

»Das stimmt.«

»Haben Sie die Aktien veräußert?«

»Kein Kommentar.«

»Haben Sie diese Börsenattacke selbst geplant, mit Hilfe

von Informationen, die Ihnen Larry Lucas gegeben hat?«

Zum ersten Mal war seine Selbstbeherrschung angeschlagen. Zorn blitzte in seinen Augen auf. Er nahm die Handflächen vom Tisch und schlug auf die polierte Oberfläche.

»Das reicht, Mr. Strassberger! Seien wir doch realistisch! Ihr Unternehmen ist an der Börse aktiv. Es unterliegt Marktstrategien und Börsentendenzen. So ist nun mal der Kapitalismus gegen Ende dieses Jahrhunderts. So funktioniert er, ob es Ihnen gefällt oder nicht. Es ist klar, daß das Unternehmen sich wehrt, indem es die eigenen Aktien aufkauft. Dieses Spiel hat Grenzen. Sobald das Bargeld knapp wird, muß man am Limit kaufen. Dann fängt der Kampf erst richtig an. Sie haben einen großen Fehler gemacht, Mr. Strassberger. Sie haben mein Interesse an Larry Lucas völlig falsch interpretiert. Sie sahen ihn nur im Licht seiner Krankheit – einen Mann, den die eigenen Dämonen zur Verzweiflung treiben. Ich habe beobachtet, was er bei der Übernahme der alten Suezgesellschaft geleistet hat – ein Fünf-Milliarden-Dollar-Geschäft, zusammengesetzt wie eine erstklassige Schweizer Uhr. Der Mann ist ein Genie. Er hat Schwächen, ja – aber nennen Sie mir ein Genie, das keine Schwächen hat. Er ist wiederherstellbar, er ist nützlich, und ich habe mich entschieden, ihn mir zu holen. Jetzt habe ich ihn. Ich kümmere mich um ihn nicht wegen seiner persönlichen Vermögenswerte, die gering sind, was das Bankgeschäft anlangt, sondern wegen seines Talents. Ein Talent, das Strassberger erkannt hat, aber offenbar nicht schützen, nicht hegen und pflegen konnte.«

»Wie hat Ihrer Meinung nach Strassberger ihm gegenüber versagt?«

»Das Unternehmen hat zugelassen, daß er sich zu schnell unter zu starken Druck setzt. Schließlich ist er wie eine überhitzte Maschine in Stücke gebrochen. Das sollte keine Firma einem hochintelligenten Mann antun. Keine Familie sollte die Warnzeichen ignorieren.«

»Und Sie werden die Warnzeichen erkennen, Herr Doktor Rubens?«

»Damit habe ich mein Leben lang gelebt, Mr. Strassberger. Mein Vater hat dieses Geschäft aus den verkommenen Reichtümern des ›Tausendjährigen Reiches‹ aufgebaut. In der Götterdämmerung sind alle möglichen Menschen, Opfer und Täter gleichermaßen, zu ihm gekommen, um die Überbleibsel ihres einstigen Vermögens oder ihrer Beute zu retten. Das Credo meines Vaters war uralt: *Pecunia non olet*, Geld stinkt nicht. Als ich älter wurde, habe ich etwas anderes gelernt: Über jedem Finanzmarkt der Welt hängt der Gestank von Gemetzel. Ich habe daran nichts mehr auszusetzen, lebe damit als einer Tatsache der menschlichen Existenz. Mein Problem besteht darin, daß ich keine Kinder habe, niemanden, an den ich meine Macht auch nur delegieren, dem ich die Erlöse aus dem Imperium, das mein Vater mir hinterlassen hat, übergeben könnte. Es ist ein sehr großes Imperium, Mr. Strassberger. Und darin gibt es etliche sehr seltsame Menschen.«

»Und Sie sehen in Larry Lucas Ihren Kronprinzen?«

»Trotz all seiner Schwächen – möglicherweise gerade ihretwegen – ist er der Beste, auf den ich bis jetzt gestoßen bin. Doktor Langer sagte mir, sobald er diese Phase hinter sich hat und wieder stabilisiert ist, läßt sich das Leiden viel besser in den Griff bekommen.«

»Das ist Ihre Sache, Doktor Rubens; aber ich meine, Sie gehen ein verteufelt riskantes Spiel ein.«

»Strassberger hat auf ihn gesetzt und fünfzig Millionen Dollar an Gebühren und Provisionen kassiert. Dann hat das Unternehmen die Kontrolle über das Spiel verloren. Wissen Sie, was für ein Problem Strassberger hat? Ich habe es sehr gründlich analysiert. Sie sind ein gutes, solides, respektables Familienunternehmen – zu gut, zu solide, zu respektabel, zu familienorientiert für eine Ellbogengesellschaft wie die unsere oder für ein sprunghaftes Genie wie Larry Lucas. Sie haben es verdient, ihn zu verlieren. Sie haben es auch verdient, das

Unternehmen zu verlieren. Nicht einmal Sie, der Sohn des Hauses, haben soviel Interesse daran, um darum zu kämpfen. Ich verabschiede mich jetzt von Ihnen, Mr. Strassberger. Meine Sekretärin bringt Ihnen gleich den Brief.«

Bis zu meinem Abflug nach Zürich hatte ich eine Stunde Zeit. Ich verbrachte sie in der Flughafenhalle, trank einen Whiskey und versuchte, aus meinem Gespräch mit Doktor Rubens schlau zu werden. Den Mann umgab eine Art von frostiger Verzweiflung, die einen krassen Kontrast zu der leidenschaftlichen Verachtung in seinem abschließenden Ausbruch bildete.

Er kam mir nicht wie ein Bösewicht vor, sondern wie ein Mann, dessen Leben einem Universum voller Mängel trotzte, und der es aus Zorn ausplünderte statt aus Profitgier. Er war sicher, daß er Profit machte, konnte ihn aber nicht genießen. Ich war mir so sicher wie er, daß er auf dem letzten Cent seines Vertrages mit Larry Lucas bestehen würde, und doch würde er das sprunghafte Genie, das er in ihm sah, hegen, pflegen, beschützen und – was noch wichtiger war – respektieren.

Das Mitgefühl und die Nachsicht, die er ausdrückte, waren echt. Ich war mir dessen sicher, weil er sich das leisten konnte. Seine Strategie, sich Larrys Dienste zu sichern, bedeutete keine Gefahr. Er war der Treuhänder seines Vermögens. Deshalb bezahlte Larry seine Rehabilitation selbst. Falls die Mittel zur Neige gingen, würde er Larry reich für erwiesene Dienste belohnen. Wie auch immer, der Esel würde auf die Möhre zutrotten, die ihm vor die Nase gehalten wurde.

Das war meine zynische Interpretation eines zynischen Geschäftes, aber es war nicht der ganze Text. Doktor Hubert Rubens war ein Mann, der behaglich mit dem Teufel zu Abend speiste, nicht nur, weil er ihn auf Distanz halten konnte, sondern auch, weil er nicht so ausgehungert war, sich um das Essen zu streiten. Entweder bekam er die Portion, die ihm zustand, oder er verließ den Tisch. Durch die

Erziehung seines Vaters hatte er festgestellt, daß der Teufel in vielen seiner Verkleidungen ein Gentleman war und daß man durchaus eine gesittete, sogar angenehme Unterhaltung mit ihm führen konnte. Ich wußte, was er meinte, als er sagte, geschäftlicher Erfolg sei schon eine halbe Seligsprechung. Unterstellt hatte er vielmehr: Die Straße zum Reichtum ende an der Höllenpforte, wo der Teufel kein Gentleman mehr war.

Seine abfälligen Bemerkungen über meinen Vater und das Strassberger-Unternehmen hatten mich gekränkt und wütend gemacht. Ich ärgerte mich weniger über seine Anspielung auf mich, den Sohn, der es verschmähte, um sein Erbe zu kämpfen. Deswegen hatte ich schon genug Schuldgefühle. Die meisten hatte ich mir ausgeredet, aber jetzt stimmte meine Logik nicht mehr. Larry Lucas, von meinem Vater zum Nachfolger nominiert, hatte abgedankt. Falls also Madi nicht einsprang – und ich konnte mir nicht vorstellen, daß sie es tat –, blieb das Haus Strassberger ohne Erben, und meinem Vater fehlte in den Jahren, in denen er sie am meisten brauchte, die familiäre Unterstützung – was mich dazu brachte, einen Augenblick lang über das Unternehmen Strassberger an sich nachzudenken. Rubens hatte es treffend geschildert: »Zu gut, zu solide, zu respektabel, zu familienorientiert.« Eigentlich waren das lobende Worte, und doch hatte er sie klingen lassen wie Beleidigungen. Für meinen Vater drückten sie bleibende Werte aus: Ehrlichkeit, Vertrauen, den Händedruck als Zeichen der Verbundenheit. Aber ehrlich gesagt hatte ich die Firma verlassen, weil sie, jedenfalls mir, in einer sich wandelnden Welt unannehmbare Grenzen auferlegte, was Vorgehensweisen, Methoden und Einstellungen anlangte – zu unflexibel, zu wertend, als wäre das Chaos einer sich weiterentwickelnden Schöpfung schlicht und einfach eine Übung in doppelter Buchführung.

Larry Lucas hatte die Rolle angenommen, die ich abgelehnt hatte; aber die Anstrengung, sich dem anzupassen, was

Rubens »diese brutale Welt« genannt hatte, und gleichzeitig in ihr zu funktionieren, hatte ihn zuviel gekostet. Die Druckplatten in den Verwerfungszonen seines Geistes hatten sich verschoben und die Grundmauern seines Verstandes erschüttert. Mein Vater hatte die typische Strassberger-Meinung dazu abgegeben. Die Familie müsse zusammenhalten, das verirrte Schaf müsse gefunden und zur Herde zurückgebracht, das Tor müsse vor Eindringlingen verschlossen, Klatsch zum Schweigen gebracht werden.

Das Problem, wie ich es jetzt sah, lag darin, daß es sich bei der typischen Strassberger-Meinung gar nicht um eine Meinung handelte. Es ging um ein Gesetz und eine Tradition, die in Steintafeln eingehauen waren. Das Gesetz betraf den Stamm und die Familie. Es nahm wenig oder gar keine Rücksicht auf den einzelnen, der vom rechten Weg abgekommen oder zerstört war. Es ignorierte den geheimen Kampf zwischen Vernunft und Unvernunft, der in Larrys Kopf ausgetragen wurde. Es nahm die Frage nicht zur Kenntnis, die ihn auch in diesem Augenblick quälen mußte, während er zusammengerollt wie ein Fötus im Mutterleib in der Klinik lag und auf die in Raten wiederkehrende Vernunft wartete: Was geschieht morgen, wenn ich aus dieser Zuflucht in die Realität zurückgestoßen werde?

Rubens wußte eine Antwort darauf. Sie wirkte angemessener als jede, die seine Familie für ihn parat hatte. Denn wenn sie ihm auch keine Liebe bot, so doch Respekt, eine klare Einschätzung seines persönlichen Wertes, die Erkenntnis, daß ein Genie trotz aller Schwächen dennoch ein Genie war. Wir, befangen durch unsere Privatkrisen, hatten nur eine verzweifelte Liebe zu bieten, Familienpflichten, eine fortgesetzte Karriere, aber stets überwacht und unter Aufsicht. Warum, fragte ich mich, sah dieser Mann mit den Totenhänden, Rubens, nach einer besseren Chance für Larry aus als die Strassbergers? Gute Frage. Und ich sollte die Antwort finden, bevor ich ihm von Angesicht zu Angesicht in der Burgholzli-Klinik gegenüberstand.

Der Flug nach Zürich wurde aufgerufen. Ich döste vom Abheben bis zur Landung. Als ich schließlich im Hotel ankam, stellte ich fest, daß das Dach über dem Haus Strassberger eingestürzt war.

Madi war mit den Kindern eingetroffen, die beide mit einem Anfall von Gastroenteritis im Bett lagen. Das Kindermädchen schien den Tränen nahe. Der Hotelarzt war gekommen und wieder gegangen, hatte ein Rezept und den Rat abgegeben, die Patienten im Bett zu lassen und gut mit Flüssigkeit zu versorgen. Außerdem hinterließ er ein paar bittere Trostworte. Das Schlimmste müsse innerhalb von vierundzwanzig Stunden vorbei sein; falls nicht, sorge er für eine Einweisung ins Krankenhaus und künstliche Ernährung.

Das war jedoch nur die Vorspeise zu einem Katastrophenmenü. Meine Mutter war im Bad gestürzt, hatte sich die Hüfte und zwei Rippen gebrochen. Sie lag jetzt im Krankenhaus und sollte operiert werden. Wegen ihrer schwachen Gesundheit gab es postoperative Risiken. Mein Vater durfte, wollte New York nicht verlassen. Es konnte schwierig werden, ihn zu erreichen, weil er ständig zum Krankenhaus unterwegs war. Die ganze Autorität, für ihn und für die Firma tätig zu werden, lag bei mir.

Dann, gewissermaßen als Nachtisch zu den Katastrophen, berichtete Madi, unserem Vater gehe es ebenfalls gar nicht gut. Der Streß der Firmengeschäfte forderte seinen Tribut. Er sah grau und alt aus. Seine leitenden Mitarbeiter machten sich Sorgen. Sie hatten ihn gedrängt zurückzustecken, sich umfassend medizinisch untersuchen zu lassen. Er hatte das beiseite gefegt. Ich konnte ihn förmlich hören: »Später! Später! Wir haben Probleme hier und im Ausland! Die müssen wir bereinigen. Meine Probleme heilen bald von selbst aus!«

Schließlich war Alma Levy wie versprochen nach Zürich gekommen; aber sie hatte Madi nur kurz begrüßt und war sofort zu einem Treffen mit ihrem Kollegen von der Burgholzli-Klinik gefahren. Auch sie hatte Probleme in New York, war skeptisch, was ihre Vertretung anlangte. Ein Schizophreniepatient hatte offenbar einen Schub erlitten, war mit einem Küchenmesser Amok gelaufen und hätte fast seine Frau ermordet ... und so weiter und so fort.

Ich hörte mir die Litanei der Klagen mit bewundernswerter Geduld an, wie ich meinte. Ich kümmerte mich mit Madi um die Kinder, während das Kindermädchen Tee trank. Dann ging ich mit meiner Schwester in die Bar, die sich im Dolder so riesig, unpersönlich und altmodisch präsentiert, daß sie der schlechteste Ort der Welt ist, einen Haufen Kummer zu ertränken.

Auch Madi hatte eine ganze Liste von Klagen. Sie war sich keineswegs sicher, ob das geplante Treffen mit Larry eine gute Idee sei. Wenn sein Zustand so schlecht war, daß er in ein Krankenhaus eingewiesen werden mußte, konnte er nicht in der Verfassung für ein rationales Gespräch über ihre Zukunft als Familie sein. Außerdem hatte sie schon seinem Wunsch entsprochen und einen Anwalt beauftragt, die Scheidung einzureichen. Sie hoffte, Larry sei bereit, die Unterlagen zu unterschreiben, die sie mitgebracht hatte. Sie machte sich Sorgen über seinen ersten Kontakt mit den Kindern, fragte sich, ob er die Güte und die Selbstbeherrschung habe, zärtlich mit ihnen umzugehen.

Was sie selbst anlangte, war sie über den Krisenpunkt hinaus und nicht mehr bereit, sich auf einer Folterbank aus widerstreitenden Gefühlen zerreißen zu lassen. Sie gab durchaus zu, daß sie Larry vielleicht noch liebe, aber sie ließ sich nicht mehr darauf ein, dafür zu teuer zu bezahlen. Sie war sogar noch weniger darauf erpicht, sich meine Abenteuer auf der Suche nach Larry anzuhören, als ich darauf erpicht war, von ihnen zu erzählen.

Aus ihrer Sicht war viel wichtiger, was aus unseren Eltern wurde: aus Mutter, falls sie ein chronischer Pflegefall wurde, aus Vater, falls sich herausstellte, daß der Streß der

Börsenkämpfe zuviel für ihn war. Ob ich darüber nachgedacht hätte? Nein, liebe Schwester, das habe ich nicht. Es ist kaum eine Stunde her, seit du mir diesen Sack voller schlechter Nachrichten überbracht hast. Davor hatte ich wie ein altmodischer Detektiv bei Pinkerton einen gewissen Larry Lucas gesucht, Ehemann und Vater, verschwunden, entführt oder weggelaufen. Ich hatte ihn schließlich gefunden, jetzt wartete ich auf Anweisungen, wie ich mit ihm umgehen sollte!

Madi und ich liefen jetzt wie auf Eiern. Sie war müde von der Reise, machte sich Sorgen um die Kinder, war beunruhigt wegen Larry und den Tränen nahe. Ich war auch besorgt, wurde geplagt von meinen Schuldgefühlen und litt immer noch unter den Peitschenschlägen der Verachtung von Doktor Rubens.

Ich atmete unendlich erleichtert auf, als Alma Levy die Bar betrat und sich nach uns umschaute. Ich stand auf, begrüßte und umarmte sie, absolvierte das Ritual, ihr einen Platz am Tisch anzubieten und ihr einen Drink zu bestellen – zu meiner Überraschung mehrstöckiger Wodka pur auf Eis.

»Ich brauche ihn«, versicherte sie nachdrücklich. »Ich habe ihn mir verdient! Ich habe ein langes Informationsgespräch mit meinem Schweizer Kollegen hinter mir, der Verbindungen zur Burgholzli-Klinik hat. Sie erinnern sich bestimmt an unsere Unterhaltung über ihn. Ich hatte gehofft, er bringt mich zu Larry in die Klinik; aber das hielt er für unklug, solange die nötigen Unterlagen noch nicht vorliegen. Er hat jedoch eine Reihe von nützlichen Telefongesprächen geführt. Er konnte mir versichern, daß Doktor Langer einen ausgezeichneten Ruf hat. Er ist ein guter Kliniker und kümmert sich mitfühlend um seine Patienten. Aus juristischer Sicht sind die Probleme nicht unüberwindlich. Als Ausländer brauchte Larry einen Schweizer Arzt, der ihn in die Klinik einwies, und die Zustimmung der nächsten Angehörigen oder eines Schweizer Anwalts, der seine

Interessen vertritt. Wenn wir jetzt Zugang zu Larry haben wollen, müssen wir es andersherum anstellen. Der Anwalt ist einverstanden, der einweisende Arzt fügt sich seiner Weisung, die Klinik ist hochzufrieden. Falls es Widerspruch gibt, kann er durch eine Entscheidung des Bezirksgerichts in Zürich geschlichtet werden. Meines Wissens sind wir darauf vorbereitet ...«

»Wir sind schon zwei Schritte weiter! Der Anwalt gestattet den Zugang. Die einzige Bedingung ist, daß Sie sich mit Doktor Langer absprechen, bevor die Familie Kontakt zu Larry aufnimmt.«

Ich reichte ihr Rubens' Ermächtigungsschreiben, das außerdem seinen Anruf bei Langer bestätigte und Langers Telefonnummer enthielt. Alma Levy las schnell, dann prostete sie mir zu.

»Gut! Sehr gut! Das erspart uns viel Zeit und Kummer. Ich rufe Langer sofort an. Dann dürfen Sie mir noch einen Drink bestellen und uns zum Abendessen einladen!«

Sie stand eilig auf und ging hinaus zu den Telefonzellen, die sich im Dolder Grand hinter dem Conciergetresen befinden. Madi streckte die Hand aus und legte sie fest auf meine.

»Entschuldige bitte, Carl! Ich habe mich noch nicht einmal für alles, was du getan hast, bedankt. Seit du gekommen bist, habe ich nur herumgejammert und dich angefahren.«

»Vergiß es, Liebes! So ist das nun einmal in einer Familie.«

»Ich liebe dich. Das weißt du.«

»Ich liebe dich auch, kleine Schwester! Aber wir reden ein anderes Mal über die Eltern. Ein Tag pro Problem, okay?«

»Mehr als eine Stunde pro Problem schaffe ich nicht. Ich sehe nach den Kindern und esse dann mit dir und Alma zu Abend. Wenn ich nicht rechtzeitig wieder unten bin, fangt ohne mich an.«

Ich bestellte einen zweiten Drink für mich und noch einen für Alma Levy. Den Kellner bat ich, uns im Restaurant einen Tisch reservieren zu lassen, lehnte mich zurück und betrachtete das Kommen und Gehen der rechtschaffenen Schweizer Bürger und der betuchten Klientel aus Europa und dem Nahen Osten, die nach wie vor mit Freuden Geschäfte mit diesen soliden, nüchternen Leuten machte.

Es dauerte fast eine halbe Stunde, bis Alma Levy an den Tisch zurückkam. Sie war ernst und nachdenklich, berichtete mit bedächtiger Genauigkeit.

»Erst einmal zu Doktor Langer. Er beeindruckt mich. Am Telefon war er freundlich und hilfsbereit. Seine Diagnose ist vernünftig, seine Medikation eher konservativ, scheint aber anzuschlagen. In der Psychiatrie ist er ein Jungianer. Er hat sich seine Beziehung zu Larry außerhalb und innerhalb der Klinik zunutze gemacht, um eine Reihe von analytischen Forschungssitzungen mit ihm abzuhalten. Er behauptet, er sei zu interessanten Einsichten gekommen, die er unbedingt mit mir besprechen will. Er gibt offen zu, daß Doktor Rubens Larrys legaler Vormund ist. Er hält das für notwendig, vor allem auch deshalb, weil Larry mit einem dominikanischen Paß reist und daher keinerlei Schutz durch die amerikanische Botschaft genießt. Es wirkte etwas seltsam, das in einem medizinischen Gespräch zu erwähnen, aber im Grunde war es eine Frage der Ethik. Er behauptet, Rubens' Einstellung Larry gegenüber sei – ich zitiere – ›freundlich und gönnerhaft im Hinblick auf Larrys künftige Karriere, sobald er diese Episode hinter sich hat‹.«

»Ich weiß Bescheid über Rubens' Gönnerschaft. Ich mißtraue ihr zutiefst. Wie sieht Langers Prognose für Larry aus?«

»Bitte, Carl!« Sie brachte mich mit einer Geste zum Schweigen. »Lassen Sie mir Zeit. Ich bin, war es immer, tiefer in Larrys Probleme verstrickt als Ihnen möglicherweise bewußt ist. Von Anfang an hat er sich auf mich fixiert, als Ersatz für die Mutter, die er verloren hat. Das ist nicht die beste Rolle für einen Therapeuten. Dadurch wurde ich zum Objekt seiner Liebe, seiner Abhängigkeit und seines Ärgers. Larry hegt für Ihren Vater ähnlich ambivalente Gefühle. Ihr Vater hat seine Karriere gefördert. Später wurde er sein Schwiegervater. Er war jedoch nie in der Lage, Larry persönlich oder emotional zu unterstützen. Ihr Strassbergers seid derart eng verbandelt, daß ihr nur schwer begreifen könnt, wie einsam ein Außenstehender sich fühlen muß. Auch Madi hat lange gebraucht, das zu begreifen. Ihre Liebe zu Larry war stets beeinträchtigt – und dadurch verwässert – durch ihre familiären Bindungen. Sogar ihre Kinder gerieten in dieses psychische Gebrodel – die Formulierung stammt von Langer, nicht von mir.« Sie trank einen Schluck Wodka, ehe sie fortfuhr. »Larry war jetzt seit Monaten ein geschwächter Vater, der gestreßt von einem Concorde-Flug nach Hause kam und in einem Wirbel aus geschäftlichen Vorbereitungen wieder abreiste. Die Kinder hatten nur ein Großelternpaar – wiederum die Strassbergers! Larry war deutlich bewußt, manchmal auf morbide Weise, daß es keine Großeltern Lucas gab, die diesen Einfluß hätten ausgleichen können. Und schließlich waren da noch Sie, Carl. Sie sind der Sohn des Hauses, der Kronprinz. Sie haben abgedankt. Larry wurde zum Erben bestimmt. Das war für ihn eine riesige Herausforderung, aber auch eine riesige Last. Ihr Vater hat kein Geheimnis daraus gemacht, was für hohe Erwartungen er in Larry setzt. Er hat außerdem kein Geheimnis daraus gemacht, daß Larry sich die Belohung verdienen muß. Larry schreckte nicht vor der Aufgabe zurück, aber immer quälten ihn die Gespenster wiederkehrender Depressionen und die Manie eines fast genialen Menschen, die ihn angetrieben hat.

Bei dieser Krankheit gibt es stets ein gewisses Element der Paranoia. Es muß einen Feind geben, der während der Tiefs die Angst und während der Hochs die Erregung über den Sieg rechtfertigt. Als Therapeutin mußte ich ständig auf den Giftsumach im Garten seiner Seele achten. Der Sumach sieht harmlos aus, ist aber giftig, wenn man ihn anfaßt. In Larrys Fall war der Giftsumach das Gefühl der Verzweiflung, der Ungerechtigkeit in der Ordnung der Dinge, der Stammesbindungen innerhalb der Familie, die das Gleichgewicht zu seinen Ungunsten verschoben. Deshalb war er immer in Versuchung, etwas Unerhörtes zu unternehmen, was die Waagschalen ausbalancierte, wenn nicht gar direkt Rache zu nehmen.«

Plötzlich ergab die Absurdität, von der Rubens gesprochen hatte, einen Sinn; die Puzzleteile setzten sich zu einem rationaleren Muster zusammen. Rubens hatte mir die Wahrheit gesagt. Larrys Racheakt war seit langer Zeit geplant gewesen. Alma Levy herrschte mich unvermittelt an: »Sie sind mit den Gedanken woanders, Carl! Kommen Sie auf die Erde zurück! Sagen Sie mir, was Ihnen durch den Kopf geht!«

Ich berichtete ihr von meinem letzten Abend in der Nähe Mailands und der Sitzung mit Liliane Prévost und Sibilla. Sie wurde wütend und machte kein Hehl daraus. Es sei Mißbrauch, Verletzung der Intimsphäre und noch eine Menge mehr. Dann erzählte ich ihr von meinem Treffen mit Doktor Hubert Rubens in Genf und seiner Behauptung, nach Abschluß des Suezgeschäftes hätten er und Larry gemeinsam die Übernahme von Strassberger geplant. Ich schilderte so gut ich konnte die Beziehung zwischen Rubens und Larry – Rubens' Schlußfolgerung, Larry brauche Respekt mehr als Liebe, Rubens' Überzeugung, Larry könne soweit stabilisiert werden, daß er in einer neuen Interessenkoalition das Genie innerhalb der Gruppe werden könne.

Zu meiner Überraschung stimmte Alma Levy dem zu.

»Selbstverständlich könnte er das! Er wird sich von diesem Zusammenbruch erholen. Er war schon auf dem halben Weg dazu, bevor er nach Paris reiste, um die Suezverhandlungen aufzunehmen.«

»Aber er ist immer noch bereit, sich auf einen Judashandel mit Rubens einzulassen!«

»Ich würde es anders ausdrücken.« Alma Levy machte ein finsteres Gesicht. »Was Sie einen Judashandel nennen, war der manische Wahnsinn, an dem er schließlich zerbrochen ist. Ich habe Ihnen das schon bei unserem ersten Gespräch in New York gesagt. In der manischen Phase ist der unerhörteste Luxus erschwinglich, jedes Spiel ein sicherer Gewinn, die Kreditkarte ein Füllhorn, das einen endlosen Strom von schönen Dingen ausschüttet. Erst wenn die Rechnungen kommen, kehrt die Vernunft zurück, und die Schuldgefühle setzen ein. In Larrys Fall war die Bürde der Schuldgefühle zu schwer. Doktor Langer hat mir erzählt, er habe Larry bei seiner Einweisung in die Burgholzli-Klinik als Patienten in akuter Selbstmordgefahr eingetragen.«

»Und jetzt?«

»Langer meint, er sei auf dem Weg der Besserung. Wir besuchen Larry morgen gemeinsam. Wenn unsere erste Begegnung gut verläuft, läßt Langer mich allein mit ihm. Danach vergleichen wir unsere Notizen und werden uns darüber schlüssig, ob die Familie Zugang zu ihm bekommt.«

»Was werden Sie Madi sagen?«

»Nur daß ich Vertrauen zu Langer habe und Larry morgen besuche. Ich möchte, daß Sie ihr dasselbe sagen – nicht mehr, nicht weniger.«

»Ganz wie Sie wollen! Sie sind die Therapeutin!«

»Nach diesem skandalösen Vorfall bei Mailand glaube ich, daß Sie selbst eine Therapie brauchen!« Sie trank ihr Glas leer und stellte es klirrend ab. »So, jetzt laden Sie mich zum Essen ein und unterhalten mich! Ich muß völlig von der Psychotherapie abschalten!«

Madi aß nicht mit uns. Um zehn waren wir fertig, ich verabschiedete mich von Alma Levy und ging in mein Zimmer, um meinen Vater anzurufen. Nach New Yorker Zeit war es vier Uhr nachmittags. Er war im Büro, hatte leider keine guten Nachrichten für mich.

»Technisch gesehen war die Operation ein Erfolg. Der orthopädische Chirurg hat erstklassige Arbeit geleistet. Deine Mutter ist jedoch sehr schwach. Sie hat Flüssigkeit in den Lungen, liegt immer noch auf der Intensivstation. Wir können nur abwarten und beten.«

»Möchtest du, daß ich nach Hause komme und Madi mitbringe?«

»Noch nicht.« Er klang sehr energisch. »Bring zu Ende, was du in Zürich zu tun hast. Dann gibt es ein Problem weniger, um das wir uns kümmern müssen. Falls sich der Zustand deiner Mutter drastisch verändert, sage ich dir Bescheid. Du kannst in mindestens acht Stunden hier sein.«

»Was tut sich an der Börse?«

»Nichts Erfreuliches für uns. Zwei große Institute – ein Gemeinschaftsfonds und eine Versicherungsgruppe – haben heute eine Menge Aktien abgestoßen. Sie haben uns mehr in die Enge getrieben, als mir lieb ist.«

»Ich hoffe, ihr kauft nicht über dem Limit.«

»Noch nicht. Aber es könnte dazu kommen. Das Problem liegt darin, wenn wir unsere Aktien nicht stützen, fallen sie in den Keller. Wir müssen an der Börse vertrauenswürdig bleiben. Du weißt das. Eins kann ich dir sagen, Carl. Ich wollte, du wärst jetzt hier – und ich wäre sogar froh, wenn dieser Lump Larry da wäre. Der würde über dem ganzen Sportplatz Drachen steigen lassen, einfach um die Gegenseite zu verwirren.«

»Weißt du schon, wer die Attacke ausgeheckt hat?«

»Corsec hat ein paar Anhaltspunkte gefunden, aber keine Beweise. Glaubst du, Larry hat etwas damit zu tun?«

»Möglicherweise. In achtundvierzig Stunden weiß ich mehr.«

»Das ist an der Börse eine verflucht lange Zeit.«

»Vertrau mir, Vater, bitte!«

»Das tue ich, glaub mir. Erst jetzt begreife ich, wie stark ich von deiner Mutter abhängig war. Solange sie am Eßtisch saß, fühlte ich mich sicher. Jetzt graut mir davor, nach Hause zu fahren.«

»Sie kommt zurück, Vater. Früher, als du glaubst.«

»Hoffentlich. Ohne sie sehe ich wenig Sinn in dem Kampf, den wir jetzt führen. Urplötzlich fühle ich mich alt und müde.«

»Warst du beim Arzt?«

»Er schreit förmlich nach mir. Ich lasse mich untersuchen, sobald es deiner Mutter besser geht.«

»Denk dran, daß sie einen gesunden Mann braucht, der für sie sorgt.«

»Carl?«

»Ja, Vater.«

»Ich hätte nie gedacht, daß ich dich je darum bitten würde. Auch jetzt bin ich mir nicht sicher, ob ich die richtigen Worte finde. Weil Larry fort ist, brauche ich dich an meiner Seite, wenigstens während wir unsere Gefechtslinien aufbauen. Die Aktionäre – diejenigen, die uns gegenüber loyal sind – haben das Recht, beruhigt zu werden. Larrys Fahnenflucht ist jetzt ein offenes Geheimnis, obwohl von kriminellen Machenschaften nicht die Rede ist. Wir müssen zeigen, daß die Familie an das Unternehmen glaubt. Ich weiß, daß ich viel von dir verlange; aber ehrlich gesagt, ich bin mir nicht sicher, ob ich der Rolle des Einzelkämpfers gewachsen bin. Ich will das auch gar nicht mehr und bin stark versucht, eine Auktion zu veranstalten, meine Jetons einzusammeln und das letzte, was uns an guten Tagen noch bleibt, mit deiner Mutter zu verbringen. Jetzt habe ich es gesagt. Denk darüber nach. Ich akzeptiere, was auch immer du entscheidest.«

Was sollte man mit einem solchen Mann machen? Seine Welt stürzte über ihm ein, aber er war immer noch so gütig, mir eine Wahl zu lassen, und so integer, daß ich ihm genauso wichtig war wie die Interessen der Aktionäre. Ich schuldete ihm eine schnelle Antwort.

»Sobald ich hier fertig bin, komme ich.«

»Danke, Sohn.«

»Vielleicht muß ich in Paris und London noch ein paar Dinge bereinigen, ehe ich abreise.«

»Tu, was nötig ist. Ich lasse verbreiten, daß du zurückkommst.«

»Liebe Grüße an Mutter.«

»Richte ich aus.«

»Und tu etwas für mich.«

»Was immer du willst.«

»Ruf sofort deinen Arzt an, und vereinbar einen Termin für eine vollständige Untersuchung. Abgemacht?«

»Abgemacht«, sagte mein Vater in einem Ton, den ich von früher kannte. Er hatte nicht nur ein Geschäft abgeschlossen, sondern war auch überzeugt, daß er am meisten davon profitierte. Was mich betraf, so hatte ich getan, was den Strassbergers seit Generationen gelehrt worden war: Ich hatte vom Brot der Rechtschaffenheit gegessen. Es lag mir wie Staub im Mund, schmeckte nach nichts. Ich begriff, warum Larry davon eine so heftige Magenverstimmung bekommen hatte.

Am nächsten Tag ging es den Kindern besser, aber Madi und das Kindermädchen lagen flach. Alma Levy hatte am Vormittag eine Besprechung mit Doktor Langer in der Burgholzli-Klinik. Ich hatte freie Zeit, deshalb erbot ich mich, mit den Kindern eine Schiffahrt auf dem See zu machen und sie irgendwo in der Altstadt zum Mittagessen einzuladen. Im Augenblick war mein Leben in einer Phase des Stillstands, also konnte ich mich ebensogut als Kindermädchen nützlich machen für zwei sehr verwirrte Kleine, die ihren Vater unbedingt wiedersehen wollten, aber nicht verstanden, warum sich das so lange hinzog.

Ich gelte als liebenswerter Onkel, bin aber nicht unbedingt erfinderisch. Ich beuge mich gern kindlichen Launen, doch leider fehlt mir jedes Talent, Kinder zu unterhalten. Ich kann nicht mit Orangen jonglieren, kann keine Kartentricks, kann keine Münzen verschwinden lassen. Ich weiß nicht, wo Clowns, Bänkelsänger oder Museen voller Naturwunder zu finden sind. Mir fällt es schwer, Zugang zu

Schokoladenfabriken oder Spielzeugherstellern zu bekommen, zu Puppenausstellungen oder Museen mit alten Feuerwaffen.

Deshalb war die Schiffahrt auf dem See eine Idee, bei der nichts schiefgehen konnte. Im schlimmsten Fall war ich in der Lage, Histörchen über den Ort zu improvisieren und Postkartenskizzen für ihre Freunde zu Hause zu zeichnen; und im allerschlimmsten Fall konnte ich sie mit Limonade und Süßigkeiten vollstopfen, bis ihnen wieder speiübel wurde.

Wie sich herausstellte, wurde ich von zwei hochintelligenten und sehr besorgten Kindern verhört. Wir hatten den See halb umrundet und waren auf der Rückfahrt entlang dem Nordufer, als der Reiseführer auf die Gebäude der Burgholzli-Klinik und die Rasenflächen um sie herum hinwies und einen kleinen Vortrag über die berühmten Leute hielt, die dort geforscht hatten. Laurence Emil, sieben Jahre alt, wollte genau wissen, worüber der Führer rede. Entgegenkommend wiederholte er den Vortrag auf englisch, erklärte, das sei ein Ort, an dem Menschen mit »kranken Köpfen« behandelt würden. Als er sich abwandte, richteten sich die Fragen an mich.

»Onkel Carl, ist Daddy dort?«

»Ja.«

»Werden wir ihn dort besuchen?«

»Ich weiß es nicht. Frau Doktor Levy kann uns das heute nachmittag sagen. Sie ist jetzt dort und spricht mit Daddys Arzt und auch mit eurem Daddy selbst.«

»Warum darf sie ihn zuerst besuchen, und nicht Mom und wir?«

»Weil die Ärzte entscheiden müssen, ob es ihm so gut geht, daß er Besuch bekommen kann.«

»Aber wir sind kein Besuch, wir sind seine Familie. Will er uns nicht sehen?«

»Selbstverständlich will er das. Aber manchmal, wenn Menschen krank sind, sind sie zu müde oder zu durcheinander, Besucher zu ertragen, nicht einmal Menschen, die sie lieben.«

»Ist Daddy durcheinander?«

»Ja, er war es.«

»Genau wie zu Hause, wenn er manchmal dasitzt und vor sich hinstarrt ... Oder wenn er brüllt, auf den Tisch haut, ganz rot wird und ihm die Augen aus dem Kopf quellen?«

»Etwa so, ja.«

»Warum macht er das? Was stimmt mit ihm nicht?«

»Es ist eine sehr häufige Krankheit, und oft bekommen sie liebe, intelligente Menschen. Die Ärzte wissen noch nicht genau, woher sie kommt; aber sie wissen, daß sie etwas mit der Gehirnchemie zu tun hat ...«

»Was ist Chemie, Onkel Carl?« Das war Mariannes erster Gesprächsbeitrag. Ich mußte schnell nachdenken, eine Erklärung finden.

»Na ja ... Du und Laurence, ihr wart gestern krank. Euer Körper hat nicht richtig gearbeitet. Euer Magen hat nicht getan, was er tun soll, nämlich euer Essen verarbeiten. Stattdessen habt ihr Schmerzen gehabt, und euer Magen hat das Essen nicht haben wollen. Unser Körper ist eine große Chemiefabrik; er verwandelt die Nahrung, die wir essen, die Luft, die wir atmen und die Flüssigkeit, die wir trinken, in Treibstoff, der uns am Leben erhält. Das ist Chemie. Für jeden Körperteil gibt es eine andere Chemie. Im Fall von eurem Daddy stimmt etwas nicht mit der Chemie in seinem Gehirn. Er muß Arznei nehmen, damit das wieder in Ordnung kommt. Das dauert lange, geht langsam. Als ihr gestern krank wart, habt ihr Hilfe von eurer Nanny und eurer Mutter gebraucht. Euer Daddy braucht auch Hilfe. Deshalb ist er in dem Krankenhaus dort oben. Die Leute dort sind auf der ganzen Welt berühmt, weil sie heilen können.«

»Und sie machen Daddy auch bestimmt wieder gesund?«

»Eben jetzt arbeiten sie daran, Schätzchen.«

»Warum kann Daddy nicht nach Hause kommen und bei uns gesund werden?«

Jetzt beteiligte sich wieder mein Neffe am Gespräch. Mir fiel der streitlustige, mißtrauische Ton eines jungen Menschenfeinds auf. Das war eine Frage, auf die ich sehr vorsichtig eingehen mußte. Sie berührte den Kern des Problems, nicht nur für diesen Siebenjährigen, sondern für uns alle. Ich fing mit einer Frage meinerseits an.

»Vertraust du mir?«

»Natürlich, Onkel Carl.«

»Gut! Denn als erstes muß ich euch sagen, daß es keine Schande ist, krank zu sein. Es war keine Schande für euch, daß ihr euch übergeben und eine Schweinerei angerichtet habt, die eure Nanny und eure Mom wegputzen mußten. Ihr wart krank. Ihr konntet nichts dafür. Trotzdem habt ihr euch geschämt. Ihr wart wütend auf euch und wütend auf die Leute um euch herum ...«

»Könnte sein.«

»Bei einer Krankheit im Kopf ist es noch viel schlimmer. Gespräche sind sehr schwierig. Auch wenn die Menschen dieselben Worte benutzen, bedeuten sie für jeden etwas anderes. Stellt euch mal mitten in China vor, ganz allein, und ihr versucht, den Leuten zu sagen, was euch fehlt – oder etwas ganz Einfaches, ihr versucht, um einen Schluck Wasser zu bitten. So fühlt sich euer Daddy. Er bekommt es auch satt, wird wütend und hat Angst, weil er euch sehr lieb hat, aber weiß, daß er sich euch nicht verständlich machen kann. Er nimmt es euch nicht übel, daß ihr ihn nicht versteht; aber bis er geheilt wird, ist es besser, wenn ihr nicht mit ihm zusammen seid. Die Ärzte und Schwestern sind dazu ausgebildet, sich um Kranke zu kümmern. Ihr seid das nicht. Versteht ihr, was ich euch sagen will?«

»Ich verstehe es – aber ich verstehe nicht, warum sie grausam zueinander sein mußten.«

»Menschen sind oft grausam, weil sie Angst haben oder hilflos sind. Das ist wie mit einem kleinen Hund, der dich beißt, wenn du versuchst, eine Glasscherbe aus seiner Pfote zu ziehen. Er hat Schmerzen. Er kann dir das nur dadurch sagen, daß er dich beißt.«

»Und warum will sich Mom dann scheiden lassen?«

»Hat sie euch das gesagt?«

»Ich hab gehört, wie sie mit Großmutter telefoniert hat.«

»Hast du deine Mutter gebeten, es dir zu erklären?«

»Ja.«

»Und was hat sie gesagt?«

»Daß unser Vater es so will. Er liebt uns, aber er kommt nie zurück. Trotzdem hat sie uns den ganzen weiten Weg hierhergebracht, um ihn zu besuchen. Heißt das, er hat es sich anders überlegt? Wenn nicht, was soll denn das Ganze?«

Dem fügte Marianne ein Postskriptum hinzu, ganz die kluge kleine Frau.

»Ich will ihm keinen Kuß geben, wenn er für immer weggeht.«

Darauf konnte Onkel Carl, der Weise, Allwissende, der nie ein Kind gezeugt hatte, sich weder auf Vaterschaft noch Ehe eingelassen hatte, nur eine ausweichende Antwort geben.

»Hört zu, meine Lieblinge! Nichts ist endgültig, nichts kann endgültig sein, bevor es eurem Daddy besser geht. Dann wird sich alles ändern, weil euer Vater sich verändert, eure Mutter sich verändert hat, und vielleicht können sie dann wieder miteinander glücklich sein.«

»Aber wir haben uns überhaupt nicht verändert«, sagte Laurence Emil bockig. »Was wird aus uns?«

12. Kapitel

Um sechs an jenem Abend hatte sich das Kindermädchen soweit erholt, daß es die Kinder beim Essen beaufsichtigen konnte. Madi, der es immer noch miserabel ging, saß auf Kissen gestützt im Bett, während Alma Levy uns beiden von ihrem Besuch in der Klinik erzählte.

»Ich habe Larry gesehen, erst in Begleitung von Doktor Langer, dann hatten wir eine lange Sitzung allein. Wir sind im Park spazierengegangen, haben unter den Bäumen gesessen und Kaffee getrunken. Er hat sich darüber gefreut, daß ich gekommen bin. Wir haben uns umarmt. Er hat mir beim Gehen den Arm gereicht.«

»Wie sieht er aus?« fragte Madi. »Wie wirkt er innerlich?«

»Er ist immer noch depressiv, aber er hat eine neue Ebene der Ruhe erreicht, kann rational und ohne Verzweiflung über seine Situation nachdenken. Er sieht aus wie jemand, der sich eben erst von einer langen Krankheit erholt hat – was ja auch der Fall ist. Er ist bereit, Bedürfnisse und Abhängigkeiten zur Kenntnis zu nehmen; aber das dürfen Sie nicht als Kapitulation auffassen. Er schlägt sich wegen der Aufregung, die er verursacht hat, nicht reuig gegen die Brust. Er hat immer noch das Bedürfnis, sein Verhalten erklären und zu verteidigen.«

»Was bedeutet das für uns – für mich und die Kinder?«

»Ich glaube, Sie stehen besser da als vorher.«

»Das müssen Sie mir erklären.«

»Er hat es selbst erklärt, als ich ihm berichtet habe, Sie hätten auf seinen Wunsch hin die Scheidung eingereicht. Und übrigens, er wird mit Freuden die Papiere unterzeichnen, die Sie mitgebracht haben. Er meinte: ›Gut! Das heißt, daß ich ihr wie ein zivilisiertes Wesen gegenübertreten kann, weil wir keinen Grund mehr zum Streiten haben. Ich kann meinen Kindern meine Liebe zeigen, wenn ich Liebe zu bieten habe. Ich kann mich von ihnen fernhalten, wenn ich lieblos bin, wenn mein Herz leer ist.‹«

»O Gott!« Madi ballte vor Frustration die Fäuste. »Warum habe ich das früher nicht kapiert?«

»Weil er es nie gesagt hat, und weil Sie es nicht begriffen hätten. Sie haben beide in kurzer Zeit eine weite Reise hinter sich gebracht.«

»Und jetzt brauchen die Kinder Hilfe.«

Beide schauten mich an, schockiert über die Schärfe meines Tons. Ich berichtete ihnen, was die Kinder während der Schiffahrt zu mir gesagt hatten, und unterstrich den letzten, prägnanten Satz des kleinen Larry: »Wir haben uns nicht verändert. Was wird aus uns?« Dann stellte ich Alma Levy eine Frage.

»Larry hat sich bereit erklärt, Madi und die Kinder zu sehen?«

»Ja. Morgen früh. Wenn Sie uns ein Auto bestellen, Carl, fahre ich mit ihnen hin, lasse sie bei Larry und fahre mit ihnen zurück, wenn sie gehen wollen.«

»Mir graut davor«, sagte Madi.

»Dafür gibt es keinen Grund«, sagte Alma Levy. »Sie empfinden doch noch Liebe für ihn.«

»Da bin ich mir nicht so sicher.« Madi war gereizt.

»Dann zeigen Sie ihm wenigstens Sanftheit. Lassen Sie zu, daß die Kinder das sehen, lassen Sie zu, daß die Kinder ihm ihre Liebe zeigen. Er wird reagieren, genau wie er auf mich reagiert hat. Aber keine Auseinandersetzungen! Keine Gespräche über morgen! Und Sie sagen nicht ›leb wohl‹, sondern *au revoir*. Sie sagen ihm, daß die Tür offen ist, wann immer er kommen und Sie oder die Kinder besuchen will.«

»Das ist der springende Punkt.« Madi war jetzt wütend. »Vielleicht ist die Tür nicht immer offen. Das kann ich nicht versprechen. Ich werde es nicht tun.«

»Dann benutz eben einen anderen Vergleich, verdammt noch mal!« Ich war jetzt aufgebracht. »Das ist eine Leseprobe mit Improvisationen – nicht die Premiere von Rigoletto!«

»Sie versteht es.« Almas Stimme klang sanfter. »Sie wird es schaffen.«

»Wenn ich mir da nur so sicher sein könnte wie Sie, Alma!« Madi war nicht überzeugt. »Wir veranstalten dieses nette, liebevolle Familientreffen. Was passiert, wenn es vorbei ist?«

»Was Sie anlangt, gar nichts. Sie bringen die Kinder nach New York zurück.«

»Und damit ist mit Larry alles zu Ende?«

»Niemand von uns kann mehr als das voraussehen.« Alma Levys Antwort war kryptisch. »Langer und ich sind uns darüber einig, daß Larry sich in einer geschützten Umgebung von Tag zu Tag vortastet. Wenn sein Selbstbewußtsein wächst, könnten die Aussichten für Sie beide sich verbessern. Der morgige Tag ist für ihn und die Kinder vielleicht wichtiger als für Sie. Sie sind der starke Teil.«

»Warum müssen wir ihn in der Klinik besuchen? Warum können wir nicht irgendwohin mit ihm zum Picknicken fahren?«

»Weil es, wiederum aus unserer medizinischen Sicht, wichtig für die Kinder ist, zu begreifen, daß ihr Vater krank ist, daß ihn keine Schuld an seinem sprunghaften Verhalten trifft – und, was am allerwichtigsten ist, daß sie auch nicht daran schuld sind! Außerdem, falls das Treffen nicht so verläuft, wie wir es hoffen, kann Larry sich zurückziehen, und Sie können es auch.«

»Und deshalb«, Madi klang erschöpft und bitter, »haben wir uns über den ganzen Atlantik geschleppt. Meine Mutter ist lebensgefährlich krank. Meinem Vater droht ein Schlaganfall oder ein Herzinfarkt, und wir sind hier und intonieren drei Strophen und einen Refrain von ›J'attendrai‹ für diesen Ehemann und Vater des Jahres, Larry Lucas! Ich glaube, mir wird schlecht!«

Im nächsten Augenblick sprang sie vom Bett auf und stürzte ins Bad. Alma Levy seufzte resigniert.

»Überlassen Sie sie mir! Ich komme nach in die Bar. Ihnen ist in dieser Operette eine Sonderrolle zugedacht!«

»Ich habe mein Libretto schon, meine liebe Alma. Vater hat mich gebeten, in die Firma zurückzukommen. Wie die Dinge stehen, kann ich das kaum ablehnen!«

Alma Levy warf die Hände in theatralischer Verzweiflung in die Luft.

»Und da heißt es, wir Juden seien meschugge! Wer das sagt, sollte erst mal erleben, was ich an Verrücktheiten der Gojim mitbekomme!«

Der Plan, den Alma Levy mir in der Bar vortrug, stammte von Larry Lucas. Von mir wurde verlangt, um eins am nächsten Tag zur Burgholzli-Klinik zu fahren und allein mit ihm in einem Restaurant am See zu Mittag zu essen – und das nur eine Stunde nach seinem Treffen mit der Familie, das im Klinikbereich stattfinden sollte!

Alma Levy gab offen zu, daß es Kontraste und Widersprüche zwischen diesem Drehbuch und dem anderen gab, das für Madi und die Kinder verfaßt worden war. Sie gab außerdem zu, daß beide Pläne von Larry Lucas stammten, unter Mitarbeit seiner beiden medizinischen Berater. Sie waren sogar dazu bereit, sich auf zwei verschiedene logische Systeme einzulassen.

Im Fall von Madi und den Kindern befürchteten sie eine emotionale Krise, falls es zu einer Auseinandersetzung kommen würde. In meinem Fall wollten sie offenbar einen Wettstreit der Vernunft veranstalten. Larry habe das starke Bedürfnis, mir und durch mich meinem Vater in rationalen Begriffen sein Verhalten zu erklären. Er hatte dem Spiel sogar einen Namen gegeben: ein Dialog zwischen Gleichgestellten, der, falls möglich, zu einer ehrenvollen Wiedergutmachung des Schadens führte, den er angerichtet hatte, und zu neuem Vertrauen zwischen uns.

Ich hielt auch das nur für einen Manipulationstrick, obwohl ich nicht genau begriff, was er bewirken sollte. Mit dem besten Willen der Welt, wie konnte man einem Menschen vertrauen, der von Natur aus labil war? Alma Levy widersprach meiner Meinung nicht. Sie habe Doktor Langer gegenüber dieselbe Befürchtung geäußert; er habe sie ihr aber ausgeredet. Es handle sich, behauptete er, um eine positive Geste des guten Willens von Larry. Es sei ein entscheidender Schritt im Erholungsprozeß. Seine Bereitschaft, den Schutzbereich zu verlassen, eine Begegnung von Angesicht zu Angesicht mit dem Mann zu riskieren, der bis vor kurzem sein Verfolger gewesen war, sei ein riesiger therapeutischer Gewinn.

Das Wort Gewinn machte mir Sorgen. Wie qualifiziert er auch sein, wie es auch um sein Berufsethos stehen mochte, Doktor Langer war der Beauftragte von Doktor Hubert Rubens, dem Treuhänder aller Interessen von Larry Lucas und dem Partner einer weiteren äußerst verdächtigen Person, Francisco Falco vom Reisebüro Simonetta. Auf all das hatte Alma Levy keine Antwort parat. Statt dessen stellte sie mir eine simple Frage: »Was haben Sie zu verlieren, wenn Sie mit ihm zum Essen gehen?«

»Zeit, Geduld, den Preis eines Mittagessens und einen Riesenkrach mit meiner Schwester, wenn sie davon erfährt.«

»Sagen Sie ihr nichts, bis es vorbei ist. Sie wird den ganzen Morgen lang fort sein. Bevor sie zurückkommt, haben Sie das Hotel verlassen.«

»Sie denken wie ein Verschwörer, Frau Doktor!«

»Was haben Sie erwartet, Carl?« Sie bedachte mich mit

einem Achselzucken und einem weltmüden Lächeln. »Jeder Verstand, in den ich eindringe, ist ein neues Labyrinth. In der Mitte hockt immer ein brüllender Minotaurus. Ich soll ihn erschlagen wie Theseus. Das Traurige daran ist, meistens ist das Stiergebrüll das Wimmern eines Kleinkindes, verstärkt durch Elend, aber ich muß kilometerweit durch Bullenscheiße waten, bis ich das Kind finde ... Also laden Sie den Mann bitte zum Mittagessen ein, und lassen Sie uns alle nach Hause fahren!«

Obwohl Larry Lucas jetzt seit Wochen den Mittelpunkt meiner Aufmerksamkeit bildete, war es eine Art Schock für mich, als mir klarwurde, daß ich ihn vor fast einem Jahr zum letzten Mal gesehen hatte, bei einer Geburtstagsparty für meinen Vater in New York. Ich hatte ihn als attraktiv, sportlich und lächelnd in Erinnerung, Begeisterung ausstrahlend, einen Mann, nach dem sich die Frauen umdrehten, der unter Männern ein amüsanter Gesellschafter war.

Der Mann, der mich im Empfangsbereich der Burgholzli-Klinik begrüßte, sah aus wie ein Wachsmodell dessen, an den ich mich erinnerte. Sein Teint war teigig, seine Haut schien über den Gesichtsknochen zu spannen. Seine Lippen waren bleich, seine Augen eingesunken. Er bewegte sich langsam, sprach bedächtig, aber in seinem wehmütigen Lächeln schwang noch eine Spur des früheren Übermuts mit. Sein Händedruck war immer noch fest. Seine ersten Worte drückten Dankbarkeit aus.

»Es ist nett von dir, daß du gekommen bist, Carl. Ich hatte befürchtet, du würdest dich weigern. Ich hätte es dir nicht verübeln können ...«

»Wie ist es mit Madi gelaufen?«

»Besser als ich es verdient oder erwartet hatte. Deine Schwester ist eine imponierende Frau. Die Kinder waren großartig – sehr beschützerisch. Sie wollten mir unbedingt vermitteln, sie hätten verstanden, daß ich krank sei, und hofften, mich sehr bald wiederzusehen.«

»Ich bin froh, daß es so verlaufen ist.«

»Ich auch. Wo wollen wir essen, was schlägst du vor?«

»In einem Lokal namens ›Schwarzer Schwan‹. Der Hotelconcierge empfiehlt es überschwenglich.«

»Wo du willst. Ich esse im Augenblick sehr leicht und darf wegen der Medikamente, die sie mir geben, nichts trinken.«

»Wie fühlst du dich?«

»Besser. Die Wende hat sich langsam vollzogen. Es braucht eine gewisse Zeit, bis die Medikation anschlägt. Das war ein Teil meines Problems. Ich wollte nicht warten. Ich wollte Wunder auf der Stelle. Der Klinikaufenthalt hat mir geholfen. Erst fand ich es scheußlich, dann aber war ich sehr erleichtert, daß andere die Entscheidungen für mich trafen. Gott sei Dank bin ich noch bei Verstand, jedenfalls zum größten Teil. Die Ärzte sagen mir, daß der Rest bald auch wieder funktioniert ... Ich freue mich auf die kurze Autofahrt über Land.«

Es wurde ein angenehmer Ausflug. Der Geruch von Heu hing schwer in der Luft. Die Felder waren ein Flickenteppich aus frischen Stoppeln, hohem Weizen, gelben Rapsblüten und Obstbäumen. Das Restaurant war ein sonniger Raum mit Zugang zu einer Terrasse, auf der unter gestreiften Sonnenschirmen Tische und Stühle aufgestellt waren. Wir bestellten Getränke – Wodka mit Tonic für mich, Apfelsaft für Larry. Wir wählten das Essen aus: Vorspeisen und gegrillte Forelle. Dem Kellner gaben wir zu verstehen, wir hätten es nicht eilig. Ich wollte, daß Larry das Gespräch eröffnete, in der Hoffnung, es in die Richtung der Informationen steuern zu können, die ich brauchte. Wieder entwaffnete er mich. »Ich kann dir gar nicht sagen, wie traurig ich war, als ich vom Unfall deiner Mutter erfuhr. Sie ist eine großartige Frau, ich habe sie immer bewundert. Wie nimmt dein Vater es auf?«

»Es trifft ihn schwer.«

Es war eine knappe Bemerkung, aber ich traute mich nicht,

mehr zu sagen, weil ich sonst vielleicht in eine Schmährede gegen den Urheber einer Menge unseres gegenwärtigen Leids ausgebrochen wäre, der mir mit dem trauervollen Blick eines Bassett am gedeckten Tisch gegenübersaß. Sein nächster Schachzug war der Gipfel aller Klischees.

»Du möchtest wohl den Grund für dieses Mittagessen erfahren?«

»Es wäre hilfreich, ja.« Ich bedachte ihn mit einem bitteren Grinsen. »Vor allem, weil ich es bezahle, und weil ich um den halben Globus reisen mußte, um dich einzuholen!«

Jetzt lachte er über mich. Es war ein echtes, fröhliches Schuljungenlachen.

»Typisch! Das ist die reine, unverfälschte Strassberger-Reaktion: *En guarde! Engagez!* Und du bist hier, auf Hieb und Stich, weil du auf Strassberger-Boden stehst und nur Strassbergers das Recht haben, einen Fuß auf die heilige Erde zu setzen. Das ist die nächste Frage, die ich dir stellen will, Carl. Was geschieht, falls deine Mutter stirbt? Was geschieht, wenn deinem Vater die Arbeit über den Kopf wächst oder er meint, sie habe keinen Sinn mehr?«

»Ich möchte meinen, Larry, daß dich das jetzt, Gott verflucht noch mal, nichts mehr angeht. Du bist ausgestiegen, weißt du noch? Du hast die Trennungsbriefe geschrieben. Du arbeitest mit Rubens an einem Übernahmeangebot.«

»Das habe ich getan. Ich tue es immer noch.«

»Ich werde deine Frage trotzdem beantworten. Wenn Madi und die Kinder abreisen, begleite ich sie.«

»Zurück ins Geschäft?«

»Stimmt.«

Dieses Mal verspottete er mich nicht. Das Lachen in seinen Augen war erloschen. Der Kellner kam in unsere kleine Schweigezone, stellte die Vorspeisenteller vor uns ab, wünschte uns guten Appetit und ging. Ich wandte mich dem Essen zu. Larry knabberte an ein paar Bissen herum und nahm dann den Gesprächsfaden wieder auf.

»Es tut mir leid, daß du deine Karriere aufgibst.«

»Es gibt keine Karriere. Es ist ein Lebensstil, den ich genieße. Ich habe ein bescheidenes Talent, aber es ist wenigstens erkennbar. Ich besitze die Mittel, es zu genießen. Es ist keine große Affäre, auf den Genuß zu verzichten.«

»Du hast mehr Talent zum Künstler als zum Bankier.«

»Ich weiß. Deshalb habe ich abgedankt, und du hast meine Stelle bekommen. Dann hast du abgedankt, und ich habe sie wieder am Hals.«

»Und du haßt mich bis aufs Blut. Stimmt das?«

»Nein. Dafür kannst du dich bei Madi bedanken, weil sie so klug war, sich an Alma Levy zu halten, die mir etliches über dein Problem beigebracht hat. Du kannst dich auch bei meinem Vater bedanken, weil ihm so viel an dir lag, daß er mich auf die Jagd nach dir geschickt hat, damit du keinen Schaden nimmst!«

»Sprich nicht so überheblich mit mir, Carl!«

Ich spürte, wie in seinem tiefen Innern Wut aufkeimte. Ich mußte ihn beruhigen, das wußte ich. Also begann ich ruhig und vernünftig mit ihm zu reden.

»Ich spreche nicht überheblich mit dir, Larry. Ich bin hier, weil du mich darum gebeten hast. Wir haben den ersten Gang halb hinter uns, und du hast mir immer noch nicht gesagt, warum.«

»Du hast recht. Ich habe es dir noch nicht gesagt. Bitte, hab Geduld mit mir. Manchmal wirft es mich immer noch aus der Bahn. Fangen wir also an: du, dein Vater und ich. Du bist unterwegs, malst rosenumrankte Fenster, Wasserspeier und fliegende Schmetterlinge. Ich bin der von der Strassberger-Familie adoptierte Wunderknabe. Wirf mir den Ball zu, und ich laufe damit – Touchdown, Touchdown, Touchdown! Ich heirate die Tochter des Chefs, ein im Himmel geschlossener Bund, gesegnet auf Erden. Ich zeuge zwei schöne Kinder. Ich bin doppelt gesegnet – nein, dreifach! –, weil ich jetzt den Großeltern die Erbfolge geschenkt habe.«

Er brach ab, während der Kellner die Teller abräumte und uns beiden einen Fingerhut Zitronensorbet anbot. Dann sagte er: »Du bist ein sehr geduldiger Zuhörer, Carl.«

»Weil du mir etwas erzählst, was ich schon lange wissen wollte.«

»Eins der Probleme!« Er zuckte leicht und wegwerfend die Achseln. »Wenn man nicht darüber spricht, fragen die Leute nicht danach. Wenn sie nicht danach fragen, warum soll man es dann sagen? Wie schilderst du jemandem, der nie dort gewesen ist, die Hölle?«

»Die Hölle ist eine ansteckende Krankheit. Du infizierst Menschen damit.«

Sein Kopf schnellte hoch wie der einer erschrockenen Eidechse. Dieses Mal lag kein Zorn in seinem Blick, nur eine Art Erstaunen. Nach einem langen Augenblick entspannte er sich und nickte.

»Du hast recht. Sie infizieren sich – aber das begreift man als allerletztes. Alma Levy hat immer gesagt – und Doktor Langer ist ihrer Meinung –, daß die Besserung erst einsetzt, wenn man damit aufhört, in sich hineinzuschauen, und nach außen blickt, auf andere Menschen. Dieser Rat hat jedoch einen Haken. Man schaut überhaupt nicht in sich selbst hinein. Dort gibt es nichts zu sehen. Es ist eine schwarze Leere, die ewig währt. Man verschließt sich dagegen. Dann blickt man über die Schulter und sieht den riesigen, vogelförmigen Umriß, der einen ständig verfolgt und eines Tages todsicher die schwarzen Flügel über einem falten und jeden Strahl Licht oder Hoffnung zum Erlöschen bringen wird. Wenn die Finsternis weicht – und das tut sie –, sieht man nicht wie andere Menschen das normale Tageslicht. Man taucht auf in einer panischen Freude, einem Rasen der Erleichterung, in dem man sich die Kleider vom Leib reißen und nackt und schreiend durch die Straßen laufen könnte. Oder man könnte die Ersparnisse eines ganzen Lebens aus dem Fenster werfen und den Leuten zujubeln, die damit weglaufen ... Kann ich mich dir überhaupt verständlich machen?«

»Ja, das kannst du, aber nur, weil andere wie Madi und

Alma Levy mich darauf vorbereitet haben, es zu verstehen. Trotzdem ist da etwas, was ich immer noch schwer begreifen kann.«

»Sag's mir.«

»Dieser Groll, dieses Bedürfnis nach einem zweiten Opfer oder nach einer ganzen Reihe von Opfern, die für ein Leiden büßen müssen, das sie dir nicht auferlegt haben.«

Die Frage tat ihm eindeutig weh. Einen Moment lang glaubte ich, er werde sich in sich selbst zurückziehen und die Läden dichtmachen, um jedes weitere Eindringen abzuwehren. Er erholte sich jedoch und formulierte seine Antwort.

»Der Groll ist real, aber er ist etwas Allgemeines, nichts Besonderes. Es gab Tage, an denen ich dich so gehaßt habe, daß ich dich mit Freuden ermordet hätte. Du warst fünftausend Kilometer weit weg, hast glücklich in einem Château-Park gemalt, und ich steckte in einer meiner schwarzen Wochen, versuchte, zehn Millionen für irgendein bescheuertes Experiment aufzutreiben, zum Beispiel einen Flutgenerator in Puget Sound. Ich brauchte Opfer, weil ich ein Opfer war – was ich übrigens immer noch bin –, aber ich lerne zu erkennen, daß andere Menschen von schlimmeren Dämonen verfolgt werden als ich und weniger Hoffnung auf Entkommen haben ... Vielleicht liegt der Schlüssel auch darin, daß ich nicht mehr nach einem Entkommen suche, sondern nur noch nach Linderung.«

»Mußtest du deine Frau und deine Kinder verlassen, um das herauszufinden?«

»Ja. Ich bleibe aus anderen Gründen weg.«

»Darf ich sie erfahren?«

»Sicher. Du hast dir das Recht verdient, sie zu erfahren. Wie kann ich es sagen? Durch dieses Leiden an Angst und Wahnsinn, trotz der Tatsache, daß es sich durch Medikamente, Beratung und eine gewisse Selbstbeherrschung, was nicht gerade meine Stärke ist, in den Griff bekommen läßt – durch das alles ist der Strassberger-Clan zu einengend, zu kritisch, zu elitär für mich, zuviel von allem, was ich nicht bin. Wenn ich nicht darin leben kann, sollte ich auch nicht darin arbeiten. Und aus denselben Gründen, Carl, mein Freund, solltest du es auch nicht tun. Ich weiß, du wirst mir wieder sagen, ich soll mich um meine eigenen Angelegenheiten kümmern, aber ich sage dir die Wahrheit, soweit ich sie überblicke. Mit dem besten Willen der Welt wirst du nie ein Bankier werden, und wenn du es versuchst, bricht es dir das Herz.«

»Und was soll ich tun, dabei zusehen, wie mein Vater sich umbringt?«

»Nein.«

»Was denn, Larry? Du kennst das Geschäft immer noch besser als jeder andere. Du kennst es so gut, daß du es übernehmen wolltest. Was schlägst du mir vor?«

»Jetzt bringen sie den Hauptgang. Essen wir, solange er warm ist. Ich sag's dir beim Kaffee.«

Und er klärte mich auf, nach allen Regeln der Kunst. Er lieh sich vom Oberkellner einen Stift und einen Bestellblock aus und machte mich benommen mit Zahlenreihen, Zeichnungen und Diagrammen. Ich konnte förmlich spüren, wie ihn das Adrenalin durchströmte, während er das letzte Tal der Depression hinter sich ließ und langsam den Gipfel des Optimismus erklomm, den Alma Levy Hypomanie nannte. Die Medikamente verhinderten ein manisches Hoch, aber die Symptome waren deutlich. Sein Verstand raste, er sprach schneller, strahlte Licht und Selbstbewußtsein aus. Er schloß die Darstellung mit einem schwungvollen Schnörkel ab.

»Du hast mir erzählt, dein Vater sei versucht zu verkaufen, ja?«

»Das hat er gesagt. Er ist in Versuchung. Aber das muß unter uns bleiben.«

»Und falls er alle Familienaktien – also die Mehrheitsbeteiligung an der Firma – zur Versteigerung anbietet, bekommt er folgendes dafür.« Er schrieb die Zahl auf den Block, unterstrich sie dick und schob mir das Blatt über den Tisch zu. »Fünfundvierzig Dollar pro Aktie – in einer Hausse, die wir im Augenblick nicht haben, höchstens fünfzig. Hab ich recht?«

»Verdammt noch mal, du hast recht.«

»Was würdest du dazu sagen, wenn ich verspräche, fünfundsechzig für euch herauszuschlagen?«

»Ich würde sagen, du hast den Verstand verloren.«

»Ich würde sagen, Strassberger hätte den Verstand verloren, wenn die Firma das Angebot nicht annähme, mit ihrem schwachen Management, ihrem inkompetenten Nachfolger – und einem Riesenaufruhr innerhalb der Truppen, vor allem in Frankreich.«

»Geschürt von dir?«

»Nein. Verschärft durch ein altmodisches, schwerfälliges Management und eine grob durchgeführte Buchprüfung, nachdem ich eine Zeitlang untergetaucht war.«

»Der Aufruhr ist mir auch aufgefallen. Aber kommen wir auf deine fünfundsechzig Dollar zurück. Wer wäre so blöd, sich darauf einzulassen?«

»Ich würde zu Festpreisen verkaufen, weil ich weiß, daß das Geld auf dem Tisch liegt. Ich glaube, du solltest es deinem Vater wenigstens sagen.«

»Warum sollte er mir glauben?«

»Du meinst, warum sollte er Larry Lucas glauben?«

»Wie auch immer.«

»Erstens, weil ich die Wahrheit sage, zweitens, weil die Zahl stimmt. Es wäre nur eine offizielle Zahlungsaufforderung nötig, damit die Käufer aktiv werden. Und drittens, weil ich damit einen Teil der Schulden zurückzahlen möchte, die ich bei der Familie Strassberger habe.«

»Verzeih, wenn ich das sage, Larry, aber uns war gar nicht bewußt, daß du das Gefühl hast, uns etwas zu schulden. Ich glaube, Madi und die Kinder haben eindeutig Anspruch auf deine Liebe und deine Fürsorge, aber das ist eine Privatsache zwischen euch. Was meinen Vater betrifft, schuldet er dir Geld, falls du es haben willst.«

»Und du, Carl? Schulde ich dir nichts? Ich habe dir ein angenehmes, gut geplantes Leben weggenommen und dir dafür eines gegeben, das du überhaupt nicht willst. Ich habe deshalb ein schlechtes Gewissen. Ich möchte das wiedergutmachen.«

Seine Worte machten einen unglaublichen Eindruck auf mich. Wider alle Vernunft mußte ich sie als die Wahrheit akzeptieren. Ein Teil meines Verstandes sagte mir, das hier ist ein Kranker, der schwarze Teufel mit sich herumschleppt, und manchmal verwandeln sich die Teufel in Engel, die ihn in den Himmel tragen. Aber die Engel und die Teufel waren gleichermaßen die Ausgeburten einer unausgeglichenen Psyche.

Ein anderer Teil meines Verstandes registrierte die Tatsache, daß seine Zahlen über den Wert der Strassberger-Aktien korrekt waren und daß er erst vor ein paar Wochen einen riesigen Finanzcoup gelandet hatte. Durfte ich glauben, daß er für Strassberger fünfzehn Dollar zusätzlich pro Aktie erzielen konnte? Falls er in das Unternehmen zurückkehrte, wäre das vielleicht möglich gewesen, ja; aber er wollte nicht zurückkommen, und ich war mir sicher, daß mein Vater ihn sowieso nicht genommen hätte. Ich? Ich fühlte mich zu ihm hingezogen wie eh und je, wegen seines Witzes, seines Elans und seines Faibles für das Dramatische.

Ich konnte ihn nicht direkt anlügen und auch nicht im Zorn von ihm scheiden. Ich winkte nach mehr Kaffee und fing wieder damit an, Larry auszufragen.

»Hilf mir, es zu verstehen, Larry! Hilf mir, es deinen Kindern zu erklären. Ich bin immer noch ihr Onkel Carl. Sie stellen mir Fragen, sie vertrauen meinen Antworten. Wie hat deine Flucht angefangen?«

»Es war keine Flucht, Carl! In dem Punkt habt ihr euch alle völlig geirrt. Es war der wilde Drang nach einer Veränderung: was lag hinter der nächsten Ecke, hinter dem nächsten Berg? Vielleicht fand mich dort der schwarze Vogel nicht. Vielleicht gab es dort mehr Sonnentage im Jahr. Ihr habt mich für einen Flüchtling gehalten. Ich bin mir eher vorgekommen wie ein Kind, das die Schule schwänzt und Schmetterlinge jagt.«

»Aber du hast nicht daran gedacht, was du anderen Menschen antust?«

»Nicht viel! Es fällt dir schwer, das zu begreifen? Laß mich versuchen, es zu erklären. Ihr Strassbergers habt alle eine Tradition, eine Vergangenheit. Ihr habt Eltern, Großeltern, Vorfahren. Der dunkle Vogel sitzt ganz weit oben im Familienstammbaum. Ich habe das nicht. Meine Eltern sind mir genommen worden. Ich mußte meine Zukunft auf Mutmaßungen über die Vergangenheit aufbauen. Das war hart, aber ich habe es geschafft. Dein Vater hat etwas Wunderbares für mich getan: er hat mich unbesehen genommen, mein Talent richtig eingeschätzt. Meine Bedürfnisse und meinen Charakter hat er völlig falsch eingeschätzt. Er konnte meine Schwächen nicht sehen. Ich war sein Geschöpf, der Mann seiner Tochter. Er hat immer wieder zu mir gesagt: ›Du kannst alles, was du dir in den Kopf setzt, Larry!‹ Jedesmal, wenn er damit kam, habe ich in stummem Protest aufgeschrien: Wie kannst du das sagen, wenn du nicht einmal weißt, wer ich bin? Als er mich wegen der Suezübernahme nach Europa geschickt hat, war ich vor Angst fast von Sinnen. Ich war der Neue aus New York. Die Franzosen ließen mich durch Reifen springen wie einen Pudel im Zirkus. Ich versuchte, eine Liste von Investoren zusammenzustellen, und Vianney und seine Leute wollten mir nicht mal sagen, wie spät es ist. Ich kam mir vor wie ein Leprakranker mit einer Glocke um den Hals. Dann hat mir jemand den Namen von Doktor Hubert Rubens in Genf genannt. Ich habe außerdem alle Einzelheiten über seine Familiengeschichte erfahren: wie sein Vater illegale Fonds für Kriegsverbrecher, Nazifunktionäre, Kriegsgewinnler und die Plünderer jüdischer Vermögen angelegt hat ... Sein Vater hatte sich schon seit langem zur

Ruhe gesetzt, ein Opfer von Alzheimer. Rubens führte eine Bunkerexistenz, lebte in einer Art gepanzerter Anonymität, aus der heraus er die Fonds und Treuhandvermögen verwaltete, die ihm die Wechselfälle der Zeit und des Kriegs überlassen hatten. Die Bandbreite seiner Interessen ist riesig: Südamerika, Afrika, Hongkong, Taiwan, die arabischen Staaten, Indonesien ... zunächst kam er mir einschüchternd vor – und er ist einschüchternd, weil er sich bewußt gegen alle normalen Emotionen betäubt hat. Das war mein Schlüssel zu ihm, wie es der Schlüssel zu uns allen ist, die keiner Norm entsprechen. Wir müssen uns auf das Überleben konzentrieren, weil wir in einem ständigen Belagerungszustand leben ... Jedenfalls hat mich Rubens angehört und verstanden. Er hat sich bereit erklärt, zu investieren und weitere Investoren zu beschaffen. Es war fast wie ein magischer Akt: Rubens führte Telefongespräche, und plötzlich war die Luft voller Engel mit Eimern voller Gold. Aber sie waren keine Phantome, sie waren real! Im Verlauf unserer Zusammenarbeit fingen wir an, uns zu verstehen. Nur wenig wurde ausgesprochen. Wir entwickelten eine Art Steno. Er versuchte, mit einer Vergangenheit zu leben, die er nicht geschaffen hatte, während ich versuchte, eine auf einem Vakuum aufgebaute Zukunft zu schaffen. Wir hatten beide Schuldgefühle. Wir hatten auch beide Phantasien! Es gibt keine Phantasien im Gewinnschema von Strassberger, aber etliche auf Rubens' Liste! Simonetta-Reisen ist eine von ihnen. Das Unternehmen macht wenig Profit, bietet aber die Möglichkeit riesiger Kapitalgewinne. Falco ist ein bekannter Krimineller, aber Rubens gelingt es, mit ihm zu leben und ihn im Griff zu behalten. Der Gedanke, Aussteigern Schlupflöcher anzubieten, entspricht seinem Sinn für Humor und ist außerdem ein modernes Gegenstück zu den Anfängen seines Vaters. Rubens schlug vor, mehr im Scherz als im Ernst, ich solle mir das Erlebnis gönnen, ein Schlupfloch für mich zu finden, falls ich je eins brauchte. Ich habe ihn beim Wort genommen, weil ich während der ganzen Pariser Zeit unter bipolaren Schüben litt. Die Verbindung zu Simonetta hat mir geholfen – genau wie mir Claudine Parmentier im Büro geholfen hat.«

Meine Verwirrung muß mir ins Gesicht geschrieben gewesen sein. Ich saß da mit offenem Mund und wartete auf eine Erklärung. Er schaute mich mit einem kleinen, wehmütigen Grinsen an.

»Zu den Problemen meiner Krankheit gehört, daß sie den Sexualtrieb beeinflußt. In den Tiefs habe ich keine Lust. Ich suche dann wohl nach Trost, nicht nach Beischlaf. Deshalb hat es mir geholfen, mit Frauen wie Claudine und Liliane zusammenzusein, die lesbische Liebe bevorzugten, aber erfreut über einen wohlerzogenen männlichen Begleiter waren. In den Hochs konnte ich nicht genug Sex bekommen, und manchmal, zu Hause, war der Rhythmus zwischen Madi und mir völlig gestört ... Das war nicht gut für uns beide.« Er tat die Anspielung achselzuckend ab. »Das ist nur eine Nebenbemerkung, eine Fußnote. Madi trifft keine Schuld. Sie hat etwas viel Besseres verdient als das, was ich ihr gegeben habe.«

Es gab immer noch Fragen, die ich stellen wollte, aber ich merkte, wie seine Energie wieder nachließ. Ich fragte unverblümt: »Bist du dem gewachsen? Du siehst müde aus.«

»Es ist Zeit, reinen Tisch zu machen, Carl. Laß uns weitermachen. Was willst du noch wissen?«

»Wie konnte sich ein hervorragender Bankier wie du von einem Mann wie Rubens an die Leine legen lassen ... ganz zu schweigen von Simonettas Geschäften mit Schlupflöchern für Leute mit gebrochenem Herzen? Nach dem, was ich gehört habe, kosten sie außerdem eine hübsche Stange Geld.«

Er zögerte lange vor seiner Antwort. Ich winkte noch einmal nach Kaffee. Der Kellner schenkte nach. Wieder entstand ein Schweigen. Schließlich fand Larry die Stimme und die Worte für seine Antwort. Seine Stimme war leise, aber fest. Die Worte waren ganz schlicht.

»Die Sache mit Simonetta war eine Nebenvorstellung,

nicht mehr. Ich habe ihre Dienstleistungen benutzt und dafür bezahlt. Die Projekte für ein neues Leben wurden zu einer Art Gesellschaftsspiel. Die Tatsache, daß ich ausgenommen wurde, war nicht wichtig. Das mit Rubens war eine andere Angelegenheit. Ich habe ihm vertraut. Er hat wenigstens so gut wie Alma Levy oder Langer begriffen, daß ein Mann wie ich in den manischen Phasen finanziell über die Stränge schlagen kann. Eines Tages hat er es ganz offen zu mir gesagt: ›Warum erlauben Sie mir nicht, sich um Ihr Geld zu kümmern, Larry? Ich berechne mehr und lege Sie an die Leine, aber Sie werden immer gut essen, ein verdammtes Stück reicher sterben, als Sie jetzt sind, und können Ihren Kindern ordentlich was hinterlassen.‹«

»Er hat von dir verlangt, auf Treu und Glauben ein höllisches Risiko einzugehen.«

»Stimmt; aber er hatte mich bei dem Suezgeschäft unterstützt. Ich habe jedoch mit ihm gefeilscht, weil er die Feilscherei mag, und mit ihm dasselbe Spielchen getrieben wie mit dir. Ich habe ihn gebeten, eine Zahl für die Strassberger-Aktie zu nennen. Er kam auf höchstens fünfzig Dollar. Darauf meine Frage, was die Aktien nach einer Fusion zwischen beiden Unternehmen – Rubens und Strassberger – wert sein könnten?«

»Was hat er gesagt?«

»Erst wollte er wissen, wer eine solche Fusion planen könne. Ich habe ihm gesagt, ich könnte es. Wer das neue Unternehmen leiten solle, wollte er weiter wissen. Ich antwortete, das sei seine Angelegenheit. Ich könnte ihm kein stabiles Management bieten, weil ich stets unter Gefahr lebte. Ich könnte als Berater und so weiter tätig werden ...«

»Seine Reaktion?«

»Er meinte, theoretisch ergebe es einen Sinn; was ich denn für eine Planung eines solchen Geschäftes, wie ich es eben für Strassberger getätigt hatte, verlangen würde? Ich wolle den gleichen Prozentsatz, den er mir für die Treuhänderschaft berechne, antwortete ich, dazu ein weiteres halbes

Prozent als Belohnung für ein Genie. Er hat mir ins Gesicht gelacht. ›Wie kommen Sie auf die Idee, daß der alte Strassberger Sie oder mich mit einem solchen Vorschlag zur Tür hereinließe?‹ Meine Erwiderung: ›Geld spricht alle Sprachen!‹ Der Trick bestehe darin, den richtigen Zeitpunkt für die Aufnahme der Gespräche abzupassen. Jetzt lachte er nicht mehr. Er schaute mich mit seinem kalten, sturen Blick an und streckte mir die Hand hin. ›Dann legen Sie los. Wir sind im Geschäft.‹ Ich habe ihm nicht die Hand gegeben, sondern ihm erklärt, wir seien erst im Geschäft, wenn er mir den bestmöglichen Aktienpreis nennen könne. Er sagte, er habe ihn mir genannt – fünfzig Dollar. Ich schüttelte den Kopf. Nein, ich wolle erst bei fünfundsechzig einsteigen. Ich sei verrückt, meinte er, wenn ich nur im Traum daran dächte. Doch ich blieb eisern. Ich hätte Rechnungen mit der Familie Strassberger zu begleichen. Wenigstens in finanzieller Hinsicht sei das eine Möglichkeit, das zu erledigen. Er schlug vor, ich solle einen langen Urlaub auf den Seychellen nehmen, um einen klaren Kopf zu bekommen. Etliches sprach für diese Idee. Ich wußte, daß ich auf den Wellenkamm eines Hochs zutrieb. Deshalb bin ich abgereist. Ich kam bis nach Sirmione, dann bin ich zusammengebrochen. Rubens hat Doktor Langer eingeschaltet, der mich hierhergebracht hat.«

Und das mußte, wie es mir vorkam, das Ende der Geschichte sein. Der Rest war Wunschdenken, ein Phantompferd, auf dem ein Bettler zu Reichtum und Macht reiten wollte. Mir fiel dazu nur ein: »Es war auf alle Fälle ein hübscher Versuchsballon.«

»Es war mehr als ein Versuchsballon«, sagte Larry Lucas ruhig. »Ich habe gestern mit Rubens gesprochen, ihm gesagt, daß wir gemeinsam zu Mittag essen. Gleich heute morgen hat er mir dieses Fax aus Genf geschickt.«

Er angelte in seiner Brusttasche und holte einen Umschlag heraus, mit dem Prägeaufdruck *Psychiatrische Universitätsklinik Burgholzli.*

Im Umschlag steckte eine Nachricht, versehen mit dem Datum und dem Absendeort, Genf. Sie lautete:

»Von Hubert Rubens an Laurence Lucas:

Es war mir ein Vergnügen, mit Ihnen zu sprechen. Zu meiner Freude habe ich von Doktor Langer gehört, Ihre Genesung sei so weit fortgeschritten, daß an eine baldige Entlassung und einen Erholungsurlaub zu denken ist. Ich halte Ihre Bereitschaft, freundliche Kontakte mit Ihrer Familie aufzunehmen, für lobenswert. Ich habe viel über den Fusionsvorschlag nachgedacht, über den wir vor einiger Zeit sprachen. Aus meiner augenblicklichen Sicht der Dinge könnten wir ein Übernahmeangebot zum Festpreis machen, das einen Monat lang gilt, für fünfundsechzig Dollar pro Aktie. Sie sind berechtigt, diese Informationen an die Person weiterzugeben, mit der Sie heute zu Mittag essen. Wir verlangen innerhalb von dreißig Tagen zumindest eine vorläufige Reaktion. Werden Sie bald gesund.«

Als ich von dem Blatt Papier aufsah, beobachtete mich Larry Lucas mit leicht spöttischem Blick und einem schiefen Grinsen.

»Die Nachricht ist authentisch, das Angebot echt. Ich meine, du bist juristisch dazu verpflichtet, es an deinen Vater und die anderen Vorstandsmitglieder weiterzuleiten.«

»Das werde ich tun.«

»Und falls du meinen Rat beherzigst, solltest du auf eine schnelle Antwort drängen. Verfügbares Geld in dieser Größenordnung liegt nicht lange herum.«

»Was kann ich dem Vorstand über die Anleger sagen, abgesehen von Rubens?«

»Nichts. Aus Rubens' Sicht der Dinge ist das genau das Sahnehäubchen auf dem Spaß. Aus meiner Sicht der Dinge ebenfalls. Über Geld kann man nicht zu Gericht sitzen – nur über Menschen. Wann kehrst du nach New York zurück?«

»Morgen, wenn ich einen Flug für uns alle buchen kann. Und was ist mit dir? Wohin fährst du von hier aus?«

»Wohin? Das weiß Gott allein – aber ich kenne ihn nicht

so gut, als daß er es mir verraten würde. Dabei kommt mir Simonetta gelegen, verstehst du. Sie werden alles für mich planen – Korallenatolle auf den Seychellen, die Seidenstraße nach China, Archäologie in Yucatan, Sexreisen in Thailand und auf den Philippinen ... Sie werden mir einen netten, sauberen Aufpasser männlichen oder weiblichen Geschlechts mitgeben, der sich um mich kümmert. Du stellst die falsche Frage, Carl. ›Wohin‹ spielt keine Rolle, weil Larry Lucas dort ist, wo es geschieht und sich nie verändert. Oben, unten oder daneben, betrunken oder nüchtern, mit Medikation oder ohne, allein oder zu zweit im Bett, er ist, was er ist. Die Frage, die Larry Lucas beantworten muß, ist eine ganz andere. Kann er es durchstehen? Liegt im Aufschwung so viel Nervenkitzel, daß sich der herzzerreißende Absturz lohnt? Wird der schwarze Vogel je wegfliegen und ihn in der Sonne in Frieden lassen? Keine leichten Fragen, Carl; aber es gibt eine noch schwerere: Warum? Warum hat der Schöpfer ein Universum aus Zähnen und Klauen geplant, dessen Geschöpfe davon leben, sich gegenseitig zu verschlingen? Warum gerät der Kosmos so oft aus den Fugen? Warum gibt es siamesische Zwillinge und Kinder mit Anenzephalie? Warum bin ich, Larry Lucas, so abhängig von Medikamenten wie jeder Drogensüchtige? Kennst du die Antworten, Carl?«

»Nein. Ich habe nur dieselben Fragen.«

»Dann verurteile mich nicht! Beschütze meine Kinder, falls du das kannst, vor dem Vorurteil, das andere Menschen über ihren Vater fällen werden.«

»Ich werde mein Bestes tun.«

»Ich glaube dir. Hast du etwas dagegen, wenn wir jetzt aufbrechen? Für einen Tag war das mehr als genug.«

Ich bezahlte die Rechnung, und wir gingen zusammen hinaus. Eine leichte Frühlingsbrise kräuselte das Wasser zu kleinen Wellen. Ein Schwanenpaar trieb träge am Ufer entlang.

»Schau mal!« Larry Lucas legte mir eine Hand auf den

Arm, und wir blieben stehen, schauten zu, wie die Vögel stolz vorbeischwammen. Er sagte ruhig: »Danke für das Mittagessen. Es war schön, mit dir zusammenzusein. Ich glaube, wir hätten gute Freunde werden können.«

Schon lange war ich den Tränen nicht mehr so nahe gewesen.

Als ich wieder im Hotel war, machte ich am Conciergetresen Station und bat darum, für uns alle einen Morgenflug nach New York zu buchen. Die Morgenflüge waren ausgebucht. Wir einigten uns auf einen Swissair-Flug um ein Uhr mittags, mit dem wir um acht Uhr abends auf dem Kennedy-Flughafen ankommen würden. Ich ging auf Madis Zimmer, um die Tickets zu holen, damit der Concierge sie auf den neuesten Stand bringen konnte.

Madi wirkte grüblerisch und angespannt. Ihr einziger Kommentar zu dem Besuch bei Larry lautete: »Gott sei Dank war er für mich kurz und für die Kinder schön. Jetzt können wir unser Leben weiterführen.« Sie ließ sich weder Verärgerung noch Neugier wegen meines Mittagessens mit Larry anmerken, und ich erwähnte seinen finanziellen Vorschlag nicht.

Alma Levy gegenüber wiederholte ich jedoch das ganze Gespräch. Ich brauchte ihre professionelle Meinung über Larrys geistige Kompetenz. Sie sprach offener darüber, als ich erwartet hatte.

»Er ist mir jetzt entzogen, Carl. Ich mache die letzten Notizen und schließe die Akte. Es ist traurig, aber unvermeidlich. Langer ist ein guter, dem Berufsethos verpflichteter Arzt. Er hat sich für eine Therapiemethode entschieden, die Ergebnisse zeigt, mit der ich aber im Grunde nicht einverstanden bin. Larry macht Fortschritte, ja; aber Langer bewegt ihn wie eine Lokomotive, auf Schienen, auf eine Reihe vorbestimmter Ankunftsorte zu. Jede Ankunft stellt einen Triumph für den Patienten dar, eine Leistung, und die Versicherung, am Ende warte die völlige Heilung. Meine Methode, die viel schwieriger – und riskanter – ist, besteht darin, Mut zu Ausflügen zu machen, zur Abwechslung; Neugier zu wecken auf verschiedene Ziele und Interessen für den Fall, daß nach einer verspäteten Ankunft oder einem gescheiterten Projekt immer noch andere Möglichkeiten bestehen. Bis jetzt hat Langer Erfolg. Er konzentriert Larry auf sein auffälligstes Talent – Finanzen! Er gibt offen zu, daß ihn sein Auftraggeber Hubert Rubens dazu ermutigt. Er sieht darin keinen ethischen Konflikt, weil das Larrys psychischen Bedürfnissen weitgehend entgegenkommt: Schutz, Respekt, eine Tätigkeit, die ihn zwingt, die Höhle seiner Psyche zu verlassen und sich in die Turbulenz der gesellschaftlichen Arena zu stürzen.«

»Und Sie haben nichts darauf zu erwidern?«

»Ich kenne keine befriedigende Alternative. Ich herrsche nicht über Larrys Leben. Es wird weitgehend von Rubens und Langer bestimmt. Larry hat ihnen diese Macht durch einen rechtsgültigen Vertrag eingeräumt. Ich habe Langer jedoch meine Vorbehalte und meine Angst geschildert.«

»Und wovor haben Sie Angst, Alma?«

»Nicht um seine geistige Gesundheit, Carl, denn darauf wollen Sie mit Ihrer Frage ja hinaus. Ich frage mich, wo er auf dieser eingleisigen Reise ankommen könnte ...« Sie brach ab. Ich wartete. Schließlich mußte ich ihr ein Stichwort geben.

»Sprechen Sie mit mir, Alma. Wir sind Freunde. Ich muß meinem Vater und den Auktionären etwas empfehlen. Bei jeder Erklärung, die ich abgebe, muß ich mich einem Kreuzverhör stellen. Kann ich dem trauen, was er mir gesagt hat?«

»Das können Sie, ja.«

»Wovor haben Sie dann Angst?«

»Vor dem Ende der Reise. Die Gleise verlieren sich in einer trostlosen Wüstenlandschaft. Dabei verschmelzen sie ineinander. Schließlich enden sie an der Linie, die Erde und Himmel trennt ...«

»Und verschwinden hinter dem Horizont?«

»Wir können nur bis zum Horizont sehen. Aber was dann geschieht, können wir nur vermuten. Heute abend komme ich mir sehr alt vor, Carl. Alt und hilflos. Ich habe das Gefühl, ich sollte nicht mehr praktizieren, sondern einen Lehrauftrag an einer äußerst langweiligen Universität annehmen. Dann könnte ich mein Leben damit verbringen, am laufenden Band Schriftliches zu produzieren, und müßte nie wieder einen Patienten verlieren ...«

Ich rief meinen Vater an und gab ihm Bescheid über unsere Reisepläne. Er hatte eine gute Nachricht. Meiner Mutter ging es allmählich besser. Mit etwas Glück würde sie morgen aus der Intensivstation herauskommen, aber es war noch ein langer Weg bis zur völligen Genesung. Er hatte sein Versprechen gehalten und für die nächste Woche einen Termin für eine vollständige medizinische Untersuchung gemacht. Der Börsendruck auf die Strassberger-Aktien schien sich zu lockern. Sie wurden jetzt zu einem bescheideneren Kurs gehandelt, um die Dreiundvierzig-Dollar-Marke herum. Er freue sich darauf, uns alle wieder bei sich zu Hause zu haben. Er schicke für Madi und ihren Anhang eine Limousine zum Flughafen. Für Alma Levy und mich schicke er ein weiteres Auto hin. Ich solle sie an ihrer Wohnung absetzen und die Nacht in seinem Haus verbringen. Es gebe viel zu besprechen; wir müßten uns auf meine offizielle Amtseinsetzung vorbereiten – es gehöre sich, daß ich eine kurze Ansprache vor dem Vorstand hielte ...

Ich fühlte mich an Larrys bissige Bemerkung erinnert: »Die reine, unverfälschte Strassberger-Reaktion!« Sobald wir uns wieder auf Strassberger-Boden befanden und meine Mutter, die ihn mäßigte, nicht da war, würden wir alle wie immer nach seiner Pfeife tanzen, und Gott helfe dem, der hinterherhinkte!

Schließlich gelang es mir, Arlette in Nizza zu erreichen. Ich sagte ihr, ich hätte es schon mehrmals versucht. Der einzige Kommentar lautete: »Ich hab angenommen, daß du viel zu tun hast, *chéri*. Ich war auch sehr beschäftigt, habe die

Galerie neu streichen, eine neue Beleuchtung anbringen lassen und bewegliche Ausstellungsflächen angeschafft. Ich glaube, es wird dir sehr gefallen, wenn du es siehst. Wann kommst du zurück?«

Möglicherweise könne das lange dauern, erwiderte ich, und ich erklärte ihr auch, warum. Ich bat sie, meinem Haushälterehepaar im Atelier Bescheid zu sagen und die beiden für mich zu bezahlen. Sobald ich in New York sei, würde ich Geld auf ihr Konto überweisen. Sie nahm das alles mit dem üblichen, ruhigen, liebevollen Interesse entgegen. Dann, Vollidiot, der ich war, brach es aus mir heraus: »Ich liebe dich, Arlette. Du fehlst mir so sehr, daß es weh tut. Willst du mich heiraten?«

»Und als Frau eines Bankiers in New York leben?«

»Wäre das so schlimm?«

»Es wäre die Hölle, *chéri*, und falls ich richtig vermute, wird es auch die Hölle für dich! Wenn du es nicht mehr erträgst, komm hierher zurück und sei wieder ein Maler. Dann stell mir die Frage noch einmal. Du fehlst mir. Ich glaube, wir sind gut füreinander.«

»Liebst du mich, Arlette?«

»Auf meine Weise, *chéri*. Das Problem ist nur, daß ich in der Sprache der Liebenden aus der Übung bin. Paß auf dich auf. Ruf mich an, wenn es geht. Wünsch mir Glück bei den Sommerausstellungen.«

Ich wünschte ihr alles Glück der Welt – und fragte mich mit einem gewissen Galgenhumor, ob Larry Lucas je fünfundsechzig Dollar pro Aktie auftreiben würde, um mich für meinen bevorstehenden Aufenthalt in der Hölle zu entlohnen.

Am Abend meiner Ankunft in New York saß ich bis spät in die Nacht mit meinem Vater zusammen; vor uns eine Karaffe seines Lieblingsportweins. Er sah erschöpfter und müder aus, als ich erwartet hatte. Nach ein paar defensiven Gesprächszügen ließ er die Deckung fallen und sprach offen über die Ängste, die er immer noch um meine Mutter ausstand, und die trostlose Aussicht auf ein Leben ohne sie. Er erklärte mir kategorisch, er bete darum, sie nicht allzu lange zu überleben. Madi und ich hätten ein eigenes Leben vor uns. Die Enkel könnten die Leere, die der Verlust meiner Mutter in seinem Leben hinterließe, nicht füllen. Der Grund dafür, daß er mich nach Hause gerufen habe, sei der, daß er sich verzweifelt wünsche, sich zur Ruhe zu setzen und mit der einzigen Frau, die seinem Leben Sinn gegeben habe, dem Sonnenuntergang entgegenzugehen.

Es war der perfekte Augenblick, ihm von meinem Treffen mit Larry in Zürich zu berichten und von dem unglaublichen Vorschlag, den er mir gemacht hatte. Ich zeigte ihm das Fax von Rubens, schilderte ihm meinen eigenen Eindruck von dem Mann. Ich trug ihm Alma Levys Interpretation der Beziehung zwischen den beiden Männern vor.

Mein Vater hörte schweigend zu, das Kinn in die Hände gestützt, wog jedes Wort mit dem grimmigen Ernst eines Richters ab, der den Beschuldigten am liebsten hängen würde. Als ich fertig war, rechnete ich mit einem Ausbruch von Zorn oder Verachtung. Statt dessen schenkte er uns nach, nickte nachdenklich und brachte einen Trinkspruch aus.

»Auf deine Mutter! Sie bringt immer noch Glück ins Haus!«

»Du meinst, du bist an dem Angebot interessiert? Du glaubst, daß Rubens sein Versprechen halten kann?«

»Ja auf beide Fragen, mein Junge! Ja! Ja! Ich werde nur nicht daraus schlau, wie Larry erraten hat, daß Rubens anbeißen würde. Ich hätte es nicht getan – nicht in hundert Jahren!« Er verschluckte sich an dem Port, stellte dann vorsichtig das Glas ab und wischte sich die Finger und den Mund mit dem Taschentuch ab. »Carl, mein Junge, ich liebe dich so sehr! Ich liebe dich mehr, als ich sagen kann, weil du bereit warst, deine Karriere wegzuwerfen, von der ich weiß, daß du sie liebst, und mir gegen die Vandalen an der Börse beizustehen! Ich weiß, daß du das Geschäft nicht magst. Als Bankier wirst du nie Ehre einlegen, aber du hast Larry gesucht, ihn gefunden und bist jetzt zurückgekommen wie ein rettender Engel. Larry – möge Gott dem gequälten armen Teufel gnädig sein! –, Larry ist ein strahlendes Genie. Er hat die Idee gesät und reifen lassen. Ich will dir erklären, wie es funktioniert. Alle diese seltsamen Fabelwesen, über die Rubens regiert – Trusts, Anstalten, Unternehmen in Panama und auf den Antillen –, haben ihm jahrelang gute Dienste geleistet, aber sie kommen aus der Mode, kosten von Jahr zu Jahr mehr und werden immer anfälliger gegenüber dem Finanzamt. Folglich, sagt unser Larry, wenn man sie alle verkaufen könnte, einzeln oder auf einen Schlag, an ein legales, internationales, an der Börse vertretenes Unternehmen wie Strassberger, dann könnte Rubens einen gewaltigen Kapitalgewinn einsacken, und die neue Verbindung aus Strassberger und Rubens würde an der Börse im neuen Glanz von Vermögenswerten erscheinen. Rubens hat offenbar sorgfältige Berechnungen angestellt, aber Larry war so genial, die Lage schon vor langer Zeit zu erkennen – noch vor seinem Zusammenbruch.«

»Was also willst du unternehmen, Vater?«

»Gib ihnen, was sie verlangen – eine vorläufige Antwort. Ja, wir sind bereit zu verkaufen. Sie sollen uns die Anlegerunterlagen schicken, damit wir sie dem Vorstand und den Aktionären vorlegen können. Dann bringen wir die Sache unter Dach und Fach.«

Ich gebe zu, daß mich sein Eifer, mit Rubens und Larry Geschäfte zu machen, schockierte. Deshalb griff ich ihn scharf an.

»Du hast keine Fragen? Keine Vorbehalte gegen die Gesellschaft, der du den Hof machen willst: Rubens und Larry Lucas? Keinerlei Gedanken an unsere lange Tradition als Treuhänder?«

»Nichts dergleichen!« Die Vehemenz seiner Antwort erschreckte mich. »Ich war mein Leben lang Bankier. Strassberger-Aktien waren immer erstklassig! Ich habe dafür gesorgt, daß es so bleibt. Das kann ich jetzt nicht mehr. Das Geldspiel ist außer Kontrolle geraten, es ist zum Würfelspiel verkommen. Den Geldmarkt kontrollieren Fünfundzwanzigjährige, die bei jeder Handelswährung auf der Welt die Einsätze laut aufrufen. Würdest du damit fertig? Ich kann es nicht. Nicht mehr. Wie kann ich die Verantwortung übernehmen für das Geschrei von Jüngelchen in Singapur, Hongkong oder New York? Ich kann es nicht. Ich will es nicht.«

»Aber wenn du Strassberger verkaufst, mußt du auch den Namen verkaufen.«

»Na und? Falls du keinen Sohn zeugst, erlischt der Name sowieso. Hast du vor zu heiraten?«

»Ich habe die Dame gefragt. Sie konnte sich nicht entscheiden.«

»Weil du ihr die Entscheidung nicht abgenommen hast ... Schön, es ist dein Leben!«

»Im Augenblick, Vater, gehört mein Leben dir. Du hast darum gebeten, weißt du noch? Ich habe es dir zurückgegeben, ohne Fragen zu stellen. Mein Wort ist immer noch eine erstklassige Aktie!«

Es war ein grausamer, eisiger Moment, und ich konnte um alles in der Welt nicht verstehen, wie es dazu gekommen war. Der Augenblick schien eine Ewigkeit lang zu dauern, bis mein Vater die Hand ausstreckte, die meine berührte und zu mir sagte: »Ich bin alt, ich bin müde und ich habe Angst. Verzeih mir, Carl!«

Am nächsten Morgen besuchte ich meine Mutter im Krankenhaus. Ausgestreckt auf dem orthopädischen Bett sah sie zerbrechlich und klein aus, wie eine Meißner Figur; aber ihr Make-up war perfekt aufgetragen, kein Haar hatte sich gelöst. In ihrer Stimme schwang immer noch Autorität mit.

»Erzähl's mir, Carl! Erzähl mir alles, was dir widerfahren ist. Hör nicht auf, wenn ich die Augen zumache. Ich höre trotzdem zu.«

Es war, wie man sich vorstellen kann, eine lange und umständliche Geschichte; aber wenn ich eine zu lange Pause machte, öffnete Mutter die Augen, und sie drängte mich mit einer gebieterischen Handbewegung zum Weitersprechen. Als ich schließlich am Ende war, galt ihr erster Gedanke meinem Vater: »Ich will, daß er das Geschäft aufgibt, Carl. Sobald wie möglich, und zum Teufel mit dem Preis. Ich weiß, er hat Angst davor, daß ich vor ihm sterbe, aber so wird es nicht kommen. Ich habe ihm versprochen, so lange hier zu bleiben, bis er uns ein schönes Haus auf Hawaii gebaut hat, mit einem Garten voller Blumen und Vögel – und ohne Treppen ... Er ist so ein aufrechter Mann gewesen, hat sein Leben lang schwer gearbeitet. Er hat nie gelernt, sich an etwas zu freuen, außer mit mir. Ich habe mit seinem Arzt gesprochen, der mir sagt, er sei genau der Typ, der mit einem Schlaganfall umkippen oder an einem heftigen Herzinfarkt sterben kann. Falls er überlebt und leidend bleibt, kann ich ihm nicht helfen. Deshalb bin ich froh, daß du wieder da bist, Carl, obwohl du nicht ewig bleiben mußt. Ich möchte gern, daß du heiratest und glücklich bist. Was ist mit dieser Frau, die du in Frankreich kennst? Magst du sie gern?«

»Sehr. Ich habe sie mehrmals gebeten, mich zu heiraten. Aber sie fühlt sich wohler und sicherer, wie es jetzt ist.«

»An ihrer Stelle wäre mir vermutlich genauso zumute. Ich fürchte, wir haben dich verwöhnt, Carl. Wir haben dich dazu erzogen, so selbstgenügsam zu sein, daß du es nicht schaffst, von einem anderen Menschen abzuhängen – ganz davon zu schweigen, das Bedürfnis danach auszudrücken. Ich habe viel über Madi und ihre Zukunft nachgedacht und mich auch gefragt, wieviel sie Larry in seinen einsamen Zeiten gegeben oder vorenthalten hat ... Ich bin froh, daß du ihn schließlich gefunden hast und daß ihr offen miteinander sprechen konntet ...«

»Darüber bin ich auch froh, Mama. Bei einer der wenigen Predigten, an die ich mich erinnere, ging es um die Hölle. Der Pfarrer hat gesagt: ›Die Hölle hat nichts mit Pech und Schwefel zu tun oder mit Teufeln mit Mistgabeln. Die Hölle ist das Fehlen von Liebe – und der Verlust der Fähigkeit, sich an ihr zu erfreuen.‹ Zwischen uns hat es das gegeben, nicht wahr? Eine Menge Liebe.«

»Vielleicht zuviel«, sagte meine Mutter leise. »Und die meiste haben wir an uns selbst verschwendet.«

Es dauerte vier Monate, bis der Verkauf der Strassberger-Aktien endgültig abgeschlossen war, obwohl der eigentliche Akt an dem Tag vollzogen wurde, an dem mein Vater Rubens anrief und sich mit dem Geschäft einverstanden erklärte. Rubens verhielt sich makellos korrekt. Larry Lucas und ich handelten die Einzelheiten aus. Etliche unserer Treffen fanden in meinem Haus in Cagnes statt, zwischen den Pinseln und Farbtöpfen. Er war ein mustergültiger Gast, gesellig, ein sehr guter Koch, ein geduldiger Beobachter, wenn ich eine Pause machen und auf einem Spaziergang eine Skizze zeichnen wollte. Ich schenkte ihm ein Bild, das er besonders bewunderte – Arlette, wie sie in der großen, ländlichen Küche Gemüse für einen Pot-au-feu hackte.

Mir fiel auf, daß Larry bei diesen Besuchen nie eine Frau mitbrachte, obwohl ich ihn eingeladen hatte, in Begleitung zu kommen. Er grinste nur und sagte: »Im Moment ist das nicht der richtige Zeitpunkt für mich.« Ich begriff nur langsam, daß seine heitersten Augenblicke in Gesellschaft mit seiner tiefsten Depression einhergingen. Wenn Arlette da war, flirtete sie mit ihm und verwöhnte ihn, und wenn er wissen wollte, warum sie mich noch nicht geheiratet habe, zuckte sie auf gallische Weise heftig die Achseln und kam ihm mit der ewigen Ausrede: »Er muß als Künstler noch mehr lernen! Und er ist immer noch Bankier, oder?«

Ich blieb in Kontakt mit Sergio Carlino, der ein gewissenhafter Berichterstatter über die Welt war – und immer noch ist –, in der er lebt: ein kleines Königreich aus Speichelleckern, Zynikern, Politikern und Industriebossen, überzogen mit dem Goldstaub alter Namen und Titel. Er hatte sein

Versprechen gehalten: Liliane Prévost war in Sicherheit, war von einer Frau zur anderen weitergereicht worden und lebte jetzt in einer ziemlich festen Beziehung mit einer alternden Primadonna der Pariser Oper zusammen.

Als das Geschäft mit Rubens schließlich besiegelt war, mietete mein Vater ein Haus mit Personal auf Hawaii, charterte einen Jet und flog mit meiner Mutter dorthin. Er gelobte, ein Grundstück zu finden, auf dem er das Traumhaus meiner Mutter bauen könne. Die Karte, die sie mir schickte, sagte alles: »Jetzt ist er ein Fachmann für Botanik, polynesische Navigatoren und Klimazonen auf der Insel. Ich versuche, ihn dazu zu bringen, daß er das Haus kauft, in dem wir jetzt wohnen. Es ist sehr komfortabel und mehr als ausreichend für unsere Bedürfnisse. Das Leben ist zu kurz, als daß wir es mit Immobilienmaklern oder dem Ärger mit Architekten oder Bauunternehmern zubringen sollten. Ich habe meinen Mann bei mir. Mehr brauche ich nicht.«

Madi, jetzt geschieden, sehr reich und sogar noch unabhängiger, stand vor einem neuen Dilemma: Sie hatte jede Menge Verehrer und Freunde, aber wem konnte sie die Aufgabe anvertrauen, der Stiefvater von Marianne und Laurence junior zu werden?

Ich zog mich wie geplant in mein ländliches Refugium zurück und fing wieder mit der Arbeit an. Außerdem bearbeitete ich Arlette, die sich bereit erklärte – widerstrebender als ich erwartet hatte –, mich nach einem halben Jahr Probezeit zu heiraten.

Daraufhin explodierte ich, und wir bekamen einen Riesenkrach, der drei Stunden lang tobte und in einem drei Wochen langen Schweigen endete. Erst danach willigte sie endlich ein, mich zu heiraten, sobald wir die Papiere und die Erlaubnis hatten. Sie stellte jedoch Bedingungen. Sie werde die Galerie behalten und weiterführen, und unsere Ehe sollte ein katholischer Priester in der Matisse-Kapelle in Vence schließen. Ich erklärte ihr, ich würde sie auch im Ballon heiraten, wenn sie das glücklich mache. Amüsiert lächelnd schaute sie mich an. »Du könntest jede Frau der Welt haben. Warum läßt du dir von mir so viel gefallen?«

Darauf hatte ich keine Antwort parat. Es reichte, daß sie mich heiratete, und das tat sie. Manchmal, in schlaflosen Nächten, suchte ihre Frage mein Kissen heim wie ein übermütiger Kobold; aber am Morgen war sie immer verschwunden.

Als der Winter kam und die Kundschaft in der Galerie spärlich wurde, machten wir es uns auf dem Bauernhof in Cagnes gemütlich, während ich malte und Arlette Briefe an Kunden und Künstler in ganz Europa schrieb und Telefongespräche mit ihnen führte. Wir lebten gut zusammen. Wir hatten, wie wir uns gegenseitig bestätigten, Glück gehabt und waren zufrieden.

Dann, eines Tages, als Schnee gefallen war und der Wind von den Abhängen der Seealpen herunterpfiff, bekam ich einen Brief von Doktor Hubert Rubens. Er war merkwürdig förmlich abgefaßt:

> »Lieber Mr. Strassberger,
> als Testamentsvollstrecker und Treuhänder des Nachlasses Mr. Laurence Lucas habe ich die traurige Pflicht, Ihnen mitzuteilen, daß Mr. Lucas am fünften Januar dieses Jahres in Amsterdam verschieden ist. Der Totenschein wurde vom behandelnden Arzt, Dr. Piet Haan, unterzeichnet.
>
> Seine ehemalige Frau, Mrs. Madeleine Lucas, die sich derzeit auf Antigua aufhält, wurde von seinem Ableben und seinen testamentarischen Verfügungen unterrichtet, die sie nicht anzufechten gedenkt.
>
> Laut Testament geht der halbe Nachlaß, etwas über sieben Millionen Dollar, in einen Fonds für seine Kinder über, Laurence junior und Marianne Lucas, wohnhaft in New York. Es gibt kleinere Vermächtnisse, vor

allem an Freundinnen, in der Gesamthöhe von einer halben Million Dollar. Der Rest des Nachlasses ist dazu bestimmt, eine Stiftung für die weltweite Erforschung depressiver Erkrankungen einzurichten.
Es war Mr. Lucas' Wunsch, daß Frau Doktor Alma Levy, New York, und Doktor Langer, Zürich, dem Vorstand der Stiftung als Gründungsmitglieder beitreten.

Sie werden in dem Testament nicht als Begünstigter erwähnt; es liegt jedoch ein versiegelter Brief vor, den ich Ihnen auf Wunsch von Mr. Lucas mit gleicher Post per Einschreiben zusende.

Mein aufrichtiges Beileid zum Verlust eines Verwandten und Freundes. Sie glauben mir gewiß, daß ich Ihre Trauer teile.

Hubert Rubens
Dr. jur.«

Larrys Brief war kurz.

»Mein lieber Carl,
ich bin so müde, Fragen zu stellen. Jetzt bin ich endlich zu dem Schluß gekommen, daß es an der Zeit ist, die Antworten selbst herauszufinden. Ich würde sie dann gern an Dich weitergeben, wenn ich einen Weg wüßte, falls es einen Weg gibt, mit Dir Verbindung aufzunehmen – was ich stark bezweifle!

Zum Glück für arme Teufel wie mich gestatten die Holländer einen kultivierten Abgang aus einer unerträglichen Existenz.

Bitte, behalte Marianne und Laurence junior im Auge. Madi ist eine gute Mutter; aber jedes Kind kann einen guten Onkel brauchen.

Für Dich, Carl, meinen einstigen Verfolger, empfinde ich nur Gutes. Ich wünsche Dir Glück und danke Dir für die kurze Freundschaft, die wir genießen durften.

Ich habe gehört, daß Du Deine Freundin geheiratet hast. Sie ist besser, als Du es verdienst, und Du bist ein besserer Maler, als Dir bewußt ist. Seid gut zueinander.

Meine Schulden sind alle bezahlt. Denk manchmal an mich und bete darum, daß wer oder was auch immer da draußen sein mag, mir einen gütigen Empfang bereitet.

Sei gegrüßt und leb wohl
Larry«

Als Arlette ins Atelier kam, war ich damit beschäftigt, eine große neue Leinwand wild mit Farben vollzupinseln, während mir die Tränen übers Gesicht liefen. Auf ihre Frage, was denn los sei, zeigte ich nur auf die Briefe und fuhr mit meiner Attacke fort. Arlette las sie, legte sie weg und stand dann wie eine Bäuerin mit verschränkten Armen da, beobachtete meinen Angriff auf die Leinwand. Schließlich erschöpften sich meine Emotionen, und ich trat von dem turbulenten Chaos zurück. Arlette gab ihr Urteil ab.

»Das ist gut! Das ist sehr gut.«

»Ich bin froh, daß du es verstehst. Ich verstehe es nicht.«

»Der Damm ist gebrochen, der Fluß führt Hochwasser.«

»Ich weiß nicht, was du meinst.«

»Wir trinken Champagner, *chéri*. Hier und jetzt.«

»Was gibt es zu feiern?«

»Die Befreiung von Larry Lucas. Möge Gott ihm Ruhe schenken!«

»Darauf trinke ich.«

»Dann feiern wir Larrys Geschenke an uns.«

»Was für Geschenke?«

»Das hier ist meines.« Sie zeigte auf die Leinwand. »Ein neugeborenes Talent für meine Galerie! Dir, *chéri*, hat er das Geschenk der Tränen gegeben. Das hast du so dringend gebraucht; ich habe es in dir gebraucht. Jetzt glaube ich, daß wir miteinander glücklich sein können.«